Cornelius Molinar

Jana
Liebe und Leid zwischen Neckar und Moldau

www.JoyEdition.de

Die handelnden Personen in diesem Buch sind frei erfunden. Übereinstimmungen mit tatsächlich existierenden Personen und Namen sind daher rein zufällig und ohne jede Bedeutung.

Impressum

Autor
Cornelius Molinar

Verlag
Joy Edition · Buchverlag, E-Books and more…
D-71296 Heimsheim, www.joyedition.de

Druck
Printsystem GmbH, D-71296 Heimsheim
www.printsystem.de

Buchgestaltung
Grafik- und Designstudio der Printsystem GmbH

Titelbild
Stefanie Molinar

Copyright
Nachdruck verboten. Gleiches gilt für Vervielfältigungen, Übersetzungen, Ablichtungen jeglicher Art und Verarbeitung mit elektronischen Systemen.

1. Auflage, März 2016

Der Umwelt zuliebe gedruckt auf umweltfreundlichem, chlor- und säurefrei gebleichtem Papier.

ISBN 978-3-945833-52-0

Jana
Liebe und Leid zwischen Neckar und Moldau

Roman

Cornelius Molinar

Inhalt

Das Studium	7
Die erste Stelle	26
Das Mädchen aus dem Nachbarhaus	49
Winter in Krauthausen	74
Ein Charmeur namens Harry	94
Die Hiobsbotschaft	108
Der Militärdienst droht	124
Die Reise hinter den ‚Eisernen Vorhang'	146
Freizeit auf dem Lande	167
Das Kelterfest und seine Folgen	186
Florian kehrt nach Prag zurück	211
Der vaterlandslose Geselle	230
Der Prager Frühling	247
Neues aus Kleinweinheim	267
Eine Tschechin im Schwabenland	284
Spuren einer Invasion	298
Abschiedsstimmung an der Moldau	317
Die Jahre vergehen	331

Das Studium

Als Jüngster seiner Klasse hatte Florian Schöllkopf schon im Alter von achtzehn Jahren das Abitur in der Tasche, denn aufgrund eines fragwürdigen Tests war er verfrüht eingeschult worden. Da ihn sein Vater sehr streng erzog und ihn stets zum Lernen anhielt, durchlief er dreizehn Klassenstufen, ohne auch nur ein einziges Mal sitzen zu bleiben. Dank seines Fleißes und seiner vielseitigen Begabung kam er im Unterricht gut mit und gehörte zu den besten Schülern seiner Klasse. Dennoch ging er nicht gerne zur Schule. Die strengen Erziehungsmethoden mancher Lehrer, die weder vor üblen Beleidigungen noch vor körperlicher Züchtigung zurückschreckten, setzten ihm gleichermaßen zu wie das Verhalten einiger Klassenkameraden. Vermutlich konnten sie nicht ertragen, dass ausgerechnet dem kleinsten und körperlich schwächsten unter ihnen das Lernen so leicht fiel, und so kompensierten sie ihre geistigen Defizite durch böswillige Hänseleien und den Einsatz roher Körperkräfte. Florian war noch ein halbes Kind, als er das ‚Reifezeugnis' erhielt und mit durchweg guten Noten das Gymnasium verließ.

Als erste große Entscheidung in Florians Leben stand nun die Berufswahl an. Aber wie sollte ein Achtzehnjähriger wissen, für welche Aufgaben er sich am besten eignete, welche Tätigkeit am meisten seinen Neigungen entsprach? Aus Florians Zeugnissen konnte man keinen eindeutigen Begabungsschwerpunkt ablesen, denn sowohl in den mathematisch- naturwissenschaftlichen als auch in den sprachlichen Fächern hatten ihm seine Lehrer gute Leistungen attestiert. Besondere Freude bereitete ihm die Musik. Auf dem Klavier intonierte er mit Vorliebe Stücke von Bach, Mozart, Schubert und Beethoven. Begeistert sang er die neuesten Hits von Elvis Presley und den Beatles und spielte dazu auf der Gitarre. Am Sport dagegen, und zwar insbesondere am Geräteturnen, zeigte er wenig Interesse, denn allzu oft hatten ihn seine Klassenkameraden in der Turnstunde ausgelacht, wenn er mit seinen dünnen Armen und Beinen hilflos am Reck oder Barren hing. Diese Demütigung, weil er keinen Auf- oder Umschwung zuwege brachte, vergaß er sein Leben lang nicht.

Man sollte annehmen, bei Florians vielseitiger Begabung sei es einfach gewesen, den passenden Beruf für ihn zu finden. Am liebsten hätte er Geografie, Astronomie oder Musik studiert, doch sein Vater lehnte diesen Wunsch entschieden ab.

„Schlag' dir diese Flausen aus dem Kopf, Junge", erklärte er streng. „Nächtelang am Fernrohr zu sitzen oder Tag für Tag auf dem Klavier herumzuklimpern, das ist doch brotlose Kunst! Werde Volksschullehrer! Da hast du immer ein sicheres Einkommen, und wenn du alt bist, bekommst du vom Staat eine gute Pension und brauchst dir keine Sorgen um die Zukunft zu machen.

Außerdem kann ich dir kein langes Universitätsstudium bezahlen. Vier Semester am Pädagogischen Institut reichen! So lange werde ich dich auch finanziell unterstützen. Danach musst du auf eigenen Füßen stehen!"

So zerplatzte Florians Traum vom Geografen oder Astromomen. Da er den Argumenten des Vaters nichts entgegensetzen konnte und außerdem Kinder sehr mochte, freundete er sich mit dem Gedanken an, den Lehrerberuf zu ergreifen. Als erstes ließ er sich bei der staatlichen Berufsberatung auf seine Eignung testen. Noch wusste er nicht, dass diese Einrichtung in erster Linie dem Zweck diente, die Berufswahl der Schulabgänger zu steuern. Wurden Polizisten gesucht, dann war jeder junge Mann geeignet für den Polizeidienst, mangelte es an Krankenschwestern, empfahl man allen Mädchen die Tätigkeit an einer Klinik. Es war wie in einem Hutgeschäft, wo man jedem Kunden einredet, wie gut ihm diese oder jene Kopfbedeckung passe, egal ob sie zu groß ist oder zu klein, ob sie dem Träger steht oder ihn wie einen Trottel aussehen lässt. Nun herrschte zu jener Zeit, als Florian die Berufsberatung aufsuchte, gerade akuter Lehrermangel im Lande Baden-Württemberg, und so war die Sache schnell entschieden. Vielseitig begabt? Kinderlieb? Freude an der Musik? Für solche Leute gab es den idealen Beruf: Volksschullehrer!

Florians Entscheidung für den Lehrberuf wurde in der Verwandtschaft sehr unterschiedlich aufgenommen. Die Bauern und Handwerker unter ihnen fanden es unangemessen, dass jemand aus der Familie zukünftig der

Riege der ‚studierten Herren' angehören sollte, jener Sorte von Leuten, die sich weder die Finger schmutzig machten noch eine Kuh melken konnten. Die Akademiker in der Familie sahen das ganz anders. Wie konnte ein so begabter junger Mann wie Florian ‚nur' Volksschullehrer werden?

Am Pädagogischen Institut wurde aus dem guten Schüler Florian Schöllkopf ein schlechter Student. Der Überwachung seines Vaters entzogen und vom Lernstoff unterfordert, arbeitete er nach dem ‚Minimax-Prinzip'. Das hieß, mit geringstmöglichem Aufwand das Maximale herauszuholen, wochenlang ein faules Leben zu führen und kurz vor der Prüfung gerade so viel zu lernen, dass man mit Müh und Not bestand. Florian fand das Niveau der Studien ohnehin jämmerlich, den Lernstoff größtenteils uninteressant, und so verlor er bald den Spaß am Lernen. Entsprechend schlecht fielen seine Beurteilungen aus, worauf seine Motivation vollends in den Keller sank. Oft ging er abends spät ins Bett und war am nächsten Morgen noch müde, wenn um halb sieben der Wecker schellte. Dann drehte er sich einfach um und schlief noch ein Stündchen, und um halb acht und um halb neun verfuhr er ebenso. Es war sowieso einerlei, wann er im Institut erschien. Er würde sich ohnehin verspäten, da kam es auf eine Stunde mehr oder weniger nicht an. Die Kommilitonen und Kommilitoninnen schrieben fleißig mit, was der Professor erzählte, und überließen ihm gerne ihre Manuskripte. Florian fragte sich, wozu die Vorlesungen überhaupt nötig waren, da es doch seit der Zeit Gutenbergs genügend Bücher gab, die jedermann lesen konnte. Oder hielt man die Studenten etwa für Analphabeten?

Wenn Florian an manchen Tagen gelangweilt im Hörsaal saß und draußen die Sonne schien, ließ er einfach die folgenden Lehrveranstaltungen ausfallen und ging in den Anlagen spazieren. Ab und zu gelang es ihm sogar, seine Kommilitonin Friederike zu überzeugen, dass man im Institut sowieso nichts lerne und hinterher die Aufschriebe von den anderen übernehmen könne. Wozu gab es denn Kopiergeräte? Am liebsten gingen die beiden in den Stadtgarten. Dort setzten sie sich im Schatten der alten Bäume auf eine Bank und vertrieben sich die Zeit mit Plaudern und Flirten. Das fand Florian bedeutend anregender als im miefigen Hörsaal zu sitzen und gegen den Schlaf anzukämpfen. Überhaupt die Kommilitoninnen! Sie hatten es ihm angetan! Wie leicht fand er Kontakt zu ihnen! Als Absolvent eines reinen Jungengymnasiums holte er nun all das nach, was ihm in neun Jahren verwehrt geblieben war.

Auch unter seinen männlichen Mitstudierenden fand Florian gute Freunde. Die Semesterferien verbrachte er mit seinen Kameraden Jürgen und Dietmar in Spanien an der Costa Brava. Gebräunt und gut erholt kehrten die jungen Männer nach Stuttgart zurück. Ziemlich lustlos nahmen sie an den Vorlesungen teil. Im Gedränge des Hörsaals erspähte Florian sogleich seine Freundin Friederike, die in einer der vorderen Reihen saß. Er setzte sich zu ihr und anstatt aufzupassen, was der

Professor oben auf dem Podium vortrug, unterhielten sich die beiden über den verflossenen Urlaub. Friederike hatte mit einer Freundin zwei Wochen in Rimini verbracht und erzählte von den Sehenswürdigkeiten der Gegend, dem feinen italienischen Essen, der Aufdringlichkeit der Papagalli. Natürlich hatte sie so manchen Tag am Strand verbracht, nach Herzenslust im Meer gebadet und sich im Liegestuhl gesonnt. Damit er sich eine rechte Vorstellung machen konnte, wie sie aussah, zeigte sie Florian ihre Bikinibilder, was dessen volle Aufmerksamkeit in Anspruch nahm. Sodann musste verglichen werden, wer die intensivere Bräune besaß. Also hielten sie ihre entblößten Arme nebeneinander und bemerkten gar nicht, wie der Professor sie dabei beobachtete. Von dem ständigen Schwatzen und dem Bilderanschauen bereits gereizt, unterbrach er plötzlich seine Vorlesung und schimpfte ins Mikrofon:

„Haben Sie beide da unten in der vierten Reihe endlich festgestellt, wer von ihnen den bräuneren Arm hat?"

Florian und Friederike, vertieft in ihre Betrachtungen, merkten zuerst gar nicht, wem die Rüge galt. Erst als sich alle Blicke auf sie richteten, merkten sie, der Professor hatte sie aufs Korn genommen. Die Situation war für beide äußerst peinlich. Rasch krempelten sie ihre Ärmel wieder hinunter. Friederike lief rot an wie eine reife Tomate. Bei Florian geschah das Gleiche, aber niemand konnte es sehen, denn der Fidel Castro-Bart, den er sich in Spanien zugelegt hatte, bedeckte einen großen Teil seines Gesichts.

Fortan verlegten Florian und Friederike ihre Gespräche in den Stadtgarten, doch bald darauf erregten sie erneut Aufsehen. Vielleicht ein klein wenig in einander verliebt, vielleicht auch aus purem Spaß am Provozieren, standen sie nach der Vorlesung in enger Umarmung an der Haltestelle der Linie acht und turtelten wie ein Taubenpaar auf dem Markusplatz zu Venedig. Selbst als sich der Professor in ihrer Nähe aufhielt und etwas irritiert dreinschaute, setzten sie unbeirrt ihr Spielchen fort, worauf ein Kommilitone spaßhaft meinte:

„Hey! Es gehört sich nicht, hier in aller Öffentlichkeit zu knutschen!"

Sprach's, nahm seine Aktentasche und versperrte so die Sicht auf die Kussszene. Andere Studenten und Studentinnen folgten lachend seinem Beispiel. Florian und Friederike hatten damit ihr Ziel erreicht, Aufsehen zu erregen. Bald kam der ‚Achter' und auf dem Perron des Anhängers setzten sie zum Ärger der prüden und zur Freude der toleranten Fahrgäste ihr provokantes Spiel fort.

Man mag kaum glauben, was für Kindsköpfe Studenten bisweilen sind, und das als angehende Schulmeister, die ‚unsere Jugend' erziehen sollten! Eines Tages kamen sie auf die Idee, die Blöße des marmornen Jünglings zu bedecken, der auf dem Brunnen gegenüber des Pädagogischen Instituts seine Arme graziös in die Höhe reckte. Allerdings fand man es langweilig, der Figur einen Herrenslip anzulegen. Damenunterwäsche würde ihr bestimmt besser stehen! Also nahm Florian gemeinsam mit einigen Kommilitonen und Kommilitoninnen die Statue unter die Lupe. Man beratschlagte, welche Konfektionsgröße ihr wohl passen könnte, wobei ein lebendes weibliches Modell als Vergleich diente. Schließlich meinte eine Studentin, sie hätte wohl ähnliche Maße wie die steinerne Grazie und würde gerne ihre Dessous spendieren. In der Nacht kletterten Florian und seine Kumpels auf das Denkmal und zogen dem Jüngling Slip und BH an. Beide passten prima – ihr Augenmaß hatte sie nicht getäuscht. Lediglich das Textil, das die Figur der Frauen krönt, blieb notgedrungen leer. Welch einen herrlich grotesken Anblick bot nun die Statue! Wie ein jugendlicher Transvestit stand sie auf ihrem Sockel. Endlich fand sie die gebührende Beachtung! Zwei Wochen lang liefen die Passanten unter ihr vorbei, je nach ihrer Einstellung bewundernd und belustigt oder beschämt und kopfschüttelnd. Eines Tages fehlten die Dessous. Wahrscheinlich hatten sie einen Liebhaber gefunden.

Wie üblich sprachen die Studierenden auch kräftig dem Alkohol zu, und das manchmal schon am frühen Nachmittag. Nun wohnte Friederike nicht allzu weit vom Pädagogischen Institut entfernt im Stuttgarter Westen, und wenn sie nach den Vormittagsstunden früh nach Hause kam, bereitete sie für Florian, Jürgen und zwei Freundinnen das Mittagessen zu. Als Geschenk brachten die Gäste gelegentlich eine Flasche Puschkin-Wodka mit, die zum ‚Nachtisch' geleert wurde. Wie herrlich schmeckte das hochprozentige Gesöff zusammen mit den eingelegten Amarena-Kirschen! Und wie schnell stieg es zu Kopf! Eines Tages fuhr das lustige Quintett ziemlich benebelt zum Institut zurück. Kaum an Bord des ‚Wagens von der Linie acht, schwarz- gelb, fährt ratternd durch die Stadt', kam Friederike auf die Idee, man könne noch ein wenig für die bevorstehende Musikstunde üben. Schon packte sie ihre Geige aus und fing an zu fiedeln. Florian und die beiden anderen Kommilitoninnen ließen sich nicht lumpen und begleiteten sie mit der Gitarre und zwei Flöten. Den Fahrgästen gefiel das Konzert und sie klatschten begeistert Beifall. Jürgen erfasste sofort die Situation, schnappte Friederikes Geigenkasten, lief durch die Reihen und bat um einen Obolus für die armen Studenten. Am Ende kamen sechzehn Mark zusammen. Dafür konnte man wieder zwei Flaschen Wodka kaufen.

An jenem Nachmittag fielen Florian und seine Freunde durch ihre herausragenden Leistungen auf. In der Musikstunde trugen sie ihre Stücke schwungvoll und fast fehlerfrei vor. Dann folgte die Sprecherziehung, die der Lockerung der Stimmbänder diente. Während die anderen Studenten und Studentinnen das läppische ‚di-dabbi-dabbi-daaah' und ‚uah-uah-uuuuuuh' eher verkrampft nachplapperten anstatt es mit schlabbrigen Lippen zu wiederholen, fielen Florian und seine Freunde durch ihre Lockerheit auf. Die Dozentin lobte sie in den höchsten Tönen und empfahl den anderen Kursteilnehmern, sich daran ein Beispiel zu nehmen. Hätte sie nur geahnt, dass der Alkohol ihre Zungen gelöst hatte!

Natürlich wurde zwischendurch auch etwas gelernt, aber wie bereits gesagt, bewegten sich die Studien in fast allen Fächern auf sehr niedrigem Niveau. Während auf dem Gymnasium im Physikunterricht so anspruchsvolle Wissenschaftsbereiche wie Wellenlehre, Atomkernphysik und in Ansätzen sogar Einsteins Relativitätstheorie behandelt wurden, ging es am Pädagogischen Institut um Themen, die jeder kluge Grundschüler verstanden hätte. Eines Tages wollte Professor Haberkorn seinen Studenten mit Hilfe eines Experiments zeigen, wie beim Erhitzen von Wasser die Temperatur in Abhängigkeit von der Zeit ansteigt. Entsteht in der Graphik eine Gerade oder eine Kurve? Was geschieht beim Erreichen des Siedepunkts? Das waren die beiden wichtigsten Fragen, die es zu klären galt. Fünf pneumatische Wannen, der Laie würde sie als Aquarien bezeichnen, wurden mit Wasser gefüllt und auf metallenen Dreifüßen auf den Tischen platziert. Das Wasser sollte nun mit dem Bunsenbrenner erhitzt werden. Bevor es losging, riet Florian, man möge ein Asbestgitter über die Flamme legen. Doch Haberkorn winkte ab und meinte:

„Wozu auch? Das ist doch feuerfestes Glas!"

Nun begann das Experiment. Haberkorn gab das Zeichen ‚Bunsenbrenner an!' Lustig flackerten die Gasflammen. Das Wasser wurde warm und wärmer und schließlich heiß. Dampf erfüllte den Physiksaal. Die Studierenden maßen in Abständen von zwanzig Sekunden die Temperatur, trugen die Werte in eine Tabelle ein und erstellten eine Graphik. Alle waren in ihre hochwissenschaftliche Arbeit vertieft, als man plötzlich ein Knacken von splitterndem Glas und ein Rauschen wie von einer Toilettenspülung hörte. Ein Schwall heißen Wassers ergoss sich über die ringsum ausgebreiteten Federmäppchen, Ringbücher und Lehrwerke. Alles starrte wie gebannt auf den Ort des Geschehens. Schon eilten einige mit Putzlappen und Papiertüchern herbei, um der Überschwemmung Einhalt zu gebieten, doch im nächsten Augenblick hörte man wieder das Krachen und das Rauschen und unmittelbar darauf diese Geräusche ein weiteres Mal.

„Dreht sofort die Bunsenbrenner ab!", schrie Professor Haberkorn in Panik. Die Studenten folgten seiner Anweisung. Der Dampf legte sich, und nun sah man das Ausmaß des Schadens. Drei von fünf pneumatischen Wannen hatten das Experiment nicht überlebt, zahlreiche Bücher und Hefte lagen völlig durchnässt auf den Tischen, ein Großteil der sorgfältig angefertigten Aufschriebe war unbrauchbar geworden. Immerhin konnte man aus den Resten ableiten, dass der Temperaturanstieg in einer nach oben abflachenden Kurve verlief. Je heißer das Wasser wurde, desto mehr Energie musste zugeführt werden und desto länger dauerte es, bis sich die Temperatur um ein weiteres Grad erhöhte. Die kleinen Einsteins unter den Studenten fanden sogleich eine einleuchtende Erklärung: Das heiße Wasser gab mehr Wärme an die Umgebung ab als das kühlere. Welch eine bahnbrechende Entdeckung! Welch ein Fortschritt der Wissenschaft! Was allerdings beim

Erreichen des Siedepunkts geschieht, wurde nie geklärt, denn vorher zerbrachen bekanntlich drei pneumatische Wannen und die Kurve blieb unvollendet.

Als reine Zumutung empfanden die Pädagogikstudenten die Vorlesungen in ‚Allgemeiner Unterrichtslehre' bei Professor Eisele. Eines Tages dozierte der verknöcherte alte Mann über das anspruchsvolle Thema, wie sich eine Lehrerin vor ihrer Klasse präsentieren sollte: Zurückhaltendes Auftreten, keine Hosen, keine engen Pullis, eine hochgeschlossene Bluse, keinen Schmuck, keine lackierten Fingernägel, keine Schminke, keine offenen langen Haare. Wie eine pietistische Missionarsfrau aus Korntal, möglichst mit einem Knoten am Hinterkopf, so sollte die ideale Lehrerin nach Eiseles Vorstellung aussehen. Damit kam er bei den Studentinnen, die sich von einem Opa belehrt fühlten, gar nicht gut an. Schon ertönten die ersten Buh-Rufe, die zu lautem Protest anschwollen und schließlich in allgemeine Heiterkeit übergingen. So lächerlich hatte sich Eisele noch nie gemacht! Musste sich ein Professor eigentlich mit derart banalen Themen abgeben?

Am unterhaltsamsten fanden die angehenden Lehrerinnen und Lehrer die Vorlesungen des Psychologieprofessors Wilhelm Schuh, von allen liebevoll ‚d'r Willi' genannt. Er hatte die Entwicklung des Menschen von der Geburt bis ins Erwachsenenalter an seinen eigenen Kindern studiert und seine Erkenntnisse akribisch genau festgehalten. Er wusste, wovon er sprach und konnte sehr lebendig erzählen. Obendrein würzte er seine

Vorlesungen mit praktischen Vorführungen. Einmal zeigte er, wie ein Kleinkind tollpatschig auf dem Boden herumkrabbelt, sich unter Aufbietung aller Kräfte an einem Möbelstück hochzieht, auf wackeligen Beinen steht und immer wieder hinfällt. Ein andermal ahmte er ein Kind nach, das soeben erst das Laufen gelernt hat. Wie ein Betrunkener torkelte ‚Willi' auf der Bühne herum und hielt sich im letzten Moment, bevor er stürzte, am Rednerpult fest. Diese lustigen Szenen erregten große Heiterkeit. Um die Entwicklung des Sprechens zu veranschaulichen, imitierte der Professor die Laute, die ein Baby in den ersten Lebensmonaten von sich gibt. Er begann mit den sogenannten ‚Lallmonologen' wie ‚dada-dada-dada', ‚baba-baba-babb' und ‚plipp-plapp-plipp-plapp' und ging dann schrittweise zu den ersten verständlichen Worten über. ‚Willi' konnte ein Baby so perfekt nachahmen, dass man glauben konnte, er sei selber eines. Eine beachtliche Leistung für einen fast Siebzigjährigen!

Ein andermal dozierte Professor Schuh über den Körperbau des Menschen, wobei er drei Grundtypen unterschied: die schlanken, hoch aufgeschossenen Leptosomen, die dicken, in die Breite gehenden Pykniker und die muskulösen Athletiker. Als ‚Anschauungsmaterial' hatte er von einer nahegelegenen Schule drei Jugendliche mitgebracht. Die mussten nun auf der Bühne des voll besetzten Hörsaals die Hosenbeine hochkrempeln und ihre Hemden ausziehen, damit man die besonderen Merkmale des einzelnen Typus sehen konnte

– hervorstehender Adamsapfel und deutlich sichtbare Gelenke bei dem einen, Fettwülste und Speckröllchen bei dem anderen, breite Schultern und Muskelpakete bei dem dritten. Zwar fanden viele Studierende diese Fleischbeschau entwürdigend, aber man musste ‚Willi' zugutehalten, dass er die drei Jungs freundlich behandelte und sie hinterher mit Süßigkeiten reichlich belohnte.

Großes Kopfzerbrechen bereiteten Florian die Vorlesungen des Professors Doktor Braus. Zwar wusste der junge Student, dass die Philosophie als Königin der Wissenschaften gilt. Auch kannte er Geistesgrößen wie Kant, Schopenhauer und Nietzsche wenigstens dem Namen nach, aber mit den Ausführungen von Braus konnten er und die meisten seiner Kameraden nicht viel anfangen. Dazu fehlte ihnen die nötige Reife. Sie hielten die Braus'schen Ausführungen für sinnloses Geschwafel, und wenn sie mal wieder gar nichts verstanden hatten, dann hieß es: „Es braust schon wieder!"

Immerhin bemühte sich Florian zeitweilig, den Gedankengängen des Professors zu folgen. Eines Tages ging es um das Thema ‚Sein oder Nichtsein'. Braus dozierte an seinem Rednerpult:

„Sein und Nichtsein stehen einander wie Licht und Schatten oder Leben und Tod in einem dialektischen Verhältnis gegenüber. Daraus folgern wir: Ohne Sein gibt es kein Nichtsein und umgekehrt gibt es ohne Nichtsein kein Sein. Haben Sie bis dahin verstanden? Gut! Dann machen wir jetzt die Riesenwelle am Reck der Logik! Da nun das Nichtsein gar nicht existent sein kann, denn wäre es existent, dann wäre es kein Nichtsein, sondern ein Sein, kann es auch kein Sein geben, denn sonst wäre das Sein nicht der dialektische Gegenpol zum Nichtsein. Und was folgern wir daraus? Alles, was wir um uns herum wahrnehmen, ist gar nicht real existent. Es existiert nur in unserer Imagination. Wir unterliegen einer Sinnestäuschung!"

Bis hierher konnte Florian den Braus'schen Gedankengängen einigermaßen folgen, auch wenn ihm vor lauter ‚Sein' und ‚Nichtsein' der Kopf schwirrte. Von der ‚Riesenwelle am Reck der Logik' bereits ermüdet, bekam er gar nicht mehr mit, wie es weiterging.

„Natürlich dürfen Sie nicht für bare Münze nehmen, was ich eben erklärt habe", lachte Braus spitzbübisch. „Ich wollte Ihnen mit diesem Gedankenexperiment nur zeigen, wie man etwas beweisen kann, was völliger Unsinn ist. Die Welt um uns herum existiert tatsächlich in realer Form."

Als die Vorlesung zu Ende ging, erwachte Florian wieder aus dem Halbschlaf. Irgendwie beschäftigte ihn die Braus'sche Theorie. Vielleicht konnte man daraus seine Folgerungen für das tägliche Leben ziehen. Wenn die Welt um uns herum gar nicht real existierte, dann gab es auch kein Pädagogisches Institut und keine Professoren, kein Schulgebäude und keine Schüler. Das hieß doch: Bin ich morgens noch müde, dann brauche ich nicht aufzustehen, kann mich wieder umdrehen und weiterschlafen, denn es macht doch keinen Sinn, sich zu einem Nichts zu begeben. Dieser Gedanke beschäftigte ihn auch während der Mittagspause, als wieder in Friederikes Studentenbude gemeinsam gegessen und Wodka getrunken wurde. Am Nachmittag stand dann bei Professor Braus die Übungsstunde an, in der die Fragen der Studenten diskutiert und individuell beantwortet wurden. Nun sah Florian die Gelegenheit gekommen, dem Professor seine phänomenalen philosophischen Gedankengänge darzulegen. Braus reagierte aufbrausend und erteilte Florian eine scharfe Rüge.

„Da haben Sie mal wieder nicht aufgepasst, Herr Schöllkopf! Ich sagte doch, es sei nur ein Gedankenexperiment! Selbstverständlich ist die Welt um uns herum real existent. Sie können also morgen nicht einfach den Vorlesungen fernbleiben und sollten auch später als Lehrer pünktlich zum Unterricht erscheinen. Vorausgesetzt natürlich, Sie bestehen die Prüfung, was allerdings unter den gegebenen Umständen nicht anzunehmen ist!"

Am meisten Spaß bereiteten Florian die schulpraktischen Übungen. Mal hielt er eine Lehrprobe an einer Schule im Stuttgarter Westen, dann wieder in Ostheim, ein andermal droben in Vaihingen. Einige Mitstudierende und der Klassenlehrer verfolgten von den hinteren Reihen aus den Verlauf des Unterrichts. Anschließend wurde besprochen, was man an der Stunde positiv fand und was man hätte besser machen können. Jeweils zum Semesterende ließ der Klassenlehrer dem Pädagogischen Institut eine schriftliche Beurteilung zukommen. Wie diese ausfiel, hing stark von subjektiven Faktoren ab. War der Mentor einem Studenten wohlgesonnen oder verstand es gar eine Studentin, sich bei ihm einzuschmeicheln, so wirkte sich das vorteilhaft auf die Notengebung aus.

Nun waren Florian und sein Kumpan Jürgen für das Wintersemester zur Schulpraxis an der Volksschule Zazenhausen eingeteilt. Einmal in der Woche fuhren sie zusammen mit dem ‚Zwölfer' bis zur Endstation und liefen die wenigen Schritte zur nahegelegenen Schule. Dort erwartete sie bereits Fräulein Maier, eine alleinstehende alte Dame, die ihre Zöglinge wie ein treusorgendes Mütterchen behandelte. Jeden Morgen stimmte sie das gleiche Lied an und sang mit hoher Stimme:

„Glitzer-glitzer Funkel … Sonne, Mond und Stern … machen hell das Dunkel … hab' sie alle gern."

Florian und Jürgen fanden das Lied kindisch, steckten die Köpfe zusammen und lachten hinter vorgehaltener Hand, was Fräulein Maier mit Missfallen bemerkte. Danach folgte die rituelle Vogelfütterung. Drei Kinder liefen wie die Heiligen Drei Könige aus dem Morgenland in feierlicher Prozession zum Fenster hin und streuten Körner in das Vogelhäuschen. Bald schon kamen Sperlinge, Meisen und Finken in Scharen angeflogen und pickten das Futter auf. Wurde es später während des Unterrichts laut in der Klasse, wandte die Lehrerin einen faulen Trick an. Sie hielt den Zeigefinger der linken Hand vor den Mund, deutete mit dem der rechten zum Fenster und mahnte:

„Denkt doch an die armen Vöglein! Wenn ihr so laut seid, dann erschrecken die, fliegen weit weg und kommen nie mehr zurück. Dann müssen sie draußen im finsteren Wald bei Eis und Schnee verhungern und erfrieren."

Diese Mahnung ging den Kleinen sehr nahe. Sie wurden augenblicklich mucksmäuschenstill, denn sie wollten nicht schuld sein am traurigen Ende der lieben Vöglein. Florian und Jürgen fanden solche Erziehungsmethoden dumm, läppisch, kindisch, einfach blöde. Nur mit Mühe konnten sie sich bisweilen das Feixen verkneifen. Auch dies registrierte Fräulein Maier mit bösem Blick. Die beiden jungen Männer und die alte Dame passten einfach nicht zusammen. Während sie mit den Kindern behutsam-fürsorglich umging, trieben Florian und Jürgen ihre Späße mit ihnen, erzählten spannende Geschichten und würzten ihren Unterricht mit lustigen Sprüchen. Das gefiel den Kleinen, und bald mochten sie die beiden Studenten mehr als ihre Lehrerin. Diese nahm die Sache übel, denn sie fürchtete um ihre Beliebtheit und ihren Einfluss in der Klasse. Entsprechend negativ fiel die Beurteilung aus, die sie dem Pädagogischen Institut zusandte. ‚Schulpraktische Übungen mangelhaft' stand da schwarz auf weiß am Ende des vierseitigen Schreibens.

Nicht nur die Beurteilung von Fräulein Maier brachte Florian in arge Bedrängnis, denn auch in anderen Fächern wurden ihm schlechte Leistungen attestiert. Allein in Musik und Sprecherziehung erhielt er gute Noten, und der Dozent für Religionslehre gab ihm gnadenhalber eine Zwei. So bestand Florian die ‚Erste Dienstprüfung' mit einem Schnitt von drei Komma neun gerade noch mit Ach und Krach. Zu jener Zeit war es tatsächlich schwierig, das Examen nicht zu bestehen, denn das Land brauchte dringend Lehrer und nahm so gut wie jeden Bewerber an. So verließ Florian das Pädagogische Institut schon nach vier Semestern, in denen er nicht viel Brauchbares für seinen späteren Beruf gelernt hatte. Bevor er irgendwo im Land eine Stelle antreten konnte, musste er beim Staatlichen Schulamt einen Eid auf die Verfassung des demokratischen Rechtsstaates leisten und ein notariell beglaubigtes Schreiben vorlegen. In diesem stand, dass sein Vater für jeden Schaden haftete, den der Sohn im Dienst verursachen würde. Schließlich war Florian damals erst zwanzig Jahre alt und damit noch nicht volljährig.

Die erste Stelle

Die Semesterferien gingen ihrem Ende entgegen. Florian Schöllkopf saß in seinem Zimmer der elterlichen Wohnung an seinem Schreibtisch und brütete vor sich hin. Schon wieder regnete es in Strömen, schon wieder würde das Tennismatch mit seinem Kameraden Uli buchstäblich ins Wasser fallen. Es war einfach zum Verzweifeln! Florian ärgerte sich und dachte wehmütig an die vergangene Reise nach Jugoslawien, die er mit seinen Studienkollegen Jürgen und Dietmar unternommen hatte. Tagaus, tagein hatten sie das herrliche Wetter genossen, und Florian sehnte sich zurück an die Adria, in der sie nach Herzenslust schwimmen und mit ihren Luftmatratzen an den felsigen Ufern herumpaddeln konnten. Bis Dubrovnik waren sie gekommen, hatten unterwegs viel erlebt und gesehen, allerlei Blödsinn getrieben und mit so manchem Mädchen angebändelt. Während Florian seinen trüben Gedanken nachhing, hörte es auf zu regnen, und wie gewöhnlich ging er am späten Vormittag voll gespannter Erwartung hinunter zum Briefkasten. Ob ihm wohl heute der Postbote den ominösen ‚blauen Brief' bringen würde, den er und seine Studienkollegen in diesen Tagen mit Hoffen und Bangen erwarteten? Bekäme er eine Lehrerstelle in der Nähe von Stuttgart zugeteilt oder würde es ihn womöglich nach Pflaumloch verschlagen, das noch weit hinter Aalen dicht an der bayerischen Grenze lag und von den Lehramtskandidaten ‚Schwäbisch Sibirien' genannt wurde. Florian fürchtete sich vor diesem Albtraum, denn er wusste, dann könnte er seine Lieben, seine Kameraden und seine kleine Freundin Angelika nur noch selten sehen. Auch mit dem täglichen Tennisspiel wäre es dann vorbei. Als Florian den Briefkasten öffnete, lag darin tatsächlich der ‚blaue Brief' des Staatlichen Schulamts. Mit zitternder Hand öffnete er den Umschlag und las:

Sehr geehrter Herr Schöllkopf,

hiermit teilen wir Ihnen mit, dass Ihnen laut Landesschulgesetz § 375, Absatz 17 b zum 10.9. d.J. eine Stelle als Hauptlehrer z.A. an der Volksschule Krauthausen/Landkreis Esslingen, Silcherstr. 35 zugeteilt wurde. Bitte setzen Sie sich umgehend mit der dortigen Schulleitung zwecks Festlegung des genauen Zeitpunkts Ihres Dienstantritts in Verbindung.

Hochachtungsvoll
Dischinger, Oberregierungsschuldirektor

Florian fiel ein Stein vom Herzen, denn er kannte Krauthausen gut, lag es doch weniger als zwanzig Kilometer von seinem Elternhaus entfernt in einer weiten Ebene, wo zwischen ausgedehnten Krautfeldern mehrere

Bauerndörfer lagen. Welch ein Glück, dass er nicht irgendwo weit weg in der Provinz seinen Dienst antreten musste, denn nun konnte er weiterhin in Stuttgart im ‚Hotel Mama' wohnen und täglich zu seinem Dienstort hin- und herfahren. So freute er sich auf seine Stelle in Krauthausen als ‚Hauptlehrer z.A.', wie man damals die Berufsanfänger titulierte, die noch nicht die ‚Zweite Dienstprüfung' abgelegt und den Status eines ‚Beamten auf Lebzeit' erreicht hatten. In Studentenkreisen wurde diese Amtsbezeichnung gerne in einen ‚Lehrer zur Ansicht' umgewandelt, denn noch konnte man jederzeit entlassen werden. Die ‚verbeamteten' Kollegen dagegen hatten es gut. Wenn sie nicht früh starben oder eine schwere Straftat begingen, waren sie bis in alle Ewigkeit versorgt.

Noch im Laufe des Vormittags rief Florian das Rektorat der Volksschule Krauthausen an. Der Schulleiter, Herr Biedermann, meldete sich und lud den neuen Kollegen zu einem Gespräch in seine Dienstwohnung ein, die im zweiten Stock des Schulgebäudes lag. Bereits am folgenden Tag fuhr Florian mit öffentlichen Verkehrsmitteln vom Stuttgarter Osten nach Krauthausen, und das dauerte anderthalb Stunden... zuerst mit der Straßenbahn zum Hauptbahnhof, dort das lange Warten auf den Bus, der ihn ins Krauthäuser Dorfzentrum brachte und schließlich noch zehn Minuten zu Fuß bis zum Schulhaus. Florian war klar, unter diesen Umständen konnte aus dem täglichen Hin- und Herfahren nichts werden und er hoffte darauf, sein Vater würde ihm sein wohlgehütetes Auto, einen perlweißen ‚Volkswagen Käfer', neueres Modell, 34 PS, schon mit ungeteilter Heckscheibe, unter der Woche überlassen. Als Junglehrer mit einem Monatsgehalt von 890 DM konnte sich Florian kein eigenes Fahrzeug leisten und so erreichte er die Wohnung seines zukünftigen Chefs mit trüben Gedanken. Diese verschwanden jedoch rasch, als er von Herrn Biedermann und seiner Frau freundlich empfangen wurde. Man nahm an einem Nierentischchen Platz, an dem fein säuberlich die Kaffeetafel hergerichtet war. Florian blickte sich um und ließ den biederen Charme einer Wohnung der fünfziger Jahre auf sich einwirken, den die billigen Spanplattenmöbel und ein Aquarium verströmten, in dem bunte Fische friedlich ihre Kreise zogen. Nachdem Frau Biedermann frisch gebrühten Schwarztee und selbstgebackenen Apfelkuchen aufgetragen hatte, entwickelte sich ein angeregtes Gespräch über verschiedene Themen. Es ging um die Situation an der Schule, um pädagogische Fragen, um den zurückliegenden Urlaub, um Herkunft und Werdegang des neuen Kollegen. Zuletzt erfuhr Florian, dass er voraussichtlich als Klassenlehrer die ABC-Schützen unterrichten würde. Hinzu kämen noch einige Stunden Fachunterricht in Klasse acht. Wie sollte er wissen, dass niemand die Erstklässler und die ‚Achter' übernehmen wollte und es an der Schule üblich war, den neuen Kollegen die schwierigsten und undankbarsten Aufgaben zu übertragen? Bei diesem ersten Gespräch gewann Florian jedoch einen guten Eindruck von der Schule und seinem zukünftigen Vorgesetzten. Erleichtert verließ er die Biedermann'sche Wohnung und fuhr wieder nach Stuttgart zurück. Noch ahnte er nicht, was ihn an seiner neuen Arbeitsstelle erwartete.

Während des Abendessens im Familienkreis berichtete Florian voll froher Erwartung von seinem Gespräch mit Rektor Biedermann. Die Eltern freuten sich mit ihm und waren stolz auf den Sohn, der nun auf eigenen Füßen stehen und seinen Lebensunterhalt selbst verdienen konnte. Florians Vater ließ sich zu einem etwas merkwürdigen Kommentar hinreißen und meinte: „Es wurde auch endlich Zeit, dass du uns nicht länger auf der Tasche liegst." Florian, an derlei Bemerkungen gewöhnt, überraschte dies nicht, denn er kannte seinen Vater gut, der als Buchhalter bei der Firma Minol, Treib- und Schmierstoffe, täglich mit Bilanzen und Kostenrechnungen zu tun hatte und ein nicht gerade fürstliches Gehalt bezog. Nun sah Florian die günstige Gelegenheit gekommen, seinem alten Herrn zu schildern, wie umständlich und zeitraubend es sei, mit öffentlichen Verkehrsmitteln nach Krauthausen zu gelangen. Da bliebe viel zu wenig Zeit für Unterrichtsvorbereitungen, Korrekturen, die vielen Besprechungen und Konferenzen. Ob er ihm nicht sein Auto leihen könnte, lautete die Anfrage. Zuerst wies der gestrenge Vater die Bitte mit der fadenscheinigen Begründung zurück, der Verkehr sei viel zu gefährlich für jemanden, der erst vor kurzem den Führerschein erworben habe. Florian konnte sich des Eindrucks nicht erwehren, der alte Herr mache sich mehr Sorgen um sein Auto als um den Sohn, falls sich ein Unfall ereignen sollte. Spannungsgeladenes Schweigen trat ein. Die Fronten verhärteten sich. Erst als die Mutter ein gutes Wort für Florian einlegte, wurden die Verhandlungen wieder aufgenommen. Diese verliefen so zäh, als ginge es um die Wiedervereinigung Deutschlands oder eine andere brennende Frage der Weltpolitik, und die Standpunkte lagen anfangs so weit auseinander wie jene von Kennedy und Chruschtschow. Am Ende einigte man sich auf einen für beide Seiten tragbaren Kompromiss. Florian durfte den Wagen an Werktagen benutzen, allerdings nur für Fahrten zum Dienstort und wieder zurück, und wenn der Vater abends um sechs von der Arbeit heimkam, musste das Fahrzeug in tadellosem Zustand vor dem Haus stehen. Alle weiteren Fahrten, vor allem jene privater Natur, waren ausdrücklich verboten. Florian erklärte sich mit diesen Bedingungen einverstanden und nahm sich vor, diese peinlich genau einzuhalten, denn er kannte seinen alten Herrn. Als eingefleischter Pedant hielt der nämlich in einem Fahrtenbuch jeden zurückgelegten Kilometer akribisch genau fest und errechnete daraus den Treibstoffverbrauch. Außerdem registrierte er jede kleine Delle, jeden noch so feinen Kratzer im Lack des Wagens. Florians Chancen auf irgendwelche Eskapaden standen schlecht.

Endlich war der erste Schultag gekommen. Florian lenkte den Volkswagen seines Vaters mit größter Vorsicht über die ‚Mittlere Filderlinie' nach Krauthausen hin. Er stellte das Auto auf dem Lehrerparkplatz ab und betrat das Schulhaus pünktlich zur vereinbarten Zeit. Bevor der Unterricht begann, versammelte sich das Kollegium im Lehrerzimmer, und nun zeigte sich, welch ein vergiftetes Betriebsklima an der Volksschule Krauthausen herrschte. Egal, um welches Thema es ging, sofort bildeten sich zwei Parteien, die sich hart bekämpften, gegeneinander polemisierten, sich völlig kompromisslos gegenüberstanden. Eine Gruppe schloss sich stets Biedermanns Meinung an, die andere unterstützte Konrektor Grolig. Im Laufe der Sitzung beharkten sich die beiden Parteiführer erbittert, und es kam zu einer lautstarken Auseinandersetzung, die sich anschließend noch draußen auf dem Gang fortsetzte. Welch ein schlechtes Vorbild für die Schüler, denen man doch vermitteln wollte, wie wichtig ein freundlicher Umgangston sei! Rektor und Konrektor waren einfach zu verschiedene Charaktere, um miteinander auszukommen. Biedermann entpuppte sich als sehr schwache Persönlichkeit. Er lavierte ständig, änderte seine Meinung wie die Wetterfahne auf dem Dach des Schulhauses, ging stets den Weg des geringsten Widerstandes. Gab es einen Konflikt mit den Eltern, versprach er dem betroffenen Kollegen Unterstützung, um ihm anschließend in den Rücken zu fallen. Obendrein war er grenzenlos sparsam. Er wachte über den Schuletat wie der Geizige aus Molières Lustspiel ‚L'avare'. Obwohl in der Turnhalle bereits die Füllung aus den Matten quoll, verschob er die Neubeschaffung auf den Sankt-Nimmerleinstag.

Eines Tages entdeckte der Sportlehrer im Keller einen Stapel nagelneuer Matten, die Biedermann dort versteckt hielt. Ohne zu fragen beförderte der Kollege, der übrigens Groligs Partei angehörte, die neuen Matten in die Halle und warf die alten in den Müllcontainer. Hinterher gab es ein Riesentheater, die alten Matten seien noch brauchbar gewesen und ohne Einwilligung der Schulleitung entsorgt worden.

Gewöhnlich schlich Biedermann wie ein alter Kater auf leisen Sohlen durch die Gänge, tauchte überraschend mal hier, mal dort auf, war aber nicht zu übersehen, denn aus Sorge, seine Kleidung könnte durch Kreidestaub beschmutzt werden, trug er im Dienst stets einen weißen Mantel. Dessen Anschaffungskosten konnte er später wieder von der Steuer absetzen. In der großen Pause versteckte er sich mit Vorliebe hinter den Geranienstöcken, die auf den Fenstersimsen standen, und rauchte aus seiner silbernen Zigarettenspitze eine halbe ‚Rothändle', weshalb ihn die Schüler der Oberklassen ‚Kippenraucher' nannten. Sein Gegenspieler Grolig war aus ganz anderem Holz geschnitzt. Er sprach unverblümt aus, was ihm nicht passte und ging mit seiner Kritik oftmals zu weit. Manchmal hatte er recht gute Ideen, was man an der Schule verbessern könnte. Da er jedoch als Querulant mit psychopathischer Neigung galt, wurden seine Vorschläge stets abgeschmettert. Das verbitterte ihn immer mehr. Zum Glück gehörten dem Kollegium neben Florian noch drei andere junge Kollegen an, die sich nicht grundsätzlich auf die eine oder andere Seite schlugen, sondern stets mutig ihre eigene Meinung vertraten. Mit ihnen schloss Florian bald Freundschaft.

Nach der Konferenz ging jeder Lehrer in seine Klasse. Wie angekündigt, hatte Florian die Erstklässler zugeteilt bekommen, und so waren sie allesamt Neulinge, der Junglehrer Schöllkopf und seine Schüler. Die ersten Wochen waren für beide Seiten schwierig, denn die Kleinen mussten sich erst an den Schulbetrieb gewöhnen, und sie konnten weder lesen noch aufschreiben, was sie mitbringen sollten, welche Veranstaltungen oder Stundenplanänderungen anstanden. Einmal brach ein Mädchen in Tränen aus und wollte gar nicht mehr aufhören zu schluchzen, nur weil es seine Fibel zu Hause vergessen hatte. Florian nahm es in den Arm und tröstete es. Einige Tage darauf verbreitete sich ein verdächtiger Geruch im Zimmer. Ein Junge hatte vor lauter Arbeitseifer versäumt, rechtzeitig die Toilette aufzusuchen und in die Hose gemacht. Als sich die anderen Kinder darüber mokierten und im Chor ‚Hosenscheißer-Hosenscheißer' riefen, erklärte ihnen ihr Lehrer, der Gestank käme von draußen herein, denn eben sei ein Bauer mit seinem Güllewagen vorbeigefahren. Die Kleinen glaubten ihm und der arme Teufel war gerettet. In der folgenden Pause ging Florian mit dem Buben auf die Lehrertoilette und beseitigte die Bescherung. Wie es sich für einen guten Pädagogen gehört, nahm Florian solche Zwischenfälle stets mit Gelassenheit und Verständnis hin, denn er mochte seine Kinder sehr und sie mochten ihn auch.

Eines Morgens wiederum erschien ein Mädchen bitterlich weinend zum Unterricht. Einige Buben lachten es aus und skandierten ‚Heulsuse-Heulsuse'. Florian brachte die frechen Kerle augenblicklich zum Schweigen und fragte die Kleine, was denn geschehen sei. Stoßweise und kaum verständlich brachte das Mädchen hervor: „I muaß noch d'r Schual no eikaufa on jetzt han i die drei Mark verlaura, die m'r mei' Muader gäbba hot. Mei Vadder verschlegt me, wenn'r dees erfehrt. I getrau me nemme hoim!" Florian drückte das Kind liebevoll an sich, bis es sich wieder beruhigt hatte und sagte leise: „Aber deshalb brauchst du doch nicht zu weinen, Susi! Das kann doch jedem passieren. Auch ich habe schon Geld verloren, viel mehr als du. Drei Mark sind doch nicht viel. Wir machen jetzt etwas, aber das muss unser Geheimnis bleiben. Ich gebe dir drei Mark, dann kannst du nachher einkaufen. Findest du das Geld, dann gibst du es mir zurück. Findest du es nicht, dann schenke ich es dir! Einverstanden?" – „Einverstanden!", sagte die Kleine und ihre Augen strahlten vor Glück und Erleichterung. Am nächsten Tag überreichte sie ihrem Lehrer ganz stolz drei Markstücke. „I hab' des Geld onda en meinara Schualtasch' widder g'fonda. Do isches neig'floga", erklärte das Mädchen und Florian lobte es für seine Ehrlichkeit. Diese Begebenheit war wohl ein Schlüsselerlebnis für die kleine Susi und all die anderen Kinder, denn sie wussten nun, auf ihren Lehrer konnten sie sich verlassen. Er stand ihnen in Notsituationen bei.

Man mag es kaum glauben, aber der Student Schöllkopf hatte während der Ausbildung doch gelegentlich aufgepasst und im Gedächtnis behalten, der Lehrer solle darauf achten, dass die Schüler im Unterricht Schriftdeutsch sprächen. Dialekte gehörten nicht in die Schule. Wie sehr Anspruch und Wirklichkeit auseinanderklafften, erfuhr Florian schon vom ersten Tag seiner Lehrtätigkeit an. Entweder er ließ die Kinder Schwäbisch ‚schwätza' oder sie sagten lieber gar nichts. Alle Bemühungen, ihnen auch nur ansatzweise ein korrektes Hochdeutsch beizubringen, schlugen fehl. Ein Beispiel mag dies verdeutlichen. Florian hatte mit seiner Klasse einen Lerngang durch das Dorf unternommen, auf dem die Kirche, das Feuerwehrhaus und das Kleintierzüchterheim besucht wurden. Am nächsten Tag durften die Kinder erzählen, was sie gesehen und erlebt hatten. Ein Junge begann: „Zerscht semmer am Friedhof vorbeigloffa on no semmer zamma end Kirch' neiganga. Do hemmer die scheene Bilder henderem Aldar agucka derfa. Onser Lehrer hot ons verzehlt, dass der Mo, wo dees g'molt hot, Ignaz Feichtaboiner g'hoißa hot on dees scho mendeschens fempfhondertfuffzich Johr her isch, wo-n-er dees g'macht hot ..." An dieser Stelle unterbrach Florian den Schüler und meinte in wohlwollend-ermutigendem Ton: „Schön, was du alles weißt, Karle, aber nun versuch' doch mal, das Gleiche auch auf Hochdeutsch zu sagen, so wie der Nachrichtensprecher im Radio das macht." Was dabei herauskam, zerstörte jede Illusion, man könne Kindern vom Land das Schwäbische abgewöhnen. Die Wiederholung, unter größter Anstrengung stotternd hervorgebracht, lautete: „Zerscht ... send mir ... am Friedhof ... vorbeigeloffen ... ond danoch ... zamma ... end Kirche ... neingegangen. Do hem mir die scheene Bilder ... hender dem Aldar angucken dirfen ..." In diesem schrecklichen Kauderwelsch, einer Mischung aus Schwäbisch und Hochdeutsch, ging es dann weiter und Florian ließ seine Kinder fortan so ‚schwätzen', wie ihnen der Schnabel gewachsen war.

Die meisten Schultage mit den Erstklässlern verliefen harmonisch, doch konnten gelegentliche Konflikte nicht ausbleiben. Als Student hatte Florian in den Vorlesungen bei Professor Schuh alias ‚Willi' gelernt, dass ein Kind im Laufe seiner Entwicklung mehrere Trotzperioden durchmacht. Das sei durchaus normal und für seine Entwicklung sehr wichtig, meinte er, denn es entdecke sich dabei als eigenständige Persönlichkeit, die Macht ausüben kann und seine Grenzen auslotet. So kann es vorkommen, dass sich ein Dreijähriger auf den Boden wirft und einfach nicht weiterlaufen will, weil ihm die Mutter kein Eis gekauft hat, dass ein kleines Mädchen trotz Verbot ständig das Licht aus- und einschaltet, bis der Vater vor Verzweiflung die Sicherung herausdreht, dass ein Junge immer wieder die kleine Schwester ärgert, obwohl man ihm schon tausendmal gesagt hat, er solle das lassen. Ein solch extrem eigensinniges, völlig irrationales Verhalten tritt normalerweise nur bei Kindern im Vorschulalter auf, es kann aber auch bei Erstklässlern vorkommen, die noch nicht so weit sozialisiert, an den Schulalltag und das Zusammenleben mit anderen Menschen angepasst sind wie größere Kinder. So hatte es Florian damals bei Professor Schuh gelernt, und nun fand er dessen Forschungsergebnisse in der Praxis bestätigt.

An der Volksschule Krauthausen war es üblich, dass die Schüler nach dem Unterricht ihre Stühle auf die Tische stellten, damit den Putzfrauen diese Arbeit vor dem Ausfegen der Klassenzimmer erspart blieb. Alle Kinder taten das tagaus-tagein ohne zu murren, doch eines Tages verweigerte einer von Florians Erstklässlern ohne jeden erkennbaren Grund diesen kleinen Dienst. Trotzig stand er mit verschränkten Armen da und schaute seinen Lehrer böse an. Florian blieb ganz ruhig und sagte: „Gut, du kannst hier herumtrotzen so lange du willst, aber bevor du deine Sachen nicht aufgeräumt und den Stuhl hochgestellt hast, gehst du nicht nach Hause." Eine Weile tat sich nichts, doch plötzlich rastete der Junge aus, stieß seinen Tisch um und schrie mit hochrotem Kopf: „Und ich schlag' die ganze Schule noch kaputt!" – „Das kannst du gerne versuchen, aber es wird dir nicht gelingen", erklärte Florian ganz ruhig, wartete fünf, wartete zehn, wartete fünfzehn Minuten, bis der Junge schließlich zur Besinnung kam, die Sachen vom Boden aufhob, seinen Ranzen packte, den Tisch wieder aufrichtete, den Stuhl hochstellte und das Zimmer ohne Abschiedsgruß verließ.

So unerfreulich das Betriebsklima an der Krauthäuser Volksschule auch sein mochte, so hatte es doch eine positive Seite. Es ließ Florian und seine drei anderen jungen Kollegen Roland Stark, Elisabeth Köhnlein und Harry Rentschler näher zusammenrücken. Gemeinsam kämpften sie gegen Spießertum, Intoleranz und Intrigen. Was das Schulische anbetraf, arbeiteten sie eng zusammen, tauschten Unterrichtsmaterialien aus und unterstützten sich gegenseitig, wenn es Ärger mit den Schülern, den Eltern, dem ‚Kippenraucher' oder dem exzentrischen Grolig gab. Auch halfen sie einander beim Ausarbeiten der ungeliebten Unterrichtsentwürfe, die immer dann angefertigt werden mussten, wenn Schulrat Hägele zum Unterrichtsbesuch kam. Das geschah häufig, da allen vier Junglehrern die ‚Zweite Dienstprüfung' bevorstand, die über ihre berufliche Zukunft entschied. So eine Lehrprobe empfanden sie jedes Mal als große Belastung, denn man wusste nie, wie eine Stunde verlaufen würde und fühlte sich der Willkür der Vorgesetzten ausgeliefert. Allein Florian brauchte sich in dieser Hinsicht keine Sorgen zu machen, denn er erhielt immer gute Beurteilungen, und das hatte seinen besonderen Grund. Schulrat Hägele wohnte nämlich jenseits des Neckartals auf den Höhen des Schurwalds in dem idyllischen Dorf Krummhardt, und ohne Auto war es eine halbe Weltreise, um von Krauthausen aus dorthin zu gelangen. So fragte Hägele jedes Mal am Ende seines Schulbesuchs den Hauptlehrer z.A. Schöllkopf, ob er ihn nach Hause bringen könnte, und Florian antwortete stets dienstbeflissen: „Aber selbstverständlich tu' ich das sehr gerne für Sie, Herr Oberschulrat!"

Dann fuhren der alte und der junge Mann zusammen über die Filderebene hinunter ins Neckartal nach Esslingen und am jenseitigen Hang hinauf in den Schurwald. Unterwegs versäumte es Florian nicht, den allerbesten Eindruck zu machen. Er schmierte dem Herrn Oberschulrat derartig den Honig ums Maul, dass dieser glauben musste, neben ihm säße einer der bedeutendsten Pädagogen der Gegenwart. Wie froh war Hägele, wenn er noch rechtzeitig bei seiner Frau in Krummhardt ankam und die Nudelsuppe noch dampfte. Am Nachmittag setzte er sich an seine Schreibmaschine und brachte folgende Beurteilung seines getreuen Helfers zu Papier:

„Der Hauptlehrer z.A. Florian Schöllkopf steht mit vollem Einsatz im Dienst. Mit großem Engagement wendet er sich seinen beruflichen Aufgaben zu. Weit über das geforderte Maß hinaus leistet er für die Schulgemeinschaft wertvolle Dienste. Beim Umgang mit den Schülern beweist er großes pädagogisches Geschick. Schon nach wenigen Wochen hat seine Klasse, ein erstes Schuljahr, einen beachtlichen Leistungsstand erreicht. Herr Schöllkopf zeigte sich stets bereit, weit über seinen Lehrauftrag hinaus zusätzliche Aufgaben zu übernehmen. Es kann noch viel Gutes von ihm erwartet werden.

Gez. Hägele, OSR
Staatliches Schulamt Esslingen am Neckar"

Als Florian die Beurteilung las, konnte er sich das Lachen nicht verkneifen. Bei der Formulierung der beiden letzten Sätze hatte Hägele wohl an die gemeinsamen Fahrten von Krauthausen nach Krummhardt gedacht und seinem Wunsch Ausdruck gegeben, auch künftig von Schöllkopf chauffiert zu werden.

Schon nach wenigen Monaten verband Florian und seine drei jungen Kollegen eine enge Freundschaft. Man arbeitete nicht nur in der Schule ‚fruchtbar' zusammen – ein Begriff, der in der pädagogischen Fachliteratur häufig vorkam –, sondern traf sich auch regelmäßig in der Freizeit. Wie fruchtbar sich diese Kooperation gestaltete, sollte sich bald zeigen, allerdings in einem ganz anderen Sinne als in den schlauen Büchern und Zeitschriften vorgesehen. Nach dem Vormittagsunterricht kam man regelmäßig in Elisabeths kleiner Wohnung im Unterdorf zusammen, um gemeinsam zu kochen und das Essen einzunehmen. Anschließend legte man sich zu viert aufs Sofa, rauchte eine Zigarette oder trank ein Verdauungsschnäpschen. Manchmal entwickelte sich daraus ein lustiges Gelage. Unangenehm wurde es nur für den, der am Nachmittag noch zum Unterricht in die Schule gehen musste. Eines Tages verließ Florian dermaßen benebelt die Junglehrerbude, dass er kaum noch in der Lage war, die Physikstunde bei den ‚Achtern' zu halten. Natürlich bemerkten die Schüler sofort, dass sich ihr Lehrer ganz anders benahm als sonst. Selbst die gröbsten Störungen ließ er durchgehen und griff nicht ein, wenn sie schwatzten, herumtobten und allerlei

Unfug trieben. Nicht mehr Herr seiner Bewegungen, stieß Schöllkopf einen Behälter mit kristallinem Steinsalz vom Experimentiertisch. Das Glas zerschellte am Boden, die Scherben und die weiße Substanz verteilten sich auf dem Parkettboden. Sofort eilten zwei dienstbeflissene Mädchen mit Kehrwisch und Kutterschaufel herbei und wollten aufkehren, doch Schöllkopf wies sie mit weit ausholender Armbewegung zurück und lallte: „Des macht iberhaupt nix, des lassa mr oifach liega!"

Den Lärm hörte man im ganzen Schulhaus vom ersten Stock bis hinauf zur Lehrerwohnung, wo der ‚Kippenraucher' gerade sein Mittagsschläfchen hielt. Jäh erwachte er aus seinen Träumen, eilte wutentbrannt die Treppe hinab, trat in den Physiksaal und stellte Schöllkopf zur Rede. Um eine Ausrede nicht verlegen, flunkerte dieser, ihm sei nach dem Mittagessen plötzlich schlecht geworden. Damit der Unterricht nicht ausfiele, sei er trotzdem zur Schule gegangen. Nun merke er, dass er nicht in der Lage sei, die Stunde zu halten und sich in der Klasse durchzusetzen. Daraufhin erklärte Biedermann den Nachmittagsunterricht für beendet, worauf die Schüler jubelnd ins Freie stürmten. Florian dagegen erhielt von seinem Chef anstatt eines Verweises ein großes Lob für seine vorbildliche Dienstauffassung. Glücklicherweise hatte der intensive Tabakgeruch des ‚Kippenrauchers' Florians Alkoholfahne überdeckt, und so erfuhren weder Biedermann noch Hägele jemals von der ‚Trunkenheit im Unterricht' des Junglehrers Schöllkopf. Der Herr Oberschulrat hätte wohl seine Meinung über seinen Schützling gründlich revidiert und das Vergehen in der folgenden dienstlichen Beurteilung festgehalten. Florian aber, noch jung und lernfähig, kam fortan nie mehr alkoholisiert zur Schule, denn dieser Nachmittag bei den ‚Achtern' blieb ihm in schlechter Erinnerung. Es erschien ihm wie ein Albtraum, dass ihm damals die Kontrolle über die Klasse entglitten war. Aus der neu gewonnenen Erkenntnis leitete er einen Grundsatz ab, der in keinem pädagogischen Lehrwerk steht und der da lautet: Betrunkener Lehrer – undisziplinierte Klasse.

Im Übrigen wirkte sich das gemeinsame Mittagsmahl und das anschließende Sofaliegen nicht nur positiv auf das freundschaftliche Verhältnis unter den vier Junglehrern, sondern auch auf die Demografie des Landes Baden-Württemberg günstig aus. Es musste wohl an jenem Nachmittag passiert sein, als Harry und Florian gemeinsam eine Fortbildungsveranstaltung in Reutlingen besuchten. In der gemütlichen Stube alleingelassen, kamen sich Roland und Elisabeth so nahe wie nie zuvor, und zwar so nahe, dass sie schwanger wurde. Durch diesen kleinen Betriebsunfall wurde die Volksschule Krauthausen meines Wissens zur ersten Bildungseinrichtung des Landes, die ihre zukünftigen Schüler selbst produzierte. Wie es zu jener Zeit von einem ‚anständigen' Paar erwartet wurde, aber auch aus gegenseitiger Zuneigung heirateten Roland und Elisabeth, bevor das Kind zur Welt kam. Sonst hätte es geheißen, es sei das Produkt einer ‚wilden Ehe', und das durchaus zurecht, denn sicherlich war es bei dessen Zeugung auf dem Sofa recht wild zugegangen. Während der Hochzeitsfeier trug Elisabeth ein vielfach plissiertes Brautkleid, denn niemand sollte ihr Schwangerschaftsbäuchlein sehen. Vor allem die Schüler der Oberklassen durften nicht erfahren, dass das Kind schon vor der standesamtlichen Trauung und dem kirchlichen Pfaffensegen gezeugt worden war. Sie hätten sich womöglich ihre Lehrer zum Vorbild genommen und hinterher argumentiert, Herrn Stark und Fräulein Köhnlein sei das auch passiert. Immerhin hatte das Junglehrerpaar die von der pädagogischen Fachliteratur propagierte ‚fruchtbare Zusammenarbeit eines Lehrerkollegiums' weit über das geforderte Maß hinaus erfüllt.

Sicherlich möchte man nun Florians neue Freunde noch näher kennenlernen. Beginnen wir mit Roland, der Elisabeth schwängerte, ein bärenstarker Kerl aus dem Schwarzwald vom Schlage eines Holzfällers. Allein schon sein Aussehen flößte den Schülern Respekt ein. Er gestaltete seinen Unterricht interessant, zeigte durchaus Verständnis für so manchen Blödsinn, konnte aber richtig grantig werden, wenn ihm etwas gegen den Strich ging. Ihm hatte man die schwierige Klasse acht zugeschanzt, ohne zu wissen, dass man damit genau die richtige Entscheidung getroffen hatte, denn bekanntlich gehört auf einen groben Klotz ein grober Keil. Die schlimmsten Rabauken der achten Klasse waren die weithin für ihre Schandtaten bekannten Zwillingsbrüder Roller. Wie Max und Moritz heckten sie schlimme Streiche aus, und da sie wie ein Ei dem anderen glichen, konnte man selten herausbekommen, ob nun Hans oder Franz der

Übeltäter war. Überdies logen sie, dass sich die Balken bogen. Der Klasse gehörten noch einige weitere freche Kerle und drei frühreife Mädchen an, die mit ihren engen Pullis recht aufreizend wirkten und sehr wohl wussten, wie sie einen Lehrer ins Schwitzen bringen konnten. Roland Stark, nomen est omen, gelang es als erstem Lehrer, die Rasselbande zu zähmen. Gleich in der ersten Stunde verschaffte er sich gehörigen Respekt, indem er den rechten Ärmel seines Holzfällerhemdes aufkrempelte, seinen beeindruckenden Bizeps zeigte und drohte, im Bedarfsfall seine Körperkräfte zur Züchtigung der Jungs einzusetzen. Den Gebrüdern Roller, die ihm das nicht glauben wollten und frech lachten, verabreichte er augenblicklich eine solche Tracht Prügel, dass sie fortan nie mehr aufmuckten. Dann knöpfte er sich die drei Mädchen vor und machte sie dermaßen lächerlich, dass sie ihre provozierende Busenschau ein für alle Mal einstellten. Eines Tages ging Stark jedoch eindeutig zu weit. In einem plötzlich eintretenden Anfall von Jähzorn warf er seinen Schlüsselbund nach einem Schüler. Der Junge wurde knapp über dem Auge getroffen und blutete aus einer klaffenden Platzwunde. Heutzutage hätte man einen Lehrer für ein so brutales Verhalten wahrscheinlich vom Dienst suspendiert, zu jener Zeit jedoch war jede Art der körperlichen Züchtigung nicht nur erlaubt, sie wurde allgemein toleriert und gutgeheißen. Das Schlagen, sei es von Hand oder mit dem Stecken, gehörte zum Berufsbild des Lehrers. So wurde Starks hartes Durchgreifen allgemein begrüßt – von den Eltern, weil ihre Sprösslinge endlich ungestört lernen konnten, von den anständigen Schülern, weil sie nicht mehr von den Rabauken drangsaliert wurden und natürlich auch vom ‚Kippenraucher', der schon lange den Tag herbeigesehnt hatte, an dem der ständige Ärger mit der Klasse acht aufhörte.

Bisweilen griff Roland Stark auch zu subtileren Erziehungsmethoden. Neben der Tür hing ein Barometer, und immer dann, bevor er zu explodieren drohte, lief er zu dem Wetterglas hin und klopfte gegen die Scheibe. Dabei schaute er mit grimmigem Blick in die Runde. Sofort wusste jeder, es braute sich ein Gewitter zusammen, und man durfte sich nichts, aber auch gar nichts mehr erlauben. So brachte ‚Starks Wetterdienst' augenblicklich Ruhe in die Klasse.

Eines Tages entdeckte Roland Stark nach dem Sportunterricht im Geräteschrank der Turnhalle zwei Paar Boxhandschuhe, die dort schon seit langer Zeit unbenutzt herumlagen. Das brachte ihn auf die Idee, sie für eine neue, höchst originelle Variante der körperlichen Züchtigung der Jungs einzusetzen. Fiel wieder einmal einer seiner Zöglinge durch sein unbotmäßiges Verhalten auf, so verprügelte ihn Stark nun nicht mehr ad hoc, sondern sagte nur grinsend: „Am Samstag boxen wir!" Die Ankündigung allein genügte, um dem Schüler eine solche Angst einzujagen, dass er für den Rest der Woche keinen Mucks mehr von sich gab. Es mag vielleicht unfair erscheinen, wenn ein Mann von der Statur eines Bären einen Halbwüchsigen zum Kampf herausfordert, aber man muss bedenken, die jungen Burschen waren zum Teil schon recht kräftig gebaut und durch die ständigen Prügeleien mit den Gleichaltrigen im Nahkampf geübt. Außerdem knöpfte sich Roland immer drei, vier oder auch fünf Schüler nacheinander vor, so dass er summa summarum mehr Treffer einsteckte als jeder einzelne seiner Kontrahenten und am Ende total entkräftet in die Kabine wankte. Eines Samstags, als Florian den Freund und Kollegen in der Turnhalle abholen wollte, wurde er Zeuge eines einmaligen Schauspiels. Was zunächst nach einem Kampf zwischen David und Goliath aussah, nahm plötzlich eine unerwartete Wende. Anfänglich wollte der völlig verängstigte Junge gar nicht kämpfen. Roland umtänzelte ihn wie seinerzeit Cassius Clay alias Muhammed Ali seine Gegner und versetzte ihm zuerst leichte, dann immer heftigere Schläge gegen die Brust, gegen die Schultern und schließlich gegen den Kopf. Dabei vernachlässigte er die Deckung, ließ die Arme sinken und höhnte: „Wehr dich doch, du Feigling, sonst bekommst du von mir Prügel, ohne dass du einen einzigen Treffer gelandet hast!" Florian tat der Junge aufrichtig leid, doch plötzlich wendete sich das Blatt. Dermaßen in die Enge getrieben, rastete der Schüler plötzlich aus und schlug blindwütend auf seinen Peiniger ein. Wie ein Trommelfeuer folgten die Schläge aufeinander, und noch ehe Roland die Fäuste schützend vor sein Gesicht halten konnte, hatte er schon einige harte Treffer eingefangen. Er taumelte zurück, fiel rücklings auf die Matte und zeigte mit hochgestrecktem Arm das Ende des Kampfes an. Florian half ihm auf die Beine und betupfte die blutende

Augenbraue mit dem Taschentuch. Der Sieger war sichtlich erschrocken, seinen Lehrer zur Strecke gebracht zu haben, die anderen Jungs dagegen freuten sich diebisch. Einer der ihrigen hatte den unbesiegbaren Titanen k.o. geschlagen! Übrigens schadete diese Niederlage Starks Ansehen in der Klasse überhaupt nicht. Im Gegenteil, seine Jungs achteten ihn wegen seiner draufgängerischen Art mehr denn je. Kein anderer Lehrer hätte es je gewagt, sich mit einem Schüler auf einen Boxkampf einzulassen.

Man kann sich vorstellen, wie Elisabeth erschrak, als Roland übel zugerichtet von der Schule heimkam, war sie doch das glatte Gegenteil ihres Mannes – eine auffallend schlanke, feinsinnige junge Frau, die sich den schönen Dingen des Lebens zuwandte, der alles Grobe zuwider war. Sport interessierte sie überhaupt nicht, denn das Kämpfen und Kräftemessen war ihr zuwider. Dafür spielte sie Klavier und Geige, besuchte gerne Konzerte und Ausstellungen. Alle wunderten sich, wie zwei so unterschiedliche Menschen wie Roland und Elisabeth zueinander finden konnten. Bei ihnen bewahrheitete sich ein weiteres Mal das Sprichwort ‚Gegensätze ziehen sich an'.

Fehlt noch der vierte im Bunde, Harry Rentschler. Mit ihm verstand sich Florian am besten, mit ihm teilte er die meisten Interessen. Beide liebten sie die Musik und die Kinder, die Natur und das Reisen, die schnellen Autos und den Motorsport, die Geselligkeit mit netten Menschen in froher Runde ... am meisten aber gefielen ihnen die hübschen jungen Mädchen.

Das Mädchen aus dem Nachbarhaus

Angelika gehörte zu jener Sorte von Mädchen, vor der die Mütter ihre Söhne warnen, und dies aus gutem Grund. Oft haben Frauen ein feines Gespür für die Vorlieben ihrer Sprösslinge und die Schwächen der jungen Damen, denen ihre Bewunderung gilt. Angelika hatte in der Nachbarschaft einen schlechten Ruf. Sie galt als ‚verdorbenes Luder'. Ihr Vater hatte sich zu seiner Geliebten nach Italien abgesetzt und lebte schon seit langem getrennt von Frau und Kindern, was die ‚anständigen' Leute des Viertels als Makel ansahen. Als frühreifes, bereits im zarten Alter von fünfzehn Jahren mit allen Reizen einer attraktiven Frau ausgestattetes Mädchen hatte sie schon früh erste Erfahrungen auf dem Gebiet der angewandten Liebe gesammelt und erkannt, wie sie ihre körperlichen Vorzüge zu ihrem Vorteil einsetzen konnte. Perfekt beherrschte sie das Spiel von Hinhalten und Entgegenkommen, von Abweisen und Annähern und machte so die jungen Kerle verrückt. Obwohl drei Jahre jünger als Florian und ihm an Intelligenz weit unterlegen, verstand sie es meisterhaft, ihn um den Finger zu wickeln. Bekanntlich kommt es häufig vor, dass ausgesprochen einfach strukturierte Frauen, sofern sie entsprechend aussehen und das Spiel auf der Klaviatur des Bezirzens beherrschen, auf kopflastige Männer eine besondere Faszination ausüben. Florian fand es aufregend, von seinem Zimmer aus, das im Dachstock der elterlichen Wohnung lag, Angelika Tag für Tag zu beobachten, wenn sie von der Schule heimkam oder zum Nachmittagsunterricht wegging. Er kannte die Zeiten und stand mit pochendem Herzen hinter der Gardine, bis sie erschien, und manchmal benutzte er sogar den Feldstecher, um sie noch besser zu sehen. Oh, sie war wirklich aufregend sexy, die Kleine! Da es Florian an Intelligenz nicht mangelte, erkannte er rasch, dass es ganz einfach sei, sie über ihren Bruder Horst kennenzulernen. Im Grunde interessierte ihn der Nachbarsjunge überhaupt nicht, aber der Zweck heiligt bekanntlich die Mittel. So sprach Florian eines Tages den jungen Burschen an, und der ging gerne auf den Vorschlag ein, Briefmarken und Bierdeckel zu tauschen. Aus diesen gelegentlichen Treffs entwickelte sich bald eine echte Freundschaft. Am liebsten besuchte Florian den Kameraden am frühen Nachmittag, wenn die Mutter noch bei der Arbeit war. Ließen die beiden Jungs dann ihre Schallplatten in voller Lautstärke ablaufen, kam manchmal Angelika ins Wohnzimmer herüber. Je nachdem, wie sie gelaunt war, beklagte sie sich dann über die Störung oder beteiligte sich am gemeinsamen Musikhören, und bisweilen sang sie im Duett mit Conny Froboess den Schlager:

„O-ho-o-ho, I love you baby, ich liebe dich, du bist am Tage der Sonnenschein für mich, du bist der Stern in der Nacht und lässt mir keine Ruh', denn A-ha-hay love you".

Für diesen simplen Text reichten sogar Angelikas bescheidene Englischkenntnisse aus, die sie bei ihren gelegentlichen Besuchen in der Ami-Kaserne auf dem Burgholzhof erworben hatte. Zu den Hits der damaligen Zeit gehörten auch die Songs von Peter Krauss. Eines Tages tanzte Angelika zu dessen Schlager ‚Sugar baby' einen wilden Rock'n Roll, und als Florian sah, wie ihre Brüste unter ihrem Pulli hüpften, da packte ihn das unbändige Verlangen, sie zu begrapschen. Dummerweise ließ sich das in Horsts Gegenwart nicht bewerkstelligen, doch mit einem einfachen Trick brachte es Florian fertig, das ‚fünfte Rad am Wagen' loszuwerden. Mit einem Augenzwinkern drückte er dem Kumpel fünf Mark in die Hand und schickte ihn zum Zigarettenholen. Horst, nicht weniger durchtrieben als seine Schwester, erkannte Florians Absichten sofort und verließ die Wohnung. Manchmal blieb er eine halbe, manchmal auch eine ganze Stunde oder noch länger weg und kündigte seine Rückkehr stets mit einem unüberhörbaren Erkennungspfiff an.

Kaum war Florian mit Angelika allein, da startete er auch schon einen plumpen Annäherungsversuch, den sie entrüstet zurückwies, und das aus einem ganz einfachen Grund. Sie erwartete eine Gegenleistung für ihr Entgegenkommen und meinte in provozierend aufreizendem Ton:

„Wenn du mir bei den Hausaufgaben hilfst, darfst du mit mir machen, was du willst!"

Sei es aus mangelnder Aufmerksamkeit oder aus purer Dummheit, jedenfalls hatte Angelika keine blasse

Ahnung von dem zuletzt im Unterricht behandelten Stoff, und so machte sich Florian alleine an die Arbeit. Zuerst erledigte er die Rechenaufgaben, dann zeichnete er eine Skizze von Afrika mit allen Flüssen, Gebirgen und großen Städten. Nach vollendeter Arbeit gab ihm Angelika, wonach er begehrte. Sie ließ sich den Pulli bis zum Hals hochkrempeln, und er begaffte und begrapschte ihre Brüste. Auch ihr bereitete dieses Treiben großes Vergnügen und sie quiekte wie ein kleines Schweinchen, als Florian ihre empfindlichsten Körperstellen berührte. So wiederholten sie dieses Spiel, wann immer sie nicht imstande war, ihre Hausaufgaben selbst zu erledigen, und das kam zwei bis drei Mal in der Woche vor. Damit bereiteten sie gleich drei Personen eine Freude – sich selbst und Angelikas Klassenlehrerin, ein älteres Fräulein, dem sofort auffiel, wie sorgfältig ihre Schülerin plötzlich ihre Hausaufgaben erledigte.

„Du machst in letzter Zeit große Fortschritte, Angelika!", lobte sie dann und dachte dabei, ihre pädagogischen Bemühungen trügen endlich Früchte. Für sie wäre wohl eine Welt zusammengebrochen, hätte sie erfahren, auf welchem Gebiet Angelikas Fortschritte lagen und auf welche Weise die Arbeiten zustande gekommen waren.

Im Laufe der Zeit kamen Florian immer neue Ideen, wie er auch ohne Gegenleistung an Angelika herankommen konnte. Eines Tages brachte er seinen Goldhamster Kiki mit und steckte ihn seiner kleinen Freundin in den Ärmel. Von Natur aus für das Kriechen in engen Gängen geschaffen, arbeitete sich das possierliche Tierchen rasch über den Ellbogen bis zur Schulter hoch und wandte sich von dort wieder abwärts. Mal verhedderte es sich auf Angelikas Rücken zwischen Haken und Ösen, mal zappelte es hilflos vorne in einem tiefen Tal zwischen zwei hohen Bergen. Florian befreite es dann mit größtem Vergnügen aus seiner misslichen Lage. Angelika fand den kleinen Goldhamster einfach drollig und bat Florian, ihn öfter mitzubringen. Gerne tat er ihr den Gefallen und jedes Mal begann das neckische Spiel von neuem.

Bald ahnte Florians Mutter, warum ihr Sohn so oft seinen Freund Horst besuchte. Sie warnte ihn eindringlich davor, sich mit Angelika einzulassen. Das machte die Sache für Florian noch interessanter, denn bekanntlich schmecken verbotene Früchte besonders süß. Als die Mutter sah, dass ihre Ermahnungen nicht fruchteten, wandte sie ein anderes Mittel an. Sie legte einen Köder aus, und dieser Köder hieß Dorothee und war die Tochter des Gemeindepfarrers Leonhardt. Immer wieder betonte sie, was für ein nettes Mädchen die Dorothee sei. Doch alle Bemühungen der Mutter nutzten nichts, denn Florian fand die Pfarrerstochter langweilig und völlig unattraktiv. Bekanntlich sind gerade jene Mädchen am interessantesten, vor denen die Mütter ihre Söhne warnen.

Das Schuljahr ging seinem Ende entgegen. Die nervenaufreibenden Abiturprüfungen lagen nun hinter Florian und seinen Klassenkameraden. Als der Schulleiter das Ergebnis verkündete, brach großer Jubel aus, denn selbst jene, deren Versetzung schon seit Beginn ihrer Gymnasialzeit Jahr für Jahr gefährdet war, hatten die Prüfung bestanden. Das musste gebührend gefeiert werden! Der Klassensprecher mietete einen Raum im Degerlocher Waldheim an. Dort konnte man nach Herzenslust umtreiben, herumkrakeelen, singen, musizieren und sich mit Bier volllaufen lassen. Manche Kameraden brachten ihre Freundin mit, andere kamen alleine. Angelika nahm Florians Einladung gerne an und meinte, dann könne man hinterher noch ein bisschen ‚schwanzen', und er rätselte nun, was sie mit dieser Bemerkung meinte. Am frühen Abend fuhren die beiden jungen Leute mit der Straßenbahn vom Stuttgarter Osten nach Degerloch hinauf, und als Florians Klassenkameraden das hübsche Mädchen an seiner Seite sahen, da kamen sie aus dem Staunen nicht mehr heraus. Das hatten sie ihrem jüngsten Mitschüler wirklich nicht zugetraut! Endlich fühlte sich Florian von allen geachtet und respektiert. Das Fest nahm nun seinen Lauf. Es wurde gelacht und gesungen, geplaudert und geflirtet, getanzt und viel Bier getrunken. Als die Stimmung am späten Abend ihrem Höhepunkt zustrebte, setzte sich Florian ans Klavier und spielte einige moderne Stücke, die bei der lustigen Gesellschaft gut ankamen. Am meisten Beifall erntete er für seine Rock'n Rolls. Angelika und zwei andere Mädchen lehnten in graziöser Haltung an der Seite des Instruments und bewunderten die Fingerfertigkeit des Pianisten. Mal schaute Florian zu der einen, dann wieder zu der anderen hin, und wenn sie seinen Blick mit einem bezaubernden Lächeln erwiderten, dann fiel ihm unwillkürlich ein uralter Schlager ein, in dem es heißt: „... denn wer Klavier spielt, hat Glück bei den Frau'n."

Der Uhrzeiger bewegte sich bereits auf Mitternacht zu und es wurde Zeit aufzubrechen, wollte man die letzte Straßenbahn nicht verpassen. Doch eben darauf hatte es Angelika angelegt. Immer wieder bat sie den Freund, nochmal ein Stück zu spielen, und der tat ihr den Gefallen und klimperte so lange weiter, bis keine Bahn mehr fuhr und es keine Rolle mehr spielte, wann man aufbrach. Erst morgens um halb zwei verließen Florian und Angelika das Waldheim und traten hinaus in die laue Sommernacht. Arm in Arm liefen sie hinein in das Dunkel des Waldes, der einen betörenden Geruch nach modriger Erde, Harz und Fichtennadeln verströmte. Immer wieder blieben sie stehen, umarmten und küssten sich. Seltsame Geräusche drangen vom Tiefenbach herauf, und sie drückte sich fester an ihn. Dann zog sie die Schuhe aus und lief barfuß, doch bald schmerzte sie das Pieken der Nadeln auf der bloßen Haut, und Florian trug sie wie ein kleines Mädchen auf den Armen. Obwohl gewiss kein Leichtgewicht, wurde ihm die Last lange Zeit nicht zu schwer. Erst als er spürte, wie seine Kräfte erlahmten, legte er sie sachte an einer moosigen Stelle ab und beide lagen eng aneinander gekuschelt auf dem taufeuchten Waldboden. Wie in Trance gaben sie sich ihrem Liebesspiel hin und Florian wusste gar nicht wie ihm geschah, so sehr betörten ihn Angelikas Zärtlichkeiten.

Wohl hätte sie sich ihm auch ganz hingegeben, aber Florian zauderte, denn er fürchtete, er könne versagen und es mit seiner kleinen Freundin verderben. Irgendwann begannen die Vögel zu zwitschern und das Leben im Wald erwachte. Ein zarter Lichtschein am Osthorizont kündigte die Morgendämmerung an. Wie dunkle Schattenrisse zeichneten sich die Schöpfe der Föhren vor dem orangerot gefärbten Himmel ab. Ein kühler Windhauch strich durch das Laub und riss die Nachtschwärmer aus ihren Träumen. Angelika fröstelte und Florian hüllte sie in seine Jacke. Hand in Hand liefen sie zur Geroksruhe hin, und als sie dort aus dem Wald traten, ging gerade über dem Neckartal die Sonne auf. Innerhalb von Sekunden ergoss sich eine strahlend helle Lichtflut über das Land. Noch eine Weile verfolgten Florian und Angelika von der Anhöhe aus das wunderbare Schauspiel und machten sich dann endgültig auf den Heimweg. Als sie in das Sträßchen einbogen, in dem sie wohnten, schlug die Turmuhr der nahen Lukaskirche sechs Mal. Viereinhalb Stunden hatten sie für eine Strecke gebraucht, die ein geübter Wanderer in einem Viertel der Zeit zurücklegt. Nun verstand Florian, was Angelika mit dem Wörtchen ‚schwanzen' gemeint hatte. Noch ein letzter Kuss, eine letzte Umarmung, dann verschwand sie hinter den Rosensträuchern des Vorgartens, und Florian kehrte in die elterliche Wohnung zurück. Auf leisen Sohlen schlich er die Treppe zu seinem Dachzimmer hinauf, denn es sollte niemand merken, dass er in aller Herrgottsfrühe nach Hause kam. Dummerweise hörte sein Vater das

Knarren der hölzernen Stufen und schaute nach, wer die morgendliche Ruhe störte. Als er den Sohn ‚in flagranti' bei seiner verspäteten Heimkehr ertappte, wurde er augenblicklich böse und schimpfte: „Nachts herumtreiben mit den Mädels, das könnte dir so passen! Kümmer' du dich lieber um deine Schularbeiten!"

Florian fand den Vorwurf völlig ungerechtfertigt, denn er hatte sich nicht mit d e n Mädels herumgetrieben, sondern nur eine, nämlich Angelika, vom Degerlocher Wald nach Hause begleitet, wie sich das für einen Kavalier gehört. Außerdem lag die Schulzeit nun hinter ihm, und er wollte sich von niemandem mehr vorschreiben lassen, mit wem er ausging und wann er heimkam. Im Übrigen liefen die Schmähungen seines alten Herrn an ihm ab wie Wassertropfen an einer frisch polierten Fensterscheibe, denn er dachte in diesem Augenblick nur an Angelika und die romantischste Sommernacht, die er je erlebt hatte.

Drei Jahre nach dieser nächtlichen Wanderung arbeitete Florian Schöllkopf bereits als Lehrer in Krauthausen, während Angelika die Berufsschule besuchte mit dem Ziel, Friseuse zu werden. Auch wenn sie nun viel weniger Zeit füreinander hatten als früher, hielten sie doch engen Kontakt. Zwar konnte er jetzt nicht mehr am Nachmittag geschwind bei ihr vorbeischauen, denn kam er von der Arbeit nach Hause, war die Zeit meistens schon so weit vorangeschritten, dass die Mutter der Freundin jederzeit erscheinen konnte. Angelika erkannte natürlich rasch, der Wagen war das geeignete Mittel, um sich den nötigen Freiraum zu verschaffen.

„Lass uns doch zusammen wegfahren, Flori", bat sie. „Ich kenne einen Waldparkplatz im Körschtal bei Kemnat. Dort können wir das Auto abstellen und sind endlich mal wieder ganz ungestört!"

„Wie gerne würde ich das tun, meine Liebe, aber es geht leider nicht", entgegnete Florian. „Ich darf den Wagen nur für die Fahrten nach Krauthausen benutzen. Du weißt doch, mein Vater ist furchtbar streng und erlaubt keine Extratouren. Dauernd kontrolliert er den Tachostand und misst den Benzinverbrauch. Als ich neulich den Schulrat nach Aichschieß brachte, bemerkte er sofort die zusätzlich zurückgelegten Kilometer und wollte mir gar nicht glauben, dass es sich um eine dienstliche Fahrt handelte."

„Dann erzähl' doch deinem Alten, du seist wieder mit dem Schulrat unterwegs gewesen!", schlug Angelika vor.

„Das wäre das Dümmste, was ich machen könnte, denn der Schulrat kommt nur alle sechs bis acht Wochen nach Krauthausen. Glaubst du vielleicht, mein Vater weiß das nicht? Es hat also keinen Sinn. Er merkt einfach alles. Jeden Abend läuft er ums Auto herum und schaut, ob alles in Ordnung ist. Jeder noch so kleine Kratzer im Lack, selbst jedes Haar, das am Polster hängt, entgeht ihm nicht. Du siehst also, unsere schöne Spritztour ins Grüne muss leider ausfallen!"

Angelika reagierte enttäuscht, und Florian, der nur allzu gerne mit ihr nach Kemnat gefahren wäre, zermarterte sich den Kopf, wie man das väterliche Verbot unterlaufen könnte. Doch so sehr er auch nachdachte, es fiel ihm kein Ausweg aus dem Dilemma ein. Gleich am folgenden Tag schilderte er nach dem Unterricht seinem Freund Harry das Problem, und der wusste sofort, wie man es lösen konnte.

„Es ist doch ganz einfach, Flori! Du brauchst in deinem Auto nur die Abdeckung unter der Fronthaube abschrauben und kannst dann ganz leicht die Tachowelle abziehen. Dann werden die Kilometer nicht mehr gezählt, die du fährst. Das mache ich bei meinem Käfer auch immer, bevor ich eine längere Strecke zurücklege, denn das erhöht später den Wiederverkaufswert."

„Wunderbare Idee!", meinte Florian sarkastisch. „Wie stellst du dir das vor? Mein alter Herr würde doch sofort merken, dass der Benzinverbrauch sprunghaft ansteigt."

„Kein Problem! Dann füllst du eben die entsprechende Treibstoffmenge nach!"

„Aber wer sagt mir denn, wie viel ich nachfüllen muss, wenn ich nicht weiß, wie weit ich gefahren bin?"

„Du musst die Treibstoffmenge eben über den Daumen peilen!"

„Über den Daumen peilen! Lächerlich!", entgegnete Florian genervt. „Mein Vater rechnet doch den Verbrauch jede Woche auf den Milliliter genau aus. Er würde sofort merken, wenn etwas nicht stimmt und dann lässt er mich nicht mal mehr nach Krauthausen fahren!"

Nun konnte auch Harry nicht mehr weiterhelfen, doch Florian, in Physik und in Geografie gleichermaßen bewandert, hatte einen genialen Einfall. Er kaufte einen Benzinkanister und ließ aus dem Physiksaal der Krauthäuser Volksschule einen Messzylinder und eine Pipette mitgehen. Aus der Heimatkundesammlung borgte er sich die Wanderkarte ‚Stuttgart und Umgebung', Maßstab eins zu fünfzigtausend, herausgegeben vom Schwäbischen Albverein. Akribisch genau wie sein Vater – bekanntlich fällt der Apfel nicht weit vom Stamm – vermaß Florian die Strecke vom Stuttgarter Osten hinauf zum Fernsehturm, dann weiter Richtung Sillenbuch und über Heumaden nach Kemnat bis hinunter ins Körschtal zu besagtem Waldparkplatz. Den buchhalterischen Unterlagen seines alten Herrn, die er in dessen Schreibtisch fand, entnahm er die exakten aktuellen Verbrauchswerte und errechnete daraus auf den Milliliter genau, welche Treibstoffmenge er nach jeder Schwarzfahrt nachfüllen musste. Mit Hilfe des Messzylinders und der Pipette gelang das ganz exakt. An jedem Wochenende überprüfte der Vater den Verbrauch und konnte aufgrund der sorgfältigen Berechnungen des Sohnes keine auffälligen Abweichungen vom Normalen feststellen, und der Sohn verwertete anschließend wieder die Ergebnisse des Vaters. Hier biss sich die Schlange in den Schwanz, und der Vater erfuhr nie etwas von den unerlaubten Spritztouren des Sohnes.

An jedem Mittwochnachmittag, wenn Florian keinen Unterricht hatte und Angelika nicht zur Berufsschule gehen musste, fuhr das junge Pärchen hinaus ins Grüne, wo es seine erotischen Spiele ungestörter ausüben konnte als auf dem Sofa in Angelikas Wohnung. Bei Regen und an kalten Tagen bot ihnen der wohlgeheizte Wagen ein gemütliches Liebesnest, bei schönem Wetter dagegen verlustierten sie sich im Gras auf einer Decke. Dabei gingen sie allerdings nie bis zum Äußersten, denn immer wieder kamen Passanten vorüber, die ihr Treiben teils verstohlen, teils amüsiert beobachteten. Den lieben langen Sommer vergnügten sich die beiden Woche für Woche an ihrem Lieblingsplätzchen im Körschtal, bis es Angelika auf die Dauer langweilig fand, immer das gleiche Ziel anzusteuern. Eines Tages, Florian war eben im Begriff, den Wagen zu starten, da fragte sie ihn, ob er nicht zum Katzenbacher Hof fahren könne. Dort gebe es mehrere einsame Waldparkplätze. Florian wunderte sich, woher sie das wusste. Dann fiel ihm ein, ganz in der Nähe lag eine der größten Ami-Kasernen des Landes. Ein Verdacht keimte in ihm auf, aber er ließ sich seine gute Laune nicht durch unangenehme Gedanken verderben und antwortete betont lässig:

„Ach wie gerne würde ich dir den Gefallen tun, Schätzchen, aber es geht heute leider nicht, denn ich habe keine Ahnung, wie weit es bis dorthin ist. Aber wenn du möchtest, vermess' ich die Strecke bis zum nächsten Mal, dann können wir hinfahren."

So erweiterte sich das Streckennetz zuerst bis zum Katzenbacher Hof und dann zu weiteren Zielen in der näheren Umgebung von Stuttgart. Dank Florians genauen Berechnungen fiel nie auf, dass die Reise nicht nach Krauthausen, sondern zu einsamen Waldparkplätzen führte. Auch vergaß er nie, nach der Rückkehr die Tachowelle wieder einzuhängen. Kritisch wurde es nur, wenn eine Umleitung die Strecke verlängerte. Da die Abweichungen von der kürzesten Route jedoch gering waren, bemerkte Florians Vater nicht den leicht erhöhten Treibstoffverbrauch. So flog der Schwindel nie auf. Dennoch kam eines Tages das abrupte Ende der vergnüglichen Ausflugsfahrten. Man sollte annehmen, der alte Herr wäre eines Tages doch hinter die Schliche seines Sohnes gekommen, sei es durch ein liegengebliebenes Kleidungsstück oder ein verräterisches langes Haar am Polster der Rückbank seines Wagens. Nein, der Grund lag ganz woanders!

Gelegentlich gingen Florian und Angelika miteinander zum Tanz, und zwar mit Vorliebe in die ‚Texas Ranch', ein weithin bekanntes Lokal, das sie zu Fuß erreichen konnten. Der etwas vergammelte Schuppen mit seiner Wildwestatmosphäre hatte nicht den allerbesten Ruf und galt als ‚Abschlepplokal'. Das hieß, die meisten männlichen Gäste benutzten den Tanz nur als Mittel zum Zweck, eine Frau kennenzulernen und sie anschließend ‚abzuschleppen', was alle Möglichkeiten des Sichnäherkommens beinhaltete. Die Damen wussten dies natürlich und ließen sich gern von einem netten Herrn entführen. Eines Abends kam es in dem Lokal zu einer massiven Auseinandersetzung. Um ihre schmalen Geldbeutel zu schonen, schmuggelten Florian und Angelika eine Flasche Cognac in das Lokal. Dummerweise bemerkte der Chef des Hauses, wie sie mit dem hochprozentigen Alkoholgetränk heimlich ihre Cola aufpeppten. Es gab ein Riesentheater und alle anderen Gäste verfolgten gespannt die Szene. Welch eine peinliche Situation für das junge Pärchen! Hätte nicht Angelika alle Register ihrer Beschwichtigungskunst und ihres Charmes gezogen, sie wären glatt rausgeflogen.

Doch es kam noch schlimmer. Bei einem der folgenden Besuche in dem Tanzschuppen bemerkte Florian, dass Angelika ständig zu einem jungen Mann hinüberschielte, der ohne weibliche Begleitung am Nebentisch saß. Florian ließ sich dieses unziemliche Verhalten nicht lange bieten, zumal ihr der Kerl ganz ungeniert schöne Augen machte, und er zischte die Freundin an:

„Schau nicht dauernd zu dem Typen rüber! Dafür bin ich nicht mit dir hierhergekommen, dass du mit anderen herumflirtest!"

Für eine Weile unterließ Angelika das Spiel mit dem Feuer, um es bald darauf noch intensiver fortzusetzen. Verärgert stand Florian auf und ging zur Toilette. Als er wieder zurückkam, traute er seinen Augen nicht: Angelika saß bei dem Nebenbuhler am Tisch und führte mit ihm ein lebhaftes Gespräch. Nun packte Florian die blanke Wut. Am liebsten wäre er dem dreisten Kerl an den Kragen gegangen, doch dann dachte er an den Chef des Hauses, dem ein Skandal in seinem Lokal sicherlich nicht gefallen hätte. Also griff Florian zu einem subtileren Mittel. Er lief zur Theke, bat um Papier und Bleistift und schrieb:

„Werter Herr Nachbar! Ich überlasse Ihnen gerne diese Frau, denn ich habe kein Interesse mehr an ihr. Angelika ist ihr Name, 46 75 12 ihre Telefonnummer. Viel Spaß zusammen!"

Dann lief Florian zu seiner Freundin und ihrem neuesten Verehrer hin, legte den Zettel auf den Tisch und kehrte an seinen Platz zurück. Mit betretener Miene verfolgte Angelika, wie ihr Gesprächspartner die Notiz mehrmals kopfschüttelnd las. Als sie darum bat, er möge ihr den Wisch aushändigen, lehnte er dies entschieden ab. Warum nur wollte der Mann das Papier nicht hergeben? Von der Neugierde gepackt, brachte sie es mit einer blitzschnellen Handbewegung an sich und las einmal, las zweimal, las dreimal. Plötzlich lief sie rot an, warf Florian einen bitterbösen Blick zu und stürmte aus dem Lokal. Ihm war das gerade recht, denn er wusste, diesen Denkzettel würde sie nie vergessen. Und ob sie ihm jemals verzeihen würde, war ihm in diesem Moment völlig gleichgültig. Später tat es ihm leid, dass er Angelika so vor den Kopf gestoßen hatte und sie ihm fortan aus dem Wege ging. Die Beziehung schien ein für alle Mal beendet.

Es geschah an einem jener neblig-trüben Novembertage, an dem man schon am frühen Nachmittag meint, die Dämmerung breche an. Kurz vor dem Abendessen verließ Florian die elterliche Wohnung, um seinem Freund Horst die neueste Schallplatte von Elvis Presley zu bringen. Im dichten Nebel lief er über die Straße, öffnete das Gartentor, hastete die Stufen hinauf und klingelte an der Haustüre. Der Türöffner surrte und Florian wartete gespannt, wer ihn wohl empfangen würde. Als Angelika erschien, erfasste ihn ein seltsames Gefühl, eine Mischung aus Ablehnung und freudiger Erregung. Schon seit Wochen hatte er nicht mehr mit ihr gesprochen, und nun stand sie plötzlich vor ihm und begrüßte ihn ganz freundlich, als habe es den dummen Vorfall in der ‚Texas Ranch' nie gegeben. Das brachte ihn kurz aus der Fassung, doch er ließ sich nichts anmerken und meinte in herablassendem Ton:

„Ach du bist's bloß? Eigentlich wollte ich mit Horst sprechen und ihm diese Schallplatte geben!"

„Da hast du leider Pech, mein Lieber!", entgegnete Angelika lächelnd. „Mein Bruder ist mit meiner Mutter übers Wochenende nach Bad Liebenzell gefahren. Du weißt doch, durch die schwere Arbeit in der Fabrik hat sie oft starke Rückenschmerzen und das Schwimmen im Mineralwasser tut ihr gut."

Um Angelika zu ärgern, erwiderte Florian in einem Tonfall, als sei sie für ihn Luft: „Wenn n i e m a n d zu Hause ist, dann kann ich ja wieder gehen!"

„Aber bin ich denn niemand?", entrüstete sich Angelika. „Ich bin das ganze Wochenende über alleine zu Hause und du könntest mir heute Abend Gesellschaft leisten. Wenn du Lust hast, komm' doch rüber!"

„Aber es geht nicht. Ich muss zum Nachtessen!", erwiderte Florian rasch und wollte verschwinden. Doch Angelika hielt ihn fest, zog ihn zu sich heran und flüsterte ihm ins Ohr: „Dann komm' doch später und bring' auch deinen Fotoapparat und Pariser mit!"

Florian blieb die Luft weg. Er traute seinen Ohren nicht. Was hatte sie da eben gesagt? Und wie lässig, als ginge es um Zigaretten oder Kaugummi, hatte sie dieses Wort ausgesprochen, das ihm so unanständig, aufregend, obszön erschien. Meinte sie das im Ernst oder wollte sie ihn hereinlegen, sich für seine Schandtat rächen? Ihn anspitzen und dann abblitzen lassen?

„Wie bitte? Was... was soll ich... was soll ich mitbringen?", stammelte er.

„Frag' nicht so dämlich und tu's einfach!", sagte Angelika und schüttelte dabei den Kopf. Wie konnte jemand so auf der Leitung stehen? Florian, der sich inzwischen wieder gefasst hatte, erkannte nun die Chance, endlich das zu erleben, wovon er schon lange träumte. Er sagte nur „Gut, ich komme!" und ging.

Während des Abendessens konnte sich Florian partout nicht auf das Saitenwürstchen konzentrieren, das vor ihm auf dem Teller lag. Unablässig dachte er an das bevorstehende Ereignis und überlegte, wie er die Präservative beschaffen könnte. Sollte er Harry anrufen, der immer welche vorrätig hatte? Aber nein, jetzt zu ihm nach Zuffenhausen zu fahren, das dauerte viel zu lange. Da fiel ihm ein, auf der Herrentoilette im Gasthaus ‚Zum Goldenen Löwen' hing doch ein Kondomautomat. Eilig würgte er den letzten Zipfel der Wurst hinunter, trank den restlichen Apfelsaft aus, verließ das Haus und rannte zu besagtem Restaurant. Ohne nach rechts und links zu schauen schritt er durch die Gaststube, erreichte das Männerklo, warf ein Markstück in den Automaten, zog das Schubfach heraus und entnahm die Kondompackung mit dem Schriftzug ‚Fromms'. Wie unpassend und lächerlich fand er diesen Markennamen für ein derart schlüpfriges Produkt! Auf dem Rückweg kamen ihm große Bedenken, ob er überhaupt zu Angelika gehen sollte. Einerseits wollte er die günstige Gelegenheit auf keinen Fall auslassen und nicht länger ‚Jungmann' bleiben. Endlich würde er mit den Kameraden mitreden können, die mit ihren Sexabenteuern prahlten. Andererseits hatte er Angst, er könnte versagen, denn seit seiner Kindheit war er nie richtig aufgeklärt worden. Er erinnerte sich, wie er damals als Zehnjähriger zu Hause im ‚Brockhaus' nach jenen Stellen gesucht hatte, die Antworten auf seine Fragen gaben. Eines Nachts hatte ihn seine Mutter dabei ertappt, wie er sich im Schein der Taschenlampe über eine Seite beugte, auf der die Entwicklung eines menschlichen Embryos in Wort und Bild dargestellt war. Entsetzt hatte sie ihm das Buch aus der Hand gerissen und erklärt, das sei nichts für Kinder, was er da gesehen habe. Dann hatte sie das Lexikon im Bücherschrank eingeschlossen und ihm verboten, es jemals wieder anzurühren. Nie vergaß Florian die Bilder von den seltsamen Wesen, die wie eingerollte kleine Mäuse oder Marsmännchen aussahen, und er konnte sich nicht erklären, was es mit ihnen auf sich hatte. Auch später am Gymnasium erfuhr er nicht, wie ein Mensch entsteht, denn beim Thema ‚Vermehrung' ging es ausschließlich um Pflanzen, um Staubgefäße und Griffel, Pollen und Fruchtknoten, Narbe und Blütenstaub. Die Zeichnungen in ‚Schmeils Menschenkunde' dagegen zeigten nur ein Neutrum ohne Geschlechtsmerkmale. Männer und Frauen gab es nicht. Alle waren gleich. Das wichtige Kapitel, wie ein Kind entsteht, wurde einfach ausgeblendet. So waren unter den Jungs die abenteuerlichsten Gerüchte im Umlauf. Einer von Florians Kameraden erzählte, beim Geschlechtsverkehr würde der Mann unter großen Schmerzen und Lebensgefahr einen Hoden verlieren, aus dem dann im ‚Bauch' der Frau ein Baby heranwachse, und spendete er beide Hoden, dann entwickelten sich Zwillinge. Später wüchsen seine Keimdrüsen wieder nach. Aber wie konnten dann Drillinge und Vierlinge entstehen? War da womöglich noch ein zweiter Mann im Spiel? Begegnete Florian einer Familie mit vielen Kindern, dann dachte er: „Welch glücklicher Vater, der all diese Gefahren überlebt hat!" Bis zu seinem achtzehnten Lebensjahr hatte Florian auch keine realistische Vorstellung, wie eine nackte Frau aussieht, denn er hatte sich nicht getraut, wie die meisten seiner Klassenkameraden im Luftbad durch die Astlöcher zu spicken. Er bezog seine Kenntnisse allein aus Gemälden wie Goyas ‚Nackte Maya' und Botticellis ‚Geburt der Venus' sowie aus den Herrenmagazinen, die beim Friseur auslagen. Er wusste nicht, dass diese

Bilder junge Models zeigten, die in aufreizender Weise aufgetakelt und geliftet waren. So machte er sich völlig falsche Vorstellungen, wie eine Frau in natürlichem Zustand aussieht. Unter diesen Voraussetzungen entwickelte er nie eine normale Einstellung zur Sexualität, und er hoffte, Oswald Kolles Schriften könnten ihn von seiner Verklemmtheit befreien. Doch was der große Volksaufklärer schrieb, klang wie eine Gebrauchsanweisung zum Geschlechtsverkehr, und man hätte das Buch beim Liebesakt zwischen sich und der Partnerin aufs Kopfkissen legen und ständig nachlesen müssen, um bloß nichts falsch zu machen.

Bis zum letzten Moment überlegte Florian, ob er Angelika ‚Gesellschaft leisten' sollte. Da er aber nun die Präservative besorgt hatte, wäre er sich blöde vorgekommen, hätte er im letzten Augenblick gekniffen. Mit pochendem Herzen stand er vor dem Haus seiner ehemaligen Freundin, zögerte eine Weile und betätigte dann die Klingel. Es schien ihm endlos lange, bis sie kam, und dann stand sie plötzlich in der Tür. Ohne ein Wort zu reden, zog sie ihn in die Wohnung herein und küsste ihn auf den Mund. Florian sog den Duft ihrer Haut ein und meinte:

„Du riechst nach Fichtennadeln. Ich glaube, wir sind wieder im Wald!"

Angelika lachte leise und sagte: „Ja, ich habe eben gebadet und mich für dich frisch gemacht."

„Ach so, deshalb hast du deinen Bademantel an. Er steht dir übrigens sehr gut!"

Nun fasste Angelika den Besucher an der Hand und führte ihn ins Wohnzimmer. Langsam wie eine begabte Stripteasetänzerin legte sie den Frotteeumhang ab und Florian liefen die Augen über, so begehrenswert sah sie aus. Sie hatte sich nicht vollkommen entkleidet, sondern trug einen Slip und einen viel zu kleinen BH, der die Üppigkeit ihrer Brüste betonte. So etwas Aufreizendes hatte Florian selbst in den Playboy-Heften noch nie gesehen. Was waren schon die Bilder auf Hochglanzpapier im Vergleich zum lebenden Modell, das sich samten anfühlte und nach Fichtennadeln roch? Als das Küssen und Streicheln immer heftiger wurde und gar kein Ende nehmen wollte, fiel Florians Blick plötzlich auf die Fotografien, die hinter Glas auf dem Buffet standen. Er erkannte Horst und Angelika, die ganz brav dreinschaute, als könne sie kein Wässerchen trüben … und das waren vermutlich die Großeltern … und auf dem Bild rechts daneben blickte ihn die Mutter an, die vielleicht gerade in Bad Liebenzell im Mineralwasser planschte. Florian erschrak und ließ Angelika los. Was würde geschehen, wenn die Mutter plötzlich überraschend nach Hause käme, fragte er Angelika mit zitternder Stimme.

„Ach was, mein kleines Dummerchen, mach' dir keine Sorgen", beruhigte sie Florian. „Du brauchst wirklich keine Angst zu haben. Ich habe vorhin sicherheitshalber bei der Pension in Bad Liebenzell angerufen und erfahren, dass sie mit Horst gut angekommen ist. Ganz fürsorglich hat sie gefragt, ob ich alleine zurechtkomme. Ich habe ihr gesagt, sie bräuchte sich keine Gedanken zu machen – ich würde den Abend genießen und mir im Fernsehen das ‚Heitere Beruferaten' von Robert Lemke ansehen."

Florian staunte über die Raffinesse dieser frechen Göre. Von Mathematik und Geographie hatte sie zwar nicht die geringste Ahnung, aber in lebenspraktischen Dingen war sie ihm haushoch überlegen. Als wolle sie ihm das beweisen, stellte sie sich vor ihm in Positur und fragte verschmitzt lächelnd:

„Gefall' ich dir, Flori?"

„Und wie! Du bist sagenhaft, Angie!", bewunderte er sie und fuhr fort: „Darf ich …"

„Nein, noch nicht", unterbrach sie ihn, „ich möchte mich vorher noch von dir fotografieren lassen." Dabei legte sie die Betonung auf das Wörtchen ‚vorher', was Florian sehr aufregend fand. Natürlich ließ er sich nicht zweimal bitten, und so entstanden Aufnahmen, erotischer noch als jene, die er früher beim Friseur in den Herrenmagazinen mit feuchten Augen betrachtet hatte. Immer wieder fotografierte er die Freundin in den verschiedensten Stellungen, bis schließlich der Film vollgeknipst war. Schweigend ergriff sie nun seine Hand und führte ihn in ihr Zimmer. Dort legte sie die Schallplatte von Elvis Presley auf, und leise erklang das Lied ‚Love me tender, love me true', das der große Star jener Zeit mit unvergleichlich einschmeichelnder, sinnlicher Stimme sang. Währenddessen entkleidete sie Florian behutsam, als sei er ihr kleiner Junge, und er befreite sie von ihrem Bademantel und dem wenigen, was sie darunter trug. Langsam sanken sie auf das Bett nieder, streichelten und küssten sich, zuerst zärtlich, dann immer heftiger. Mit zunehmender Leidenschaft gaben sie sich dem Liebesspiel hin und wie im Trance geschah das, was jedem Mann, jeder Frau von Natur aus eingegeben ist. Sie führte seine Hand an die empfindsamsten Stellen ihres Körpers und wusste auch, wie sie seine schönsten Gefühle wecken konnte. Ganz unbewusst handelte auch Florian in dieser Situation wie jeder normal veranlagte Mann. Fast gleichzeitig erlebten sie einen göttlichen Höhepunkt. Dann sanken sie ermattet in die Kissen und streichelten sich noch eine Weile, während aus dem Plattenspieler jenes schöne Lied von Elvis Presley erklang:

„One night with you… is what I'm now praying for… all things that we two could plan… would make my dreams come true… just call my name…"

Wieder halbwegs bei Sinnen, wunderte sich Florian, wie einfach es gewesen war, mit Angelika das Schönste zu erleben, was einem Mann und einer Frau vergönnt sein kann. Warum nur hatte er befürchtet, sich dumm anzustellen, sich zu genieren, von der Situation überfordert zu sein, sich vor ihr lächerlich zu machen, im entscheidenden Augenblick zu versagen? Alles war ganz anders gewesen, als er gedacht hatte. Im Liebesakt lag überhaupt nichts Unanständiges oder Peinliches. Er erschien ihm wie die natürlichste Sache der Welt. Und wie geschickt hatte Angelika ihn angeleitet! Sie war eine große Meisterin in Liebesdingen, und das mit ihren siebzehn Jahren! Florian fragte nicht danach, warum sie diese Kunst so gut beherrschte. Er war einfach nur erleichtert und glücklich, gleich beim ersten Mal die Bewährungsprobe bestanden zu haben. Diese Erfahrung änderte seine Einstellung zur Sexualität von Grund auf. Fortan sah er in ihr etwas Positives, Befreiendes, Wunderbares und erkannte, dass die praktizierte Liebe das beste Mittel gegen falsche Vorstellungen, unanständige Gedanken, übersteigertes Verlangen und dummes sexistisches Gerede ist. Sind es nicht in der Regel die Menschen mit den größten Defiziten, die am meisten angeben und die größten Töne spucken?

Spät in der Nacht verließ Florian die Wohnung der Freundin, aber er kehrte nicht gleich in sein Elternhaus zurück, sondern lief im dichten Nebel durch die Straßen und hing seinen Gedanken nach. Dabei summte er leise den Beatles-Song ‚Yesterday, love was such an easy game to play' vor sich hin … und dabei hoffte er, es möge auch in Zukunft so sein. Doch der Wunsch erfüllte sich nicht. Florian hatte den Eindruck, als habe Angelika den Abend mit ihm nur zum Zeitvertreib verbracht. Er dagegen sah in der neu aufgeflammten Beziehung mehr als nur ein Spiel und es verletzte ihn sehr, als sie abends wiederholt mit einem GI in dessen Straßenkreuzer wegfuhr. Ihm wurde klar, sie war promiskuitiv veranlagt. Daran scheiterte endgültig die Verbindung.

Winter in Krauthausen

Schon im November kündigte sich der Winter mit Regen und Nebel, Eis und Schnee an. Die tägliche Fahrt von Stuttgart nach Krauthausen wurde nun für Florian und Harry immer beschwerlicher, und nicht allein die winterlichen Straßenverhältnisse, auch die eigene Unvernunft brachte die beiden jungen Männer in Gefahr. Harry wohnte zu jener Zeit bei seinen Eltern in Zuffenhausen, und auch Florian genoss noch die Vorzüge des ‚Hotels Mama' im Stuttgarter Osten. Da beide den größten Teil des Anfahrtsweges auf der gleichen Strecke zurücklegen mussten, begegneten sie sich häufig unterwegs. Zufällig fuhren beide das gleiche Auto, einen Volkswagen Käfer. Sah nun der eine den Wagen des Freundes vor sich, dann versuchte er, ihn einzuholen. Tauchte er im Rückspiegel auf, so ließ er den anderen herankommen. Auf den damals noch wenig befahrenen Straßen lieferten sie sich manchmal waghalsige Rennen und kamen sich dabei vor wie die Grand Prix-Piloten Jack Brabham, Jim Clark und Wolfgang Graf Berghe von Trips, der kurz zuvor in Monza bei einem schrecklichen Unfall ums Leben gekommen war. Florian und Harry bewunderten diese tollkühnen Männer, die den Tod nicht fürchteten, und wenn sie ihre Idole beim alljährlich stattfindenden Solituderennen mit ohrenbetäubendem

Getöse unter sich vorbeirasen sahen, dann kannte ihre Begeisterung keine Grenzen. Wie gerne wären sie auch am Steuer eines Ferrari, Lotus, Porsche oder Cooper gesessen! Immerhin besaß man einen Volkswagen, den kleinen Bruder des Renners aus Zuffenhausen. Der hatte zwar nur 34 PS und brachte es, selbst wenn man das Gaspedal bis zum Anschlag durchdrückte, nur auf eine Höchstgeschwindigkeit von bescheidenen 125 km/h, und dennoch konnte man sich auch mit ihm spannende Verfolgungsfahrten liefern. So sausten Florian und Harry oft Stoßstange an Stoßstange hinter einander her, ohne dass etwas Schlimmes passiert wäre. Doch eines Tages ließ sie ihr Schutzengel im Stich. Der Vorfall ereignete sich auf einer langen Geraden in der Senke des Ramsbachtals. Florian alias Phil Hill war gerade blitzschnell aus dem Windschatten des Wagens seines Kontrahenten ausgeschert und hatte zu einem Überholmanöver angesetzt, als plötzlich ein Reh aus dem Gebüsch trat und dicht vor ihnen über die Straße rannte. Geistesgegenwärtig trat Harry auf die Bremse. Florian dagegen versuchte dem Tier auszuweichen, touchierte dabei den Wagen des Freundes, kam ins Schleudern, geriet auf die Gegenfahrbahn und stieß dabei um ein Haar mit einem entgegenkommenden Auto zusammen. Mit größter Mühe brachte er den Wagen wieder unter Kontrolle und stellte ihn am Straßenrand ab. Vor Erregung schlotterten ihm die Knie, und im ersten Moment stellte er sich groteskerweise vor, wie sein Vater wohl getobt hätte, wenn von seinem Auto nur noch ein Schrotthaufen übrig geblieben wäre. Dann schaute er sich nach dem Freund um und entdeckte dessen Wagen ein gutes Stück entfernt mit den Vorderrädern im Graben liegen. War Harry womöglich etwas Schlimmes zugestoßen? Aber nein – da kam er schon mit kreidebleichem Gesicht dahergelaufen. Die beiden Freunde fielen sich in die Arme und dankten Gott, dass die Sache glimpflich ausgegangen war. Erst jetzt wurde ihnen bewusst, welcher Gefahr sie eben entronnen waren. Es schien ihnen, als sei ihnen soeben das Leben neu geschenkt worden.

Es sind nicht nur die freudigen Ereignisse, die eine Freundschaft festigen. Oft sind es traurige Anlässe, manchmal ist es sogar der Tod eines Menschen, der eine Beziehung vertieft. Der gefährliche Vorfall im Ramsbachtal führte Florian und Harry noch enger zusammen und brachte sie endlich zur Vernunft. Von nun an trugen sie keine Rennen mehr aus, und Florian hatte das tägliche Hin- und Herfahren endgültig satt und bezog ein möbliertes Zimmer beim Ehepaar Hübner im Krauthäuser Oberdorf. Sein Vater zeigte sich einsichtig und überließ ihm nun unter der Woche den Wagen. So eignete sich Florian Schritt für Schritt das Fahrzeug seines alten Herrn an und gewann ein großes Stück Unabhängigkeit hinzu.

Auch so manches lustige Erlebnis führte Florian und Harry noch enger zusammen. Einmal ging es zufällig wieder um ein Kondom, allerdings nicht im Zusammenhang mit Angelika oder einem anderen weiblichen Wesen. Der Vorfall spielte sich während der großen Pause im Hof der Krauthäuser Volksschule ab. Wie gewöhnlich versteckte sich der ‚Kippenraucher' im Gang des Erdgeschosses hinter den Geranienstöcken und beobachtete aus sicherer Entfernung, was draußen vorging. Wenn er etwas bemerkte, was ihm missfiel, dann griff er nicht ein, sondern ärgerte sich und brummelte vor sich hin:

„Das gibt's doch gar nicht, da prügeln sich schon wieder zwei Kerle aus Starks Klasse" oder „Wirft dieser Sauigel doch einfach seine Orangenschalen auf den Boden!" oder „Jetzt schau mal, wie der Schieber den Mädchen nachläuft!" oder „Unglaublich, da raucht doch die Schulze, dieses Luder, hinter den Büschen mit den Kerlen Zigaretten!"

So ging es in einem fort, und eines Tages wurde Biedermann Zeuge eines Vorgangs, der ihm die Schamröte ins Gesicht trieb. Einer von Schöllkopfs Erstklässlern blies ein Kondom auf! Dagegen musste sofort etwas unternommen werden! Zu verklemmt, um selbst einzuschreiten, beorderte er Florian und Harry zu sich her, die plaudernd in seiner Nähe standen. Er machte die jungen Kollegen auf das seinem Empfinden nach obszöne Spiel des Jungen aufmerksam, der das Kondom inzwischen zu beachtlicher Größe aufgeblasen hatte. Die kleineren Schüler bewunderten den Riesenballon mit leuchtenden Augen, die größeren dagegen betrachteten ihn je nach Verdorbenheitsgrad mit vielsagendem Grinsen oder schamvoller Neugierde. Florian und Harry folgten umgehend der Aufforderung ihres Schulleiters, dem unsittlichen Treiben Einhalt zu gebieten.

Während die beiden Junglehrer über den Hof zum Tatort schritten, meinte Florian:

„Ich denke, wir sollten uns zurückhalten und das Wort ‚Kondom' gar nicht benutzen. Wahrscheinlich weiß der Junge gar nicht, was er da aufbläst."

„Da hast du vollkommen recht, Florian", pflichtete Harry bei, während sie sich durch den Kreis der Zuschauer einen Weg bahnten. Zuerst sprach Florian den ABC-Schützen an, und es entwickelte sich folgender Wortwechsel:

„Ah, schön, was machst du denn da?"

„Ich blas' einen Luftballon auf, Herr Schöllkopf!"

„Und woher hast du den?"

„Von meiner Mama. In ihrem Nachttischchen liegen ganz viele, und da hab' ich gedacht, ich nehm' mir einen."

Florian und Harry schauten sich für einen Augenblick an und mussten sich zusammenreißen, um nicht in schallendes Gelächter auszubrechen. Harry fasste sich als Erster und führte das Zwiegespräch fort:

„Weißt du denn, dass das gar kein Luftballon ist?"

„Doch, ganz bestimmt, Herr Rentschler! Schau doch her, den kann man sogar ganz groß aufblasen!"

„Nein, glaub's mir, es ist keiner! Und nun lass' ganz schnell die Luft ab, steck' ihn ein und leg' ihn wieder in das Nachttischchen von deiner Mama, denn die braucht ihn bestimmt noch!"

Der Junge gehorchte, die Zuschauer zerstreuten sich, Florian und Harry kehrten schmunzelnd ins Haus zurück, wo der ‚Kippenraucher' noch immer wie ein Jäger auf dem Anstand hinter den Geranienstöcken lauerte. Er war den jungen Kollegen außerordentlich dankbar, dass sie die heikle Angelegenheit so elegant geregelt hatten und behandelte sie fortan freundlicher… bis zum nächsten Streit, der bald folgen sollte.

Auch sonst ereignete sich in jenen Wintertagen Bemerkenswertes an der Krauthäuser Volksschule. In der Nacht hatte es heftig geschneit, und auch während des ganzen Vormittags schwebten ununterbrochen dicke Flocken vom Himmel herab. Die Kinder waren hell begeistert und blickten ständig zum Fenster hin. So war an eine konzentrierte Arbeit überhaupt nicht zu denken. Junglehrer Schöllkopf, der sich selbst ein kindliches Gemüt bewahrt hatte, erfreute sich auch an der weißen Pracht und zeigte viel Verständnis für die Kleinen, doch irgendwann musste auch wieder gelernt werden. Als alle Ermahnungen nichts halfen, wurde er nicht ärgerlich, sondern reagierte wie ein einfühlsamer Pädagoge.

„Wir gehen jetzt alle ans Fenster und schauen dem lustigen Schneetreiben zu!", schlug er vor.

Sofort sprangen die Kinder auf und drückten ihre Nasen an die Scheiben. Sie juchzten vor Begeisterung, als sei das Gewirbel das interessanteste Schauspiel der Welt. Da gab es große und kleine Flocken, manche bewegten sich schnell, andere schwebten ganz langsam herab.

„Schaut, da ist eine ganz fette, die überholt die anderen!", jubelte ein Mädchen, und alle stimmten ein und klatschten in die Hände. Nach einer Weile kündigte Lehrer Schöllkopf das Ende des Aus-dem-Fenster-Schauens an.

„So, jetzt habt ihr genug rausgeguckt! Alle gehen jetzt wieder zurück an ihre Plätze und schauen in ihre Fibel rein!", befahl er.

Die Kinder setzten sich murrend an ihre Tische, doch leider zeigte der wohlausgedachte pädagogische Trick ihres Lehrers keinerlei Wirkung. In der großen Pause sprach Florian mit Harry und Roland über die Situation.

„Heute kann man überhaupt nicht richtig arbeiten", klagte er. „Das kann man glatt vergessen."

„In meiner Klasse ist es ebenso", schloss sich Harry an. „Die Kinder sind dermaßen zappelig und unaufmerksam. Man könnte sie gleich nach Hause schicken!"

„Das wird der ‚Kippenraucher' niemals erlauben", gab Roland zu bedenken, „aber man könnte doch wenigstens den Nachmittagsunterricht ausfallen lassen und mit den Kindern zum Schlittenfahren hinauf zur Schafheide gehen."

Harry und Florian fanden den Vorschlag ausgezeichnet, und erstaunlicherweise stimmte auch Schweickhardt zu, denn er erinnerte sich noch voller Dankbarkeit an den peinlichen Vorfall mit dem Kondom. Wie elegant hatten damals seine beiden Junglehrer das Problem gelöst!

Als die Schulglocke das Ende der großen Pause ankündigte, riefen die drei jungen Kollegen ihre Schüler zusammen und Roland verkündete mit lauter Stimme:

„Kinder, freut euch! Heute Nachmittag fällt der Unterricht aus. Wir laufen alle zusammen hoch zur Schafheide. Zieht euch warm an und vergesst nicht, eure Schlitten mitzubringen!"

Allgemeiner Jubel brandete auf, bis einer von Harrys Viertklässlern einwandte: „Aber wir haben doch nach der Sportstunde noch Religionsunterricht!"

„Den lassen wir einfach ausfallen! Ich erklär' dem Pfarrer morgen, warum ihr nicht gekommen seid", rief Roland und fügte ohne Respekt vor den Pfaffen, dem Papst und allen Heiligen hinzu: „Dann fahren eben die Katholischen mit der katholischen Bauchwelle den Hang runter, und die Evangelischen machen's auf die evangelische Art im Sitzen!"

Anschließend nahmen Florian und Harry das Mittagessen in der gemütlichen Stube bei den Starks ein. Elisabeth stand nun unter Mutterschutz und war den Vormittag über zu Hause geblieben. So standen der köstliche Schweinsbraten, die Knödel und das Blaukraut bereits auf dem Tisch, als ‚ihre' drei Männer hungrig vom Dienst zurückkehrten. Man trank ein kräftiges dunkles Paulaner, und anschließend wurde noch ein Fläschchen ‚Lauffener Schwarzriesling Katzenbeißer' geköpft. Gerne hätte man noch weitergezecht, doch die Pflicht rief, und so liefen Florian, Harry und Roland leicht beschwingt zur Schule hinauf. Dort warteten die Schüler schon voller Ungeduld auf ihre Lehrer. Als das bunte Völkchen zur Schafheide hinaufzog, breitete sich eine heitere Stimmung aus. Die Buben und Mädchen freuten sich, weil sie einen so herrlichen Winternachmittag nicht in der Schule bleiben mussten. Ihre Lehrer dagegen spürten an der frischen Luft erst richtig die Wirkung des Alkohols. Auf der Höhe angekommen, begann ein lustiges Treiben. Die Kleineren rodelten zu zweit und zu dritt den Hang hinab, andere banden ihre Schlitten zusammen und sausten als Riesenschlange talwärts. Die Größeren veranstalteten spannende Rennen. Dann bauten sie eine Schanze und vollführten waghalsige Sprünge von beachtlicher Weite, und das Allerschönste an der Sache war, dass sich ihre Lehrer an allem mit großem Spaß beteiligten, als seien sie ihre älteren Brüder. Die Sonne sank allmählich tiefer und tiefer, und mit ihr sanken die Temperaturen. Immer eisiger wurde die Bahn, immer schneller die Fahrt, immer gefährlicher der Sprung über die Schanze. Plötzlich gab ein Schlitten bei der Landung ein verdächtiges Knacken von sich, das von Mal zu Mal deutlicher zu hören war. Keiner wagte es, auf ihm noch einmal den Hang hinab zu sausen. Das brachte die Gebrüder Roller, wohl wissend, wie ihr Lehrer reagieren würde, auf eine fiese Idee.

„Springen Sie doch nochmal mit diesem Schlitten über die Schanze, Herr Stark!", forderten sie ihren Lehrer auf.

„Nein, das lass' ich lieber bleiben. Der bricht doch gleich auseinander!"

„So, so … und zu uns haben Sie neulich gesagt, wir seien Feiglinge, weil wir im Hallenbad nicht vom Fünfmeterbrett springen wollten, und nun haben Sie selber Angst!"

Das war Roland Stark dann doch zu viel. Er ließ sich von den frechen Kerlen provozieren, schrie ‚her damit', riss den Schlitten zu sich heran und sauste die eisige Bahn hinunter. In weitem Sprung setzte er über die Schanze, und dann hörte man das Krachen von splitterndem Holz und sah in einer Wolke von aufgewirbeltem Schnee, wie Roland zwischen den Bruchstücken des Schlittens durch die Luft flog und im Tiefschnee liegenblieb. Alle lachten zuerst und warteten ab. Aber, um Himmelswillen, warum stand der Gestürzte nicht auf? Noch immer lag er auf dem Rücken und krümmte sich. Nun war jedem klar, Roland musste etwas Schlimmes zugestoßen sein. Alle rannten eilig den Hang hinab. Florian war als Erster bei dem Freund, der vor Schmerzen stöhnte und ächzte. Vorsichtig drehte er den schweren Körper zur Seite und sah an seinem Hinterteil einen großen Blutfleck. Als er die Stelle genauer untersuchte, stellte er mit Entsetzen fest, dass offenbar eine abgebrochene Holzstrebe durch sämtliche Kleidungsstücke bis in den rechten Gesäßmuskel eingedrungen war.

„Wa… wawas… ist… lolos?", stammelte Roland.

„Du wirst es nicht glauben, dein Anorak hat ein Loch, deine Skihose hat ein Loch, deine Unterhose hat ein Loch und deine rechte Hinterbacke hat auch ein Loch", erklärte Florian.

Mühsam rappelte sich Roland auf und versuchte zu laufen, aber er schaffte es nicht. Nun zog Harry seinen Anorak aus und band ihn dem Verletzten um die Hüften, damit nicht jedermann sein blutbeschmiertes Hinterteil sehen konnte. Die Schüler wurden sofort nach Hause geschickt. Die Großen sollten die Kleinen begleiten. Florian und Harry nahmen den Kameraden in ihre Mitte, und auf ihre Schultern gestützt schleppten sie ihn zur nächstgelegenen Straße. Harry blieb bei Roland, während Florian zur Schule eilte, um seinen Wagen zu holen. Auf dem Weg zum Krankenhaus saß Florian am Steuer und Harry kümmerte sich auf der Rückbank um den Verletzten. In der Klinik wurde dessen Gesäßbacke örtlich betäubt und mit einundzwanzig Stichen genäht. Zu Hause angekommen, lachte Roland bereits wieder und gab die üblichen trockenen Sprüche von sich. Er wollte nicht bemitleidet werden und meinte:

„Es hätte auch schlimmer kommen können! Seid doch froh, dass mein Kopf noch dran ist, denn sonst hättet ihr für mich Vertretung schieben müssen!"

Bereits am darauffolgenden Samstag nahm Roland trotz der Verletzung die traditionellen Boxkämpfe wieder auf. Obwohl er auf der Schafweide einen so jämmerlichen Anblick geboten hatte, wuchs sein Ansehen bei den Schülern weiter. Im ganzen Dorf genoss er nun den Ruf eines harten Burschen und Draufgängers, der fast draufgegangen wäre. Die drei jungen Kollegen verband seitdem eine noch engere Freundschaft, denn sie wussten, jeder konnte sich auf den anderen verlassen.

So hatte der Unfall durchaus seine positiven Seiten. Allein Elisabeth haderte mit ihrem Ehemann. Als sie erfuhr, wie er sich in Gegenwart der Schüler gleichermaßen über Katholen und Evangelen lustig gemacht hatte, da giftete sie:

„Es geschieht dir recht! Das war die Strafe Gottes!"
Elisabeth war nämlich eine gläubige Christin und Roland ein Atheist, womit sich die Regel ‚Gegensätze ziehen sich an' erneut bestätigte.

Jedes Jahr zur Faschingszeit erwachte Krauthausen zu neuem Leben. Es schien, als suchten seine Bewohner nun einen Ausgleich für die Langeweile, die das ganze Jahr über herrschte. Die einzige Abwechslung im grauen Alltag bot der ‚Fleckenbaatsch'. Vergleichbar den Buschtrommeltelegraphen in Afrika verbreiteten sich die neuesten Nachrichten in Windeseile von Mund zu Mund, sei es, die Frau des Bürgermeisters Fröhlich erwarte das dritte Kind, der Mitbürger Paul Eberle sei im Alter von dreiundneunzig Jahren gestorben, eine Taube habe dem Pastor Recknagel auf den Kopf gekackt oder dem Lehrer Stark sei beim Schlittenfahren auf der Schafheide ein Holzsplitter ins Gesäß eingedrungen. Doch mit dem Herannahen des Faschings endeten die trostlosen Wintermonate. Die Wirtschaften schmückten sich mit bunten Girlanden, Luftballons und allerlei billigem Dekokram. Öffentlich und privat wurde bis spät in die Nacht hinein gefeiert, gesungen, getanzt, gesoffen, umgetrieben. Den gesellschaftlichen Höhepunkt bildete der Elferrat, der sich zu närrischen Sitzungen in der Gemeindehalle versammelte. Es galt als große Ehre, ihm anzugehören und mit Narrenkappe und Narrenkostüm auf der Bühne über dem gemeinen Volk zu thronen und mit dummen Reden die Stimmung im Saal anzuheizen. Florian missfielen zwar die plumpen Sprüche und die verordnete Fröhlichkeit, ließ aber dennoch keine dieser Veranstaltungen aus, denn er liebte die Geselligkeit. Da er wusste, wie warm es im Laufe des Abends in dem überfüllten Raum werden würde, trug er kein aufwändiges Kostüm wie die Honoratioren des Faschingsvereins, sondern verkleidete sich als Leichtmatrose, indem er ein kurzärmeliges, blau-weiß gestreiftes Hemd überzog, ein lustiges Käppi aufsetzte und sich eine Pfeife in den Mundwinkel steckte. In dieser feschen Aufmachung kam er bei den jungen Dorfpomeranzen gut an, doch wollte ihm keine, die in seiner Nähe saß, so richtig gefallen. Also sprach er lieber dem Wein zu, anstatt sich um irgendeine Frau zu bemühen. Im Laufe des Abends verwandelte sich jedoch die ‚Kleine Meerjungfrau', die neben ihm Platz genommen hatte, auf wundersame Weise. Nach dem ersten Viertel fand er sie gar nicht mehr so übel, nach dem zweiten dachte er, sie sei eigentlich recht hübsch, nach dem dritten hielt er sie schunkelnd im Arm und sang ‚Geh'n m'r mal rüber zu Schmidt' und nach dem vierten tanzte er mit ihr eng umschlungen einen ‚Stehblues'. Dann befand man, dass es im Saal viel zu heiß sei und man sich zur Abkühlung ins Freie begeben müsse. Kurz darauf standen der Matrose Florian und die Nixe Irene im Dunkeln hinter der Halle und knutschten, was das Zeug hielt. Man ging sich im Handumdrehen an die Wäsche, doch bekanntlich nimmt alles einmal ein Ende, vor allem wenn man sich bei winterlichen Temperaturen im Freien aufhält. Nach dem Motto ‚Fortsetzung folgt' verabredete man sich schon für den folgenden Tag zu einem Rendezvous vor dem Gasthaus ‚Rössle'. Das Eisen musste geschmiedet werden, solange es noch heiß war.

Pünktlich zur vereinbarten Zeit traf Florian am vereinbarten Ort ein. Seine Elferratsbekanntschaft erwartete ihn schon und lief ihm freudestrahlend entgegen. Aber Florian erkannte sie gar nicht gleich. War das etwa Irene, die ihm in der Festhalle so gefallen hatte? Aus der hübschen kleinen Nixe war über Nacht eine unattraktive Landpomeranze mit pickeligem Gesicht geworden! Ihm blieb schleierhaft, woher das kam, denn er wusste noch nicht, was Schminke bewirken kann und dass man eine hässliche Frau durch exzessiven Weingenuss schönsaufen kann. Nun saß er erst einmal in der Klemme. Wenigstens den Begrüßungskuss konnte er im letzten Moment noch abwenden, indem er den Kopf rasch zur Seite drehte. Aber wie sollte er sich aus der peinlichen Situation befreien? Geistesgegenwärtig griff er zu der Ausrede, ausgerechnet in dieser Woche habe er viel Arbeit und keine Zeit, sich länger mit ihr zu unterhalten. Bestimmt sähe man sich später irgendwann irgendwo wieder. Die ‚Kleine Meerjungfrau' und der Leichtmatrose trennten sich – sie in betrübter, er in erleichterter Stimmung. Dieser Kelch war gerade noch einmal an ihm vorüber gegangen!

Einen ähnlichen Reinfall erlebte Florian beim Faschingsball in Kirchberg. Zur Unterscheidung von anderen Dörfern gleichen Namens allgemein ‚Katholisch-Kirchberg' genannt, gilt der Ort bis zum heutigen Tag als Hochburg der Fastnacht. Neidvoll blickten die Evangelischen der umliegenden Gemeinden zu ihren katholischen Glaubensbrüdern hinüber, denn sie mussten ihre Untaten mit einem schlechten Gewissen büßen, während sich die Kirchberger durch die Beichte von allen Sünden reinwaschen konnten. In den Wochen vor dem Aschermittwoch ging fast jeden Abend im ‚Lamm' und in der ‚Krone' die Post ab. Neben Florian, Harry und Roland nahm auch Elisabeth, die eifersüchtig darüber wachte, dass ihr Gatte keine Dummheiten beging, an dem närrischen Treiben teil. Am Faschingsdienstag plauderte, tanzte, flirtete der Leichtmatrose Schöllkopf den ganzen Abend lang mit seiner Tischnachbarin, einer hässlichen Hexe mit Glubschaugen, einer haarigen Hakennase, einem Kopf voller Eiterbeulen und einem Maul, aus dem zwei verfaulte Zähne herausragten. Gar nicht passend zu ihrem Äußeren klang ihre Stimme so weich, so angenehm, so verführerisch, und unter ihrem locker herabhängenden Umhang zeichneten sich ihre weiblichen Formen ab. Und wie anmutig sie sich auf der Tanzfläche bewegte! Das konnte nur eine attraktive Frau sein, dachte Florian, und so gab er sich den ganzen Abend lang mit niemand anderem als mit dieser Hexe ab und wunderte sich, warum keiner der einheimischen Kerle sich für diese Frau interessierte. Florian konnte kaum erwarten, bis es Mitternacht wurde und der Aschermittwoch anbrach, denn mit dem Ende der Faschingszeit mussten alle Masken fallen. Er schaute auf die Uhr. Gleich würde sich das Geheimnis lüften! Vom nahen Kirchturm erschollen zwölf Schläge ... und was kam zum Vorschein? O Gott – ein Gesicht, das der Maske an Hässlichkeit kaum nachstand! Die Frau hätte sich gar nicht verkleiden müssen, man hätte sie trotzdem für eine Hexe gehalten! Florian ärgerte sich, dass er einer schönen Illusion aufgesessen war. Frustriert verließ er nun mit seinen Freunden die ‚Krone' und kehrte nach Krauthausen zurück. Mit den Frauen aus diesen Bauerndörfern hatte er einfach kein Glück!

Im Laufe des Winters hatte sich Florian in seinem möblierten Zimmer bei Werner und Manuela Hübner gut eingelebt. Das junge Paar war nur wenig älter als er und noch nicht lange verheiratet. Ähnlich wie Roland und Elisabeth waren auch sie ganz verschiedene Charaktere. Werner saß abends am liebsten gemütlich im Wohnzimmer auf der Couch, las die Zeitung, hörte Musik oder sah fern. Er mochte das ruhige Leben, ging selten aus und legte sich gerne früh schlafen. Man mag ihn einen rechtschaffenen, biederen Schwaben nennen. Schon seit seiner Jugend gehörte er dem Gesangverein an und noch immer besuchte er regelmäßig an jedem Donnerstagabend die Chorstunde. Manchmal sang er auch daheim, und in dem neuen Untermieter fand er den passenden Partner. Der guten Akustik wegen schmetterten Werner und Florian bisweilen im Treppenhaus zweistimmig ‚Horch, was kommt von draußen rein', ‚Muss i denn zum Städtele hinaus' und ‚Alle Vögel sind schon da'. Manuela mochte diese Hauskonzerte überhaupt nicht, denn anders als ihr Ehemann war sie unmusikalisch und obendrein sehr umtriebig. Häufig ging sie alleine aus und verbrachte die halbe Nacht in Gesellschaft gut aussehender Männer. Offensichtlich neigte sie zur Nymphomanie. Ihren Gatten, der ihr unersättliches Verlangen nicht stillen konnte, sah sie schon bald nach der Heirat als Langweiler und Waschlappen an.

Nach dem zweifachen Reinfall beim Krauthäuser Elferrat und beim Kirchberger Fasching verlor Florian vorübergehend das Interesse an öffentlichen Veranstaltungen. Viel lieber nahm er nun an den privaten Festen teil, die auf Manuelas Initiative im Hause Hübner gefeiert wurden. Florian fühlte sich sehr wohl in dieser lustigen Gesellschaft. Man aß und trank, tanzte und plauderte. Je später der Abend, desto intensiver flirtete die Gastgeberin mit dem jungen Untermieter, und lag Werner bereits im Bett, hielt sie sich mit eindeutigen Angeboten nicht zurück. Florian widerstand den Lockungen der attraktiven Frau mit Rücksicht auf den Hausherrn. Dessen Schnarchen, das vom Schlafzimmer herüberdrang, hätte ihn ohnehin bei irgendwelchen amourösen Aktivitäten gestört.

Die Partys bei den Hübners wurden stets gerne von vielen Freunden und Bekannten der Gastgeber besucht und dauerten manchmal die ganze Nacht hindurch an.

Musste dann Florian in der Frühe zum Dienst, fiel ihm der Abschied von der fröhlichen Runde schwer, und es hieß dann:

„Ach wie schade, der Herr Lehrer muss uns jetzt verlassen und in die Schule gehen, aber wir machen weiter."

„Ich wäre ja so gerne noch geblieben, aber die Dienstpflicht, die ruft", dachte Florian dann in Anlehnung an das bekannte Lied vom gelben Wagen. Schweren Herzens klemmte er die Aktentasche unter den Arm und lief durch Nacht und Nebel zur Schule hinüber.

Auf die Dauer konnten die häuslichen Feste Manuelas Vergnügungssucht nicht befriedigen. Wie sehr vermisste sie die feuchtfröhlichen Nächte der Faschingszeit! Nun konnte sie nicht mehr allabendlich ausgehen und ihre nymphomanischen Neigungen ausleben. Sie litt bereits unter Entzugserscheinungen, da kam sie auf die Idee, den jungen Untermieter zu verführen. Eine günstige Gelegenheit dazu bot sich am Donnerstag, wenn Werner die Singstunde besuchte.

An jenem Abend, als sie den Versuch wagte, saß Florian an seinem Schreibtisch und korrigierte Aufsätze. Zuerst hörte er im Flur Werners schwere Schritte. Gleich darauf fiel die Haustüre ins Schloss. Vorübergehend herrschte vollkommene Stille und Florian konzentrierte sich wieder auf seine Korrekturarbeiten. Nach einer Weile rief jemand unten im Flur seinen Namen. Florian trat vor die Türe und horchte. Es war Manuela, die ihn bat, er möge herunterkommen, es ginge ihr schlecht. Florian folgte ihrer Bitte und fand seine junge Vermieterin im Negligé auf dem Sofa liegen. Sie fühle sich so schwach, so elend und außerdem sei ihr so heiß, klagte sie. Florian legte seine Hand auf ihre Stirn, konnte aber keinen auffälligen Anstieg ihrer Körpertemperatur feststellen. Dennoch riet er ihr, den Arzt kommen zu lassen, der im Nachbarhaus wohnte. Manuela lehnte diesen Vorschlag entschieden ab und bat Florian, er möge ihr aus der Küche ein Glas Wasser bringen. Als er ins Wohnzimmer zurückkehrte, lag Manuela wie die ‚Nackte Maya' in lasziver Haltung auf dem Kanapee und blickte ihn vielsagend an. Scheinbar zufällig hatte sich ihr Negligé geöffnet und ihr halb entblößter Busen bot einen aufreizenden Anblick. In seiner Naivität ahnte Florian noch nichts von Manuelas Absichten. Ob sie wohl wusste, wie sie auf ihn wirkte? Er legte seinen Arm um ihre Schultern, zog sie sachte nach oben und flößte ihr das kühle Getränk ein. Dankbar schaute sie ihm tief in die Augen, ließ sich dann matt zurücksinken und zog ihn auf das weiche Kissen nieder. Erst als sich ihre Lippen langsam den seinigen näherten und er ihre Hand an seiner Hose fühlte, merkte er, was sie beabsichtigte. Florian erschrak. Er dachte an Werner und wollte ihn nicht hintergehen. Wie sollte er dem Gehörnten später noch in die Augen sehen? Wie am Nachmittag mit ihm das Lied von den Vögeln singen, die alle schon da sind und dann am Abend... Nein, er durfte es nicht tun! Er verweigerte sich ihr, worauf sie sich beleidigt ins eheliche Schlafzimmer zurückzog. Florian dagegen war froh, dass er der Versuchung widerstanden hatte, denn nun konnte er Werner auch in Zukunft mit gutem Gewissen begegnen. Gestört war allerdings sein Verhältnis zu Manuela, doch dieses Problem löste sich bald. Wie zu erwarten, fand sie bald einen Mann, der ihre Wünsche erfüllte, und dann noch einen, und bald darauf einen Dritten… und eines Tages bemerkte Werner, was sie hinter seinem Rücken trieb und warf sie hinaus. So endete die Ehe der Hübners schon nach zwei Jahren auf die unfeine Art.

Ein Charmeur namens Harry

Ein strahlender Sonntagmorgen im Mai brach an. Über dem Land lag eine betörende Stimmung, die jedem empfindsamen Menschen die Sinne öffnet und ihn den Zauber des Frühlings ahnen lässt. Die Fenster des Wohnzimmers standen offen, und Harry und Florian spielten voller Begeisterung vierhändig Klavier. Das konnte Ärger geben, denn die Wohnung lag mitten im Arbeiterviertel von Stuttgart-Zuffenhausen. Die meisten Leute saßen wohl gerade beim Frühstück oder lagen noch im Bett, um sich von der harten Arbeitswoche auszuruhen. Nicht aus Ignoranz, sondern aus purer Freude an der Musik dachten die jungen Männer gar nicht an ihre Mitbewohner und hämmerten lustig einige Rock'n Rolls in die Tasten. Harry, der begabtere von den beiden, improvisierte im Diskant immer neue Melodien und erfand dabei die verrücktesten Variationen, während Florian die tiefen, abgehackten Akkorde spielte, die stets dem gleichen Muster folgen. Immer mehr begeisterten sich die jungen Musikanten an den Klängen und Rhythmen, und so spielten sie sich in einen Rausch hinein, der sie außer ihrer Musik nichts mehr wahrnehmen ließ. Plötzlich hörten sie ein lautes Schreien im Treppenhaus. Sie erschraken, unterbrachen ihr Spiel und horchten. Da beschwerte sich bestimmt ein

Hausbewohner, der sich in seiner Sonntagmorgenruhe gestört fühlte. Es war ja auch unerhört, um diese Zeit in einer solchen Lautstärke Klavier zu spielen! Harry und Florian fürchteten, es könnten sich noch weitere Personen dem Protest anschließen. Sie brachen ihr Spiel ab und schauten sich betreten an. Zum Glück waren Harrys Eltern, die so viel Wert auf den Hausfrieden legten, schon in aller Frühe zu einer Ausflugsfahrt nach Tübingen aufgebrochen! Nicht auszudenken, wie Harrys Vater auf so viel Rücksichtslosigkeit reagiert hätte. Noch immer horchten die beiden Freunde auf das Rufen, das gar nicht enden wollte. War es denn möglich? Hatten sie richtig gehört? Es war keine Beschwerde, sondern eine Beifallsbekundung, die sie ausgelöst hatten!

„Bravo, eure Musik gefällt uns! Spielt doch weiter!", rief ein Nachbar, und andere applaudierten.

Also setzten sich die beiden Musikanten wieder ans Klavier und klimperten noch einige Rock'n Rolls herunter, unterbrochen von den Beifallskundgebungen der Mitbewohner. Nach einigen Zugaben erlahmte schließlich ihr Schwung. Sie beendeten ihr Morgenkonzert und fuhren mit Harrys ‚Käfer' in fröhlicher Stimmung in die Natur hinaus.

Harry war übrigens nicht nur ein ungewöhnlich musikalischer junger Mann, der hervorragend Klavier und Klarinette spielte. Er besaß auch die Gabe, seine Mitmenschen für sich zu einzunehmen. Mit seiner freundlichen, sympathischen Art kam er überall gut an und fand leicht Kontakt zu jedermann, egal ob jung oder alt, weiblich oder männlich. Am meisten mochten ihn die Kinder, deren Herzen ihm zuflogen. Auch die Frauen bewunderten ihn und selbst Florians Mutter, die schon die Fünfzig überschritten hatte, freute sich jedes Mal, wenn ihr Sohn den Freund mit nach Hause brachte.

„Der Harry ist so ein netter, charmanter junger Mann, den kannst du ruhig öfter mitbringen!", sagte sie manchmal, und das nicht nur im Spaß. So einen Menschen wie Harry hätte sich jede Mutter als Schwiegersohn gewünscht. Dabei tat er gar nichts Besonderes, gab sich nur ganz natürlich und locker, drängte sich nicht auf oder spielte sich in den Mittelpunkt, hörte im Gespräch aufmerksam zu und signalisierte so sein Interesse an den Mitmenschen. Er war einfach ein Naturtalent, wie man es nur selten findet.

Mit der Wiederkehr der warmen Jahreszeit hielten sich Florian und Harry wieder öfter in Stuttgart auf und besuchten die verschiedensten kulturellen Veranstaltungen. Am liebsten verbrachten sie ihre Abende im ‚Jazzkeller'. Da Harry selbst hervorragend Klarinette spielte, mochte er den Blues und den Dixieland sehr, und schon bald übertrug sich seine Begeisterung auf Florian.

An einem Frühsommerabend besuchten die beiden Kameraden eine Show der Tanzgruppe ‚Brasil Tropical' in der Liederhalle. Da sie sich mit ihrem spärlichen Lehrergehalt keinen Platz in den teureren Rängen leisten konnten, saßen sie weit weg von der Bühne ganz hinten unter der Empore. Über ein Meer von Köpfen hinweg sahen sie, wie sich eine Gruppe von jungen, kaffeebraunen Tänzerinnen zu den rhythmischen Klängen einer Sambakapelle bewegte. Die jungen Frauen waren durchweg gut gebaut und nur ganz knapp mit glitzerndem Flitter bekleidet. An ihren Popos wippten bunte Pfauenfedern. Wie tropische Paradiesvögel aus einer exotischen Welt sahen sie aus, und unter all diesen Schönheiten fiel eine besonders auf. Sie überragte ihre Kolleginnen um Haupteslänge und bewegte ihren makellosen Körper noch eleganter, noch geschmeidiger als die anderen. Sie bildete den strahlenden Mittelpunkt, um den die anderen Tänzerinnen kreisten. Alle Blicke waren auf sie gerichtet. Am Ende eines jeden Tanzes brandete frenetischer Beifall auf, und nach zwei Zugaben kündigte der Conferencier als Abschluss der Veranstaltung einen ganz besonderen Gag an. Die Startänzerin würde sich einen Partner aus dem Publikum auswählen und mit ihm einen Samba tanzen. Danach sollten die anderen Mädchen ihrem Beispiel folgen. Damit möglichst viele Besucher an dem Spaß teilhaben konnten, wurden die Paare gebeten, sich nach jeder Runde zu trennen und im Schneeballsystem neue Partner aufzufordern. Und nun geschah etwas Unglaubliches. Erneut setzte die Musik ein, und die Sambakönigin stieg mit wippenden Schritten von der Bühne herab, lief quer durch den Saal bis zu den hintersten Sitzreihen und hielt Ausschau nach einem passenden Partner. Harry war indessen aufgesprungen und klatschte begeistert in die Hände, und als hätte sie gerade auf ihn gewartet, ging die brasilianische Startänzerin zielgerichtet auf den schwäbischen Dorfschulmeister Harry Rentschler zu, fasste ihn an der Hand und führte ihn auf die Bühne. Ohne die geringsten Anzeichen von Lampenfieber tanzte er mit ihr einen flotten Rumba, ahmte alle ihre Bewegungen gekonnt nach, wackelte rhythmisch mit dem Hinterteil, hielt sie im Arm und schaute ihr dabei tief in die Augen. Das Publikum tobte vor Begeisterung. Einer aus ihren Reihen legte einen so fabelhaften Auftritt hin, als käme er direkt aus Brasilien! Doch die Geschichte ging noch weiter. Als der Tanz zu Ende war, betraten auch die anderen Tänzerinnen mit ihren Partnern die Bühne und das Gedränge verdichtete sich zunehmend. Währenddessen stand Florian unten im Parkett, wartete vergeblich darauf, von einer Dame aufgefordert zu werden und hielt nach dem Freund Ausschau. Endlich entdeckte er ihn mitten im Getümmel. Was sah er da? Er traute seinen Augen nicht! Harry hielt noch immer die Sambakönigin im Arm, flirtete und tanzte voller Hingabe und trennte sich nicht von ihr, bis die Kapelle schließlich aufhörte zu spielen. Dann kam er mit leuchtenden Augen zu Florian herab. Wie aus einem Springbrunnen sprudelte es aus ihm hervor.

„ Es hat wahnsinnig Spaß gemacht! Die Frau ist absolute Spitzenklasse!"

„Das habe ich schon gemerkt! Du wolltest sie ja gar nicht mehr loslassen, obwohl es doch hieß, die Paare sollten sich trennen. Wie hast du das bloß angestellt?"

„Ich habe ihr gleich gesagt, wie hübsch sie sei und dass ich deshalb mit keiner anderen tanzen wolle. Da hat sie gelacht, sich ganz charmant bedankt und mir zugestimmt."

„Und wie ein verliebter Gockel hast du mit ihr geflirtet! Was gab es denn zu besprechen?"

„Das Übliche eben. Beim dritten Tanz hab' ich mir gedacht, ich riskier's, bevor es zu spät ist. Ich hab' gefragt, wie sie heißt und ob sie keine Lust hätte, mit mir die Nacht zu verbringen."

„Ich glaube, du bist größenwahnsinnig geworden, Harry! Glaubst du denn, eine weltberühmte Tänzerin wie sie lässt sich von dir kleinem Dorfschulmeister abschleppen? Wie hat sie denn reagiert? Sicher hat sie dir eine Abfuhr erteilt!"

„Keineswegs, Flori! Sie hat sich sehr über meinen Vorschlag gefreut. Gerne wäre sie nach Zuffenhausen mitgekommen, aber leider fliegt sie heute Nacht noch mit der letzten Maschine nach Berlin. Dort hat sie morgen Abend ihren nächsten Auftritt. Schade um die schöne Nacht mit ihr! Immerhin hat sie mir ihren Namen, Maria da Silva heißt sie, und ihre Adresse in Rio de Janeiro aufgeschrieben. Wenn ich nach Brasilien komme, werde ich sie besuchen und vor ihrer nächsten Tournee durch Deutschland will sie sich bei mir melden."

Florian konnte über so viel Courage, Frechheit und Selbstvertrauen nur staunen. Wie ein armer Schlucker kam er sich gegenüber dem Freund vor. Auf dem Heimweg war Harry bester Laune und kein bisschen enttäuscht, dass der Traum von der Liebesnacht mit der Tänzerin geplatzt war. Mit welcher Lockerheit und Nonchalance betrieb er das Spiel mit dem Feuer! In wenigen Worten erklärte er dem Freund seine Lebenseinstellung:

„Weißt du, Flori, ich sag mir: probierst du's, kannst du gewinnen oder verlieren. Probierst du's nicht, hast du schon verloren. Also probier ich's! Ist doch egal, wenn's mal nicht klappt. Wär' doch langweilig, wenn's immer klappen würde!"

Florian dagegen war aus ganz anderem Holz geschnitzt. Er nahm das Leben nicht so leicht wie der Freund und reagierte sensibel auf jeden Misserfolg. Seit den Erfahrungen mit Angelika und anderen jungen Frauen beschränkte er lange Zeit seine freundschaftlichen Kontakte auf Harry und Jürgen, dem ehemaligen Studienkameraden, mit dem er damals durch Jugoslawien gezogen war. Nun reisten die beiden alten Freunde in den Sommerferien wieder zusammen los, diesmal nach England. Sie besuchten eine befreundete Familie in Lowestoft, fuhren von dort aus nach London. Staunend sah Florian zum ersten Mal die weltbekannten Sehenswürdigkeiten der britischen Hauptstadt, beobachtete von der ‚Tower Bridge' aus die Schiffe, die das Wasser der Themse durchpflügten, hörte das Schlagen der Turmuhr des berühmten ‚Big Ben' und schnupperte am ‚Piccadilly Circus' die Weltstadtatmosphäre. Allein den Besuch des Zoos von Norwich hielt er für Zeitverschwendung, denn der Löwe dort sah genauso aus wie jener der Stuttgarter Wilhelma. Die meiste

Zeit verbrachten Florian und Jürgen jedoch bei ihren Gastgebern in Lowestoft. Dort lernten sie das englische Alltagsleben in all seinen Facetten kennen. An sonnigen Tagen fuhr man zum Strand, badete in den kalten Wellen der Nordsee, aß ‚fish'n chips' und trank dazu das starke britische Ale. Einmal besuchten die beiden Freunde ein Konzert, bei dem eine Band die neuesten Songs der Beatles spielte. Seit jener Zeit mochte Florian die Musik der legendären Musikgruppe sehr, und an Lieder wie ‚Yellow Submarine' und ‚When I'm sixty four' erinnerte er sich immer gerne. Das eine oder andere Mal verbrachten die Urlauber die halbe Nacht in einer Disco, doch keine unter den Besucherinnen wollte Florian so recht gefallen, sei es, weil ihm noch der Frust der letzten Enttäuschungen auf der Seele lag oder die Frauen der Insel nicht seinem Geschmack entsprachen. Alles hatte er in England erlebt, was zu einem gelungenen Urlaub gehört, nur eben keine neue Bekanntschaft geschlossen, und es wurde ihm mehr denn je bewusst, was ihm fehlte: die passende Freundin!

So kehrte Florian mit chronischen Entzugserscheinungen von der Insel zurück, und als er zum ersten Mal wieder seinen Kumpanen Harry traf und der sich nach seinen neuesten Urlaubsbekanntschaften erkundigte, verstieg sich Florian zu der Behauptung, in England fände man am Strand eher einen Goldklumpen als eine attraktive Frau. Deshalb habe er sich auch um keine bemüht. Seltsamerweise gefielen ihm nun die Mädchen seiner Heimatstadt besser denn je. Als er mit Harry durch die Anlagen bummelte, staunte er über das, was die Amis nach dem Kriege ‚das Fräuleinwunder' nannten. Am Marktplatz angekommen, blieben die Freunde an der Ecke des Rathauses unter der Statue der ‚Stuttgardia' stehen. Florian schaute zu ihr auf und dachte, gerade so müsse ein Mädchen aussehen. Nicht zu dick und nicht zu dünn, nicht zu groß und nicht zu klein, mit einem hübschen Gesicht und einer reizenden Figur ausgestattet. Wie schade, dass sie aus Bronce bestand, sonst hätte er sie gebeten, von ihrer Konsole herabzusteigen und mit ihm auszugehen. So aber blieben die beiden jungen Männer unter sich und begossen das Wiedersehen im Palmbräuhaus bei einem Humpen Bier. Während Harry noch von seinem Urlaub in Schweden schwärmte, erblickte Florian einige Tische weiter zwei junge Damen, die sich angeregt unterhielten und von Zeit zu Zeit zu ihnen herüberschauten. Eine von den beiden trug ein modisches, leichtes Sommerkleid, und ihre schwarzen Haare fielen ihr locker bis über die Schultern herab. Eine Weile ging das Spiel des Hin- und Herschauens weiter, und dann huschte plötzlich ein Lächeln über das Gesicht der Schönen. Florian fühlte sich freudig berührt. Es kam ihm vor, als hätte er die Frau schon einmal gesehen. Aber wo? Plötzlich fiel ihm ein, sie sah der Stuttgardia auffallend ähnlich! Nur mit halbem Ohr folgte er noch Harrys Erzählungen, und als die junge Frau ihn erneut mit ihren dunklen Augen anschaute, da zappelte er bereits hilflos wie eine Fliege im Spinnennetz. Er musste sie unbedingt kennenlernen! Aber wie sollte er das anstellen? Sie einfach ansprechen? Ihr sagen, wie sehr sie ihm gefiele? In seiner Aufregung hätte er wohl kein vernünftiges Wort herausgebracht, und so wandte er sich in seiner Not an Harry, der seelenruhig sein Bier schlürfte und offenbar von der Interaktion gar nichts mitbekommen hatte. Umso mehr überraschte es ihn, als Florian mitten in der Unterhaltung über den Urlaub das Thema wechselte und anfing:

„Bitte, Harry, hilf mir! Da drüben sitzt eine, die mir wahnsinnig gefällt! Dauernd schaut sie zu mir her. Ich muss sie unbedingt kennenlernen! Können wir nicht zu ihr rübersitzen?"

„Wie stellst du dir das vor, Florian? Sollen wir etwa mit unseren Biergläsern in der Hand quer durch den Saal zu den Frauen hinüberlaufen? Da machen wir uns doch nur lächerlich! Hättest du es gleich gesagt, als wir reinkamen, dann wär's kein Problem gewesen. Wir hätten einfach gefragt, ob wir uns zu ihnen setzen dürfen. Aber jetzt ist es zu spät. Da ist nichts zu machen!"

„Bitte, bitte, Harry, lass dir etwas einfallen!", bat Florian.

„Nun hör' schon auf damit, sonst verdirbst du uns noch den Abend!", zischte Harry und erzählte weiter von seinen Erlebnissen in Göteborg und Stockholm. Florian hörte überhaupt nicht mehr zu. Was war schon interessant an Schweden? Unablässig dachte er an die Frau am anderen Tisch und schaute immer wieder verstohlen zu ihr hinüber. Nach einer Weile fing er wieder an zu quengeln:

„Du hast aber selbst gesagt, wenn man's probiert, kann man gewinnen, und wenn man's nicht probiert, hat man schon verloren. Also probier's doch!"

Etwas genervt ging Harry nun auf die Bitte des Freundes ein und meinte:

„Gut, ich hab' da eine Idee. Ob's hinhaut, weiß ich allerdings nicht. Ich geh' jetzt zur Toilette und auf dem Rückweg versuch' ich, mit den Frauen ins Gespräch zu kommen. Du bleibst einfach sitzen und wartest, bis ich dir ein Zeichen gebe. Verstanden?"

Harry stand auf und verschwand. Florian dagegen saß wie auf Kohlen vor seinem Bier und wartete ungeduldig auf die Rückkehr des Freundes. Es schien ihm wie eine halbe Ewigkeit, bis er wiederkam. Warum nur blieb er so lange weg? Und was tat er denn jetzt? Er kam aus der Toilette, lief bis in die hinterste Ecke des Lokals und machte sich dort am Kleiderständer zu schaffen. Zwischen all den Mänteln und Jacken wühlte er sich bis zu den Zeitungen durch, die dort an einer mit einem Haken versehenen Leiste hingen. Er zog die ‚Stuttgarter Nachrichten' heraus und begann zu lesen. Nach einer Weile faltete er das Blatt zusammen und hängte es wieder an den Kleiderständer. Nun ging Florian ein Licht auf. Der Weg zu ihm zurück führte direkt am Tisch der beiden Frauen vorbei. Als geschähe es zufällig, streifte Harry im Vorbeigehen das Jäckchen der Schönen von der Stuhllehne. Er hob es auf, lächelte charmant, blickte die Besitzerin mit reumütigen Dackelaugen an und entschuldigte sich auf das Höflichste, worauf die junge

Dame meinte, das sei doch gar nicht so schlimm und könne jedem passieren. Gewieft im Anbändeln, nutzte Harry die günstige Gelegenheit sofort aus und begann noch im Stehen ein Gespräch. Es dauerte nicht lange, da wurde er gebeten, am Tisch Platz zu nehmen. Darauf hatte es Harry nur angelegt. Er setzte sich, winkte Florian herüber, und schon saß der neben der Schönen und wusste vor Aufregung nicht, was er sagen sollte. Damit keine peinliche Situation entstand, nahm Harry den Gesprächsfaden sofort wieder auf. Schon auf den ersten Blick war ihm die gebräunte Haut der beiden jungen Damen aufgefallen und mit dem Thema ‚Urlaub' fand er auch gleich den passenden Einstieg in ein intensives Gespräch. Je länger dieses dauerte, desto weniger redete Harry. Durch entsprechende Gesten und kurze Bemerkungen wie ‚Das ist ja unglaublich' oder ‚Und was passierte dann?' bekundete er sein Interesse und ließ die Tischdamen reden, und die erzählten ausführlich, wie sie mit dem Motorroller von Rimini nach San Marino gefahren seien, wie gut ihnen das italienische Essen geschmeckt habe, wie sehr sie am Strand von den italienischen Männern bewundert wurden.

Von Harry konnte man lernen, wie man ein Gespräch führen sollte, wenn man seine Mitmenschen für sich gewinnen möchte. Er hörte aufmerksam zu und plauderte locker drauflos, als kenne er die Tischnachbarinnen schon seit langer Zeit. Berührungsängste waren ihm fremd. Florian dagegen wusste nicht, was er sagen sollte, so unsicher fühlte er sich nun in dieser Situation.

Ganz allmählich taute er auf. Zuerst unterhielt er sich mit der Freundin der Schwarzhaarigen. Dann fasste er sich ein Herz und wandte sich der schönen ‚Stuttgardia' zu. Bekanntlich fällt es uns schwer, gegenüber einer Person, die uns sehr gefällt, gleich die richtigen Worte zu finden, während wir bei jemandem, der uns weniger interessiert, sofort unbefangen drauflos reden. Man unterhielt nun sich über dieses und jenes und bot schließlich einander das ‚Du' an. So erfuhr Florian den Namen des schönen Mädchens: Isabell hieß sie. Wie gut passte der Name zu ihr!

Viel zu schnell verging die Zeit, denn einmal mehr bestätigte sich der sinnreiche Spruch Einsteins, der einmal in Gesellschaft von einer Dame gebeten wurde, er möge ihr die Relativitätstheorie erklären. Der geniale Physiker soll darauf im Spaß geantwortet haben:

„Wenn man auf einem heißen Ofen sitzt, kommen einem zehn Minuten wie zwei Stunden vor. Sitzt man dagegen zwei Stunden neben einem schönen Mädchen, so meint man, es seien nur zehn Minuten gewesen. Das ist die Relativität der Zeit!"

Wie dem alten Einstein erging es nun auch Florian, und er kam sogar noch in den Genuss, Isabell nach Hause bringen zu dürfen. Sie wohnte in einer Siedlung in Feuerbach, und obwohl er sich dort noch nie aufgehalten hatte, kam ihm die Gegend gleich sehr vertraut vor, denn auch dort waren die Straßen von den gleichen Klinkerhäusern gesäumt wie im Arbeiterviertel von Ostheim. Noch eine Weile unterhielt sich Florian mit Isabell im Auto, und im Halbdunkel erschien sie ihm noch schöner als im hellen Licht des Palmbräuhauses. Sollte er es wagen, sie zu streicheln, sie zu küssen? Noch hielt er sich zurück, denn er fürchtete, er könnte das Mädchen durch ein allzu forsches Vorgehen vor den Kopf stoßen.

All das, was sich Florian erträumt hatte, wurde bei jedem weiteren Rendezvous Schritt für Schritt Wirklichkeit, und er verstand sich mit Isabell von Mal zu Mal besser. Eines Tages schenkte sie ihm ein wunderschönes Foto, das er fortan immer bei sich trug und bei jeder passenden Gelegenheit anschaute. Er dagegen brachte ihr eine Schachtel Pralinen mit, aber sie meinte, mit Rücksicht auf ihre ‚schlanke Linie' wolle sie keine Süßigkeiten essen. Florian hatte dafür Verständnis und überreichte ihr beim nächsten Treff ein großes Glas Essiggurken. Isabell lachte über den lustigen Einfall.

Leider zerbrach die Freundschaft zwischen den beiden jungen Leuten eines Tages völlig unerwartet und ohne wirklichen Grund. Er dachte, sie habe einen anderen Freund, den sie mehr schätze als ihn, und sie glaubte, er habe das Interesse an ihr verloren. So schlief die Verbindung allmählich ein. Florian tat das sehr weh. Er zog sich in sein Schneckenhaus zurück und fand lange Zeit keine neue Freundin mehr.

Die Hiobsbotschaft

Eines Tages flatterte Florian wieder ein blauer Brief ins Haus, und er ahnte schon, das bedeutete nichts Gutes. Enthielt er den Einberufungsbefehl zur Bundeswehr? Oder versetzte ihn das Schulamt an eine andere Stelle? Er öffnete den Umschlag und las:

"Sehr geehrter Herr Schöllkopf,

zum 1. September d. J. werden Sie an die Volkschule Kleinweinheim, Landkreis Heilbronn, versetzt. Sie werden gebeten, sich..."

Weiter konnte Florian nicht lesen. Die Zeilen verschwammen ihm vor den Augen. Für ihn brach eine Welt zusammen. Nun würde er die lieben Krauthäuser Kollegen nicht mehr sehen. Zudem kannte er dieses verdammte Kaff überhaupt nicht. Vergeblich suchte er es auf der Karte, aber nirgendwo fand er den Namen ‚Kleinweinheim'. Er folgte dem Lauf des Neckars mit dem Finger und entdeckte das Dorf schließlich weit unten an einer Flussschlinge. Florian schätzte die Entfernung auf der Karte ab. Über sechzig Kilometer lagen zwischen Stuttgart und seinem zukünftigen Dienstort! Da konnte er nicht mehr geschwind für einen Nachmittag nach Hause fahren, die Eltern besuchen, Tennis spielen, in der Stadt bummeln.

Am meisten Sorgen bereitete Florian die ‚Zweite Dienstprüfung', die er bald ablegen musste. Hägele hätte ihn bestimmt aus Dankbarkeit für die Fahrten nach Krummhardt wohlwollend beurteilt, aber wie würde sich der Heilbronner Schulrat verhalten? In seiner Verzweiflung dachte Florian daran, die neue Stelle gar nicht anzutreten, einfach den Dienst zu verweigern, egal welche Folgen das nach sich ziehen würde. Seine Eltern unterstützten ihn, machten ihm Mut. Das munterte ihn ein wenig auf, aber dennoch graute ihm davor, sich an seiner neuen Arbeitsstelle bei der Schulleitung vorzustellen. Wahrscheinlich hätte er sich dazu gar nicht überwunden, wären nicht Vater und Mutter an einem Sonntagnachmittag mit ihrem Sohn, der sich in diesen Tagen wie ein kleiner Junge benahm, nach Kleinweinheim gefahren, um sich dort ein wenig umzusehen. Doch Florian hatte kein Auge für die alten Fachwerkhäuser, die einladenden Wirtschaften, die alte Kirche, das von einem Türmchen gekrönte Rathaus. Er bemerkte sehr wohl, wie manche Dorfbewohner das Auto mit dem Stuttgarter Kennzeichen kritisch musterten. Da kam einer von weit her aus der Landeshauptstadt. Was wollte der hier? Eine Hausfrau unterbrach beim Anblick des Wagens ihre ‚Kehrwoche' und vergaß dabei, den Gehweg weiter zu fegen. Auf einem dampfenden Misthaufen stand, auf eine Gabel gestützt, ein Bauer in Rohrstiefeln und musterte die Fremdlinge.

Das konnte heiter werden, dachte Florian, hier würde er unter ständiger Kontrolle der Dorfbewohner stehen. Zu jeder Tages- und Nachtzeit wüssten die Mitglieder dieser spießigen Überwachungsgesellschaft, was er tat, wo er sich aufhielt, was er gerade anstellte, mit wem er unterwegs war. Irgendwelche Eskapaden konnte er sich hier nicht leisten, denn neben dem Pfarrer, dem Bürgermeister und dem Schulrektor würde er zu den meistangesehenen Persönlichkeiten der Gemeinde gehören. Es blieb ihm wohl nichts anderes übrig, als sich anzupassen und in die Rolle des ‚Dorfschulmeisterleins' zu schlüpfen.

Das Lied vom ‚armen Dorfschulmeisterlein' hatten sie früher als Studenten in fröhlicher Runde oft gesungen. Das dämpfte die Angst, eines Tages in einem Kaff wie Pflaumloch zu landen. Florian hatte nun sein persönliches Pflaumloch gefunden, und er erinnerte sich mit Galgenhumor an einige besonders lustige Verse dieses Liedes, in denen es heißt:

„Und wenn im Dorf 'ne Hochzeit ist, Hochzeit ist, dann könnt ihr sehen, wie er frisst, wie er frisst, was er nicht frisst, das packt er ein, packt er ein, das arme Dorfschulmeister-la-ha-hein, das arme Dorfschulmeisterlein" oder noch besser: „Und wird im Dorf ein Kind gebor'n, Kind gebor'n, mit spitzer Nas' und Abstehohr'n, Abstehohr'n, wer kann dann nur der Vater sein, Vater sein? Das arme Dorfschulmeister-la-ha-hein, das arme Dorfschulmeisterlein."

Als Florian mit seinen Eltern das erste Mal durch Kleinweinheim fuhr, war ihm beileibe nicht zum Spaßen zumute, und als er das Schulhaus erblickte, erkannte er es zunächst gar nicht als solches, denn es sah genauso aus wie die Bahnhöfe an der Strecke zwischen Stuttgart und Winnenden. Seit seiner Kindheit kannte er jedes einzelne Stationsgebäude von den Dampfzugfahrten mit seinem Großvater. Das Kleinweinheimer Schulgebäude unterschied sich von ihnen nur dadurch, dass hier keine Züge aus- und einfuhren und über dem Portal anstelle von ‚Fellbach... Waiblingen... Neustadt... Schwaikheim' in altdeutschen Lettern der Schriftzug ‚Schulhaus – erbaut 1896' prangte.

Zum Ende der Sommerferien bezog Junglehrer Schöllkopf ein möbliertes Zimmer im Haus des Gemeindepolizisten Schneider, von allen liebevoll der ‚Dorfsheriff' genannt, denn er war ein leutseliger Mensch, der bei Alkoholfahrten großzügig ein Auge zudrückte, sofern ein Freund oder ein alter Bekannter hinter dem Steuer saß. Mit ihm verstand sich Florian gut, nicht aber mit seiner Frau, die unter einem notorischen Putz- und Aufräumfimmel litt. Ihr missfiel die Unordnung, die im Zimmer des neuen Untermieters herrschte, jedoch wagte sie es nicht, ihn direkt darauf anzusprechen, sondern machte sich selbst ans Werk. Wenn Florian von der Schule nach Hause kam, fand er häufig seinen Arbeitsplatz völlig verändert vor. Die Bücher, vorher aufgeschlagen auf dem Schreibtisch ausgebreitet, lagen nun fein säuberlich auf einem Stapel, und seine Manuskripte fand er in einer Schublade wieder. Ihn ärgerte das, denn er betrachtete Frau Schneiders Aufräumaktionen nicht nur als Eingriff in seine Privatsphäre, sie behinderten ihn auch bei der Arbeit, weiß doch jeder geistig tätige Mensch, dass eine gewisse Unordnung eine kreative Atmosphäre schafft. Außerdem ist es bekanntlich immer leichter, eine Arbeit fortzusetzen, wenn alle Unterlagen schon bereitliegen.

Wie nicht anders zu erwarten, war es im Hause Schneider streng verboten, ‚Damenbesuch' zu empfangen, denn das hätte nicht nur gegen die Moral, sondern auch gegen das Gesetz verstoßen. Der ‚Dorfsheriff' hätte sich also bei einem Verstoß wegen ‚Kuppelei' selbst anzeigen müssen. So hielt sich Florian an dieses Gebot und dachte dabei an das Chanson von Reinhard Mey mit dem Titel ‚Frau Pohl', wo es an einer Stelle heißt: „… denn Damenbesuch ist bei mir nicht drin, hier herrscht eine keusche Vermie-te-rin." Nur hieß diese Vermieterin nicht Emma Pohl, sondern Gerlinde Schneider. Florian wusste schon damals, in diesem Haus würde er es nicht lange aushalten. Gründe zum Ausziehen gab es genug. Es fehlte nur noch der passende Anlass.

An seinem ersten Arbeitstag in Kleinweinheim pilgerte Junglehrer Schöllkopf schon am frühen Morgen zu seiner neuen Arbeitsstelle hin. Was würde ihn dort erwarten, stellte er sich selbst die bange Frage. Welchen Empfang würden ihm der Rektor, die Kollegen, die Kinder bereiten? Vorbei an verkackten Hühnerställen, stinkenden Schweinskoben und wuchernden

Brennnesselstauden erreichte er auf schlammigem Pfad das Schulgebäude. Als er in den Vorraum trat, schlug ihm ein penetranter Geruch nach Bohnerwaches entgegen. Da ihm keine Menschenseele begegnete, stieg er die knarrende Treppe bis ins oberste Stockwerk hinauf. Dabei fiel sein Blick auf das hölzerne Geländer, dessen Handlauf mit Metallkugeln besetzt war, damit die Buben nicht auf ihm herunterrutschen konnten. Oben angekommen, erfasste ihn ein banges Gefühl, denn hier lag das Reich des von allen gefürchteten Schulleiters Krause. Florian klopfte an die Tür des Rektorats, trat ein und stand gleich darauf einem Mann gegenüber, dessen Anblick ihm einen gehörigen Schrecken einjagte. Krauses mächtiger Körper trug einen kantigen Schädel, der auf einem dicken, von Fettwülsten umgebenen Hals saß. Eine tiefe Narbe an der Stirn, die Folge einer Kriegsverletzung, entstellte sein fleischiges Gesicht. Die furchtbaren Geschehnisse an der Front hatten den armen Mann aber nicht nur körperlich, sondern auch psychisch versehrt. Oft wurde er aus nichtigem Anlass von einem Augenblick zum andern jähzornig und brüllte dann in einer Lautstärke, dass man es im ganzen Haus vom fünften Stock bis hinunter zu den Kellerräumen hörte. Lehrer wie Schüler fürchteten gleichermaßen seine Wutausbrüche, und während er die Kollegen ‚nur' anschrie, setzte es bei den Zöglingen noch zusätzlich Backpfeifen. Nie wurde Krause für seine Misshandlungen zur Rechenschaft gezogen, denn wie schon gesagt, war die körperliche Züchtigung zu jener Zeit noch erlaubt und gehörte zum Berufsbild des Lehrers. So verpasste auch Florian gelegentlich einem Schüler eine Ohrfeige, allerdings in moderater Stärke, denn sonst hätte es im Dorf geheißen:

„Der neue Lehrer taugt nichts! Er schlägt die Buben nicht. Kein Wunder, dass sie keinen Respekt vor ihm haben!"

Florian war froh darüber, dass er Krause an seinem ersten Arbeitstag in Kleinweinheim nicht lange ertragen musste. Nach ein paar knappen Anweisungen in unfreundlichem Ton entließ er den neuen Kollegen aus seinem Dienstzimmer, ohne ihm einen guten Anfang gewünscht zu haben. Mit einem flauen Gefühl in der Magengegend stieg Florian wieder die Treppe hinab. Im ersten Stock kam er an den Klassenräumen der Oberlehrer Werner Dietrich und Johannes Schittenhelm vorbei, und im Erdgeschoss las er auf den Schildern neben der Tür die Namen der Kollegen Olaf Schönleber und Gisela Rupp. Niemand zeigte sich. Florian suchte eine Weile vergeblich das Klassenzimmer seiner Viertklässler und wandte sich schließlich hilfesuchend an den Hausmeister. Der führte ihn über eine steile Steintreppe in den Keller hinab. Wollte er ihm etwa die Heizungsanlage zeigen? Unten angelangt, umgab Florian ein penetranter Modergeruch. An einem Lattenverschlag entlang, hinter dem Kohlen, alte Bretter, ausgediente Schulmöbel und allerlei Gerümpel lagerten, erreichten der Hausmeister und der Junglehrer eine schwere Eisentür, und dahinter lag ein Raum, der die Bezeichnung ‚Klassenzimmer' nicht verdiente. Das war eher ein Stall, den man dem neuen Kollegen zugeteilt hatte! Mit großem Erstaunen sah Florian das Mobiliar, das wohl noch aus der Zeit Kaiser Wilhelms stammte, immerhin des Zweiten und nicht des Ersten. Es hätte eher in ein Schulmuseum als in eine Lehranstalt des zwanzigsten Jahrhunderts gepasst! Die wurmstichigen Holzbänke bestanden aus einer Sitzfläche, einem Brett zum Auflegen der Füße und einer Tischplatte, in die schon Generationen von Kleinweinheimern ihren Namenszug oder den ihrer Liebsten eingraviert hatten. Die schräge Arbeitsfläche und die mit einem Metalldeckel versehenen Vertiefungen für das Tintenfass waren gleichermaßen dazu geeignet, die Schüler zum Spielen wie zum Lärmen anzuregen. Wie lustig war es doch, runde Gegenstände abrollen zu lassen und mit den Metalldeckeln zu klappern! Die Decke des Raumes ruhte auf vier gusseisernen, kannelierten, einem griechischen Tempel nachempfundenen Säulen. Hinter diesen konnten sich die Lausbuben wunderbar verstecken und unbemerkt ihren Unfug treiben. Neben der Tür stand ein Kanonenofen, der im Winter Unmengen von Kohlen verschlang und stündlich gefüttert werden musste, was jedes Mal eine bei den Schülern hoch willkommene Unterrichtsstörung verursachte. Bei windigem Wetter erfüllte beißender Qualm den Raum. Das Hustkonzert nahm dann kein Ende und wurde absichtlich noch fortgesetzt, auch wenn die Luft längst wieder rein war. Bullerte das Feuer lustig im Ofen, verbrutzelten jene Schüler, die in der ersten Reihe saßen, während die Hinterbänkler immer noch jämmerlich froren. Und dann gab es noch das Glanzstück der Einrichtung, die Tafel! Sie stand lose an die Wand gelehnt auf einem kaum handbreiten Absatz. Manchmal verschoben sie die Kinder ein wenig nach hinten, so dass sie schon bei der kleinsten Berührung nach vorne kippte. Einmal saß Florian gerade über die Rechenhefte gebeugt an seinem Tisch, als dies passierte. Geistesgegenwärtig zog er das Genick ein, und die Tafel rutschte ihm über den Rücken, wobei ein Teil des sorgfältig angefertigten Tafelanschriebs an seiner Kleidung hängen blieb. Dann krachte sie vor der ersten Sitzreihe zu Boden, und die Schüler feierten das einmalige Schauspiel mit begeistertem Applaus. Florian fand diesen Zwischenfall allerdings weniger spaßig.

Man mag es kaum glauben, aber im Laufe der Zeit gewöhnten sich Florian und seine Schüler nicht nur an die widrigen räumlichen Verhältnisse, sie fühlten sich sogar wohl in ihrem Kellerverlies. Es gehörte ganz allein ihnen, und niemand störte sie dort unten. Auch von Rektor Krause blieben sie verschont, denn es war ihm zu beschwerlich, die steile Treppe hinabzusteigen. Trotzdem wusste er immer genau Bescheid, was in den Katakomben vorging, denn in der Klasse saß ein Spion in Gestalt seines Neffen Siegfried. Mit großer Aufmerksamkeit verfolgte der den Unterricht und erzählte dem Onkel brühwarm die letzten Neuigkeiten – natürlich aus der Sicht des Schülers, die niemals objektiv sein kann. Bisweilen kritisierte er den Unterrichtsstil seines Lehrers, wies auf sachliche und didaktische Fehler hin und wusste immer alles besser. Er spielte sich auf, als sei er der Schulrat. Bedauerlicherweise benahm sich der ‚echte' noch viel schlimmer, was Florian bald zu spüren bekam.

Obwohl ihm seine Viertklässler viel Freude bereiteten, konnte sich Florian lange Zeit nicht in Kleinweinheim eingewöhnen. Wie war ihm dieser Ort zuwider! Wehmütig dachte er an das abwechslungsreiche Leben in Krauthausen zurück, an die netten Kollegen und an seine frühere Klasse. Selbst den ‚Kippenraucher' vermisste er, der im Gegensatz zu seinem jetzigen Chef wenigstens einen anständigen Umgangston pflegte. Am meisten fehlten ihm sein treuer Freund Harry und die Kameraden vom Tennisclub. In Kleinweinheim fühlte er sich einsam und von allen verlassen. Auch das Wochenende in Stuttgart konnte ihn nicht für die Trübsal entschädigen, unter der er vom Montagmorgen bis zum Freitagnachmittag litt.

Eines Tages kam Florian nach dem Unterricht mit seiner Kollegin Gisela Rupp ins Gespräch, und es stellte sich heraus, dass auch sie aus Stuttgart stammte und wie er das Leben auf dem Dorf nur schwer ertrug. Schon seit drei Jahren wohnte sie bei der Weingärtnerfamilie Böpple, freundliche Leute, die ihre Untermieter weder belästigten noch darauf achteten, wer zu ihnen zu Besuch kam. So lud Gisela den neuen Kollegen für den folgenden Tag zu sich in ihr möbliertes Zimmer ein. Dort saßen sie bei Kaffee und Kuchen beisammen und klagten sich gegenseitig ihr Leid. Sie erzählte ausführlich von den Zuständen an der Schule, ließ auch Krauses schlimme Entgleisungen nicht aus und warnte vor den Intrigen, die innerhalb des Kollegiums gespielt wurden. Wie konnte Florian wissen, dass Gisela selbst die größte Intrigantin in diesem Possentheater war? Er glaubte ihr Wort für Wort und schenkte ihr sein Vertrauen. Schon bald folgten weitere Treffs. Mal spielten sie Karten, dann wieder Mühle, ein andermal korrigierten sie zusammen Aufsätze oder erstellten die Stoffverteilungspläne. An manchen Abenden tranken sie zusammen das eine oder andere Fläschchen ‚Kleinweinheimer Wurmberg Trollinger trocken' und mit jedem weiteren Glas erschien ihm Gisela begehrenswerter. Da machte sich wieder wie seinerzeit beim Krauthäuser Fasching der Schönsaufeffekt bemerkbar. Ein Mann wie Florian, der schon seit Monaten auf dem Trockenen saß und unter heftigen Entzugserscheinungen litt, konnte wahrhaftig auf dumme Gedanken kommen, wenn sie ihm zuprostete und ihn dabei verführerisch anlächelte.

Bei den folgenden Besuchen bemerkte Florian, dass sich Gisela von Mal zu Mal weniger an der gemeinsamen Arbeit beteiligte. Eines Nachmittags bat sie ihn sogar, er möge für sie einen Unterrichtsentwurf schreiben, da sie seit einiger Zeit unter Kopfweh leide und deshalb von der Aufgabe überfordert sei. Florian zögerte und wollte sich nicht von ihr einspannen lassen, aber Gisela wusste schon, wie sie ihn betören konnte. Sie legte ihre Arme um seinen Hals, schmuste wie ein Kätzchen und hauchte ihm ins Ohr:

„Bitte, tu es mir zuliebe, dann bin ich auch ganz lieb zu dir!"

Florian genoss die Streicheleinheiten und dachte an die süße Belohnung, die ihn erwartete. Nach einer Weile beendete Gisela ihre Zuwendung und meinte, es sei nun an der Zeit, mit der Arbeit zu beginnen. Beim bevorstehenden Schulratsbesuch sollte im Heimatkundeunterricht das Thema ‚Die Menschen der Steinzeit' behandelt werden. Florian wälzte nun einige Lehr- und Geschichtsbücher, las und notierte, formulierte und feilte an Sätzen. Es vergingen zwei volle Stunden, bis er den ersten Teil des Unterrichtsentwurfs, die ‚Stoffliche Vorbereitung', abgeschlossen hatte. Gisela lobte seinen Fleiß, ging in die Küche und brühte ihm einen kräftigen Kaffee auf, damit er bei der Arbeit nicht ermüde. Als sie zurückkam, stellte sie das Tablett ab, umschlang Florian von hinten und drückte ihre weichen Brüste an seinen Hals. Schritt für Schritt entwickelte sich ein erotisches Spiel mit zärtlichem Streicheln und Küssen. Als Florian vorschlug, man könne sich der Bequemlichkeit halber aufs Sofa legen, meinte Gisela, das komme später, für den Augenblick sei es genug, er solle nun mit dem zweiten Kapitel, der ‚Psychologischen Vorbetrachtung' beginnen. Dabei ging es um die Frage, in welchem Verhältnis der Stoff zu den Schülern der entsprechenden Altersstufe, in diesem Falle eines sechsten Schuljahres, stand. Wofür würden sie sich besonders interessieren? Was wussten sie schon aus Büchern und Filmen? Hatten sie vielleicht Weinlands ‚Rulaman' gelesen, die Höhlen der Schwäbischen Alb oder die Pfahlbauten von Unteruhldingen am Bodensee besucht? Vielleicht in der Wilhelma Bären, Elche, Rentiere und Hirsche gesehen? Kannten sie einen Fischer oder einen Jäger persönlich? Hatten sie schon einmal Körbe geflochten oder Tongefäße geformt? Es wurde elf Uhr, bis Florian all diese Gedanken formuliert und zu Papier gebracht hatte. Ermattet sank er auf das Sofa, und Gisela entlohnte ihn für seine Mühe mit ihren Zärtlichkeiten. Bedauerlicherweise befand er sich nicht mehr in der Verfassung, um das mit ihr anzustellen, was er eigentlich vorhatte. Als ihn Gisela um Mitternacht an die Tür begleitete, schaute sie ihn mit ihren dunkelbraunen Rehaugen vielsagend an.

„Machen wir morgen weiter?", fragte sie leise.

„Mit der Arbeit oder …?"

„Mit beidem!", flüsterte sie, hielt ihm den Mund zu und küsste ihn zum Abschied.

Betört von dem Gedanken an die weiteren Aussichten schritt Florian durch die Winternacht zum Haus des Dorfpolizisten Schneider zurück. Den nächsten Vormittag in der Schule hielt er nur mit Mühe durch, so müde fühlte er sich. Die nächtliche Arbeit an Giselas Unterrichtsentwurf hatte ihn sehr angestrengt. Die Kollegin sah er nur kurz, und ein gegenseitiges Zuzwinkern genügte, um die abendliche Verabredung zu bestätigen. Den halben Nachmittag verschlief Florian in seinem Zimmer und bereitete dann in weniger als einer Stunde seinen Unterricht für den nächsten Tag vor. Bevor er das Haus verließ, steckte er eine Flasche ‚Eckes Edelkirsch'-

Fruchtlikör ein. Ein solcher Abend musste zelebriert werden! Im Schutze der Dunkelheit hastete er durch das Dorf. Vor dem Haus der Familie Böpple erwartete ihn Gisela bereits. Sie bat Florian herein und drängte ihn, er möge sogleich mit der Arbeit beginnen, damit man hinterher noch etwas von dem Abend habe. Mit Eifer schrieb er nun den dritten Teil des Unterrichtsentwurfs, die ‚Didaktische Vorbetrachtung', welche sich mit der Frage ‚Wie sag' ich's meinem Kinde?' beschäftigt. Welche Unterrichtsmethoden versprachen den größten Erfolg? Welche Materialien und Anschauungsmittel sollten zum Einsatz kommen? Fragen über Fragen! Florian kam auf die lächerliche Idee, man könnte von der Metzgerei Zipperle einen Fetzen rohes Fleisch mitbringen, damit die Kinder sähen, was die Steinzeitmenschen damals aßen. Dank seines Arbeitseifers schloss Florian das Kapitel innerhalb kurzer Zeit ab und erwartete nun eine angemessene Belohnung. Doch Gisela meinte, es sei besser, erst den Unterrichtsentwurf zu vollenden, damit man sich hinterher ganz dem gemütlichen Teil des Abends widmen könne. Florian fühlte sich ein wenig vergackeiert und wies darauf hin, dass er nun eine Pause brauche. Doch Gisela erwiderte lächelnd:

„Warum schaust du mich so an? Es ist wirklich besser, du machst erst die Arbeit fertig. Dann können wir hinterher im Bett miteinander kuscheln."

Florian schoss das Blut in den Kopf. Welch ein Angebot von Gisela! Erneut vertiefte er sich in die Arbeit und brachte in Erwartung dessen, was anschließend kommen sollte, zügig den vierten Teil des Unterrichtsentwurfs zu Ende. Dieses abschließende Kapitel behandelte den Verlauf der Stunde und gliederte sich in Einleitung, Hauptteil und Schluss. Sechzehn Seiten umfasste das fertige Werk, eine reife Leistung! Das musste gebührend gefeiert werden! Bei einem Gläschen Kirschlikör setzten Florian und Gisela das Liebesspiel just an jener Stelle fort, wo es am Abend vorher geendet hatte. Nach dem zweiten Gläschen entkleideten sie sich und legten sich nackt ins Bett. Gisela entlohnte den fleißigen Entwürfeschreiber mit allerlei erotischen Spielchen, doch als es ans ‚Eingemachte' ging, wehrte sie ihn energisch ab.

„Lass das! Weißt du, ich möchte meinen Verlobten nicht betrügen", sagte sie kurz und bündig.

Mit einem Schlag erwachte Florian aus all seinen Träumen. Wie ein dummer Probierhengst kam er sich vor, der die Stute zwar heiß machen darf, dann aber dem edleren Artgenossen den Vortritt lassen muss. Warum nur hatte er das schändliche Spiel dieses Weibes nicht gleich durchschaut? Sie hatte vorgegeben ihn zu mögen, dabei wollte sie ihn nur für ihre Arbeiten einspannen. Auch das Verhalten ihrem Verlobten gegenüber fand Florian übel. Hatte sie ihn eigentlich nicht schon betrogen, auch wenn es nicht zum Allerletzten kam? Und warum hatte sie Florian nicht vorher gesagt, dass sie liiert sei?

Rasch zog sich Florian an und verließ ohne Abschiedsgruß das Haus. Mit ‚der Rupp' wollte er fortan nichts mehr zu tun haben. Selbst dienstlich besprach er nur noch das Nötigste mit ihr. In den folgenden Monaten zog sich Florian noch weiter zurück in sein Schneckenhaus und mied wie ein gebranntes Kind jeden engen Kontakt mit den Frauen. Einen solchen Reinfall wollte er nie mehr erleben!

Der Militärdienst droht

‚Die Schüler sind zur Friedensliebe zu erziehen', so stand es zu jener Zeit, als Florian noch das Gymnasium besuchte, im Bildungsplan des Landes Baden-Württemberg. Die meisten seiner Lehrer hielten sich an diese Vorgabe und traten aus persönlicher Überzeugung für den Frieden ein. Nach den leidvollen Erfahrungen als Soldaten im Zweiten Weltkrieg kehrten viele von ihnen traumatisiert und körperlich versehrt nach Hause zurück und wollten nur eins: Endlich in Frieden leben. Doch es gab auch schwarze Schafe unter ihnen wie Florians Zeichenlehrer Lindemann, einer jener ewig Gestrigen, die noch immer die Naziherrschaft verherrlichten und den Krieg für das angemessene Mittel hielten, Deutschland wieder zu alter Größe zu verhelfen. Seine Hasstiraden richteten sich hauptsächlich gegen die Juden, die Russen und die ‚Polacken'. Er betrachtete diese Völker als Schädlinge, die vernichtet werden mussten. Die christdemokratische Regierung unter Adenauer verfolgte in jenen Jahren zwar eine Politik der Aussöhnung, lehnte jedoch den Verzicht auf die verlorenen Ostgebiete ab und schürte aus wahltaktischen Gründen die Russenangst. Ständig redete man den Leuten ein, die Truppen des Warschauer Pakts stünden einmarschbereit hinter dem ‚Eisernen Vorhang' und warteten nur auf die Gelegenheit, Westeuropa zu überrollen. Diese Panikmache führte eines Tages im Zeichenunterricht zu einem grotesken Zwischenfall. Als nämlich auf dem Cannstatter Wasen laute Böllerschüsse die Eröffnung des Cannstatter Volksfests verkündeten, sahen darin einige Schüler eine Gelegenheit, den Unterricht zu stören und riefen im Spaß: „Die Russen kommen, die Russen kommen!"

Lindemann nahm das zum Anlass, endlich loszuwerden, was er seinen Schülern schon lange sagen wollte und schrie in zackig-militärischem Ton: „Ja, dann werdet ihr Soldaten für Deutschland und wie wir damals gegen die Russen in den Krieg ziehen... und dieses Dreckspack vernichten... Schlesien, Pommern und Ostpreußen sollen wieder deutsch werden!"

Das war nun wirklich zu viel! Obwohl selbst oft grob und verletzend, fanden die Schüler diese Hetze dermaßen widerlich, abstoßend, unerträglich, dass sie das Gegenteil dessen bewirkte, was der unverbesserliche Nazi beabsichtigt hatte. Groteskerweise erzog er auf diese Weise seine Schüler wie vom Bildungsplan gefordert zur Friedensliebe. Als angehende Abiturienten wussten sie schon, nur eine Politik des Ausgleichs bot der Menschheit die Chance, in einer Welt zu überleben, in der zwei hochgerüstete Atommächte, die Sowjetunion und die USA, sich feindlich gegenüberstanden.

Nicht nur die Erziehung am Gymnasium, auch die Lektüre entsprechender Literatur wie Ernst Jüngers ‚In Stahlgewittern' und Erich Maria Remarques Anti-

Kriegs-Roman ‚Im Westen nichts Neues' legten in Florian den Keim für seine pazifistische Gesinnung. Diese wurde noch verstärkt durch die Erzählungen seines Vaters von den furchtbaren Ereignissen an der Ostfront. Florian sah in den Soldaten keine Helden, sondern bedauernswerte Opfer einer verfehlten Machtpolitik. Als unbeschwerte junge Männer waren sie in den Krieg gezogen, und jene, die überlebten, kehrten oft mit schweren Verletzungen und lebenslangen Traumata belastet nach Hause zurück.

In Florians Familie gab es genug abschreckende Beispiele, wie deutsche Soldaten in der Vergangenheit missbraucht wurden. Da war sein Großvater, der gleich an zwei Weltkriegen teilgenommen hatte, weiter sein Onkel Paul, der auf dem Balkan gegen Titos Partisanen kämpfte und seither unter Malariaanfällen litt, dann sein Onkel Manfred, der in Nordafrika in der Schlacht von El Alamein schwer verwundet wurde, weiter Onkel Richard und Onkel Martin, die in Stalingrad starben und schließlich sein Vater, der mit den Truppen Nazideutschlands in die Tschechoslowakei einmarschierte, danach an der Westfront gegen Frankreich kämpfte und zuletzt auch noch am Russlandfeldzug teilnahm. In jenem Jahr, als Florian geboren wurde, stieß sein Vater mit der elften Armee, die dem Befehl des Generals Erich von Manstein unterstand, durch die Ukraine bis in das Vorland des Kaukasus vor mit dem Ziel, die Sowjetunion von ihren Ölquellen in Grosnij und Maikop abzuschneiden. Dabei stießen die deutschen Verbände auf erbitterten Widerstand und es kam immer wieder zu verlustreichen Schlachten, so bei Smolensk, Woronesch und Kursk, bei denen Millionen von Sowjetsoldaten fielen und in Gefangenschaft gerieten. Als Florian später als junger Mann den Vater bat, er möge ihm von seinen Kriegserlebnissen erzählen, erhielt er gewöhnlich eine ausweichende Antwort. Wollte der alte Herr nicht an jene Zeit erinnert werden oder wusste er, dass Worte nicht ausreichten, die Gräuel des Krieges zu beschreiben? Manchmal gab er doch dem Drängen des Sohnes nach und erzählte von den Kämpfen auf der Halbinsel Krim, den Schlachten um Sewastopol und am Kuban-Brückenkopf bei Kertsch, wo eine schmale Meerenge das Schwarze Meer mit dem Asow'schen Meer verbindet.

„Du kannst dir gar nicht vorstellen, wie furchtbar das war, mein Junge", begann er seine Schilderung. „Ein ohrenbetäubendes Krachen, Heulen und Donnern lag in der Luft. Um uns herum ratterten die Maschinengewehre und donnerte unsere Artillerie. Granaten und Bomben schlugen in unmittelbarer Nähe ein. Jeder Quadratmeter Boden war zerpflügt und mit Einschlagstrichtern übersät. Ich stehe im Schützengraben und biete dem Kameraden neben mir eine Zigarette an. Im nächsten Augenblick trifft ihn ein Granatsplitter am Kopf. Blutüberströmt stürzt er und… ich kann das gar nicht erzählen, Junge."

Der Vater schwieg eine Weile, dann redete er leise weiter. Offenbar erleichterte es ihn, dass ihm jemand zuhörte, denn gewöhnlich winkten die Leute ab, wenn die Veteranen von ihren Kriegserlebnissen berichteten. Davon wollte man nichts mehr hören. Schließlich herrschte jetzt Friede und es ging wieder aufwärts.

„Zu Beginn des Krieges kamen wir rasch voran und eilten von Sieg zu Sieg, denn wir waren unserem Gegner militärisch haushoch überlegen", fuhr der Vater fort. „Obwohl eigentlich unsere Feinde, taten mir die russischen Soldaten aufrichtig leid, denn sie waren viel schlechter ausgerüstet als wir. Ich bewunderte ihre Tapferkeit. Drei Mann teilten sich ein Gewehr, und wenn der Kamerad fiel, der die Waffe trug, nahm sie ihm der Nebenmann ab und kämpfte weiter. Eine Kalashnikov war mehr wert als ein Mensch! Unvorstellbar!"

Florian konnte nicht begreifen, wie junge Männer zweier Nationen aufeinander schießen, sich gegenseitig töten konnten, obwohl sie einander persönlich nicht feindselig gesinnt waren. Hätte man das Ende der Kämpfe verkündet, wären sie einander in die Arme gefallen und hätten wie Freunde das glückliche Überleben gefeiert. Der Vater versuchte, dem Sohn das Geschehen an der Front zu erklären.

„Das verstehst du nicht, Florian! So etwas hast du zum Glück nie mitgemacht. Die schießen rüber, und du schießt zurück, und wer besser trifft, der überlebt. Also feuerst du, was das Zeug hält. Dir bleibt auch gar nichts anderes übrig, denn wer nicht kämpfen will und sich von der Truppe davonstiehlt, wird vom Kriegsgericht als Deserteur verurteilt und an die Wand gestellt."

Die militärische Katastrophe von Stalingrad brachte in jenem Jahr, als Florian zur Welt kam, die Wende des Zweiten Weltkriegs. Dem ‚größten Feldherrn aller Zeiten' Adolf Hitler treu ergeben, zog sich General Paulus mit der 330 000 Mann starken sechsten Armee nicht zurück, als am Wolgabogen der militärische Super-Gau, die Einkesselung, drohte. Als die Lage bereits aussichtslos wurde, sollte die von General Manstein befehligte elfte Armee, der auch Florians Vater angehörte, in der Aktion ‚Wintergewitter' den Ring der sowjetischen Verbände aufbrechen. Bis auf sechsundvierzig Kilometer kamen die deutschen Truppen an Stalingrad heran, dann scheiterte ihr Vormarsch an der russischen Gegenoffensive. Damit war das Schicksal der sechsten Armee besiegelt, von der Hitler in seinem Größenwahnsinn behauptete, man könne mit ihr ‚den Himmel stürmen'. Die letzten Feldpostbriefe, die man später fand, legen Zeugnis ab von der furchtbaren Tragödie, die sich in den Trümmern der zerstörten Wolgastadt abgspielte. Von Hunger und Temperaturen bis zu dreißig Grad unter null zermartert, machte mancher deutsche Soldat seinem Leiden ein Ende, indem er absichtlich in das Feuer des Gegners lief. Andere hielten durch, verlängerten ihr Leben um ein paar Tage, indem sie eine Suppe aus dem Leder ihrer Ausrüstung kochten und das Fleisch der toten Kameraden aßen. Bei ihrer letzten Weihnachtsfeier sangen sie unter Tränen all die schönen Lieder und dachten an ihre Familien zu Hause. Als einer ihrer Kameraden ein Gedicht vortrug, weinten sie. Ein paar Verse waren zum kostbarsten Weihnachtsgeschenk geworden!

Die militärische Katastrophe von Stalingrad ging zugleich als eine Tragödie in Florians Familiengeschichte ein, denn der jüngste Bruder seines Vaters, Martin Schöllkopf, diente als Elitesoldat in General Paulus' sechster Armee. Im Feldzug ‚Wintergewitter' versuchte also ein Bruder den anderen Bruder zu retten. Doch der Einsatz war vergebens. Das Ende ist bekannt. Nach Kriegsende forschte Florians Vater jahrelang ohne Erfolg, etwas über Martins Schicksal zu erfahren. Obwohl es als gesichert galt, dass er nicht mehr lebte, hoffte die Familie, er würde eines Tages doch wieder auftauchen. Unter dieser belastenden Situation litt besonders die junge Witwe, deren beste Jahre von der Sorge um den Liebsten überschattet wurden. Erst fünfzehn Jahre nach der Katastrophe von Stalingrad wurde Martin Schöllkopf für tot erklärt.

Wie durch ein Wunder überlebte Florians Vater alle Kämpfe ohne ernsthafte Verletzungen, aber noch stand ihm der Rückzug nach Deutschland bevor. Er gehörte jenem Truppenteil an, dem es als letztem gelang, sich vor der vorrückenden Sowjetarmee über das Schwarze Meer von Jevpatoria nach Odessa abzusetzen. An der Südküste der Halbinsel Krim eingeschlossen, drohte hier den deutschen Soldaten das gleiche Schicksal wie den Kameraden in Stalingrad.

„Das russische Sperrfeuer war unvorstellbar heftig", erinnerte sich der Vater. Die Stalinorgeln schossen mit einer Gewalt, dass die Erde erbebte. Taghell war der Nachthimmel erleuchtet und im flackernden Licht sahen wir, wie nicht weit von uns einer unserer Truppentransporter getroffen wurde und mit Mann und Maus im Meer versank. Wir litten Todesangst und rechneten jeden Augenblick mit unserem Ende. Doch wir hatten Glück und kamen heil in Odessa an. An einen geordneten Rückzug nach Westen war überhaupt nicht zu denken. Die Versorgung war total zusammengebrochen. Also schlugen wir uns, größtenteils zu Fuß, über Rumänien und Ungarn bis nach Österreich durch. Viele Kameraden sanken vor Entkräftung zu Boden und starben am Wegesrand. Am meisten quälte uns der Hunger. Manchmal drangen wir einfach in ein Bauernhaus ein und nahmen uns, was wir brauchten: Brot, Speck, Eier, Käse, Wurst... Einmal sahen wir eine Kuh auf einer Weide. Wir melkten sie und tranken die Milch. Dann rissen wir sie zu Boden, stachen sie mit unseren Messern ab, schnitten den noch warmen Tierkörper auf und aßen das rohe Fleisch. Vor Hunger konnten wir nicht warten, bis das Lagerfeuer aufflackerte. Des Nachts schliefen wir in Heuschobern und unter Bauernkarren. Manchmal trafen wir auf ein Gehöft, das nicht in Trümmern lag. Dann empfanden wir ein Bett als den allergrößten Luxus. Alle wollten nach Österreich zu den Amerikanern, denn man wusste, sie behandelten ihre Gefangenen besser als die anderen Siegermächte. In die Hände der Russen zu fallen, bedeutete in der Regel den Abtransport in ein Arbeitslager nach Sibirien und den fast sicheren Tod.

Einmal sahen wir, wie in der Nähe der amerikanischen Linien eine Maschine unserer Luftwaffe von einem Flakgeschoss getroffen wurde und abstürzte. Unsere Leute sprangen aus dem brennenden Wrack und versuchten durch Pendelbewegungen ihre Fallschirme nach Westen hin zu lenken, denn sie wollten zu den Amis hinüberkommen. Ob es ihnen gelang, konnte ich nicht erkennen. Wir jedenfalls schafften es und wurden bei Salzburg von den Soldaten der US-Army gefangengenommen. Sie brachten uns in ein Straflager nach Hallein. Zuerst sperrte man uns wie Vieh auf einer Koppel ein. Zwei Tage lang gab es nichts zu essen und nur Wasser zu trinken. Als es regnete, lagen wir im Matsch in unserer eigenen Scheiße. Wer aufmuckte, bekam von den Wachsoldaten mit dem Gummiknüppel eine übergezogen. Am dritten Tag wurden wir in Gruppen eingeteilt. Wir durften duschen und bekamen frische Kleider. Zwar mussten wir schwer arbeiten, aber immerhin gab man uns ausreichend zu essen und zu trinken. Mit der Zeit wurde die Verpflegung immer besser, und am Wochenende bekamen wir sogar ein Päckchen Zigaretten. Auch der Umgangston wurde freundlicher, denn die meisten unserer Bewacher hatten erkannt, dass wir im Grunde arme Schweine und auch nur Opfer des Krieges waren. Mit einem Farbigen, der in der Küche arbeitete, schloss ich Freundschaft. Wenn ich Hunger hatte, klopfte ich ans Küchenfenster, und schon reichte er mir ein Hühnerbein heraus. Nach einem halben Jahr wurden wir entlassen, und ich sah dich und deine Mutter wieder."

In jenen Tagen, als ihr Mann in amerikanische Gefangenschaft geriet, lebte Frau Schöllkopf mit dem vierjährigen Florian im fünften Stock eines Miethauses im Stuttgarter Osten. Im Winter froren sie jämmerlich in der eiskalten Wohnung, denn es gab nicht genug Heizmaterial. Verlor ein Lastwagen in einer Kurve ein paar Eierkohlen, dann rannten die Leute herbei und klaubten sie auf. Zu allem Übel waren bei den Fliegerangriffen sämtliche Scheiben zu Bruch gegangen. Notdürftig nagelte man die Fenster mit Kartons und Sperrholzplatten zu oder verschloss sie mit sogenanntem Rollglas, sofern dieses verfügbar war. Zusätzlich hängte man Decken vor die undichten Stellen, denn es war immer noch besser, im Halbdunkel in der Stube zu sitzen als in eiskalter Zugluft zu schnattern. Da es weder frisches Obst noch Gemüse gab, drohten vor allem den Kindern wegen des Vitaminmangels Krankheiten wie Keuchhusten und Rachitis, Scharlach und Mumps. Zur Vorbeugung sollten sie täglich einige Esslöffel Lebertran einnehmen. Florian war das einzige Kind im Haus, das die übel schmeckende ölige Brühe ohne zu murren schluckte. So schickten die anderen Mütter ihre Sprösslinge zur kollektiven Lebertraneinnahme zu den Schöllkopfs hinauf. Sobald die große braune Flasche aus dem Schrank geholt wurde, versteckten sich die Kinder hinter den Decken. Florian ging mit gutem Beispiel voran, nahm das scheußliche Zeug ein und versuchte die anderen davon zu überzeugen, wie gut es schmecke. Schließlich ließen sie sich überreden und nahmen widerwillig mit einem Würgen im Hals ihre Ration Lebertran ein.

Eines Tages läutete die Hausglocke und Frau Schöllkopf lief mit ihrem Söhnchen zur Wohnungstür hin, um den Ankömmling zu empfangen, der sich mühsam die Treppe heraufschleppte und einen Tornister auf dem Rücken trug. In dem Moment, als Florian den fremden Mann erblickte, der ihn aus einem hohlwangigen Gesicht mit starren Augen ansah, löste er sich schreiend vom Rockzipfel seiner Mama, rannte in die Stube und verkroch sich hinter den Decken. Gleich darauf hörte er, wie sich die Mutter und der Mann stürmisch begrüßten und dann ins Zimmer traten. Mit sanfter Stimme versuchte Frau Schöllkopf, ihr Söhnchen aus seinem Versteck hervorzulocken.

„Komm doch heraus, Flori! Dein Papa ist gekommen! Du brauchst keine Angst zu haben, er ist ganz lieb zu dir", beruhigte sie den Kleinen, worauf dieser ganz vorsichtig wie ein scheues Mäuschen hinter den Decken hervorkam. Der Mann mochte ihn noch so freundlich anlächeln und liebevoll mit ihm sprechen, in seine Nähe wagte sich Florian nicht. Lange Zeit blieb ihm der Vater nicht nur ein Fremder, er betrachtete ihn sogar als Eindringling, mit dem er die Zuwendung der Mutter teilen musste. Die Situation war für alle Seiten gewiss nicht einfach, und dennoch konnten sie sich glücklich schätzen, dass der Ehemann und Vater heimgekehrt war. In vielen Familien galt das Oberhaupt als vermisst, und das Hoffen und Bangen belastete die Angehörigen mehr als die Endgültigkeit einer Todesnachricht. Wie sollte sich eine Frau verhalten, wenn ihr Mann nach vielen Jahren des Wartens nicht heimkehrte und sich ein anderer ihr zuwandte, wie einem sympathischen Amerikaner widerstehen, der seine ehrlich gemeinte Hilfe anbot? Man sollte nicht den Stab über jenen Frauen brechen, die sich in ihrer Not mit einem Besatzungssoldaten einließen, um sich und ihren Kindern ein besseres Leben zu ermöglichen.

Florian, damals noch ein Kleinkind, kannte diese schwere Zeit nur vom Hörensagen, doch was er in den darauffolgenden Nachkriegsjahren erlebte, blieb fest in seinem Gedächtnis haften. Er erinnerte sich, dass an allem großer Mangel herrschte. Damit wenigstens die Kinder nicht hungerten, rief der damalige US-Präsident Herbert Hoover ein Hilfsprogramm, die sogenannte ‚Hoover-Speisung‘, ins Leben. Tag für Tag fuhr ein amerikanischer Armeelastwagen in den Hof der Schule, an der Florian seine Grundschuljahre verbrachte. Die Soldaten luden große blaue Kessel ab und ließen die Kinder in einer Reihe antreten. Nacheinander füllten die GIs die Blechbehälter mit einfachen, sättigenden Speisen. Mal gab es Dampfnudeln, mal dicken Haferflockenbrei, der wie zäher Leim am Gaumen klebte, dann wieder eine Nudelsuppe mit Eierflocken, die sie in undankbarer Weise ‚Schlangenfraß‘ nannten. Wer klagte, er sei nicht satt geworden, bekam einen Nachschlag und so spielten manche den Hungrigen und ließen sich ihre Gefäße noch einmal füllen. Nach der Schule trugen sie das Essen nach Hause und brachten es ihren Eltern. So kamen auch die Erwachsenen in den Genuss der ‚Hooverspeisung', die eigentlich für die Schulkinder bestimmt war. Da sich die Amerikaner auch um die Zahnpflege der Schüler kümmerten, überreichten die Soldaten eines Tages jedem Kind eine Tube Zahncreme. Florian und seine Klassenkameraden kannten die weiße Paste nicht. Sie probierten sie und fanden den feinen Pfefferminzgeschmack köstlich. Auf dem Schulweg leckten sie ständig an der Tube, und als sie zu Hause ankamen, war von der Zahnpasta nichts mehr übrig geblieben. Doch es gab auch noch eine andere Möglichkeit, an Süßigkeiten heranzukommen. Wenn nachmittags Florian und seine Kameraden auf den Schutthalden spielten, die sich am Straßenrand auftürmten, dann riefen sie dem Fahrer eines vorbeifahrenden Jeeps oder Armeelastwagens zu: „Give chocolate! Give chewing gum!' Ohne anzuhalten warfen die Soldaten dann manchmal das Gewünschte aus dem Fenster.

Florian vergaß die großzügige Hilfe der Amerikaner nie. Wenn er in späteren Jahren durch ärmere Länder reiste, bettelten ihn oft die Kinder um ein kleines Geschenk an. Er erinnerte sich dann an seine eigene Kindheit und verstand, warum sich die Jungen und Mädchen so über ein paar Bonbons, einen Luftballon oder einen Kugelschreiber freuten. Die Situation glich jener in der Nachkriegszeit in Deutschland, nur stand sie unter umgekehrten Vorzeichen. Nun war Florian der Spender und die Kinder waren die Empfänger.

Vier Jahrzehnte nachdem Florian in Stuttgarts Straßen die amerikanischen Soldaten um Schokolade und Kaugummi angebettelt hatte, kam es in Florida zu einer überraschenden Begegnung. Im Raumfahrtzentrum von Cape Kennedy näherte sich der Besucherbus gerade der Space-Shuttle ‚Endeavour', die startbereit auf der Rampe stand, als ein etwa sechzigjähriger Amerikaner seinen Nebensitzer fragte, woher er käme. „From Stuttgart, Germany", antwortete Florian. „I'm Bill", sagte der Mann aus den Staaten und erzählte ganz begeistert von den Jahren, die er als junger Soldat in dieser Stadt verbracht habe. Die ‚Nazis' hätten auf dem Rückzug alle Brücken gesprengt, die über den ‚Neckar River' führten. So hätten sie zuerst in Bad Cannstatt eine Pontonbrücke gebaut. Oft sei er mit dem Jeep durch die zerbombten Stadtviertel Gaisburg, Ostheim und Gablenberg gefahren.

Florian staunte und unterbrach seinen Gesprächspartner.

„Das ist ja unglaublich, was Sie da erzählen! Ich war damals sieben Jahre alt und wohnte mit meinen Eltern in Ostheim. Oft standen wir am Straßenrand und riefen den amerikanischen Soldaten zu, sie sollten uns Schokolade und Kaugummi geben."

„Natürlich, ich kann mich gut erinnern, dass häufig Kinder auf den Schutthaufen spielten und uns anbettelten, wenn wir mit unseren Wagen vorbeifuhren. Oft schenkten wir ihnen dann Süßigkeiten und freuten uns, wenn sie sich freuten, denn sie waren sehr arm und hatten all das nicht, was wir im Überfluss besaßen."

„Und bestimmt war ich einer der Jungs, die Sie dort am Straßenrand gesehen haben!", rief Florian.

Der Amerikaner rechnete nach und sagte: „Yes, I'm sure, we saw us in Stuttgart fourty years ago! And now we meet again here in Florida! Isn't it wonderful?"

Es war in der Tat wundervoll! Die beiden Männer lachten und umarmten sich spontan im Sitzen. Florian zog ein Päckchen ‚Wrigley's Spearmint' aus seiner Jeanshose und bot dem Amerikaner einen Streifen Kaugummi an. Der nahm dankend an. So ändern sich die Zeiten!

Auch Florians Eltern verband in den ersten Nachkriegsjahren eine Freundschaft mit einem Amerikaner, den der Vater über das Geschäft kennengelernt hatte. Er war ein großzügiger, stets gut gelaunter Mann deutscher Abstammung namens Liebig. Gefiel ihm eine Frau, dann sagte er im Spaß zu ihr:

„Ick heiße Liebig – liebst du mick, dann lieb' ick dick!"

In Verbindung mit seinem amerikanischen Akzent klang diese Redewendung besonders charmant. So war der lustige Mister Liebig stets ein gern gesehener Gast bei Familie Schöllkopf, denn er brachte neben guter Laune auch Kaffee, Schokolade, Zigaretten, Kaugummi, Whiskey, ‚Nuts'- und ‚Mars'-Riegel und viele andere Genussmittel mit, die man in den Läden nicht kaufen konnte. Besondere Höhepunkte waren die gemeinsamen Ausflugsfahrten mit dem dicken Cadillac in Stuttgarts nähere Umgebung.

Ein Jahrzehnt später war aus dem kleinen Florian ein junger Mann geworden. Wie vom Bildungsplan gefordert, hatten seine Lehrer am Gymnasium ihn und seine Klassenkameraden stets zur Friedensliebe erzogen. Er wusste, was Krieg bedeutete. Nun sollte er am Ende seiner Schulzeit zur Überprüfung der Wehrtauglichkeit einer Musterung unterzogen werden. Das passte wie die Faust aufs Auge! Florian wollte unter keinen Umständen zur Bundeswehr einrücken. Waren nicht die deutschen Soldaten in den vergangenen einhundert Jahren schon dreimal in Angriffskriegen missbraucht worden? Waren nicht unzählige Männer aus dem Familien- und Bekanntenkreis im Krieg ums Leben gekommen? Und hatte nicht Adenauer bei der Gründung der Bundesrepublik Deutschland gesagt, nie mehr werde ein Deutscher in Zukunft eine Waffe in die Hand nehmen, um dann wenige Jahre danach mit seinem Kabinett die ‚Allgemeine Wehrpflicht' einzuführen? Wie passte das zusammen? Nein, niemals würde Florian Soldat werden! Voller Widerwillen begab er sich zur Musterung beim ‚Kreiswehrersatzamt'. Allein schon dieses Wortungetüm war ihm suspekt und verstärkte seine Aversion gegen alles Militärische. Ein unfreundlicher Beamter stellte ihm verschiedene Fragen und füllte nebenbei ein Formular aus. Florian reagierte im Stile des ‚Braven Soldaten Schwejk' und stellte sich dumm.

„Zu welcher Waffengattung möchten Sie sich melden, Herr Schöllkopf?", lautete die erste Frage.

„Ich verstehe nicht, was Sie meinen", antwortete Florian.

„Aber in Ihrer Schule hat man doch sicherlich darüber gesprochen, dass es bei der Bundeswehr Infanterie, Artillerie, Luftwaffe, Fernmelde- und Versorgungseinheiten gibt."

„Nein, darüber wurde nie gesprochen. Unsere Lehrer haben sich immer an den Bildungsplan des Landes Baden-Württemberg gehalten und uns zur Friedensliebe erzogen."

„Nun reden Sie keinen Unsinn! Zu welcher Abteilung wollen Sie sich melden?"

„Wollen tu' ich schon gar nicht. Ich werde höchstens von Ihnen dazu gezwungen. Aber wenn es sein muss, dann melde ich mich eben zum Rückzug, denn in einem Atomkrieg gibt es sowieso nichts zu gewinnen. Da wird es nur Verlierer geben. Millionen von Menschen werden sterben und die Erde wird hinterher nicht mehr bewohnbar sein. Was soll man da noch kämpfen? Am besten man zieht sich gleich zurück, bevor die Katastrophe eintritt."

Der Beamte ließ sich auf keine weitere Diskussion ein. Kopfschüttelnd schrieb er ein paar Zeilen auf das Formular und entließ Florian zum Hör- und Sehtest in den Nebenraum. Wie es die Vorschrift der Verordnung Nr. 47 11 b, Absatz 55 z.y.K. des Wehrtauglichkeitsfeststellungsgesetzes vom 27. Januar 1953 verlangte, stellte sich ein Arzt die vorgeschriebenen vier Meter zweiundneunzig von dem angehenden Rekruten entfernt auf und nannte verschiedene mehrsilbige Wörter. Diese sollte Florian wiederholen. Zuerst sprach der Prüfer in normaler Zimmerlautstärke, und Florian wiederholte die Worte wie ein dressierter Papagei. Dann wurde die Stimme immer leiser und schließlich hörte man nur noch ein Flüstern. Obwohl Florian alles gut verstand, verdrehte er absichtlich das Gehörte zu den unsinnigsten Begriffen. Wie bei dem lustigen Kinderspiel ‚Flüsterpost', bei dem ein mehrsilbiges Wort reihum von Mund zu Ohr weitergegeben wird, verwandelte sich ein Rasensprenger in einen Wagenlenker, ein Kühlhaus in eine Wühlmaus und ein Backofen in Bratkartoffeln.

Alsdann folgte der Sehtest. Auf einer Leuchttafel erschien der Buchstaben ‚E' in allen Größen und Lagen – mal aufrecht, mal liegend, mal auf dem Kopf stehend. Nun musste Florian mit der Hand anzeigen, in welche Richtung die drei parallelen Balken verliefen. Der Augenarzt deutete mit einem Stock zuerst auf die großen Lettern, die Florian gut erkannte. Dann kamen die etwas kleineren an die Reihe, und Florian zeigte nun absichtlich die falsche Richtung an. Der Doktor wurde ärgerlich und fuchtelte mit dem Stock herum.

„Das gibt's doch nicht! Sie können das nicht erkennen? In der Schule sehen Sie doch auch, was an der Tafel steht!"

„Ja schon, aber da seh' ich besser, denn ich sitz' in der ersten Reihe und unser Lehrer schreibt immer recht groß an die Tafel. Aber hier erkenn' ich überhaupt nichts... mir verschwimmt alles vor den Augen... es

hat keinen Sinn, wenn ich zur Bundeswehr komme...
ich könnte gar nicht richtig mit dem Gewehr zielen...
und würde im Ernstfall die eigenen Leute mit dem
Feind verwechseln."

Der Militärarzt hatte Florian natürlich sofort als raffinierten Simulanten enttarnt, gab sich nicht weiter mit ihm ab und machte sich entsprechende Notizen. Als drittes kam nun die medizinische Untersuchung an die Reihe. Florian musste sich laut Verordnung Nr. 08 15 f, § 175 s.a.MG. nackend einem Gutachterteam präsentieren. Der angehende Rekrut fand diese Fleischbeschau sehr entwürdigend und erinnerte sich an den dummen Spruch, der Verteidigungsminister Blank wolle bei der Musterung ‚den Blanken' sehen. Zuerst wurde Florian einem Reflextest unterzogen. Er musste sich auf einen hohen Stuhl setzen und die Beine locker baumeln lassen. Ein Arzt schlug ihm mit einem Hämmerchen gegen die Sehne unterhalb der Kniescheibe, was allerdings keinerlei Wirkung hervorrief, weil der Getestete just in diesem Moment die Beinmuskulatur anspannte. Als der Mediziner nun etwas stärker zuschlug, ließ Florian wie ein Fußballer, der aufs Tor schießt, ganz abrupt den Unterschenkel nach oben schnellen. Der Mann mit dem Hämmerchen wurde um ein Haar am Kopf getroffen und brach schimpfend die Untersuchung ab.

Zuletzt wurde der Wehrpflichtige Schöllkopf angewiesen, sich zur Untersuchung der Weichteile auf einen Schragen zu legen. Man schaute ihm auf ziemlich indiskrete Art in sämtliche Körperöffnungen und prüfte gründlich die Geschlechtsorgane. Nun verstand Florian, warum ein beim Militär praktizierender Mediziner den Titel ‚Stabsarzt' trägt. Am Ende wurde Florians Brustkasten abgeklopft und sein Bauchraum durchgeknetet. Als der Oberstabsarzt die Narbe berührte, das Überbleibsel einer im Vorjahr durchgeführten Leistenbruchoperation, stieß Florian einen spitzen Schrei aus, sprang von dem Schragen herunter und schrie:

„Sie haben mir weh getan! Das lass' ich mir nicht gefallen! Ich gehe jetzt!"

Das tat Florian auch. Rasch zog er sich an und verließ das ihm so verhasste Kreiswehrersatzamt. Damit war die Sache aber keineswegs abgetan. Die Ärzte der Musterungsstelle hatten den widerspenstigen Wehrpflichtigen, wehrpflichtigen Widerspenstigen, gleich durchschaut, und der musste nun unter Androhung einer Strafe bei einem Amtsarzt in der Hauptstätter Straße erscheinen. Dort behandelte man ihn nicht so grob wie beim Kreiswehrersatzamt und untersuchte ihn mit Samthandschuhen. Vier Wochen später erhielt Florian die Nachricht: Tauglich!!! Die Schwejk'sche Taktik hatte also nichts genützt!

Monat für Monat wartete Florian Schöllkopf auf den Einberufungsbefehl, aber der kam nicht. Verzichtete die Bundeswehr vielleicht freiwillig auf einen so renitenten Rekruten, der womöglich den ganzen Betrieb durcheinander brachte? Jahre vergingen, nichts tat sich, und Florian unterrichtete inzwischen in Kleinweinheim. Eines Tages bekam er Besuch vom Schulrat aus Heilbronn.

Der hieß Ramsauer, und Florian merkte gleich, dass er es nicht mit einem gutmütigen Menschen vom Schlage Hägeles, sondern mit einem Militaristen zu tun hatte. Der Unterricht des Hauptlehrers z. A. Schöllkopf sei nicht klar gegliedert, zu wenig durchdacht und nicht straff genug durchgeführt, rügte der Schulrat. Außerdem müsse er strenger mit den Schülern umgehen. Die hätten keinen Respekt vor ihm. Es fehle die nötige Zucht und Ordnung. Obwohl es Ramsauer im Grunde nichts anging, fragte er Florian am Ende seines Besuchs, ob er schon seinen Wehrdienst abgeleistet habe. Als der Junglehrer verneinte, herrschte ihn sein Vorgesetzter in scharfem Ton an:

„Dann wird es höchste Zeit, dass Sie ihrem Vaterland dienen und Soldat werden!"

„Ich denke, ein guter Lehrer kann seinem Land mehr dienen als ein schlechter Soldat!", erwiderte Florian trotzig. Der verdammte Herr Ramsauer wollte ihn also aus dem Schuldienst in den Militärdienst drängen! Sollte Florian den Einberufungsbefehl erhalten, dann würde er lieber nach Österreich auswandern als in eine Kaserne der Bundeswehr einrücken.

Bald darauf erhielt Florian die Quittung für sein respektloses Verhalten gegenüber dem Herrn Schulrat. Er bekam von Ramsauer eine miserable Beurteilung. Der Hauptlehrer z. A. Schöllkopf, von dem vor Jahresfrist noch ‚viel Gutes zu erwarten war' und der ‚mit vollem Einsatz im Dienst stand', hatte sich über Nacht in einen völlig unfähigen Pädagogen verwandelt. Das waren

schlechte Aussichten für die ‚Zweite Dienstprüfung'
Am meisten ärgerte Florian, dass die Lehrprobe, die er vor kurzem für ‚die Rupp' ausgearbeitet hatte, mit der Note ‚eins' bewertet wurde. Wahrscheinlich hatte sie sich bei Ramsauer mit weiblicher List eingeschmeichelt und ihm womöglich gesagt, wie sehr sie es bedaure, dass ihr als Frau der Dienst an der Waffe verwehrt sei. So ungerecht ist die Welt! Wer es versteht, sich ins rechte Licht zu rücken, ist immer gegenüber dem Anständigen im Vorteil.

Die Reise hinter den ‚EisernenVorhang'

Seit drei Jahren arbeitete Florian nun schon an der Volksschule Kleinweinheim und Harry hatte inzwischen eine Stelle in einem Dorf bei Tübingen angetreten. Obwohl die beiden Dienstorte weit voneinander entfernt lagen, hielten die beiden Freunde weiterhin engen Kontakt und trafen sich regelmäßig auf halbem Wege in Stuttgart.

„Was machst du eigentlich in den Osterferien?", fragte Harry eines Tages.

„Du weißt doch, dass sie mich zur Bundeswehr einziehen wollen. Bevor das passiert, setze ich mich lieber nach Österreich ab. Ich will nach Wien fahren und mich auf dem Ministerium erkundigen, ob sie mich in den Schuldienst übernehmen würden. Und was hast du vor? Wenn du möchtest, reisen wir zusammen und verbringen ein paar Tage in Wien."

Harry gefiel die Idee, obwohl er als frankophiler Mensch eigentlich lieber Paris besucht hätte. Also fuhren sie gleich am ersten Ferientag auf der Münchener Autobahn ostwärts über Salzburg nach Wien. Dort quartierten sie sich nahe des historischen Zentrums in einer preiswerten Pension in der Köstlergasse ein. So konnten sie die bedeutendsten Sehenswürdigkeiten der Donaustadt zu Fuß erreichen. Sein erster Gang führte Florian ins Bildungsministerium, und was er dort erfuhr, hörte sich gut an. Als deutscher Lehrer mit abgeschlossener Ausbildung konnte er sofort in den Schuldienst eintreten. Die für diese Tätigkeit erforderliche österreichische Staatsbürgerschaft würde er zunächst in vorläufiger Form erhalten, nach zwei Jahren könnte sie bei guter Führung in eine reguläre umgewandelt werden. Mit anderen Worten: Man hätte Florian gleich eingestellt, denn wie in Deutschland herrschte damals auch in Österreich akuter Lehrermangel, und einen ausgebildeten Lehrer, in den der Staat schon so viel Geld für die Schullaufbahn und das Studium investiert hatte, nahm man natürlich mit Handkuss an. So sparte Österreich die Ausbildungskosten und handelte, als seien Deutsche auch Österreicher.

Nach diesem hoffnungsvollen Auftakt wandten sich Florian und Harry den touristischen Höhepunkten Wiens zu. Sie besuchten zusammen die Hofburg und das Belvedere, fuhren auf dem Prater Go-Kart und Riesenrad, bummelten durch die Kärntner Straße zum Stephansdom. Am Abend nutzten sie das vielfältige Kulturangebot. Mal besuchten sie eine Vorstellung im Burgtheater, dann sahen sie in der Staatsoper für sieben Schilling pro Stehplatz, umgerechnet eine Mark, Mozarts ‚Don Giovanni' an. Florian bemerkte eine verblüffende Ähnlichkeit zwischen seinem Freund und dem Titelhelden, der sich auch als Frauenheld hervortat. Am folgenden Abend fuhren Florian und Harry mit der Trambahn hinaus nach Grinzing und kehrten in einem ‚Heurigen' ein, wo in weinseliger Stimmung all die bekannten Wienerlieder von ‚I bin a stiller Zecher‘ bis ‚Heut kommen Engerl auf Urlaub nach Wien‘ gesungen wurden. Am interessantesten fanden sie die Abende im ‚Volksgarten‘ und in der ‚Tenne‘, zwei vielbesuchten Tanzlokalen. Dummerweise kam Florian gegen die aufdringlichen Wiener Burschen überhaupt nicht zum Zug, denn die standen schon lange bevor die Musik zu spielen begann neben der Dame ihrer Wahl und forderten sie gleich beim Erklingen des ersten Tones auf. Florian fand dieses Verhalten dermaßen dämlich, dass er gar nicht erst versuchte, eine Frau zum Tanz zu bitten und lieber bei seinem ‚Haferl‘ Bier sitzen blieb. Harry dagegen betrachtete die Sache von der sportlichen Seite und verhielt sich genauso wie die einheimischen Kerle. So fand er mehrmals eine Tanzpartnerin, und als ihm eine besonders gut gefiel, holte er sie unter Einsatz seines ganzen Charmes an den Tisch. So war den anderen Burschen der Zugriff auf die Frau verwehrt, denn wenn sie heranstürmten, hatte er bereits den nächsten Tanz reserviert. Aber damit nicht genug: Bevor die Veranstaltung zu Ende ging, vereinbarte er mit dem hübschen ‚Weaner Mad'l‘ ein Rendezvous. Florian störte sich nicht daran, wenn Harry nun zeitweilig seine eigenen Wege ging. Saß der eine mit seiner neuesten Bekanntschaft im Kaffeehaus, dann besuchte der andere ein Museum, ging der eine spät nachts noch aus, legte sich der andere früh schlafen. Meinungsverschiedenheiten gab es erst, als es ans Weiterreisen ging. Schon bald nach der Ankunft in Wien hatten Florian und Harry erfahren, dass die Grenze nach Ungarn seit kurzem überraschend wieder offen sei und man das Visum problemlos bei der Einreise bekäme. Eigentlich wollten die beiden Urlauber anschließend noch Paris besuchen, aber nun reizte sie Budapest mehr als die Stadt an der Seine, die sie bereits kannten. Also änderten sie ihre Pläne. Endlich bot sich die Gelegenheit, einen Blick hinter den ‚Eisernen Vorhang' zu werfen, der damals Europa hermetisch in eine westliche und eine östliche Einflusssphäre teilte. Uneins war man sich lediglich, wann man aufbrechen sollte. Harry wollte, durchaus verständlich, bei seiner neuesten Eroberung bleiben, und so wurde der Aufenthalt in Wien von Tag zu Tag verlängert. Irgendwann riss Florian der Geduldsfaden, denn er sah nicht ein, dass man wegen irgendeiner Claudia, Maria oder Emma die Reiseplanung über den Haufen werfen sollte. Mit einem faulen Trick überredete er den Freund zur Weiterfahrt. Er erzählte ihm, er habe gehört, in Ungarn gäbe es noch viel hübschere Frauen als in Österreich. Das wirkte. Bereits am folgenden Morgen brach man in aller Frühe zum Neusiedler See auf und erreichte bald die ungarische Grenze. Dort mussten sie zwei Stunden warten, denn der Beamte arbeitete auf sozialistische Weise sehr langsam. Just in dem Moment, als sie an die Reihe kamen, brachte ein Gehilfe einen Teller mit einem Schweinskotelett und Paprikagemüse, und der Grenzer fing an seinem Schreibtisch zu essen an. Florian und Harry saßen ihm gegenüber und schauten zu, wie er schmatzend sein Mittagsmahl vertilgte. Dabei lief ihnen das Wasser im Munde zusammen, denn sie hatten seit dem Frühstück nichts gegessen. Schließlich wischte sich der Ungar mit dem Hemdsärmel den Mund ab und stempelte mit seinen Fettpfoten das Visum in die Pässe. Als sie die Baracke verließen, vermisste Harry seine neue Sonnenbrille, die er auf dem Schreibtisch abgelegt hatte. Also kehrten sie nochmal in die Amtsstube zurück und der Grenzer, plötzlich auffallend freundlich, half ihnen bei der Suche. Schließlich entdeckte Harry die Brille in der Schreibtischschublade zwischen den Akten. Wie konnte sie da hineingeraten? Die beiden Freunde schauten sich betreten an. Das war kein guter Auftakt. Kamen sie etwa in ein Land der Diebe? Immerhin hatten sie die Brille wieder und der Weiterreise nach Osten stand nun nichts mehr im Wege.

Am Abend kamen Florian und Harry in Budapest an. Was ihnen dort bereits in den ersten Stunden ihres Aufenthalts an Freundlichkeit entgegenschlug, stellte alle ihre bisherigen Erfahrungen in den Schatten. Auf der Suche nach einem passenden Quartier baten sie einen Motorradfahrer um Hilfe, der neben ihnen an einer Ampel auf das grüne Signal wartete. Der Mann bat sie, ihm zu folgen und leitete sie zu einer kleinen Familienpension. Dort ließ er ein Zimmer für die fremden Gäste reservieren und half ihnen beim Ausladen des Gepäcks. Dann lud er sie zu sich nach Hause ein. Wieder fuhren Florian und Harry hinter dem Motorrad des freundlichen Mannes her. Ein paar Straßen weiter hielt er vor einem Schneider- und Reinigungsgeschäft an.

Über dem Eingang hing ein Schild, das seinen Namen trug: Nandor Szapary. Sie betraten die Ladenstube und Nandor stellte den beiden Besuchern seine Frau vor. Sie unterbrach ihre Näharbeiten und trug eine Flasche Wein samt vier Gläsern auf. Dann hieß das Ehepaar die Neuankömmlinge in ihrem Land willkommen und wünschte ihnen einen angenehmen Aufenthalt. Einen so herzlichen Empfang bei fremden Menschen hatten Florian und Harry noch nie erlebt.

Bereits am folgenden Morgen kehrten Florian und Harry zu Nandor zurück. Der ließ einfach die Arbeit ruhen und führte die Gäste durch seine Stadt. Voller Freude zeigte er ihnen die Matthiaskirche, die Zitadelle und die Fischerbastei. Über jedes Bauwerk wusste er viel zu erzählen. Besonders in der Geschichte seines Landes kannte er sich gut aus, und Florian kam es vor, als sei Nandor kein einfacher Schneider, sondern ein Professor der Historik. Zu jedem Einschussloch in den Festungsmauern der Zitadelle fand er eine Erklärung, wann und wie es entstanden war – dieses zur Zeit der Türkenkriege, jenes beim Kampf gegen die Habsburger, ein anderes während des gescheiterten Volksaufsaufstandes gegen die kommunistische Diktatur. Erst zehn Jahre waren seit diesem tragischen Ereignis vergangen, und Nandor erzählte voll Stolz, wie er sich damals den Invasoren entgegengestellt habe. Er zeigte den Gästen aus Westdeutschland die Stelle, wo er einen Sowjetpanzer mit Steinen beworfen hatte und ein Widerstandskämpfer vor seinen Augen unter den Ketten zermalmt wurde. Florian riet Nandor, leiser zu sprechen, denn er bekäme bestimmt Schwierigkeiten, wenn ein Parteispitzel seine aufmüpfigen Reden hörte.

„Wir Ungarn lassen uns nicht einschüchtern!", erwiderte Nandor. „Wir sagen ganz offen, was uns an der jetzigen Regierung nicht passt. Dieser Kadar ist doch nur eine Marionette Moskaus, ein Verräter! Wir verehren Imre Nagy, der zum Freiheitskampf aufgerufen und seinen Widerstand mit dem Leben bezahlt hat. Ich habe keine Angst, meine Meinung öffentlich zu vertreten, und andere tun das auch. Einen einzelnen können sie einsperren oder nach Sibirien ins Straflager abtransportieren, aber niemals alle!"

Florian bewunderte Nandors Mut und zollte ihm und den anderen Freiheitskämpfern höchsten Respekt. Anders als im anderen Teil Deutschlands, der Deutschen Demokratischen Republik, dem einzigen kommunistisch regierten Land, das Florian bisher kannte, protestierten hier die Menschen ohne Rücksicht auf die Folgen gegen die Unterdrückung. Der Freiheitswille und der Nationalstolz der Ungarn beeindruckten ihn sehr.

Nandor, Florian und Harry beendeten ihren Stadtrundgang oben auf dem Gellerthügel. Von der Aussichtsterrasse blickten sie über die Dächer von Buda hinüber nach Pest. Zwischen den beiden Stadtteilen strömte breit und majestätisch die Donau dahin. An ihrem östlichen Ufer erhob sich einer Kathedrale gleich das Parlamentsgebäude.

In den folgenden Tagen erkundeten Florian und Harry das Gewirr der Boulevards, Straßen und Gassen von Buda und Pest. Überall zeigten sich die Menschen sehr hilfsbereit. Fragte man sie nach dem Weg, so begleiteten sie die Fremden häufig bis ans Ziel. Sie nahmen sich einfach die Zeit, nahmen Umwege in Kauf und freuten sich, wenn sie sich mit Personen aus dem Westen unterhalten konnten. Eine solche Hilfsbereitschaft kannten die beiden Freunde von ihrem eigenen Land nicht. Innerhalb weniger Tage schlossen sie so viele Bekanntschaften, erhielten sie so viele Einladungen, dass sie gar nicht auf alle Angebote eingehen konnten.

Eines Abends saßen die beiden Freunde in einem Freiluftcafé am Donauufer und genossen bei einem Glas Wein unter dem frischen Grün der Alleenbäume die Frühlingsstimmung. Auf einem Podium spielte ein Musiker auf einem ‚Zymbalo‘, einem typisch ungarischen Instrument, einer Zither ähnlich, das mit Klöppeln angeschlagen wird. Ein Stehgeiger lief durch die Reihen und fiedelte den Gästen die bekannten Zigeunerweisen ‚Die Julischka, die Julischka‘ und ‚Komm Zigan, komm Zigan, spiel' mir was vor‘ ins Ohr. Obwohl Harry die Musik begeisterte, konnte er sich nicht richtig auf die Klänge konzentrieren, denn nicht weit von ihm entfernt saß eine sehr attraktive Frau von etwa dreißig Jahren. Bei jedem Applaus schaute er zu ihr hinüber und signalisierte, wie sehr sie ihm gefiel. Dabei prostete er ihr charmant lächelnd zu, worauf sie auch das Glas erhob und die freundliche Geste erwiderte. Schließlich stand Harry auf und setzte sich ohne lange zu fragen an ihren Tisch. Wie damals im Hirschbräukeller winkte er nach einer Weile Florian zu sich herüber. Sogleich entwickelte sich ein lebhaftes Gespräch zu dritt, in dessen Verlauf die beiden Gäste aus Deutschland allerlei über ihre charmante Tischnachbarin erfuhren. Es stellte sich heraus, dass sie Matilda Nemeth hieß, im Außenministerium als Sekretärin arbeitete und ganz in der Nähe im Stadtteil Buda wohnte. Gewandt im Umgang und interessiert am Kontakt mit ausländischen Gästen, lud sie Harry und Florian zu sich nach Hause zum Nachtessen ein. Am folgenden Samstagabend verbrachten die beiden Deutschen mit der schönen Ungarin einen unvergesslichen Abend in ihrer Wohnung, die im fünften Stock eines alten Bürgerhauses lag. Bei angeregter Unterhaltung genossen sie die feinen ungarischen Speisen und den Tokajer Wein. So profitierte Florian erneut von der Begabung des Freundes, mit den Damen anzubändeln. Auf dem Nachhauseweg sah er Harry verschmitzt von der Seite an und sagte: „Hab' ich's dir nicht gleich gesagt – in Ungarn gibt's noch viel schönere Frauen als in Österreich!"

Viel zu früh brach der Tag an, an dem Florian und Harry Budapest verlassen mussten. Harry wäre wegen Matilda gerne noch länger geblieben, aber die Ferien gingen ihrem Ende entgegen. Florian tröstete den Freund mit dem Vorschlag, er könne die Ungarin später einmal alleine besuchen. Zuletzt fuhr man noch zu Nandor, um sich von der Familie Szapary zu verabschieden. Dabei spielte sich eine filmreife Szene ab, denn die ausländischen Gäste wussten nicht, dass es unter vielen Völkern des Ostens üblich ist, mit guten Freunden bei der Begrüßung und beim Abschied Küsse auszutauschen, und zwar nicht nur auf die Wange, sondern auf den Mund. Als Nandor zuerst Harry umarmte und ihn küssen wollte, zog dieser, von der plötzlichen Annährung überrascht, ruckartig den Kopf zurück und verweigerte den Kuss. Im nächsten Augenblick bemerkte er sein beleidigendes Verhalten und erwiderte den Schmatz. Florian passierte dieser Lapsus natürlich nicht, denn er wusste schon vorher, was auf ihn zukommen würde. Einige Jahre später ging ein Bild um die Welt, auf dem zu sehen war, wie sich Breschnew und Honecker abknutschten, und Florian erinnerte sich an die köstliche Szene mit Nandor.

Obwohl die Zeit drängte, kehrten Florian und Harry nicht auf der kürzesten Strecke nach Deutschland zurück, sondern nahmen einen kleinen Umweg durch die Tschechoslowakei. Am Grenzübergang bei Bratislava monierte der ungarische Beamte, ihre Visa seien bereits seit drei Tagen abgelaufen. Langatmig erklärte Harry, eine Panne sei die Ursache der Verzögerung. Die Beschaffung der Ersatzteile und die Reparatur hätten viel Zeit in Anspruch genommen. Der Grenzer durchschaute das Spiel sofort und grinste hintergründig. Dann sah er den Zwanzigmarkschein, den Harry diskret zwischen die Seiten seines Passes gesteckt hatte, nahm unauffällig das Bestechungsgeld an sich und ließ die Touristen passieren. So erfuhren die jungen Westdeutschen aus eigener Anschauung, dass die Korruption in den kommunistisch regierten Ländern ein weit verbreitetes Übel ist.

Jenseits der Grenze begegneten die Leute den beiden Deutschen nicht mehr so freundlich wie in Ungarn. Baten sie um eine Auskunft, so wandten sich die Gefragten manchmal einfach ab und liefen weg. Kurz hinter Bratislava stand am Straßenrand eine junge Frau, die den Daumen in die Höhe streckte. Man ließ sie einsteigen und erfuhr, dass sie Hedvika hieß, aus Brünn stammte und an der dortigen Universität Kunstgeschichte studierte. Im Laufe der Unterhaltung berichteten Florian und Harry, dass sie auf dem Wege nach Prag seien und noch nicht wüssten, wo sie die Nacht verbringen sollten. Wohl aus Dankbarkeit für ihre Fahrdienste bot ihnen Hedvika an, sie könnten bei ihr in ihrer Studentenbude im Wohnheim unterkommen. Allerdings knüpfte sie daran zwei Bedingungen: Niemand durfte erfahren, dass Florian und Harry Deutsche waren, und sie mussten das Haus noch vor Tagesanbruch im Schutze der Dunkelheit verlassen, denn es handelte sich um ein Heim für Studentinnen, in dem männliche Besucher nicht länger als bis neun Uhr abends bleiben durften. So wie Hedvika mit der Sache umging, war es wohl nicht das erste Mal, dass sie diese Vorschrift missachtete. Die erste Bedingung konnten Florian und Harry leicht erfüllen, indem sie sich als Engländer ausgaben und kein deutsches Wort mehr sprachen, sobald sie die Schwelle des Wohnheims überschritten hatten. Harry konnte sich allerdings nicht mit dem Gedanken anfreunden, schon um halb sechs Uhr in der Frühe aufzustehen und suchte nach einer anderen Übernachtungsmöglichkeit. Diese ergab sich noch im Laufe des Abends, als man zu dritt beim Nachtessen in einer nahegelegenen Kneipe saß. Diesmal kam Harry ausnahmsweise nicht mit einer Frau, sondern mit einem vietnamesischen Studenten ins Gespräch, der ihm nach der dritten Flasche ‚Pilsner Urquell' anbot, bei ihm die Nacht zu verbringen. Ohne zu zögern folgte Harry dem jungen Mann aus Hanoi auf seine Studentenbude, und Florian zog sich mit Hedvika auf deren Zimmer im Wohnheim zurück. Bald ging sie zu Bett, und Florian machte es sich in der gegenüberliegenden Ecke auf dem Sofa bequem. Das war ihm gerade recht, denn er fand seine Zimmergenossin zwar sympathisch, aber nicht sonderlich attraktiv. Von Affären auf Reisen hielt er ohnehin nichts, denn er sagte sich: entweder gefällt dir die Frau und du verliebst dich womöglich in sie, dann tut dir die Trennung weh, oder sie gefällt dir nicht, dann hat es sowieso keinen Sinn, sich mit ihr auf ein Techtelmechtel einzulassen.

Schon um fünf Uhr in der Frühe stand Florian auf. Eine halbe Stunde später verließ er mit Hedvika das Wohnheim. Im Morgengrauen liefen sie hinauf zum Spielberg und bummelten durch die engen Gassen der Brünner Altstadt, in denen allmählich das Leben erwachte. Im Durchgang des Rathauses zeigte Hedvika ihrem Gast den berühmten ‚Drachen', ein ausgestopftes Krokodil von ungewöhnlicher Größe. Pünktlich zur Mittagszeit kehrten sie zur Universität zurück, wo sie Harry bereits erwartete und zur Weiterfahrt drängte. Kaum war Florian eingestiegen, da fragte Harry in provozierendem Ton:

„Na, wie war denn die Nacht bei deiner tschechischen Katze? Ist was gelaufen?"

„So viel wie zwischen dir und deinem vietnamesischen Kater", erwiderte Florian kurz angebunden und wechselte das Thema, denn manchmal ging ihm Harry mit seinen ständigen Frauengeschichten auf die Nerven.

Spät am Abend trafen die Reisenden in Prag ein. So sehr sie sich auch bemühten, sie konnten um diese Zeit keine Unterkunft mehr finden und stellten sich bereits auf eine unbequeme Nacht im Auto ein. Aus purer Verzweiflung fragten sie einen älteren Mann, der gerade vorüberkam, ob er ihnen helfen könne. Er klapperte mit ihnen zu Fuß einige Gästehäuser und Hotels in der Nähe ab, doch diese waren allesamt bis auf das letzte Bett ausgebucht. Der Mann überlegte hin und her, wollte die Fremden nicht im Stich lassen und meinte, wenn sie mit einem kleinen Zimmer vorlieb nehmen wollten, könnten sie bei ihm übernachten. Mit Erleichterung folgten Florian und Harry dem hilfsbereiten Menschen namens Pavel Pejša in seine Wohnung, die in einem stattlichen Haus am Moldauufer schräg gegenüber des Nationaltheaters lag. So freundlich sich Pavel seinen Gästen auch zuwandte, es wurde kein schöner

Abend, denn seine Frau lag im Schlafzimmer schwer krank darnieder. Florian und Harry verbrachten eine unruhige Nacht und als sie in der Frühe das Bad aufsuchten, hatte Pavel bereits rührend seine Frau versorgt und den Frühstückstisch hergerichtet. Bei Malzkaffee und Marmeladebrötchen erfuhren die Gäste, dass Frau Pejša an Herzrhythmusstörungen leide und dringend ein Medikament benötige, das man in der ČSSR nicht bekommen konnte. In der Woche darauf, Harry und Florian waren bereits wieder nach Deutschland heimgekehrt, besorgten sie das Mittel und schickten es den Pejšas zu. Sie hielten mit Pavel brieflichen Kontakt und fügten ihrer Sendung jedes Mal das für seine Frau lebenswichtige Medikament bei.

Auch wenn nun die Zeit drängte, schauten sich Florian und Harry an ihrem letzten Ferientag im Schnelldurchgang die bedeutendsten Bauwerke der tschechischen Hauptstadt an. Vor allem die berühmte Karlsbrücke wollten sie vor ihrer Abreise noch sehen. Ihr Anblick löste bei Florian seltsam nostalgische Gefühle aus und es kam ihm vor, als sei er vor langer, langer Zeit schon einmal durch das Kleinseitner Tor zwischen den mit Zinnen und Maßwerk, Dachreitern und Fähnchen geschmückten Türmen hindurchgegangen. Dieses Bauwerk vereinigte alle Schönheiten spätgotischer Baukunst! Vorbei an der barocken Niklaskirche stiegen die beiden Freunde hinauf zum Hradschin, und als sie den Veitsdom betraten, begann gerade der Kantor auf der Orgel zu spielen. Tief beeindruckt standen sie unter dem hohen Gewölbe und hörten den wunderbaren Klängen zu. In diesen bewegenden Minuten erfasste Florian das seltsame Gefühl, er würde bald in diese Stadt zurückkehren.

Inzwischen war es schon so spät geworden, dass Harry und Florian ans Aufbrechen denken mussten, denn schließlich begann am folgenden Tag für beide der Unterricht wieder. Nachdem sie in einem Lokal am Wenzelsplatz ihre restlichen Tschechenkronen in einen Schweinsbraten mit böhmischen Knödeln und Sauerkraut, zwei Humpen Pilsner Urquell, einen Eisbecher, ein Glas Sauermilch und drei belegte Brötchen umgesetzt hatten, überkam sie das Bedürfnis, das Völlegefühl bei einem kurzen Spaziergang zu lindern. Dabei kamen sie am Café Manes vorüber, das nahe dem Ufer der Moldau auf der Slovanski-Insel liegt. Dem Aushang im Schaukasten entnahmen sie, dass hier jeden Nachmittag um drei ein Tanztee stattfände. In einer Viertelstunde würde die Veranstaltung beginnen, stellte Harry mit einem Blick auf seine Uhr fest. Da er wie üblich Lust auf einen kleinen Flirt verspürte, meinte er in verharmlosendem Ton, man könne doch ‚nur mal ganz kurz' in das Lokal reinschauen.

„Davon halte ich überhaupt nichts!", wies Florian den Vorschlag ab. „Es ist eine total verrückte Idee. Wie stellst du dir das vor? Morgen müssen wir um Viertel vor acht auf der Matte stehen, und wenn wir jetzt losfahren, sind wir frühestens um Mitternacht zu Hause!"

„Ist doch egal! Wir werden sowieso nicht ausreichend Schlaf finden. Kaum haben wir uns ins Bett gelegt, müssen wir schon wieder aufstehen. Das wird uns ganz schön schwer fallen! Lass uns noch ein Weilchen hierbleiben! Dann kommen wir am frühen Morgen in Stuttgart an, trinken einen starken Kaffee und gehen direkt in die Schule. Einverstanden?"

Zwar hätte Florian auch gerne an dem Tanztee teilgenommen, aber er wusste, es war absoluter Blödsinn, was Harry vorhatte. Zwei Ansichten kämpften nun in seinem Hirn gegeneinander, und so argumentierte er nur noch halbherzig.

„Außerdem hab' ich gar nicht die passenden Klamotten an. Schau mal, die zerknitterte Hose und das verschwitzte Hemd! In diesem Aufzug kann ich wirklich nicht in dem Lokal erscheinen! Nein, unmöglich! Lass uns jetzt losfahren!"

„Ich sehe da überhaupt kein Problem!", erwiderte Harry seelenruhig, wohl wissend, dass Florian letztendlich nachgeben würde. „Wir holen jetzt die schwarzen Schuhe, unsere Anzüge, die weißen Hemden und die Krawatten aus dem Auto und ziehen uns auf der Toilette um."

Damit gab sich Florian geschlagen. Kurz darauf betraten zwei schlecht gekleidete junge Männer das Café Manes. Auf dem Arm trugen sie feine Kleider und in der Hand hielten sie ihre Schuhe. Das Personal und die Gäste schauten verwundert. Was wollten diese seltsamen Gestalten hier? Warum liefen sie so eilig zur Toilette hin? Plagte sie vielleicht ein dringendes Bedürfnis? Florian und Harry fühlten sich beobachtet und verschwanden schnell hinter der Tür mit der Aufschrift ‚pánský'. Dummerweise fanden sie die Kabinen viel zu eng, um sich darin umzuziehen. Zwar bot der Vorraum genügend Platz, aber den konnte man nicht abschließen. Was sollten sie nun tun? Stand da nicht ein Schild mit einer Aufschrift in tschechischer Sprache in der Ecke? Sie konnten zwar den Text nicht verstehen, aber aus der Abbildung eines Putzeimers nebst Schrubber schlossen sie, der Schriftzug bedeutete ‚Wegen Reinigungsarbeiten geschlossen', und das Kleingeschriebene hieß sicherlich ‚Bitte benutzen Sie die Toilette im ersten Stock'. Florian und Harry stellten das Schild vor die Tür und zogen sich ungestört um. Dann betraten sie in feiner Kleidung den Saal, der im Glanz der österreichischen K.u.K.-Zeit erstrahlte. An zierlichen Tischchen saßen schon zahlreiche Gäste auf ebenso zierlichen Polstersesselchen, und die beiden Neuankömmlinge liefen dreimal bis ans Ende des Raumes und wieder zurück, bis sie endlich zwei freie Plätze gefunden hatten. Anders als in Wien zeigten hier in Prag die Herren gute Manieren und warteten mit dem Auffordern, bis die Musiker der Tanzkapelle einige Takte gespielt hatten. Das gab Florian und Harry die Möglichkeit, erst einmal ‚die Lage zu peilen', wie sie in ihrem Jargon sagten. Da saßen doch tatsächlich einige recht ansehnliche Frauen in der Runde. Was für Österreich und Ungarn zutraf, galt offensichtlich auch für die Tschechoslowakei. Wie üblich schritt Harry als erster zur Tat und schwebte mit seiner Partnerin elegant über das Parkett. Erst als sich schon viele Paare auf der Tanzfläche drängten, forderte Florian eine junge Dame auf, die wie ein Mauerblümchen als Einzige an einem Tisch zurückgeblieben war. Wohl um sich von dieser unangenehmen Situation abzulenken, las sie ein Buch und war erfreut, als Florian sie um einen Tanz bat. Schon nach wenigen Schritten bewegten sich die junge Tschechin und der ‚Nemec' so harmonisch zu den Klängen der Musikkapelle, als hätten sie schon oft miteinander getanzt. Allein mit der Verständigung wollte es nicht klappen. Zuerst versuchte sie, tschechisch mit ihm zu reden, und er verstand nichts, dann probierte er es auf Englisch, was sie wiederum nicht verstand, und zuletzt sprach sie einige Worte deutsch - zu wenig, so schien es, um miteinander ins Gespräch zu kommen. Als Florian schließlich seine Partnerin zurück an ihren Platz begleitete, bemerkte er zu seiner Überraschung, dass auf dem Tisch ein Deutsch-Lehrbuch lag.

„Lernen Sie Deutsch?", fragte Florian höflich. Darauf antwortete die junge Dame plötzlich recht flüssig:

„Ja, seit einem Jahr. Ich bin Studentin an der Karls-Universität und studiere Geschichte und Philologie. Vielleicht können Sie mir ein wenig helfen. Ich habe hier einen Lückentext und weiß nicht, ob es an dieser Stelle ‚er wendete' oder ‚er wandte' heißen muss."

Florian beugte sich über das Blatt, las den Satz und fügte das Wort ‚wandte' ein. Dann setzte er sich und erklärte seiner Tischdame verschiedene Konjunktivformen, die trennbaren Verben und andere Besonderheiten seiner Muttersprache. So wurde aus dem nachmittäglichen Tanztee eine Deutschstunde. Florian staunte, wie gut sich die junge Frau nun ausdrücken konnte. Es war allein die Aufregung, die sie zu Beginn ihrer Bekanntschaft am flüssigen Reden gehindert hatte. Die beiden jungen Leute vergaßen völlig, was um sie herum vorging. So vergingen zwei Stunden, ohne dass sie nochmal miteinander getanzt hätten, und die intensive Beschäftigung mit der deutschen Sprache führte sie schneller zusammen als jeder oberflächliche Flirt. Harry schüttelte nur noch den Kopf über seinen Freund, der einer Wildfremden kostenlose Nachhilfestunden erteilte, anstatt sich mit der einen oder anderen Frau beim Tanz zu amüsieren. Irgendwann beendete Florian den Deutschunterricht und berichtete seiner Tischdame von der zurückliegenden Reise. Leider sei heute sein letzter Urlaubstag und er müsse mit seinem Freund bald aufbrechen, erklärte er, was auch sie sehr bedauerte. Der bevorstehende Abschied stimmte beide traurig, denn die Aussicht auf ein Wiedersehen schien gering. Wenigstens wollte man die Adressen austauschen und brieflich miteinander in Kontakt bleiben. Also nahm sie einen Zettel, schrieb zuerst ihren Namen ‚Jana Jágrova' und erklärte dabei:

„Jana ist bei uns ein sehr gebräuchlicher Mädchenname. Dagegen kommt mein Familienname eher selten vor. Mein Großvater stammte aus Deutschland und hieß ‚Jäger'. Daraus wurde dann das tschechische ‚Jagr' und deshalb heiße ich ‚Jágrova'– ‚Jana Jágrova'."

„Du wirst es nicht glauben, Jana", erklärte Florian, „meine Großmutter hieß auch ‚Jäger', bevor sie meinen Opa heiratete. Womöglich sind wir miteinander verwandt! Weißt du vielleicht, aus welcher Stadt dein Großvater stammte?"

„Ich kann es dir leider nicht sagen. Er starb früh und ich habe ihn nie kennengelernt. Aber ich werde meinen Vater fragen und es dir gleich in meinem ersten Brief mitteilen."

Gewöhnlich war Harry derjenige, der noch länger bleiben wollte, aber nun drängte er ungeduldig zum Aufbruch. Florian und Jana blieb nicht viel Zeit, sich voneinander zu verabschieden, und das war gut so, denn sonst hätte es womöglich in der Öffentlichkeit des Tanzbodens eine herzzerreißende Szene gegeben. Bevor Florian das Lokal verließ, drehte er sich noch einmal um. Jana war aufgestanden, schaute ihm nach und winkte. In diesem Augenblick wünschte er sich sehnlichst, sie eines Tages wiederzusehen.

Die Nacht brach bereits an, als die beiden Urlauber Prag hinter sich ließen. Stunden später tauchten sie in die dunklen Wälder des Böhmerwaldes ein und passierten bei Rozvadov den ‚Eisernen Vorhang'. Drüben in Deutschland fühlten sie sich in eine andere Welt versetzt. Hier waren die Straßen hell erleuchtet, die Auslagen in den Geschäften reichhaltig, die Menschen aufgeschlossen, die Häuser in gutem Zustand. Sie durchquerten Bayern, und als sie das Remstal erreichten, ging gerade die Sonne auf. Wenig später trafen sie, erfüllt von vielen neuen Eindrücken, in Stuttgart ein. Anders als Harry, der eine ganze Sammlung von Adressen vieler Menschen vorwiegend weiblichen Geschlechts mit nach Hause brachte, zu denen er später nie Kontakt aufnehmen sollte, steckte in Florians Geldbeutel ein einziger Zettel und den hütete er, als sei er sein wertvollster Besitz.

Freizeit auf dem Lande

Böse Zungen behaupten, der Lehrerberuf sei ein Halbtagsjob. Was Florian anbetraf, hatten sie sogar recht, teilweise wenigstens. Am Vormittag brachte er seinen Unterricht mühelos hinter sich. Seine Schüler verhielten sich angepasst und wagten es nicht, gegen den Lehrer aufzumucken, und geschah es doch einmal, dann setzte es Ohrfeigen. Zuhause erzählten sie den Eltern nichts von dem Vorfall, denn sonst hätten sie vom Vater noch zusätzlich Prügel bekommen. Ein Lehrer konnte zuschlagen wie er wollte. Die Eltern beklagten sich nie, denn die Schulmeister galten als Respektspersonen im Flecken und niemand focht ihre Erziehungs- und Unterrichtsmethoden an. Es herrschten wahrhaft idyllische Verhältnisse an den Dorfschulen! Um seinen Unterricht für den nächsten Tag vorzubereiten, brauchte Florian selten länger als eine Stunde, und standen nicht Korrekturarbeiten, die Zeugnisse oder ein Schulratsbesuch an, war Florian von seinem Beruf keineswegs ausgelastet. Was sollte er an den vielen freien Nachmittagen anstellen? Sich in seiner Stube langweilen? Nach Stuttgart fahren? Etwas mit Freunden unternehmen? Die hatte er in Kleinweinheim bisher noch nicht gefunden. Auch was die Liebe anbetraf, saß er schon seit langem auf dem Trockenen. Das einzige weibliche Wesen, das sich ihm zuwandte, war die Tschechin Jana Jágrova, aber die wohnte weit weg in der ČSSR. In ihrem ersten Brief schrieb sie, wie gut ihr der gemeinsame Nachmittag im Café Manes gefallen habe, wie gerne sie sich an ihn erinnere, wie sehr sie sich auf ein Wiedersehen in Prag freue. Mit Vergnügen würde sie ihm die Stadt und die schönsten Ausflugsziele in ihrem Land zeigen.

Am liebsten hätte sich Florian gleich ins Auto gesetzt und wäre nach Prag gefahren, aber damit musste er noch bis zu den Ferien warten. Um der Langeweile des Dorflebens zu entrinnen, verbrachte er die freien Nachmittage oft mit seinen Schülern. Das Kicken auf dem Schulsportplatz wurde zu einer ständigen Einrichtung. Viele Jungs und Mädels jeden Alters saßen auf der grasigen Böschung und schauten dem Spiel zu. Am größten war der Jubel, wenn ein Tor fiel oder der Lehrer Schöllkopf gefoult wurde und längelang hinfiel.

Daneben brachte auch das Reiten etwas Abwechslung in das Leben des jungen Dorfschullehrers. In unmittelbarer Nähe des Schneider'schen Anwesens, wo er in seinem möblierten Zimmer beim Dorfsheriff hauste, wohnte ein Schüler der neunten Klassenstufe namens Alfred, dessen Familie zwei Pferde hielt. Eines Tages bot der Junge seinem Lehrer einen gemeinsamen Ausritt an. Obwohl er noch nie auf dem Rücken eines Pferdes saß, ließ sich Florian diese neue Möglichkeit der Freizeitgestaltung nicht entgehen. So streiften Lehrer und Schüler an so manchem Nachmittag wie zwei gute Kameraden mit den Hengsten Astor und Baldur durchs Gelände.

Von Mal zu Mal fühlte sich Florian sicherer im Sattel, und es bereitete ihm großes Vergnügen, im Galopp über die Wiesen zu jagen. Waren die Reiter müde, setzten sie die Cowboyhüte ab und legten sich am Waldrand ins Gras, ließen sich von der Sonne bescheinen und rauchten Rebstängel. Nicht immer verliefen die Ausritte ohne Zwischenfälle. Eines Abends, die Dämmerung brach bereits an, stieg Astor plötzlich auf, und Florian wäre um ein Haar rücklings heruntergefallen, hätte er nicht im letzten Augenblick den Hals des Pferdes umklammert. Völlig außer Kontrolle jagte der Hengst über das Feld und hielt nicht an, obwohl Florian ständig ein lautes „brrrrrrrr-brrrrrrrrrr" ausstieß. Geistesgegenwärtig galoppierte Alfred heran, packte Astor am Zügel und brachte ihn zum Stehen. Florian atmete erleichtert auf. Das war gerade noch einmal gutgegangen! Er mochte kaum glauben, wie schreckhaft Pferde sind. Eine winzige Maus, die durchs Gras huschte, hatte den Hengst in Panik versetzt!

Auch bei weiteren Ausritten zeigte sich Florians Unerfahrenheit im Umgang mit Pferden. Eines Tages ließ Astor seine schlechte Laune an seinem Reiter aus, indem er mehrfach versuchte, ihn im Wald an einem tief hängenden Ast abzustreifen. Florian wusste gar nicht, wie er dieser Unart des Tieres begegnen sollte, bis ihm sein Schüler den Rat gab:

„Herr Schöllkopf, zeiget Se ehm doch, wer d'r Stärkere isch! Machet Se's wie bei ons on verpasset Sie ehm a ordentliche Tracht Briegel!"

Florian handelte wie empfohlen, ließ die Reitpeitsche tanzen und wurde fortan von Astor respektiert. Ja, die Pferde benahmen sich manchmal wie ungezogene Lausbuben, wenn ihnen danach war, ihren Reiter zu ärgern!

Daneben gab es noch andere Möglichkeiten der Freizeitgestaltung. An heißen Sommertagen ließ Florian den Unterricht einfach ausfallen und ging mit seiner Klasse ins Freibad. Als Aufsichtsperson musste er natürlich den Überblick behalten und durfte nicht ins Wasser steigen. Das war ihm gerade recht, denn er konnte bei weitem nicht so gut schwimmen wie viele seiner Schüler und hätte sich womöglich vor ihnen blamiert. Zwar hatte er während seiner Ausbildung Kurse in Erster Hilfe und im Rettungsschwimmen absolviert und deshalb die Befähigung attestiert bekommen, Schwimmunterricht zu erteilen. Dabei war er in sämtlichen Wassersportarten eine glatte Niete. Während er nun vom Beckenrand aus verfolgte, wie die Kinder nacheinander voller Begeisterung vom Brett sprangen, rief ihm ein Mädchen zu, das gerade mit ausgestreckten Armen oben auf dem Brett wippte:

„Herr Schöllkopf, könnet Sie eigentlich au vom ‚Dreier‘ sprenga?"

„Aber klar! Ein rechter Kerl kann das doch!"

„Guat, dann kommet Se ruff on zeiget's ons!"

Schon bat die halbe Klasse, ihr Lehrer solle seine Künste vorführen, und dabei war der noch nicht einmal vom ‚Einser' gesprungen. In höchster Bedrängnis fiel ihm gerade noch rechtzeitig die passende Ausrede ein.

„Ich würde ja gerne springen, aber ihr wisst doch, ich muss am Beckenrand bleiben und aufpassen, dass nichts passiert!"

„Dann ganget mir halt raus!", rief ein besonders Schlauer, und schon stiegen alle aus dem Wasser. Nun blieb Florian nichts anderes übrig als zu springen, wollte er nicht als Feigling dastehen. Mit zitternden Knien kletterte er die Leiter hinauf, und als er oben auf dem Brett stand und hinunterblickte, da erschrak er und dachte:

„Uiiiiiiiiiiiiiiiiiii, ist das aber hoch!"

Am liebsten wäre er die Leiter wieder hinabgestiegen, aber er zögerte, bewegte sich unter den kritischen Blicken seiner Schüler ein paarmal vor und wieder zurück. Nein, es blieb ihm keine andere Wahl, er musste springen, wollte er sich nicht bis auf die Knochen blamieren. Er riss sich zusammen, schloss die Augen und stürzte sich in die Tiefe. Sekundenbruchteile später spürte er einen harten Aufprall, der ihm fast den Atem raubte, und gleich darauf ein Brennen an Brust und Bauch. Noch unter Wasser zwang er sich zu einem gequälten Lächeln und als er auftauchte, standen seine Schüler am Beckenrand Spalier und schauten ihn teils sorgenvoll, teils belustigt an.

„Wie war's?", fragte Florian mit mühsam verstellter Stimme und hielt sich krampfhaft am Beckenrand fest.

„S'war gottesglatt, Herr Schöllkopf!", tönte die freche Göre, die ihn zum Springen genötigt hatte. „Zerscht sen

Se waagrecht en d'r Luft g'lega, ond's hot so ausg'seha, als wirdet Se an totala Bauchpflatscher macha, aber em letschda Augablick sen Se no leicht en d' Schreglag g'komma, on so isch's bloß an halber g'worda."

„Ja, wisst ihr, ich bin schon lange nicht mehr gesprungen und deshalb etwas außer Übung!", versuchte sich Florian herauszureden, aber seine Schüler ahnten schon, was gespielt wurde.

Am folgenden Wochenende ging Florian in Stuttgart mit zwei Kameraden ins Freibad, und die brachten ihm das Springen bei. Er übte so lange, bis er es einigermaßen konnte, auch wenn sich sein Bauch und seine Brust krebsrot verfärbten. Doch die Mühe hatte sich gelohnt. Beim nächsten Besuch im Kleinweinheimer Dorfbad führte Florian den Schülern seine Künste vor, und die staunten, wie gut ihr Lehrer nun das Springen vom Brett beherrschte.

Fast das ganze Jahr über bot ein anderes Gewässer, der Neckar, vielfältige Möglichkeiten der Freizeitgestaltung. Wegen der starken Wasserverschmutzung eignete er sich zwar nicht zum Schwimmen, dafür aber umso mehr für ausgedehnte Bootstouren, denn die Staustufen sorgten für eine ruhige Strömung und einen gleichmäßigen Pegelstand. Am Neckar aufgewachsen, konnten viele Schüler aus Florians Klasse schon seit frühester Kindheit recht geschickt mit einem Boot umgehen. Einer unter ihnen, Manfred Röhrle, wohnte gegenüber von Kleinweinheim direkt am Flussufer in einem einzeln stehenden Haus, das zu jener Zeit, als es entlang des Neckars nur wenige Brücken gab, als Fährstation diente. Bis ins hohe Alter übte Manfreds Großvater den aussterbenden Beruf des Fährmanns aus. Auf den Ruf ‚Hol über' kam er aus seinem Häuschen und brachte die Leute für zehn Pfennige über den Fluss. Wie ein Segelboot vom Wind angetrieben wird, so bewegte sich der Fährkahn allein durch die Kraft der Strömung mittels einer lose an einem Drahtseil befestigten Kette zwischen den Ufern hin und her. Zu den Fahrgästen des alten Röhrle zählte natürlich auch sein Enkel, der sich häufig übersetzen ließ, sei es, wenn er zur Schule ging oder sich mit seinen Freunden im Dorf traf.

Eines Nachmittags ging Florian Schöllkopf oberhalb des alten Fährhauses im Wald spazieren und dachte sehnsuchtsvoll an Jana, als er vom Neckar her fröhliche Kinderstimmen hörte. Er stieg das steile Ufer hinab und sah durch das Laub der Büsche, wie sich Manfred mit zwei Jungen und einem Mädchen in einem Ruderboot vergnügten. Ausgelassen schaukelten, balgten und bespritzten sich die vier Halbwüchsigen. Als sie ihren Lehrer sahen, unterbrachen sie ihr lustiges Spiel und riefen ihm zu, er möge doch zu ihnen in den Kahn steigen. Florian zögerte nicht lange und nahm die Einladung an. Zu fünft ruderten sie flussaufwärts nach Großweinheim hin. Dabei hielten sie sich stets in der Nähe des Ufers, denn dort strömte das Wasser langsamer dahin als in der Flussmitte. Voller Übermut lenkten die Buben das Boot ins Gestrüpp, wo es sich zwischen tief hängenden Ästen im Binsendickicht verfing. Das Mädchen bekam es mit der Angst zu tun und klammerte sich kreischend an seinen Lehrer. Darüber lachten die frechen Kerle, denn sie hatten diese Situation absichtlich herbeigeführt. Unterhalb von Großweinheim fuhren sie in den Baggersee eines stillgelegten Kieswerks ein, ließen flache Steine übers Wasser hüpfen und wetteiferten, wer die meisten Sprünge zuwege brächte. Manchmal traf ein Kiesel zufällig die rostige Bordwand eines alten Frachters, und das Getöse brachte die Kahnfahrer auf die Idee, ihn gezielt unter Beschuss zu nehmen. Weithin hörte man die metallisch klingenden Schläge. Dann gingen die fünf an Land und stibitzten Kirschen auf einer nahegelegenen Wiese. Die Buben kannten dort jeden einzelnen Baum und wussten, welcher die köstlichsten Früchte hervorbrachte. Plötzlich wurden die Diebe durch das wütende Schimpfen eines Mannes aufgeschreckt. Er hatte den Lärm unten am Baggersee gehört und war von seinem Aussiedlerhof ans Ufer geeilt.

„Lausbuaba, elende, klauet meine Kirscha!", schrie er und merkte in seinem Zorn gar nicht, dass sich unter den Dieben auch ein ‚Lausmädchen' und ein Schulmeister befand. Die Gescholtenen nahmen Reißaus, während der Bauer ihnen hinterher rannte und nicht aufhörte zu schreien: „Saukerle, dreckige! Verschwendet sofort von mei'm Grondstück, sonschd schlag' i eich…"

Wie das Wutgebrüll weiterging, verstanden Florian und seine Schüler nicht mehr, denn sie waren schneller auf den Beinen als ihr Verfolger und retteten sich ins

Boot. Als der Mann schwer atmend das Ufer erreichte, trieben sie schon weit draußen in der Strömung, die sie rasch nach Kleinweinheim zurücktrug. Hätte der Bauer gewusst, dass unter den ‚Saukerlen‘ auch ein Lehrer war, er hätte wohl die Welt nicht mehr verstanden und beim nächsten Treffen in der Großweinheimer ‚Krone‘ seinen Stammtischbrüdern erklärt, da bräuchte man sich nicht zu wundern, wenn die heutige Jugend keine Manieren mehr habe. Übrigens fand es Florian nicht weiter schlimm, dass man ihn in Gegenwart seiner Schüler so unflätig beschimpft hatte, denn in der Freizeit pflegte er mit ihnen einen kameradschaftlichen Umgang. Er fürchtete nur, sie könnten ihn im Dorf verpetzen. Darum ließ er sich per Handschlag und auf Ehrenwort versprechen, dass sie nichts, aber auch gar nichts von der gemeinsam begangenen Übeltat erzählten. So wurde der Junglehrer Schöllkopf zum Komplizen seiner Schüler, und da er das Fach ‚Religion‘ nicht unterrichtete, kam er auch nicht wegen Missachtung des biblischen Gebots ‚Du sollst nicht stehlen‘ in Gewissensnöte. Der Zwischenfall schadete seinem Ansehen keineswegs. Im Gegenteil, die Buben und Mädchen verehrten ihren Lehrer, mit dem sie so aufregende Abenteuer erleben durften, mehr denn je.

Nicht nur zu Wasser, auch zu Lande entfaltete Florian vielerlei Aktivitäten. An manchen freien Nachmittagen lud er reihum vier Schüler in seinen Volkswagen und unternahm mit ihnen ausgedehnte Wanderungen durch die schönsten Gegenden des Unterlandes. Unterwegs lagerte das Grüppchen draußen in der Natur. Die Kinder packten ihre Vesperbrote und Getränke aus. Eines Tages bot ein Mädchen ihrem Lehrer an, mal einen kräftigen Schluck aus seiner Flasche zu nehmen. Florian traute zuerst seinem Geschmackssinn nicht – die Schülerin trank Wein!

„Ach wisset Se, Herr Schöllkopf, dees isch bloß a Schorle. Dia geit's dahoim emmer zom Essa, on manchmal gang' i nonder en da Keller on zapf' mir a Kriagle Woi selber ab."

Nun wusste Florian endlich, warum sich in Kleinweinheim manche Schüler im Unterricht so dumm anstellten und gar nicht begriffen, was er schon tausend Mal erklärt hatte.

An einem schwülen Julitag kurz vor den Sommerferien ereignete sich etwas Schlimmes. Florian wanderte mit seiner Klasse hinaus zu den Neckarwiesen. Im Westen quollen bereits hohe Gewittertürme drohend in den Himmel und bald hörte man in der Ferne ein dumpfes Grollen. Es war höchste Zeit, die Exkursion abzubrechen. Florian entschied sich für den kürzesten Rückweg, der auf einem schmalen Trampelpfad durch die Wiesen direkt ins Dorf führte. Im Gänsemarsch liefen die Kinder ihrem Lehrer durch das hohe Gras hinterher, als plötzlich ein Junge aufschrie und wie ein Verrückter um sich schlug. Gleich darauf hörte man das jämmerliche Geschrei eines zweiten. Florian erschrak. Etwas Furchtbares musste passiert sein! Die beiden

Buben, eigentlich tapfere Kerle, heulten und schrien vor Schmerzen. Was war bloß geschehen? Ein Wespenschwarm, aufgereizt durch die Gewitterstimmung, hatte sich auf die Wanderer gestürzt und die zwei letzten in der Kolonne übel zugerichtet. Bei einem zählte Florian dreiundzwanzig Stiche, bei dem anderen sieben. Er wusste, das Wespengift konnte in so hoher Dosierung eine tödliche allergische Reaktion hervorrufen. Florian schickte die Klasse sofort nach Hause und eilte mit den beiden Gepeinigten zur nahen Straße hinauf. Dort stellte er sich mitten in die Fahrbahn und ruderte mit den Armen. Ein Wagen näherte sich und hielt an. In knappen Worten erklärte Florian dem Fahrer, in welch lebensbedrohlicher Lage sich die Jungs befanden, und bat ihn, sie sofort ins Krankenhaus nach Heilbronn zu bringen. Der Mann zeigte sich hilfsbereit, ließ die drei Anhalter einsteigen und fuhr so schnell wie möglich in die Kreisstadt. In der Klinik bestätigten die Ärzte Florians Befürchtungen und gaben den Buben sofort eine Spritze. Damit war die Gefahr einer allergischen Reaktion gebannt. Der freundliche Mann, der Florian und seine Schüler hergebracht hatte, wartete einstweilen geduldig auf dem Parkplatz und fuhr sie wieder nach Kleinweinheim zurück. Einerseits fühlte sich Florian nun erleichtert, andererseits fürchtete er die Reaktion der Eltern. Würden sie ihm vorwerfen, auf fahrlässige Weise seine Aufsichtspflicht verletzt zu haben? Musste man bei einem drohenden Gewitter unbedingt eine Wanderung unternehmen? Warum hatte er keine Begleitperson mitgenommen? Mit einem ungut en Gefühl brachte Florian zuerst jenen Jungen nach Hause, der ‚nur' sieben Stiche abbekommen hatte. Seine Mutter erschrak zwar, als sie das entstellte Gesicht ihres Sohnes sah, aber sie machte dem Lehrer keinen Vorwurf und beruhigte sich bald wieder. Aber nun stand noch der Gang zu den Eltern des anderen bevor. Auch sie machten Florian keinerlei Vorwürfe, sondern lobten ihn für sein geistesgegenwärtiges Handeln. So etwas könne immer passieren, meinte der Vater. Erst vor kurzem sei er im ‚Wengert' auch von einer Wespe gestochen worden. Die Kleinweinheimer waren eben gutmütige Leute. Wie es sich gehörte, begoss man den glimpflichen Ausgang des Unfalls mit einem guten ‚Tropfen'. Die Hausfrau holte einen Krug des besten Fassweins aus dem Keller herauf und man stieß auf das Wohl des Vaters und des Sohnes, der Mutter und des Lehrers an. Der Junge ertrug seine Schmerzen tapfer und freute sich königlich darüber, dass sein Lehrer mit seinen Eltern am Wohnzimmertisch beim Wein zusammensaß. So nahm der Ausflug durch die Neckarwiesen trotz der Wespenattacke ein erfreuliches Ende.

Florian zog seine Lehren aus dem schlimmen Vorfall. Er lief fortan mit der Klasse nicht mehr bei Gewitterstimmung und ohne Begleitpersonen los. Auf der folgenden Wanderung, die hinauf zur Sigmarsheimer Höhe führte, nahm er zwei Mütter mit. Oben auf dem Dorfsportplatz kickten die Buben, und die Mädchen spielten ‚Faulei' oder hüpften mit dem Gummiband.

Ganz in der Nähe erblickte Florian einige mächtige Bäume, an denen Unmengen von reifen Nüssen hingen. Unbemerkt entfernte er sich von der Klasse, lief zum nächstgelegenen Baum hin und schlug mit einem Stecken die Nüsse herunter. Dummerweise wurde er auf frischer Tat ertappt. Der Bauer befürchtete nämlich, die Schulkinder könnten ihm seine Nüsse stehlen und war deshalb schnell zu seinem Grundstück geeilt. Als er sah, wie sich Florian die Taschen vollstopfte, schrie er nicht minder laut wie sein Kollege vom Neckarufer und gebrauchte dabei die ganze Palette schwäbischer Schimpfworte vom ‚Tagdieb' bis zum ‚Dreckskerle'. Zum Glück verfolgte der Bauersmann den Lehrer Schöllkopf nicht, als dieser ganz betreten zu seinen Schäfchen zurücklief und dabei die Nüsse ins Gras fallen ließ, die ihn als Dieb entlarvt hätten.

„Worom hot denn der Mo so g'schriea?", wollten die Schüler wissen, und Florian beantwortete die Frage mit bemerkenswertem Einfallsreichtum.

„Ich musste mal geschwind austreten, und da kam der Bauer daher und hat sich beklagt, dass ihr so laut seid. Da hab' ich ihm gesagt, er solle ruhig sein, denn als Kind habe er noch viel lauter geschrien als ihr. Das hätte er nur vergessen. Da hat er nichts mehr gesagt und ist zu seinem Hof zurückgelaufen."

Die Schüler lachten und bewunderten den Humor ihres Lehrers. Welch ein Glück, die Sache war noch einmal glimpflich ausgegangen! Nicht auszudenken, wenn die Mütter und ihre Sprößlinge erfahren hätten, warum der Bauer so wütend war. Von nun an stahl der Lehrer Schöllkopf in Gegenwart seiner Schüler keine Kirschen, keine Trauben und auch keine Nüsse mehr.

Nach den Sommerferien veränderte ein bedeutsames Ereignis Florians Lehrerdasein: Er wurde aus seinem möblierten Zimmer beim Dorfsheriff hinausgeworfen. Schon seit Monaten hatte ihn der Putzfimmel und die Ordnungsmanie der Hausfrau genervt. Dieses Umräumen und Weglegen wollte er sich nicht länger bieten lassen. Sollte sie doch ihre Finger von seinen Sachen lassen! Womöglich hatte sie auch Janas Briefe gelesen, die in der Schublade lagen! Die Lunte schwelte schon lange, und nun kam es zum offenen Streit. Als am Abend Herr Schneider vom Dienst heimkam, sprach er mit Florian in Ruhe über die für beide Seiten untragbare Situation. Man einigte sich unter Männern, das Mietsverhältnis zum Monatsende aufzulösen.

Florian war froh, nicht länger im Hause Schneider logieren zu müssen und er wusste auch schon, wo er unterkommen konnte. Inzwischen hatte er sich mit seinem Kollegen Rudolf Fröhlich angefreundet. Der hatte bereits mitbekommen, wie sehr Florian die Querelen mit seinen Vermietern belastete und bot ihm an, einstweilen bei ihm einzuziehen. Rudi war ein lebensfroher, pausbäckiger Mann mit einem runden Gesicht und Halbglatze. Er stammte aus dem Egerland und sah seinem Landsmann Ernst Mosch auffallend ähnlich, weshalb er im Freundeskreis ‚der Böhm' genannt wurde. Mit seiner Frau Anna bewohnte er die geräumige Lehrerwohnung im ersten Stock des Schulhauses von Sigmarsheim, einem Nachbardorf von Kleinweinheim. Je zur Hälfte seines Deputats unterrichtete er in beiden Orten. Florian bezog ein schönes Eckzimmer, in das von zwei Seiten Licht in den Raum fiel und das eine schöne Aussicht auf die Dorfkirche, einen Bauernhof und einen dampfenden Misthaufen bot. Noch mehr als in Kleinweinheim herrschten in Sigmarsheim idyllische Zustände, denn nur ganz selten verirrte sich die Schulaufsicht dorthin. Im Dorf gab es nur einen Lehrer, und der konnte tun und lassen, was er wollte. Hatte Rudolf nach durchzechter Nacht keine Lust zum Arbeiten, dann beschäftigte er die Klasse den halben Vormittag lang mit ‚Stillarbeit'. Während die Kinder büffelten, las er nebenbei die Zeitung und in den großen Pausen zog er sich in seine Wohnung zurück, um mit seiner Frau Kaffee zu trinken. Manchmal verschwand er wegen eines ‚wichtigen Telefongesprächs', das nie stattfand. Verhielt sich ein Schüler unbotmäßig, dann ließ er ihn am Nachmittag im Lehrergarten arbeiten. Die Kinder empfanden das allerdings nicht als Strafe, denn sie mussten zu Hause noch vor der Schule den Stall ausmisten und die Kühe melken. Nachmittags standen dann Arbeiten auf dem Feld und im ‚Wengert' an und nebenher mussten noch die Hausaufgaben erledigt werden. Dagegen war es die reinste Erholung, im Garten des Lehrers zu hacken, zu jäten und die Tomaten zu gießen.

Da Rudolf abends gerne ein Fläschchen Wein trank und spät zu Bett ging, fiel ihm am Morgen oft das Aufstehen schwer. Während Florian schon frühmorgens um sechs vom lauten Schlagen der Kirchturmuhr geweckt wurde, schlief Rudolf noch tief und fest wie ein Murmeltier. Kurz nach sieben kamen dann die ersten Schüler in den Schulhof, spielten Fußball und Fangen. Florian fühlte sich durch das Geschrei beim Frühstück gestört und wollte auch nicht, dass der Kollege daran aufwachte. Noch im Schlafanzug trat er ans Fenster und rief in den Hof hinunter:

„Kinder, schreit nicht so, der Herr Fröhlich will noch schlafen!"

Für eine Weile verstummte der Lärm, um nach und nach wieder zu voller Lautstärke anzuschwellen.

Florian gefiel das Leben zu dritt, und auch Rudi und Anna freuten sich über den lieben Untermieter. Abends nahmen sie zusammen das Nachtessen ein und spielten anschließend ‚Rommé' oder ‚Mensch ärgere dich nicht'. Manchmal blies Rudi die Trompete, und Florian begleitete ihn auf dem Klavier. Der ‚Klarinettenmuckl' und die ‚Holzhackerbuam' gehörten zu ihren Lieblingsstücken.

Man sagt, ein Zusammenleben zu dritt könne auf die Dauer nicht funktionieren. Das stimmt nicht in jedem Falle. Wenn die Rollen klar verteilt sind, man sich gegenseitig respektiert und es keine Grenzüberschreitungen gibt, dann kann das sehr wohl gutgehen. Rudi und Florian kamen bestens miteinander aus, denn sie fanden in dem anderen den idealen Trinkkumpanen und Partner für ihre Männergespräche. Auch Anna genoss das Leben mit ‚ihren zwei Männern', die sie je nach Lage der Dinge mit weiblicher Raffinesse gegeneinander ausspielen konnte. Mal gab sie dem einen, mal dem anderen Recht. Wollte ihr Gatte den Müll nicht hinuntertragen, dann tat es eben Florian, wobei sie die Bemerkung ‚Siehst du, mein Lieber, der Florian ist eben viel gefälliger als du!' hinzufügte. Gab es Streit zwischen den Ehepartnern, dann spielte Florian den Schlichter, und die Wogen glätteten sich bald wieder. Man mag kaum glauben, wie harmonisch sich das Leben zu dritt gestaltete.

Übrigens gab es noch einen Vierten im Bunde: den Pudel Jakob, ein liebes, intelligentes Tier. Ständig trieben Rudi und Florian ihre Späße mit ihm, als wären sie keine gestandenen Männer, sondern pubertierende Lausbuben. Eines Tages, Anna hatte gerade das Haus verlassen, da reizten sie den Hund bis zur Weißglut. Rudi griff in seinen Fressnapf und tat so, als wolle er ihm den Knochen wegnehmen, den er zwischen den Vorderpfoten hielt und liebevoll ableckte. Obwohl Jakob immer wütender knurrte, fuhr Rudi fort, ihn zu ärgern, bis er schließlich mit seinem Knochen unter dem Schrank verschwand. Nun holte Rudi einen Besen und ärgerte das Tier in seinem Versteck noch weiter. Wütend biss es in die Rosshaare, schoss plötzlich wie der Blitz unter dem Schrank hervor und biss in die Hand, die den Besen führte. Die Wunde blutete stark, und während Florian das Verbandszeug holte, kam Anna vom Einkaufen zurück. Sie wusste sofort, was geschehen war und schimpfte:

„Ihr braucht mir gar nichts vorzumachen! Wie oft hab' ich euch schon gesagt, ihr sollt den Hund nicht ärgern! Schämt euch! Und dir, Rudolf, geschieht es gerade recht, dass er dich gebissen hat!"

Selten sah man Anna so böse. Jakob dagegen plagte das schlechte Gewissen, weil er sein Herrchen verletzt hatte. Wenn Rudi ihm bei Tisch seinen verbundenen Daumen vor die Schnauze hielt und in anklagendem Ton sagte: „Was hast du denn gemacht, Jakob?", dann sprang ihm das Tier mit den Vorderpfoten auf die Knie und winselte reumütig. Die Wunde war längst verheilt, der Verband abgenommen, noch immer reagierte der Hund auf diese Weise, sobald Rudi ihm seinen Daumen vor die Schnauze hielt und sagte: „Was hast du denn gemacht, Jakob?"

An schönen Tagen unternahmen Florian, Rudi und Anna ausgedehnte Spaziergänge durch die landschaftlich reizvolle Umgebung von Sigmarsheim. Oft lachten sie Tränen über Jakob. Mit Feuereifer apportierte er einen Stecken, den man in die Wiese warf. Manchmal deutete Rudi einen Wurf nur an, behielt aber den Stock in der Hand. Der Hund jagte dann wie ein Verrückter durchs Gras und suchte verzweifelt das Holz, bis Rudi pfiff und das begehrte Objekt in die Höhe hielt. So intelligent

Jakob auch sein mochte, diesen Trick verstand er nicht und er muss sich vorgekommen sein wie der Hase beim Wettlauf mit dem Igel. Am liebsten wanderten die Freunde zu dem reizenden Renaissance-Schlösschen Amorstein, einem romantischen, verträumten Ort. Der efeuumrankte, mit Obelisken verzierte Giebel und das von einer Wetterfahne gekrönte Türmchen erinnerte Florian an den Kleinseitner Brückenturm in Prag. Unwillkürlich dachte er dann an seine Reise durch Tschechien und an Jana. Wie gerne wäre er doch mit ihr über die Wiesen nach Amorstein gewandert!

Das Kelterfest und seine Folgen

Wie in Krauthausen die Elferratssitzung, so bildete in Kleinweinheim das Kelterfest den alljährlichen Höhepunkt des gesellschaftlichen Lebens. Es begann bereits am Freitagabend mit einem Festakt im Rathaus, zu dem alle Honoratioren des Dorfes und der umliegenden Gemeinden eingeladen waren. Zuerst hielt der Bürgermeister Karl Maier eine launige Rede, die viel Beifall fand und große Heiterkeit auslöste. Ja, der ‚Maiers Karle' war noch ein Schultes vom alten Schlag, der die Anliegen der Bauern und Weingärtner aus eigener Erfahrung kannte und wie die meisten Kleinweinheimer gerne tief ins Glas schaute. Zum Bedauern aller starb er kurz vor dem Ende seiner fünften Amtsperiode. Die Leute sagten, er habe sich zu Tode gesoffen – ein trauriges, aber immerhin ein angemessenes Ende für den Bürgermeister einer Weinbaugemeinde. Bei der Eröffnungsfeier des Kelterfests schien er noch bei bester Gesundheit und genoss freudestrahlend den Applaus für seine humorvolle Ansprache. Danach folgten weitere Reden und Grußworte, die auf die Zuhörer sehr ermüdend wirkten. Endlich wurde das Essen aufgetragen, auf das alle schon so lange gewartet hatten.

Am Samstagnachmittag fand das Fest seine Fortsetzung mit einem großen Umzug, der unter dem Motto

‚Unser Dorf in alter Zeit' stand. Einst war Kleinweinheim ein bedeutender Ort, der sogar das Stadtrecht genoss, sich aber im Laufe der Jahrhunderte zu einem Dorf zurückentwickelt hatte. Vom ehemaligen Reichtum zeugten noch ein altes Stadttor, die Zeile stattlicher Fachwerkhäuser an der Hauptstraße und eine Wallfahrtskapelle draußen in den Weinbergen. An dem Umzug beteiligten sich neben der Schule auch die Feuerwehr sowie der Landfrauen- und Kleintierzüchterverein. Florian hatte mit seinen Schülern im Werkunterricht schon seit Wochen Hellebarden, Morgensterne, Halsgeigen und allerlei mittelalterliche Foltergeräte gebaut, die nun vorgeführt wurden. Begleitet von der ohrenbetäubend lauten Marschmusik der Dorfkapelle bewegte sich der Zug die Hauptstraße hinauf und wieder hinunter. Er endete an der Kelter, und alles strömte in die üppig mit Trauben und Weinranken geschmückte Halle. Pausenlos trugen die mit hübschen Dirndln bekleideten Wengerterstöchter deftige Speisen auf, und der Wein floss in Strömen. Auch Florian langte kräftig zu, denn sonst hätte es geheißen: „D'r nui Lehrer aus Schduagert wär' schao räächt, bloß frisst on sauft'r net!"

Am Abend spielte die Großweinheimer Dorfkapelle zum Tanz auf, doch Florian hielt sich mit dem Auffordern zurück und blieb lieber bei den Kollegen am Tisch sitzen. ‚Die Rupp' dagegen hing mit grellrot bemalter Gosche an der Bar herum und ließ sich ohne Rücksicht auf den ‚Fleckenbatsch' von den Bauernlümmeln begrapschen, die mit noch kuhwarmen Händen vom

Melken kamen. Florian wusste, sie würde die Kerle anspitzen und im entscheidenden Moment zurückweisen. Die Geschichte von ihrem Verlobten wirkte immer. Lange unterhielt sich Florian mit Anna, Rudolf und dem ‚Maiers Karle', über dessen bodenständigen Humor man herzhaft lachte. Nebenbei schaute sich Florian unauffällig im Saal um, und dabei fiel ihm eine junge Frau auf, die ein gutes Stück von ihm entfernt mit der Dorfjugend an einem anderen Tisch saß. Er hatte den Eindruck, als versuche sie, zwischen den vielen Köpfen hindurch Blickkontakt zu ihm aufzunehmen. Irgendwie kam sie ihm bekannt vor, irgendwo hatte er dieses Gesicht schon einmal gesehen. Plötzlich erinnerte er sich an ein Bild in einer früheren Ausgabe der ‚Heilbronner Stimme'. Die hübsche Dirndlträgerin war Regina Böpple, die Kleinweinheimer Weinkönigin des Vorjahrs! Auf dem Foto hatte sie ein Krönchen im Haar und ein glitzerndes Seidenkleid mit Schärpe getragen. Ihr zur Seite standen zwei nicht weniger attraktive Weinprinzessinnen. Wie charmant lächelte sie in die Kamera, als ihr der Vorsitzende der Weingärtnergenossenschaft zur Wahl gratulierte. Florian überwand seine Scheu und forderte sie zum Tanz auf. Als er sie im Arm hielt und sachte an sich drückte, bemerkte er, dass sie vor Aufregung zitterte. Lag das vielleicht in ihrer Art oder an der Nähe zu ihrem Tanzpartner? Nach ein paar Takten Musik begann Florian ein lockeres Gespräch. Er erzählte ihr, er kenne sie aus der Zeitung und wisse, wer sie sei. Nun löste sich ihre Anspannung, und es sprudelte nur so aus ihr heraus.

„Ich weiß, Sie sind der neue Lehrer aus Stuttgart. Ich habe Sie schon oft im Dorf gesehen, und manchmal sind Sie morgens mit ihrem Volkswagen an der Haltestelle vorbeigefahren, als ich dort auf den Bus gewartet habe. Wissen Sie, ich arbeite in Heilbronn bei Hengstenberg und fahre jeden Tag hin und her."

Das Gedränge auf der Tanzfläche nahm zu. Man konnte sich kaum noch bewegen und die Paare wurden immer enger aneinander gedrückt, ob sie es wollten oder nicht. Florian war das nicht unangenehm, denn er fand Regina nicht nur hübsch, sondern auch sehr sympathisch. Was sie von ihm hielt, wusste er zu diesem Zeitpunkt noch nicht. Als die Kapelle eine Pause einlegte, brachte Florian seine Tanzpartnerin an ihren Platz zurück. Dabei fiel ihm auf, wie misstrauisch und ablehnend ihn die Dorfburschen musterten. Dem anschließenden Gespräch mit seinen Tischgenossen folgte er nun nur noch mit halbem Ohr, denn seine Gedanken flatterten zu Regina hinüber. Immer wieder schaute er zu ihr hin und sie fing seinen Blick ein und erwiderte sein Lächeln. Mehr noch als ihr Äußeres hatte ihm ihr Wesen gefallen. Da war nichts, aber auch gar nichts von der Falschheit, der Verschlagenheit, der Skrupellosigkeit der ‚Rupp'!

Bald begann die Musikkapelle wieder zu spielen und erneut tanzte Florian mit der Weinkönigin. Dabei schaute sie ihm unablässig in die Augen und schlang die Arme fest um seinen Hals. Nun zweifelte Florian nicht mehr, dass auch sie ihn mochte. Ungeachtet der eifersüchtigen Blicke der anderen Burschen führte er sie an der Hand von der Tanzfläche, und bei den nächsten Runden verteilte sie nur noch Körbe und wartete, bis Florian sie aufforderte. Ein eindeutigeres Zeichen ihrer Zuneigung konnte er sich nicht wünschen! Im Gedränge des allgemeinen Festtrubels fiel nicht weiter auf, wie sich der Junglehrer und die Weinkönigin immer fester umarmten, sich immer näher kamen. Als sich ihre Lippen fast berührten, konnte sich Florian nur noch mit Mühe zurückhalten, sie zu küssen, doch im letzten Augenblick beherrschte er sich, denn sein Verstand gewann wieder die Oberhand über seine Gefühle.

„Aber doch nicht hier, Regina!", flüsterte er. „Wir sind im Dorf bekannt wie zwei bunte Hunde und werden von allen Seiten beobachtet. Ich geh' jetzt raus, und du kommst nach einer Weile nach. Aber bitte nicht gleich, damit es nicht so auffällt! Hast du verstanden?"

Regina schwieg und nickte.

Draußen vor der Tür wartete Florian in erwartungsvoller Aufregung. Es kam ihm vor, als dehnten sich die Minuten zu Stunden. Endlich trat jemand aus dem Lichtkegel des Eingangs. Sofort erkannte er in dem dunklen Schattenriss Reginas anziehende Gestalt. Eilends lief sie zu ihm hin, ergriff seine Hand und verschwand mit ihm um die Ecke. An der stockfinsteren Rückwand der Kelter versteckten sich Florian und Regina zwischen Weinfässern und aufgestapelten Kisten. Der Lärm, der in der Festhalle herrschte, hatte ihre Ohren betäubt, doch nun umgab sie eine fast vollkommene Stille. Wie aus weiter Ferne hörten sie das Stimmengewirr und das Wummern der Bässe. Die Luft war kalt und feucht. Wie Rauch stieg ihr Atem vor dem matten Licht einer Laterne auf. Regina fröstelte. Florian drückte sie fester an sich und sie küssten sich leidenschaftlich. Berauscht vom Wein und ihren Gefühlen gestanden sie sich ihre Liebe. Florian rührte das in tiefster Seele. Wie wohl tat ihm nach den schlimmen Erfahrungen mit der ‚Rupp' Reginas offenes, natürliches Wesen. Ohne jeden Hintergedanken schenkte sie ihm ihre Zuneigung. Immer heftiger flammte ihre Leidenschaft auf und als Regina bereit war, sich ihm hinzugeben, drückte er sie gegen ein Weinfass. Ungeachtet der Kälte und des Nieselregens öffnete er ihre Jacke, fuhr unter ihre Kleidung und streichelte mit sanfter Hand ihre nackte Haut. Wie weich und füllig fühlte sich ihr Busen an! Allein die unbequeme Lage und die Furcht, entdeckt zu werden, hinderte die beiden daran, noch weiter zu gehen.

„Wir können es hier nicht machen!", flüsterte Florian. „Ich will mit dir ins Bett!"

„Ich auch!", hauchte Regina.

„Aber wo sollen wir hingehen? Hast du eine sturmfreie Bude?"

„Dummerweise nicht. Ich wohne immer noch bei meinen Eltern. Und du?"

„Ich habe ein Zimmer bei einem befreundeten Ehepaar in Sigmarsheim. Sie sind sehr nett und würden sich bestimmt freuen, dich kennenzulernen. Aber ich brächte es nicht fertig, mit dir dort... hm, vielleicht ein andermal... wann sehen wir uns wieder?"

Florian und Regina vereinbarten ein Rendezvous für den Abend des übernächsten Tages. Auf einem Waldparkplatz oberhalb des Dorfes würde er in seinem Auto auf sie warten, während sie im Schutze der Dunkelheit zu Fuß hinkäme.

Der Saal leerte sich bereits, als sich Florian und Regina voneinander verabschiedeten. Da sie fürchteten, die Leute könnten von der beginnenden Liebesaffäre Wind bekommen und sie beim ‚Fleckenbatsch' breittreten, trennten sie sich ohne lange Abschiedsszene und gingen still ihres Wegs, jeder in eine andere Richtung.

Kaum konnte Florian erwarten, bis der Montag anbrach. Fast zwanghaft dachte er unablässig an Regina. Was würde sie heute tun? Sicherlich stand sie gerade auf, frühstückte, zog ihre Stiefelchen an und lief zur Bushaltestelle. Während des Vormittagsunterrichts konnte er sich kaum konzentrieren, und seine Schüler wussten gleich, dass ihr Lehrer unter den Nachwirkungen des Kelterfests litt, glaubten aber, es sei allein der Alkohol, der seinen Geist umnebelte. Am Nachmittag legte sich Florian ins Bett, und die Zeit zwischen den Stundenschlägen der nahen Kirchturmuhr verstrich fast ebenso langsam wie zwei Tage zuvor, als er vor der Kelter auf Reginas Erscheinen gewartet hatte. Endlich brach der Abend an. Jetzt würde sie vom Geschäft heimkehren, zu Abend essen, sich für ihn zurechtmachen und dann das Haus verlassen.

Schon eine Viertelstunde vor der vereinbarten Zeit fuhr Florian mit seinem Volkswagen zu besagtem Parkplatz oberhalb von Kleinweinheim hinauf und wartete auf seine Weinkönigin. Kurz darauf kam sie auch schon keuchend daher, setzte sich in den Wagen, gab ihm einen Kuss auf den Mund und drängte ihn, er solle schnell wegfahren, denn ein Bursche aus der Nachbarschaft, der sie sehr verehre, habe sie beim Verlassen des Hauses beobachtet und verfolge sie womöglich. Sofort warf Florian den Motor an und fuhr zu einem etwa zwanzig Kilometer entfernten Waldparkplatz am Fuße des Wunnensteins. Dort setzten sie ungehemmt und von niemandem gestört ihr Liebesspiel fort. Dummerweise besaß der alte ‚Käfer' weder Liegesitze noch eine ausreichend große Rückbank. Mochte sich Florian auch krümmen wie ein Hering und Regina sich noch so verbiegen, es gelang ihnen nicht, den absoluten Höhepunkt des Liebesglücks zu erreichen. Dennoch erlebten sie zwei unvergessliche Stunden liebevoller Zweisamkeit, und sie empfanden die Situation immerhin wesentlich angenehmer als jene hinter der Kelter. Was nicht war, konnte ja noch kommen, dachten beide gleichermaßen. Sie waren sich sofort einig, dass man sich so bald wie möglich wiedersehen musste und verabredeten sich für den Montag der kommenden Woche zur gleichen Zeit am gleichen Ort.

Am darauffolgenden Wochenende sah Florian seinen alten Kumpel Harry wieder. Ihm vertraute er sich an und berichtete von seiner neuesten Bekanntschaft und dem Problem, das sich daraus ergab.

„Ich kenne das", meinte Harry. „Der VW ist für solche Zwecke einfach zu eng. Ein Amischlitten wäre da besser. Aber nimm doch einfach eine Obstkiste mit!"

„Wie bitte? Was? Eine Obstkiste?"

„Klar doch! Du baust einfach den Beifahrersitz aus und stellst die Kiste hinein. Auf ihr legst du dann die Frau flach. Ganz einfach!"

Florian fand die Idee genial. Darauf wäre er nie gekommen! Doch dann kamen ihm Bedenken.

„Irgendwie find' ich's blöd. Die Frau wird doch fragen, was die Kiste neben dem Fahrersitz soll."

„Sicher wird sie das fragen. Dann antwortest du ihr, du müsstest morgen gleich nach der Schule bei einem Bauern Äpfel holen. Deshalb hättest du den Sitz herausgenommen und gar nicht daran gedacht, dass du abends noch mit ihr wegfahren wolltest. Das bringt dir zusätzlich noch einen psychologischen Vorteil, denn die Frau wird glauben, es sei dir gar nicht wichtig, sie zu treffen."

Florian leuchtete das ein. So musste man vorgehen! Als er am späten Sonntagabend aus Stuttgart zurückkehrte, hielt er kurz an der Kleinweinheimer Kelter an und nahm eine Obstkiste von jenem Stapel, hinter dem er sich vor kurzem noch mit Regina verlustiert hatte. Dann ging er exakt nach Harrys Plan vor. Am folgenden Nachmittag ersetzte er in Sigmarsheim den Beifahrersitz durch die Kiste und kam sich dabei recht blöde vor, denn eine große Kinderschar stand um seinen

Wagen herum und verfolgte interessiert die Aktion. So etwas hatten sie noch nie gesehen! Mochten sie glauben, was sie wollten, dachte Florian, setzte sich hinters Steuer und entfernte sich schnell, denn er fürchtete, Anna und Rudolf könnten erscheinen und dumme Fragen stellen.

Viel zu früh kam Florian in Kleinweinheim an. Eine geschlagene Stunde verbrachte er im Gasthaus ‚Ochsen' und fuhr dann zum vereinbarten Treffpunkt. Regina wartete schon auf ihn und fror wie ein frisch geschorenes Schaf. Rasch stieg sie ein. Fast hätte sie sich im Dunkeln auf die Kiste gesetzt. Sofort entwickelte sich das Frage- und Antwortspiel, das Harry vorausgesagt hatte, und sie glaubte ihm jedes Wort. In ihrer Naivität ahnte sie nicht, warum sich anstelle des Beifahrersitzes eine Kiste befand. Ohne zu murren setzte sie sich auf die Rückbank und los ging's Richtung Wunnenstein. Bei Nacht und Nebel fiel niemandem die ungewöhnliche Sitzordnung auf. Wären Florian und Regina am Tage unterwegs gewesen, man hätte sicherlich gedacht, sie seien ein zerstrittenes Ehepaar. Auf dem Parkplatz angekommen, ließ Florian den Motor weiterlaufen. So verbreitete sich eine wohlige Wärme in ihrer Liebeslaube. Regina hatte eine Flasche ‚Kleinweinheimer Mönchberg Spätlese' aus dem Keller ihres Vaters mitgebracht, und da sie keine Gläser hatten, tranken sie den Wein auf ‚römische Art', wie Florian es nannte. Das heißt, sie füllte ihren Mund mit dem edlen Getränk und flößte es ihm ganz behutsam ein. Danach ging das Spiel mit vertauschten Rollen weiter, bis der Wein zur Neige ging.

Das Verfahren erinnerte durchaus an die Atzung der Vögel oder an die Mund-zu-Mund-Beatmung, die Florian seinerzeit beim Erste Hilfe-Kurs an einer Gummipuppe geübt hatte. Die aktuelle Variante am lebenden Modell fand er allerdings wesentlich erotischer. Welchem Mann würde es nicht gefallen, den Wein von den Lippen einer schönen Frau zu saugen? Von der Liebe gleichermaßen berauscht wie von Vater Böpples Trollinger kamen Florian und Regina schnell zur Sache. Er befreite sie Schritt für Schritt von ihrer Kleidung und gleichzeitig half sie ihm aus Jacke, Hose, Hemd und den restlichen Textilien. Nun bedurfte es keiner Akrobatik mehr wie bei ihrem ersten Rendezvous. Sachte als sei sie ein Porzellanpüppchen und keine strapazierfähige junge Frau, legte der Junglehrer die Weinkönigin auf die Kiste. Wie von Zauberhand gelenkt entwickelte sich das erotische Geschehen. Sie steuerten beide bereits auf den Höhepunkt zu, als plötzlich ein Krachen und Splittern von trockenem Holz, begleitet von einem schrillen Schrei, die nächtliche Parkplatzstille zerriss. Abrupt fand der berauschend schöne Liebesakt ein Ende. Florian schaltete das Licht an und sah die Bescherung. Die Latten waren unter dem Gewicht zusammengebrochen. Etwa ein Dutzend spitze Holzsplitter hatten sich in Reginas Gesäß gebohrt, sie aber zum Glück nicht so schlimm verletzt wie seinerzeit den Krauthäuser Kollegen Roland Stark bei der Schlittenfahrt. Florian holte die Pinzette aus dem Autoverbandskasten und zog der Geliebten die Spreißel einzeln aus der Haut. Die gutmütige junge

Frau nahm dem Freund den kleinen Betriebsunfall nicht übel. Erwartungsvoll sah sie dem nächsten Rendezvous entgegen und dachte: „Irgendwann wird es schon noch klappen!"

Die folgende Begegnung zwischen Florian und Harry verlief nicht so harmonisch wie die bisherigen. Im Gegenteil, die beiden gerieten in einen handfesten Streit, obwohl Harry wie immer gutgelaunt das Gespräch in freundlichem Ton begann.

„Und wie war's? Hat's hingehauen? Konntest du sie flachlegen?"

„Scheiße war's! Du Rindvieh hast mir da einen ganz blöden Rat gegeben. Kurz bevor wir den Höhepunkt erreichten, ist die Obstkiste zusammengebrochen, und anstatt die Sache gepflegt zu Ende zu bringen, musste ich ihr die Spreißel einzeln aus den Hinterbacken ziehen."

„Hast du ‚Obstkiste' gesagt? Ich hab' dir doch geraten, eine Weinkiste zu nehmen. Die ist stabiler. Und hast du keine Decke untergelegt?"

„Darauf hast du mich aber nicht hingewiesen. Von einer Weinkiste und einer Decke war nie die Rede, du Trottel! Du hast mir den Abend versaut!"

„Das hättest du dir doch denken können, dass es auf einer Decke für die Frau viel angenehmer ist als auf dem rauen Holz! Was hast du ihr in deiner Dummheit bloß angetan! Du hättest es verdient gehabt, von ihr aus dem Auto geschmissen zu werden. Aber sie scheint ja eine ziemlich geduldige Person zu sein, deine kleine Weinkönigin!"

Seit über einem halben Jahr wohnte Florian nun schon bei Rudolf und Anna im Sigmarsheimer Schulhaus. Länger wollte und konnte er dort nicht bleiben. Auch die leidige Obstkistengeschichte veranlasste ihn, nach einer neuen Bleibe zu suchen. Bereits nach wenigen Tagen fand er die passende Unterkunft bei dem betagten Ehepaar Mollenkopf in Großweinheim. Der Ort lag ideal: weit genug von Kleinweinheim entfernt, um sich dem dörflichen Überwachungssystem zu entziehen, aber doch nah genug, um in kurzer Zeit die Arbeitsstelle zu erreichen. Ein weiterer Vorteil bestand darin, dass das Mollenkopf'sche Anwesen in einer ruhigen Straße eines Gewerbegebiets lag. Kein neugieriger Mensch konnte von vis-a-vis das Treiben beobachten, das sich bald hinter den Fenstern im zweiten Stock abspielen würde, und die Nachbarhäuser lagen in großem Abstand versteckt hinter Koniferen und Büschen. Und bessere Vermieter als die Mollenkopfs konnte sich Florian gar nicht wünschen. Sie war eine Seele von einer Frau, brachte ihm manchmal eine Schale mit Obst oder ein Schüsselchen Griesbrei aufs Zimmer, mischte sich aber nie in seine privaten Angelegenheiten ein. Herr Mollenkopf, gesundheitlich schwer angeschlagen, saß den ganzen Tag in der Wohnstube vor dem Fernseher, der wegen der Schwerhörigkeit des alten Herrn stets auf voller Lautstärke lief.

Florian störte das nicht, denn die Eheleute Mollenkopf gingen gewöhnlich früh schlafen, was er durchaus als Vorteil ansah. Natürlich war Regina der erste

Besuch, den er in seiner sturmfreien Bude empfing. Sie war erst gar nicht von ihrer Arbeitsstelle nach Hause gefahren, sondern schon in Großweinheim ausgestiegen, das an der Strecke von Heilbronn nach Kleinweinheim lag. An der Haustür begrüßten sich der Junglehrer und die Weinkönigin nur ganz kurz. Dann stiegen sie leise wie zwei Katzen auf Samtpfoten die Holztreppe hinauf. Obwohl sie sachte auftraten, gaben die Stufen doch ein verräterisches Knarren von sich, das allerdings vom Fernseher übertönt wurde. Im Zimmer angelangt, drückten und küssten sie sich leidenschaftlich, doch plötzlich kam Florian auf die verrückte Idee, Regina noch eine Weile hinzuhalten um damit ihr Verlangen anzuheizen. Was bot sich dazu besser an, als mit den Korrekturarbeiten fortzufahren? Achtzehn Aufsätze hatte er bereits gelesen, benotet und mit seinen Anmerkungen versehen, und nun fehlten noch acht.

„Wie du siehst, Regina, bin ich gerade beschäftigt. Du hast sicherlich nichts dagegen, wenn ich die Arbeit fertig mache. Es dauert auch gar nicht mehr lange! Die paar Hefte hab' ich schnell durchgelesen."

Regina schluckte zwar, bemühte sich aber, ihre Enttäuschung über das plötzlich nachlassende Interesse ihres Freundes zu verbergen. Sie setzte sich neben ihn an den Tisch und schaute ihm über die Schulter beim Korrigieren zu. Beim ersten und beim zweiten Aufsatz verfolgte sie interessiert, wie er mit dem Rotstift hier ein Wort durchstrich, dort eines einfügte, schließlich seinen Kommentar hinschrieb und die Note unter die Arbeit setzte. Eine halbe Stunde war bereits vergangen, als Florian nach dem dritten Heft griff. Nun wurde Regina ungeduldig. Deshalb war sie nicht gleich nach Feierabend nach Großweinheim gekommen, um ihm beim Korrigieren zuzusehen! Sie bat ihn inständig, er möge die Arbeit auf den nächsten Tag verschieben, doch Florian wollte sie noch ein wenig ärgern und dachte nicht daran, den Rotstift wegzulegen. Als er den dritten Aufsatz durchlas, zog sich Regina schmollend zurück und lenkte sich mit der Tageszeitung ab. Beim vierten wurde sie wieder hellwach, denn diesen hatte ihr kleiner Cousin Gerhard Böpple geschrieben. Sie lachten Tränen, als sie die lustige Geschichte lasen, die von der Mutter des Jungen, Reginas Tante Adelheid handelte, die beim Backen Zucker und Salz verwechselt hatte. Regina konnte sich noch gut an die komische Szene erinnern, wie hinterher bei der Geburtstagsfeier die Gäste das Gesicht verzogen hatten. Im nächsten Augenblick wurde Florian bewusst, was für ein riskantes Spiel er trieb. Ein Kind aus ihrer nächsten Verwandtschaft besuchte seine Klasse! Wie leicht konnte das zu einer gefährlichen Verstrickung führen! Etwas beunruhigt setzte er seine Arbeit fort. Während er den fünften Aufsatz korrigierte, versuchte Regina, ihn mit ihren Zärtlichkeiten von der Arbeit abzulenken. Sie umschlang ihn von hinten, spielte mit der Zunge in seinem Ohr und ließ ihren warmen Atem an seinem Hals entlang streichen. Dann knöpfte sie sein Hemd auf und streichelte ihm Brust und Schultern. Florian fand das sehr angenehm, wies sie aber sanft mit dem Hinweis zurück, sie lenke ihn von der Arbeit ab. Darauf verstärkte sie ihre Liebkosungen, und Florian, durch das immer intensivere Drängen in Fahrt gebracht, verlor plötzlich die Beherrschung, brach seine Korrekturarbeiten mitten im Satz ab, packte Regina, entkleidete sie und warf sie aufs Bett. Nun gab es kein Halten mehr, und sie gaben sich der praktizierten Liebe hin, dass die Sprungfedern quietschten. Dann lagen sie eng umschlungen auf der Matratze und ruhten sich in seliger Entspannung aus. Nach einer Weile erfasste sie wieder ein unbändiges Verlangen, und es folgte der zweite Akt des Lustspiels. So lösten sich bis Mitternacht Phasen der Aktivität und des Ruhens einander ab, und Regina erfüllte Florian jeden erdenklichen Wunsch, von dem ein Mann nur träumen kann.

So ging es während des ganzen Winters weiter. Regina war Florian völlig verfallen, und er konnte sie einbestellen, wann immer er wollte, als sei sie eine drogenabhängige Patientin und er ihr Therapeut. Oft spielte er mit ihr Katz und Maus, hielt sie hin oder verführte sie nach Belieben, selbst wenn sie abgespannt und müde von der Arbeit kam und einer Ruhepause dringend bedurft hätte. Warum nur nützte er Regina so rücksichtslos aus? Vielleicht musste sie für die Schmach büßen, die ihm ‚die Rupp' zugefügt hatte und ihn im Unterbewusstsein immer noch quälte. Unter keinen Umständen wollte er wieder zur Marionette einer Frau werden! Nun bestimmte er, wo es langging! Auf die Dauer konnte das nicht gut gehen. Die Beziehung zwischen Florian und Regina geriet zunehmend aus dem Gleichgewicht. Je mehr sie sich um ihn bemühte, desto gleichgültiger reagierte er, und je gleichgültiger er reagierte, desto mehr bemühte sie sich um ihn. Es war ein Teufelskreis. Zudem konnte sie seine geistigen Ansprüche nicht befriedigen. Als einfache Weingärtnertochter beschäftigte sie sich weder mit Literatur, klassischer Musik oder philosophischen Themen. Sex allein genügte nicht, um die Beziehung zu retten. Hinzu kam noch, dass Florian in beständiger Angst lebte, die Affäre könnte ans Tageslicht kommen oder – noch schlimmer – sie würde von ihm schwanger werden. Dann stünde er so dumm da wie das Dorfschulmeisterlein aus dem lustigen Lied, das ein Kind ‚mit spitzer Nas'‛ und ‚Abstehohr'n‛ gezeugt hatte. Anstandshalber hätte er Regina wohl geheiratet, besäße damit fünf Hektar Weinberge und ein schönes Eigenheim im Neubaugebiet mit Blick auf den Neckar. Die liebe Ehefrau hätte ihm vielleicht drei Kinder geschenkt. Er wäre ein angesehener Mann im Dorf und doch unglücklich gewesen, weil er das Stadtleben vermisst hätte.

Zwangsläufig kamen Herr und Frau Mollenkopf im Laufe der Zeit dahinter, was der Untermieter in ihrem ‚anständigen‛ Haus trieb, sei es durch eigene Wahrnehmung oder den Wink eines Nachbarn. Mit einem solchen Sittenverderber wollten sie nicht unter einem Dach leben! Aber wie sollten sie ihn loswerden? Ihn direkt auf sein unzüchtiges Treiben ansprechen? Dazu waren sie zu feige. Wenn sich Regina wieder bei Florian aufhielt, dann verstummte manchmal der Fernseher, und sie wussten, der Hausherr und seine Frau belauschten sie. Die Tage wurden bereits wieder länger, da führte ein an sich lächerlicher Vorfall zu Florians Rauswurf. Es war spät am Abend, die Eheleute Mollenkopf lagen schon im Bett, als sich Florian und Regina wieder ihrem Liebesspiel hingaben. Die lauen Lüfte des herannahenden Frühlings hatten wohl ihr Verlangen angestachelt, und so ging es in dieser Nacht besonders stürmisch zu. Dabei löste sich der Rost des Lotterbetts aus der Verankerung und krachte zu Boden. Noch fest umschlungen kullerten Florian und Regina zur Seite und schauten sich betreten an. Diesen Schlag hatte man durchs ganze Haus gehört! Sicherlich waren Herr und Frau Mollenkopf daran aufgewacht. Florian und Regina lauschten. Tatsächlich – unter ihnen im Schlafzimmer wurde diskutiert und immer heftiger gestritten! Dann hörte man schwere Schritte die Holztreppe heraufkommen. Das konnte nur Herr Mollenkopf sein! Schon war er oben angelangt und klopfte ungeduldig an die Tür.

„Schöllkopf, was isch los?", schrie er und vergaß in seiner Wut die höfliche Anrede ‚Sie' und das ‚Herr'. „Du bisch doch net alloi! Do isch doch no äbber em Zemmer! Komm jetzt sofort raus!"

„Ich kann aber nicht! Ich muss mich zuerst anziehen!", rief Florian.

„Isch mir scheißegal! Komm raus oder i komm rei!", schrie Mollenkopf und wollte die Tür aufreißen, doch sie war abgeschlossen. „Mach sofort uff oder i hol d'Bolezei!", tobte er weiter und schlug mit den Fäusten gegen die Tür. Währenddessen zog sich Regina panikartig an, schaute flehend zur Decke und flüsterte: „Um Gottes Willen, hoffentlich kommt er nicht rein, sonst sind wir geliefert!"

Florian versuchte nun mit Engelszungen, den Hausherrn zu beruhigen.

„Herr Mollenkopf, hören Sie auf! Sie machen ja die Türe noch kaputt! Es hat doch keinen Sinn, jetzt mitten in der Nacht herumzustreiten. Gehen Sie lieber ins Bett und schlafen Sie weiter! Morgen sprechen wir in Ruhe miteinander."

Widerwillig brummend zog sich Mollenkopf zurück. Eine Viertelstunde später verließen Florian und Regina das Haus. Auf der Fahrt nach Kleinweinheim hielten sie an einem Parkplatz an und er erklärte ihr, wie sehr ihn das Verhältnis schon seit einiger Zeit belaste. Im Unterricht könne er sich manchmal nur noch mit Mühe konzentrieren und jedes Mal, wenn ihn der Gerhard anschaue, habe er ein ungutes Gefühl. Es folgte eine lange Pause. Regina ahnte schon, worauf die Aussprache hinauslaufen könnte.

„Und was machen wir, wenn du schwanger wirst?", fing Florian wieder an.

„Dann heiraten wir eben!", antwortete Regina, als sei das die selbstverständlichste Sache der Welt.

„Um Gottes Willen, das wäre für mich …", entfuhr es Florian. Auch wenn er den Satz nicht zu Ende führte, hatte ihn seine Körpersprache schon verraten. Regina fing an zu schluchzen, und erst als er sie schweigend in der Nähe ihres Elternhauses absetzte, hatte sie sich wieder halbwegs beruhigt.

Am folgenden Nachmittag ließ Herr Mollenkopf seinen Untermieter zu einer Unterredung in seine Wohnung kommen und machte ihm klar, so könne es nicht weitergehen. Man kam überein, das Mietverhältnis zum Monatsende aufzulösen. So verlor Florian innerhalb weniger Tage die Gespielin und die sturmfreie Bude. Da beides miteinander zusammenhing, er die Gespielin ohne die sturmfreie Bude und die sturmfreie Bude ohne die Gespielin nicht mehr brauchte, verschmerzte er den doppelten Verlust leicht. Und es gab sogar noch ein Trostpflaster. ‚Die Rupp' heiratete den letzten in der langen Reihe ihrer Verlobten. Damit wurde ihr Zimmer frei und Florian konnte ohne Verzug einziehen. Seine neuen Vermieter hießen bekanntlich auch Böpple und waren um vier Ecken herum mit Reginas Familie verwandt. Fast alle Bewohner des Fleckens waren irgendwie miteinander verschwistert, verbrüdert, vervettert, verschwägert, veronkelt, verbast, verneftt, vernichtet... besser als ‚Kleinweinheim' hätte wohl der Name ‚Böpplehausen' zu dem Weinort gepasst.

In seinem neuen Zuhause fühlte sich Florian vom ersten Tag an wohl. Bald schloss er Freundschaft mit dem Hausherrn, der Hausfrau, der Großmutter und den

Kindern. Dank ihrer Großzügigkeit, Offenheit und Toleranz gab es nie Querelen. Oft saß man am Abend beim Wein in der guten Stube und hechelte die neuesten Themen des Kleinweinheimer ‚Fleckenbatsches' durch. Zum Glück kam dabei nie die Rede auf die Affäre des Lehrers Florian Schöllkopf mit der Weinkönigin Regina Böpple. Der neue Untermieter wäre sonst wohl ins Schleudern geraten.

Im Herbst fuhr Florian mit den Böpples hinaus in die Weinberge und half ihnen bei der Traubenernte. Schon wochenlang vorher hörte man in den Rebhängen die Böllerschüsse krachen und das Rasseln der Rätschen, mit denen die Wengertschützen die Starenschwärme und die Traubendiebe vertrieben. Für die Tage der Lese bekamen die Kinder schulfrei, und alles zog fröhlich hinaus in die Weinberge. Wie gerne half Florian mit, in der ‚Pfaffenklinge', im ‚Dürrbächer' oder im weiten Halbrund des Mönchsbergs mal Riesling, mal Silvaner, mal Trollinger, mal Lemberger zu lesen. Besonders an warmen, sonnigen Tagen machte die gemeinsame Arbeit großen Spaß. Die jungen Leute neckten sich gegenseitig und blinzelten sich zwischen den buntgefärbten Blättern der Reben zu. Die Lausbuben ließen ‚Schwefelfürze' zischen und ‚Blitzknaller' krachen und erschreckten damit die Mädchen. Die schwerste Arbeit verrichteten die ‚Buttenträger'. Unablässig erscholl der Ruf nach ihnen. Ohne Pause trugen sie die schweren Bütten durch die steilen, schmalen, oft vom Lehm glitschigen ‚Stäffele' hinab. Unten am Weg angelangt, galt es, den Inhalt mit Schwung auf einen Rutsch in den Zuber zu schütten. So manch einer fiel dabei kopfüber in die Trauben und machte sich so zum Gespött der Dorfbewohner. Der schönste Teil der Lese war immer die Vesperpause. Man saß an langen Biertischen und die Hausfrau packte das köstliche Bauernbrot, den Schwartenmagen, den Bierschinken und den Backsteinkäse aus. Nirgendwo schmeckte der Wein besser als inmitten der Rebhänge, an denen er gedieh. Oft dehnte sich die Mittagspause länger als vorgesehen aus. Immer wieder füllte der Hausherr die Gläser und die Gespräche nahmen kein Ende. Gefährlich wurde es hinterher, wenn man die Arbeit wieder aufnahm, denn unter der Wirkung des Alkohols schnitt sich so mancher in den Finger. Dann ertönte nicht der Ruf ‚Buttenträger‘, sondern ‚Frau Böpple, bringen Sie schnell den Verbandskasten, der Herr Schöllkopf blutet schon wieder!‘

Am dritten Tag der Lese ernteten beide Familien Böpple im weiten Amphitheater des Mönchsbergs nebeneinander ihren Spätburgunder. Regina hatte einige Tage Urlaub genommen und schnitt wenige Meter von Florian entfernt die Trauben von den Rebstöcken. Längst hatten die beiden einander bemerkt, doch sie wechselten kein Wort und versuchten, sich aus dem Wege zu gehen. Eine peinliche Situation entstand erst, als sie an den Vespertisch gerufen wurden. Reginas Vater, der den neuen Lehrer wohl gerne als Schwiegersohn in seine Familie aufgenommen hätte, ließ neben sich zwei Plätze für seine Tochter und den jungen Schulmeister frei. Als nun Florian die Schranne heraufkam, da sagte der alte Herr zu Regina in einem Ton, als sei sie ein kleines Mädchen, das sich artig zu benehmen hätte:

„Regina, des isch dr nui Lehrer aus Schduagert. Vielleicht schwätzet 'r a bissle mitanander."

Dann wandte er sich Florian zu und erklärte: „Se schafft beim Hengschdaberg en Heilbro. Heit' hilft se oos bei dr Les' on freit sich scho druff, das se Sui amol kennaleerna ko."

Wohl oder übel musste sich Florian nun zu Regina setzen und es entstand für beide eine peinliche Situation. Alle wunderten sich, warum zwischen den beiden jungen Leuten kein Gespräch in Gang kam. Das war dem alten Böpple gar nicht recht und so sagte er zu seiner Tochter:

„Regina, was isch' mit dir los? Worom schwätschen du nex, du bisch doch sonscht net so schichdern!"

Damit schätzte er seine Tochter durchaus richtig ein, denn noch vor kurzem hatte sie sich in Florians möbliertem Zimmer alles andere als schüchtern benommen.

Florian lebte noch weitere fünf Jahre in Kleinweinweinheim und mied fortan den Kontakt mit Regina, und auch sie ging ihm bewusst aus dem Wege. Nachdem er nun im Dorf Wurzeln geschlagen hatte, fühlte er sich rundum wohl. Er fand die Menschen der Weingegend viel umgänglicher und geselliger als die Bewohner von Krauthausen und seinen Nachbardörfern und dachte, vielleicht habe der säuerliche Geschmack des Krauts auf ihren Charakter abgefärbt. Keine zehn Pferde hätten Florian wieder nach Krauthausen zurückgebracht.

Es gibt Gegenden im Schwabenland, die sind schwäbischer als alle andern: Der Rotenberg mit der Grabkapelle, Tübingen und das Ammertal, das alte Esslingen mit der Pliensaubrücke und der Burg und das tief eingeschnittene Neckartal bei Kleinweinheim. Immer wieder zog es Florian dorthin zurück und er erinnerte sich dann gerne an die Zeit, die er als junger Lehrer dort verbracht hatte. Ein halbes Jahrhundert war vergangen, als er wieder einmal durch die Wälder und Weinberge wanderte und tief unter sich Kleinweinheim liegen sah. Vom Tal herauf erklang fröhliche Blasmusik – man feierte also wieder das Kelterfest! Voll freudiger Erwartung stieg Florian die steilen ‚Stäffele' hinab, lief durch die Gassen und trat in die Festhalle. Wehmütige Erinnerungen erfassten ihn. Hier hatte er damals Regina kennengelernt, dort mit ihr getanzt, an dieser Stelle auf sie gewartet. Ob sie wohl noch in Kleinweinheim wohnte, überhaupt noch lebte? Er trat an die Bar und bestellte ein Viertel Wein. Als die junge Bedienung ihm das Glas reichte, meinte er plötzlich, Regina schaue ihn an. Sollte er sie fragen? Ja, er wagte es.

„Heißen Sie zufällig Böpple?"

„Nein, ich heiße Bettina Schaufler. Aber in meiner Verwandtschaft gibt es viele Böpples. Warum fragen Sie?"

„Ach, es ist nicht so wichtig, aber kennen Sie vielleicht eine Frau in meinem Alter namens Regina Böpple?"

„Ja, so hieß meine Großmutter bevor sie heiratete. Sie sitzt dort drüben bei den Landfrauen."

Florian riskierte einen kurzen Blick und erkannte in der alten Frau sofort die ehemalige Freundin wieder. Schleunigst wandte er sich ab und verließ die Festhalle, denn er wollte Regina so in Erinnerung behalten wie er sie als junge Frau kennengelernt hatte und ihr nicht zumuten, einem alten Herrn mit schlohweißem Haar zu begegnen, der vor längst vergangener Zeit als gutaussehender junger Mann ihr Liebhaber war. Als Florian nach Stuttgart zurückfuhr, wurde ihm mehr denn je bewusst, wie schnell die Zeit vergeht und wie aus hübschen jungen Mädchen runzlige Greisinnen und aus kräftigen jungen Männern grauhaarige Greise werden.

Florian kehrt nach Prag zurück

Trotz der großen räumlichen Entfernung und der Trennung durch den ‚Eisernen Vorhang' verloren sich Florian und Jana nicht aus den Augen. Regelmäßig tauschten sie Briefe aus und oft dachte er an sie, wenn er gelangweilt in seiner Stube saß. Bei ihrer ersten Begegnung im Café Manes hatte sie ihn noch mehr beeindruckt als er damals ahnen konnte, und ihr war es wohl ebenso ergangen. Sie schrieb ihm regelmäßig alle drei bis vier Wochen. Seinen Antwortbriefen fügte er wie gewünscht ein Blatt mit den Korrekturen ihrer Fehler bei. Es war erstaunlich, wie rasch sie Fortschritte im Gebrauch der deutschen Sprache machte. Bereits in ihrem ersten Brief teilte sie ihm mit, sie habe von ihrem Vater erfahren, woher ihre deutschen Vorfahren kamen. Die Stadt hieße Esslingen und läge in Süddeutschland an einem Fluss namens Neckar. Ob er den Ort kenne, fragte sie noch, und wie weit er von Stuttgart entfernt sei. Florian mochte es kaum glauben. Ein Zweig von Janas Vorfahren stammte aus seiner unmittelbaren Nähe. Esslingen erreichte man von Stuttgart aus mit dem Auto in weniger als einer halben Stunde! Damit sie sich eine Vorstellung vom Schwabenland machen konnte, schickte er ihr einen Bildband über Baden-Württemberg mit vielen schönen Ansichten von Stuttgart, Esslingen, der Schwäbischen Alb, dem Schwarzwald und dem romantischsten Teil des Neckartals. Auf einer Doppelseite war sogar die Flussschleife von Kleinweinheim abgebildet. Bald darauf erhielt Florian ein Päckchen aus Tschechien. Es enthielt ein Album über den Lauf der Moldau von der Quelle im Böhmerwald bis zur Mündung in die Elbe bei Mělnik. Florian fand die Landschaftaufnahmen sehr schön, denn sie bildeten die passende Ergänzung zu Smetanas musikalischem Werk ‚Vltava', das er oft gehört und sogar im Unterricht behandelt hatte. Zwischen den Seiten des Buches fand Florian einen Umschlag. Er enthielt ein postkartengroßes Porträt seiner Freundin und auf der Rückseite stand: „Meinem lieben Freund Florian von seiner Freundin Jana aus Prag". Florian freute sich gleichermaßen über das Buch und das Bild. So oft er die Fotografie anschaute, wünschte er sich, sie wäre bei ihm und brächte ein wenig Abwechslung in sein Dorfschullehrerleben. In einem der folgenden Briefe schrieb er ihr, wie sehr er sich freue, wenn sie über Ostern ins Schwabenland kommen und ihn besuchen würde. Jana nahm die Einladung gerne an, aber so sehr sie sich auch bemühte, sie konnte kein Visum bekommen. Das streng kommunistische, moskauhörige Regime des Ersten Parteisekretärs Antonin Novotny erlaubte insbesondere den jüngeren Leuten nicht, das Land zu verlassen, denn viele kamen nicht mehr zurück. Wollte Florian Jana wiedersehen, dann blieb ihm nur die Möglichkeit, nach Prag zu reisen.

Zu jener Zeit verdiente ein Volksschullehrer neunhundertfünfzig Mark im Monat und Florian musste für die Reise nach Prag jeden Pfennig zusammenkratzen. Um Kosten zu sparen, griff er zu einem hochriskanten Mittel. Als er bei seiner Bank in Stuttgart Geld wechseln wollte, erfuhr er, dass man für eine Mark zwölf tschechische Kronen bekäme, es aber verboten sei, diese in die ČSSR einzuführen. Dort gelte der staatlich festgelegte Zwangsumtauschkurs von eins zu vier. Ganz klar, der kommunistische Staat brauchte dringend Devisen und bat deshalb die ausländischen Gäste zur Kasse. Trotz des Hinweises tauschte Florian ein Bündel tschechischer Banknoten ein. Aber wie sollte er das Geld über die Grenze bringen? Etwa in seinem Portemonnaie? In einer Zigarettenschachtel? Zwischen den Seiten eines Buches? Er verwarf all diese Möglichkeiten und entschied sich für eine weitaus sicherere, allerdings etwas unappetitliche Methode. Er formte aus den Banknoten eine Rolle, steckte diese in ein Kondom und verstaute das ominöse Objekt zunächst in seinem Kulturbeutel.

Die Osterfeiertage standen bevor, und Florian freute sich schon riesig auf den Tag, an dem er Jana wiedersehen würde. Ausgerechnet jetzt, da er abreisen wollte, plagten ihn schlimme Halsschmerzen. Doch ganz egal, wie sich seine Erkrankung weiterentwickeln würde, er musste unbedingt nach Prag fahren! Gleich am ersten Ferientag lenkte er seinen Volkswagen ostwärts durch das Remstal, wo die Obstbäume schon in voller Blüte standen. Über Nürnberg erreichte er den Bayerischen Wald. Kurz vor der Grenze bei Waidhaus bog er von der Bundesstraße in einen Forstweg ein, stellte das Auto ab, entnahm seinem Kulturbeutel das ominöse Objekt und stapfte durch den dichten Wald. Hinter einer Tanne brachte er die Geldrolle an geheimer Stelle in seinem Körper unter. Das Versteck erschien ihm einigermaßen sicher, und dennoch erfasste ihn eine schreckliche Unruhe, als er sich dem ‚Eisernen Vorhang' näherte. Schließlich wurden auch Leibesvisitationen durchgeführt, und die Beamten kannten alle Schliche der Schmuggler. Wegen eines Devisenvergehens im Gefängnis zu landen, das wäre eine schlechte Alternative zu dem Wiedersehen mit Jana gewesen!

An der Grenze stand Florian bange Minuten durch. Würde ihn womöglich seine Nervosität verraten? Dummerweise drückte ihn die Geldrolle auf unangenehme Weise und erinnerte ihn ständig an das Risiko, das er einging. Zuerst kontrollierte ein Grenzer seine Papiere und befand sie in Ordnung. Dann durchstöberte eine Beamtin den Koffer, und Florian bekam es mit der Angst zu tun, denn Frauen finden bekanntlich alles, was sie nicht finden sollen. Und nun öffnete sie auch noch den Kulturbeutel und suchte etwas zwischen der Zahnpastatube, dem Hustensaftfläschchen und den Aspirintabletten. O Gott, wenn sie gewusst hätte, was sich kurz zuvor noch an dieser Stelle befand! Vor allem die Medikamente, die Florian für Frau Pejša eingepackt hatte, schaute sich die Beamtin ganz genau an. Lesen Sie die

Packungsbeilage und fragen Sie... den Einreisenden, wozu er es brauche, in welcher Menge er es einführen wolle, ob er beabsichtige, damit Geschäfte zu machen. Plötzlich bekam Florian einen Hustenanfall, und da er aus Ärger über die penetrante Schnüffelei absichtlich die Hand nicht vorhielt, befürchtete die Frau wohl, sie könnte angesteckt werden. So durfte er augenblicklich seine Sachen einpacken und in die ČSSR einreisen. Über die gottverlassenen Dörfer Přimda und Střibo fuhr er durch die waldigen Höhen talwärts. Vor zwei Jahrzehnten, als die Sudetendeutschen noch hier lebten, hießen diese Orte Pfraumberg und Mies und waren blühende Gemeinden. Nun lagen die Felder brach, standen viele Häuser leer und verfielen zu Ruinen. Florian begriff, welches Unrecht hier geschehen war, aber es erfassten ihn keine anti-tschechischen Gefühle, denn er wusste, auch die Deutschen hatten während des Zweiten Weltkriegs große Schuld auf sich geladen.

Da Jana erst um fünf Uhr mit Florians Eintreffen rechnete, blieben ihm noch zwei Stunden Zeit, und die nutzte er, um in Prag ein Quartier zu suchen. Am Wenzelsplatz sah er das historische Luxushotel ‚Zlata Husa', zu deutsch ‚Goldene Gans'. In so einem feudalen Haus hatte er noch nie genächtigt, und er dachte, es sei bestimmt für ihn unerschwinglich teuer. Schon auf dem Gehweg bedrängten ihn die Geldwechsler... „ich geb' Ihnen sechs Kronen für die Deutschmark... sieben Kronen... acht Kronen." Florian lehnte alle Angebote ab, denn er wusste, schwarz zu wechseln war bei Strafe verboten und tschechisches Geld besaß er ohnehin genug. Ohne nach links und rechts zu sehen, lief er zum Eingang des ‚Zlata Husa' hin. Ein Portier in Livree hielt ihm die Türe auf und verbeugte sich, als sei Florian eine bedeutende Persönlichkeit und kein einfacher Tourist. Die Pracht, die ihm in der Lobby entgegen schlug, verwirrte ihn ebenso wie die Preistafel, die über der Empfangstheke hing. Konnte das wahr sein? Die Übernachtung mit Frühstück kostete ihn dank des Wechselkurses von eins zu zwölf weniger als zehn Mark! Er freute sich darauf, wenigstens einmal in seinem Leben in einem so feudalen Haus logieren zu können, doch leider hieß es, alle Zimmer seien belegt. Enttäuscht lief er zum Ausgang zurück. Diesmal öffnete ihm der Portier nicht gleich die Türe, sondern flüsterte ihm hinter vorgehaltener Hand zu:

„Die wollen doch nur geschmiert werden!"

Dabei hielt er unauffällig die Hand auf und Florian gab ihm ebenso unauffällig drei Kronen Trinkgeld. Wieder zurück an der Rezeption, erklärte er den Damen und Herren, er sei gerne bereit, noch ein wenig auf den Übernachtungspreis draufzulegen, falls sie ihm einen kleinen Gefallen täten und nochmal ihren Belegungsplan überprüfen. Sofort gab es genug freie Zimmer. Florian erfuhr zum ersten Mal in seinem Leben, was Korruption bedeutet, und das in einem kommunistischen Land, wo es immer hieß: „Alles durch das Volk, alles für das Volk!" Bezog sich diese Devise vielleicht auf das Bestechungsunwesen? War es denn möglich? Da standen Hotelzimmer leer, obwohl so mancher Tourist verzweifelt nach einer Übernachtungsmöglichkeit suchte und nicht wusste, dass man die Angestellten bestechen musste. Da brauchte man sich nicht zu wundern, wenn der tschechische Staat nicht genug Devisen einnahm! Florian atmete zu früh auf, denn das folgende Frage- und Antwortspiel an der Hotelrezeption brachte ihn nochmal gehörig in die Bredouille.

„Bezahlen Sie in Mark oder in Kronen?", wollte die Empfangsdame wissen.

„In Kronen!"

„Haben Sie genug oder wollen Sie hier umtauschen?"

„Ich habe bereits in Deutsch... äh, an der Grenze in Rozvadov gewechselt!", erwiderte Florian geistesgegenwärtig. Beinahe hätte er sich verplappert! Hoffentlich verlangte sie nicht auch noch die Quittung, dann wäre er in ernste Schwierigkeiten gekommen. Doch die Dame wollte etwas ganz anderes, was gar nicht zum Stil des feinen Hauses passte.

„Wir bieten Ihnen übrigens jeden Service, den Sie wünschen", erklärte sie augenzwinkernd und wies dabei dezent auf die fein herausgeputzten Huren hin, die um ein Ecktischchen herum auf dem Lederkanapee saßen. In ihren tief ausgeschnittenen kurzen Kleidchen sahen sie sehr appetitlich aus und konnten jeden männlichen Hotelgast in Versuchung bringen. Was hatte die Empfangsdame noch gesagt? „Sie brauchen nur über das Haustelefon anzurufen und schon werden Sie bedient!"

Florian fand in diesem noblen Haus bestätigt, dass Korruption und Prostitution wie Zwillinge zusammen gehören. Er lehnte das reizende Angebot dankend ab und bat um den Zimmerschlüssel.

„In unserem Haus ist Vorauskasse üblich. Bitte bezahlen Sie jetzt!", hieß es nun, doch Florian sah sich dazu nicht in der Lage, denn er konnte nicht an sein tschechisches Geld herankommen.

„Entschuldigen Sie, ich bin sehr erkältet, wie Sie vielleicht sehen. Ich muss sofort aufs Zimmer und meine Arznei einnehmen! In fünf Minuten bin ich wieder da und bezahle."

Florian bekam den Schlüssel und lief zum Aufzug. Oben in seinem Zimmer nahm er nichts ein – im Gegenteil, er nahm etwas aus sich heraus, und zwar die Zeitbombe, die schon seit der Grenze in seinem Hinterteil tickte. Nun besaß er eine ausreichende Menge Tschechenkronen. Mit denen konnte er sich ein angenehmes Leben leisten und jeden Beamten bestechen, der nach der verdammten Quittung fragen sollte.

Früher als vereinbart kam Florian am Bahnhof Smichov an, wo er sich mit Jana verabredet hatte. Ihn fröstelte und er spürte, wie seine Erkältung ihn schwächte. Also setzte er sich in die Stationsgaststätte, bestellte einen ‚tschaj s rhumem' – einen Tee mit Rum – und war stolz darauf, dass er neben ‚dobry djen' und ‚na sledanou' schon einige einfache tschechische Redewendungen benutzen konnte. Während er an seinem Glas schlürfte, sah er Jana vor dem Fenster vorbeilaufen. Er eilte hinaus und passte sie noch vor der Türe ab. Welch eine Wiedersehensfreude erfasste die beiden jungen Menschen! Eine Weile lagen sie sich in den Armen, außerstande die passenden Worte zu finden. Dann gingen sie zurück in die Gaststube, setzten sich an einen Tisch und bestellten zwei weitere ‚tschaj s rhumem'. Allmählich löste sich ihre Anspannung.

„Wie schön, dass du da bist! Seit wir uns damals im Café Manes trafen, habe ich immer gehofft, du würdest wiederkommen, und nun hat sich mein Wunsch erfüllt", begann Jana das Gespräch und wollte gleich alles auf einmal wissen. „Wie geht es dir? Bist du müde? Wie war die Fahrt? Bist du gut über die Grenze gekommen?"

Florian beschrieb ihr die Reiseroute und erzählte von den Eindrücken während der Fahrt. Dabei erwähnte er auch den Devisenschmuggel.

„Das hättest du niemals tun dürfen! Wenn sie dich erwischt hätten, wärst du sofort verhaftet und ins Gefängnis gesteckt worden. Du weißt gar nicht, wie brutal unsere Staatspolizei vorgeht. Wenn jetzt ein Spitzel hört, was ich eben gesagt habe, bekomme ich auch Schwierigkeiten. Besser wir reden hier in der Öffentlichkeit nicht über so etwas."

Also wechselten sie das Thema, sprachen über ihr Studium und seine Arbeit in Kleinweinheim, über das kulturelle Programm, das gerade in Prag geboten wurde und über vieles mehr, aber nur nicht über Politik.

„Übrigens wollte ich dir nochmal danken für den schönen Bildband über die Moldau und das Bild von dir. Es gefällt mir sehr, und es hat in meinem Zimmer einen Ehrenplatz bekommen, damit ich dich immer ansehen kann."

„So, hast du das! Das freut mich aber! Auch ich habe dein Album über Baden-Württemberg oft angeschaut. Ich finde euer Land sehr schön. Vielleicht kannst du es mir irgendwann einmal zeigen!"

„Gerne würde ich das tun, aber jetzt ist erst einmal Tschechien an der Reihe."

Es gab so viel zu erzählen, dass Florian und Jana gar nicht merkten, wie schnell die Zeit verging. Nun war es höchste Zeit, nach Dobřichovice aufzubrechen, einem etwa eine halbe Fahrstunde von Prag entfernten stattlichen Dorf an der Berounka, wo Janas Elternhaus lag, in dem sie mit ihrem Bruder Miroslav aufgewachsen war. Als sie an dem Anwesen vorfuhren, erkannte Florian trotz der trüben Straßenbeleuchtung an der hübschen Landhausarchitektur sofort, dass das Wohngebiet zu jener Zeit angelegt wurde, ‚als Böhmen noch bei Österreich war, vor fünfzig Jahr, vor fünfzig Jahr…', wie es in einem Wiener Stimmungslied heißt. Durch ein schmiedeeisernes Tor führte Jana den Freund in den mit Rosensträuchern und Apfelbäumchen bestandenen Vorgarten. Dahinter lag ganz versteckt das Haus mit seinem Erker und dem abgeschrägten Walmdach. Als Florian durch die Türe trat, merkte er erst, in welch schlechtem Zustand sich das Gebäude befand. Ein muffiger Geruch schlug ihm entgegen, der von den feuchten Wänden herrührte, von denen an vielen Stellen der

Putz bröckelte. Eine Holztreppe, an der die gedrechselten Stäbe des Geländers teilweise fehlten, führte hinauf zur Jagr' schen Wohnung. Schon auf dem Flur hieß Janas Mutter den Gast aus Deutschland herzlich willkommen. Florian überreichte seine Geschenke – drei Flaschen Wein aus Kleinweinheim sowie eine Tüte mit Schokoladehasen und gefüllten Ostereiern. Dann traten sie in die nur spärlich beleuchtete Wohnstube. Florian dachte zuerst, er sei mit der Freundin und ihrer Mutter allein. Erst das Rascheln einer Zeitung machte ihn auf einen Mann aufmerksam, der in der Ecke im Lichtkegel einer Stehlampe saß und sein Gesicht hinter den aufgefalteten Blättern verbarg. Das musste wohl Janas Vater sein! Wie es die Höflichkeit gebietet, trat Florian zu ihm heran und begrüßte ihn freundlich. Herr Jagr legte seine Zeitung auf den Knien ab, murmelte ein paar unverständliche Worte, schaute den Gast aus dem Nachbarland mit hasserfüllten Augen an und verschwand im Nebenzimmer. Jana schlug entsetzt die Hände vors Gesicht. ‚Jessisch Maria', wie konnte sich der Vater so schlecht benehmen! Dann entschuldigte sie sich bei ihrem Freund.

„Es tut mir so leid... weißt du, er hat im Krieg viel mitgemacht und hasst euch Deutsche immer noch... er kann einfach nicht verzeihen... es ist doch schon so lange her... einmal muss doch Schluss sein mit der Feindschaft!"

„Du brauchst dich nicht für das Verhalten deines Vaters zu entschuldigen, Jana, denn du kannst doch nichts dafür", versuchte Florian die Freundin zu beruhigen. „Ich nehme es ihm auch nicht übel. Schließlich sind seit dem Ende des Krieges erst zwanzig Jahre vergangen. Wer weiß, was ihm die Nazis Schlimmes angetan haben."

„Ja, vielleicht. Ich weiß es nicht. Er spricht nie darüber."

Während sich Frau Jágrova, Jana und Florian unterhielten, wurden sie immer wieder von einem lauten Getöse gestört, das vom nahen Bahndamm herüberdrang. Man spürte deutlich das Vibrieren, das die schweren Dieselloks und Waggons verursachten. Nach einer kurzen Pause führte Frau Jágrova das Gespräch weiter.

„Ich danke Ihnen, lieber Florian! Wissen Sie, wenn mein Mann etwas gegen ihre älteren Landsleute hätte, dann könnte ich seine Reaktion noch halbwegs verstehen, aber Sie waren doch damals noch gar nicht auf der Welt, als die deutschen Soldaten bei uns einmarschierten. Ich frage mich, wie man jemanden hassen kann, der mit den Verbrechen der Nazis gar nichts zu tun hat."

„Ich sehe es auch so", erwiderte Florian. „Man darf die Schuld nicht von einer Generation auf die nächste übertragen, denn sonst nehmen die Kriegereien nie ein Ende. Aus Hass entsteht nichts Gutes. Darum muss einmal Schluss sein mit der Feindschaft zwischen Tschechen und Deutschen. Vielleicht kommt Ihr Mann eines Tages auch zu dieser Einsicht. Doch lassen wir das."

Sie wechselten das Thema und sprachen über Janas Studium an der Karls-Universität. Ja, die Lehrbücher für den Deutsch- und Russischunterricht waren teuer und belasteten die Haushaltskasse über Gebühr. Nun bot Florian an, einen Teil der Kosten zu übernehmen, denn schließlich profitierte er auch davon, wenn seine Freundin Deutsch lernte. Frau Jágrova und Jana lehnten das Angebot höflich, aber bestimmt ab. Er hätte es besser nicht gesagt, denn Mutter und Tochter wollten keinesfalls den Eindruck erwecken, als hätten sie ihren Gast aus materiellen Gründen so freundlich aufgenommen.

„Wissen Sie, dafür reicht das Geld schon noch", erklärte Frau Jágrova, „und es ist doch eine Investition für die Zukunft, wenn wir hier keine kommunistische Regierung mehr haben. Das Gehalt meines Mannes ist zwar nicht gerade fürstlich und deshalb muss ich noch Geld hinzuverdienen. Früher war ich Lehrerin, aber wegen regimekritischer Äußerungen wurde ich vom Dienst suspendiert. Nun arbeite ich in der Schokoladefabrik nicht weit von hier in Radotin."

Florian konnte das nicht glauben. „In der Schokoladefabrik? Als Lehrerin? Hätte ich das gewusst, dann hätte ich Ihnen keine Schokohasen mitgebracht. Sicherlich bekommen Sie immer genug Süßigkeiten."

„Leider nicht! Wissen Sie, wir stellen nur hochwertige Ware her, auch Osterhasen und Nikoläuse, aber die werden alle in den Westen exportiert. Wir selbst bekommen nichts davon ab. Nicht mal von den Resten dürfen wir ein Stückchen nehmen, sonst wirft man uns wegen Diebstahl von Volkseigentum raus. Deshalb freuen wir uns über die Süßigkeiten, die Sie uns geschenkt haben.

Vielleicht wurden sie bei uns hergestellt, und Sie bringen sie wieder zurück. Ist das nicht grotesk? Sie glauben nicht, was für schlimme Zustände bei uns herrschen! Schauen Sie hier!" schimpfte Frau Jágrova und deutete auf eine feuchte Stelle an der Wand. „Vor einem halben Jahr hat ein Sturm einen Teil des Kamins heruntergerissen, der schon seit Jahren repariert werden müsste. Seitdem bemühen wir uns, einen Handwerker herzubekommen, aber ohne Beziehungen und Schmiergeld läuft hier gar nichts. Man muss sich an die staatliche Gebäuderenovierungsstelle wenden, die nach Fünfjahresplänen arbeitet, und es kann Monate dauern, bis der Schaden behoben wird. Nun regnet es herein, die Wände werden feucht, die Tapeten lösen sich ab, alles verschimmelt und vergammelt. Früher, als es hier noch einen demokratischen Staat gab, der sich ‚ČSR – Česko Slovensko Republik' nannte, war alles ganz anders, aber seit dieses zweite ‚S' für ‚Sozialistička' hinzugekommen ist, funktioniert gar nichts mehr. Wir haben einfach ein ‚S' zuviel! Aber was will man dagegen machen? Unsere Regierung ist total moskauhörig, und die Russen gehen noch schlimmer mit uns um als damals die Nazis. Aber eines Tages werden wir uns das nicht mehr gefallen lassen und Novotny und seine Bande zum Teufel jagen!"

Florian war erstaunt, dass sich Frau Jágrova, die ihm anfangs so sanft und friedfertig erschien, dermaßen ereifern konnte. Er verstand nun, warum man sie aus dem Schuldienst entfernt hatte. Wie eine Revolutionärin kam sie ihm vor. Den Vergleich zwischen Nazideutschland und der Sowjetunion fand er allerdings unpassend, aber er konnte ihren Verdruss verstehen, denn bekanntlich ist die Notlage, in der man sich gerade befindet, immer die schlimmste.

Inzwischen hatte Jana den Tisch für vier Personen gedeckt und Frau Jágrova trug Schwarzbrot, Mettwurst und Essiggurken auf – keine Butter, keinen Schinken, keine Eier, keinen Käse, wie es Florian von der ‚Überflussgesellschaft Bundesrepublik Deutschland' gewohnt war. Aber von früheren Besuchen in der DDR wusste er, jenseits des ‚Eisernen Vohangs' herrschten andere Verhältnisse als im Westen. An Florians Platz stand eine Flasche Pilsner Urquell, die Frau Jágrova extra für ihn besorgt hatte. Die anderen begnügten sich mit Tee aus selbst gesammelten Kräutern. Als die Hausfrau ins Nebenzimmer hinüberrief, das Nachtessen stehe bereit, stellte sich ihr Gatte einfach taub und kam nicht herüber. Nur ab und zu hörte man sein Hüsteln und das Zeitungsgeraschel. Man setzte sich zu Tisch und Frau Jágrova meinte entschuldigend:

„Das ist leider alles, was wir Ihnen anbieten können, Florian. Schon seit Wochen gibt es in den Geschäften nur das, was Sie hier sehen."

„Es wird mir bestimmt schmecken, glauben Sie mir", sagte Florian und langte kräftig zu, was seine Gastgeberin sehr erfreute.

„Jana hat mir erzählt, dass Sie das böhmische Essen sehr mögen", meinte Frau Jágrova. „Wenn Sie wiederkommen, koche ich Ihnen Knödel mit Sauerkraut, und vielleicht gibt's dazu eine Ente oder einen Schweinsbraten, je nachdem, was die Geschäfte gerade anbieten."

Bis zehn Uhr saßen Florian, Jana und ihre Mutter noch plaudernd in der Wohnstube beisammen. Der Vater ließ sich während der ganzen Zeit kein einziges Mal blicken. Nun deutete Frau Jágrova an, dass sie müde sei und am nächsten Tag schon um fünf Uhr aufstehen müsse, denn um sechs beginne die Frühschicht in der Fabrik. Florian verstand den Wink und wollte sie nicht länger um die verdiente Ruhe bringen. Doch sie hielt ihn zurück und fragte, wo er übernachten werde.

„Ich schlafe im Hotel ‚Zlata Husa' am Wenzelsplatz", antwortete er ohne zu überlegen und hätte sich im nächsten Augenblick am liebsten auf die Zunge gebissen. Da mussten die Jagrs jeden Heller zweimal umdrehen, bevor sie ihn ausgaben, und er nächtigte im teuersten Hotel der Stadt! Um nicht als Verschwender dazustehen, versuchte Florian sich zu erklären.

„Wissen Sie, ich kann mir das ausnahmsweise leisten. Bei uns in Deutschland verdient man als Lehrer auch nicht besonders viel, aber ich habe mein Geld schon in Stuttgart recht günstig in Tschechenkro…"

Jana stieß Florian mit dem Ellbogen in die Seite, worauf er schlagartig verstummte, denn jetzt fiel es ihm siedend heiß ein, dass Herr Jagr im Nebenzimmer saß und womöglich mitbekam, was in der Wohnstube gesprochen wurde. Wenn er von dem Devisenschmuggel erfuhr, dann konnte das für den fremden Gast böse Folgen haben. Einen Deutschen zu denunzieren, musste ihm eine Genugtuung sein! Florian verinnerlichte nun, in diesem Land durfte er nicht wie zu Hause einfach drauflos plappern, sondern musste sich vorher genau überlegen, was er sagte. Manchmal saßen die Spione gleich nebenan.

Nachdem sich Florian von Frau Jágrova verabschiedet hatte, begleitete ihn Jana durch den dunklen Garten. An dem schmiedeeisernen Törchen gab sie ihm zum ersten Mal einen flüchtigen Kuss. Glücklich fuhr Florian nach Prag zurück.

Am nächsten Morgen trafen sich die beiden jungen Leute bereits um die Mittagszeit vor der Universität. Zuerst wollten sie die Pejšas besuchen und die Arzneimittel bringen. Als sie an der Hausglocke läuteten, meldete sich eine geraume Weile niemand. Endlich erschien Herr Peyša und als sie sein aufgequollenes, gerötetes Gesicht sahen, da ahnten sie schon, dass sich etwas Schlimmes ereignet hatte. Seine Frau war wenige Tage zuvor gestorben. Florians Hilfe kam zu spät. Seine letzte Arzneimittelsendung war nicht angekommen. Wahrscheinlich hatte sie ein korrupter Beamter konfisziert und anschließend für viel Geld verkauft. So hatten womöglich die üblen Praktiken in diesem Land indirekt zum Tod der schwerkranken Frau geführt. Florian und Jana tat Herr Pejša unendlich leid. Warum musste einen so lieben Menschen ein so schweres Schicksal treffen? Besonders rührend fanden sie es, wie sehr sich der gute Mann trotz aller Trauer über ihren Besuch freute. Er fand es großartig, dass eine junge Tschechin und ein junger Deutscher eine so herzliche Freundschaft verband. Dieser Pavel Peyša war einfach ein wunderbarer Mensch!

Viel zu schnell verging die Zeit. Manchmal bummelten Florian und Jana Hand in Hand durch die Prager Altstadt, wo es so viel Interessantes zu besichtigen gab. Am meisten gefiel Florian neben der Karlsbrücke die Theinkirche mit der astronomischen Uhr und den unzähligen spitzen Türmen. In ihrem Innern stand das junge Paar am Grab des dänischen Hofastronomen Tycho Brahe, aus dessen Aufzeichnungen der Schwabe Johannes Kepler aus Weil der Stadt die drei Planetengesetze abgeleitet hatte. Einmal führte Jana den Freund in den Waldsteingarten und zeigte ihm das Denkmal des Reformators Jan Hus, der beim Konzil zu Konstanz auf dem Scheiterhaufen verbrannt wurde und seitdem in Tschechien als Nationalheld verehrt wird. Es gab so viele Verbindungen zwischen Böhmen und dem Schwabenland! Sie musste ihn unbedingt besuchen und sein Land mit eigenen Augen sehen!

Am letzten Tag seines Aufenthalts in Prag gingen Florian und Jana am Moldauufer spazieren. Als sie an der Slovansky-Insel vorüberkamen, erinnerten sie sich an jenen Nachmittag, an dem sie sich beim Tanztee im Café Manes zum ersten Mal begegnet waren. Anschließend fuhren sie hinaus nach Dobřichovice. Als sie dort eintrafen, hatte Herr Jagr das Haus bereits verlassen, denn er wusste, die Tochter und ihr Freund würden zum

Abendessen erscheinen. Mit einem Deutschen wollte er nichts zu tun haben. Dann trugen Jana und ihre Mutter die Speisen auf. Es gab gebratene Ente und dazu das milde, mit Kümmel und Speck gewürzte böhmische Kraut. Auf einem Brett lag ein länglicher Laib, der aussah wie ein ungebackenes Weißbrot. Aber wo blieben denn die Klöße? Gespannt verfolgte Florian, wie Frau Jágrova mit einem Zwirnsfaden den Laib in Scheiben schnitt. Jetzt ging ihm ein Licht auf. Das waren also die berühmten böhmischen ‚Knedliki', nicht rund wie die schwäbisch-fränkisch-bayerischen Knödel, dafür aber wunderbar locker und von so köstlichem Geschmack, dass Florian am liebsten einige als Wegzehrung mitgenommen hätte.

Mit diesem gemeinsamen Nachtessen ging Florians Aufenthalt in Tschechien zu Ende. Jana begleitete ihn zu seinem Wagen. Sie nahm ihn in ihre Arme und verabschiedete ihn mit einem zärtlichen Kuss. Glücklich und zufrieden fuhr Florian nach Prag und schlief selig in seinem feudalen Zimmer im Hotel ‚Zur Goldenen Gans'. Am folgenden Tag kehrte er von der Moldau an den Neckar zurück. Er wusste, bald würde er Jana wiedersehen.

Der vaterlandslose Geselle

Als Florian zu Hause von seiner Tschechienreise berichtete, reagierten seine Eltern auf sehr unterschiedliche Weise. Während sich die Mutter darüber freute, dass ihr Sohn in Prag eine schöne Zeit mit seiner Freundin verbracht hatte, regte sich der Vater über Florians Beziehung zu einer Tschechin mächtig auf.

„Weißt du denn überhaupt, was du da tust?", schimpfte er. „Die Tschechen sind ein elendes Dreckspack! Die Russen waren im Krieg wenigstens ehrenhafte Gegner und haben sich offen zum Kampf gestellt. Vor ihnen habe ich Respekt, aber nicht vor den Tschechen, diesen Feiglingen. Zurückgewichen und untergetaucht sind sie, als unsere Infanterie vorrückte, und dann haben sie uns aus dem Hinterhalt beschossen. Das macht kein ehrenhafter Soldat!"

„Aber was sollten sie sonst tun? Was will man machen, wenn der Gegner haushoch überlegen ist? Sollten sie etwa, nur mit Gewehren bewaffnet, gegen die deutschen Panzer kämpfen? Das wäre doch reiner Selbstmord! Ich kann die Tschechen verstehen. An ihrer Stelle hätte ich auch so gehandelt."

Florians Vater lief nun rot an und schrie wütend: „Du vaterlandsloser Geselle! Ein anständiger Deutscher sagt so etwas nicht! Was glaubst du, wie dreckig sich die Tschechen benommen haben, als wir in Prag auf dem Hradschin stationiert waren. Nachts konnte man nicht mehr alleine durch die Stadt laufen. Aufgelauert haben uns die Feiglinge, den Kameraden aus dem Hinterhalt mit einer Eisenstange auf den Kopf geschlagen, den Bewusstlosen in den Hinterhof geschleppt und ihn dort umgebracht. Es war zeitweise so gefährlich, dass man nur noch zu dritt und mit dem Stahlhelm auf dem Kopf ausgehen durfte."

„Klar, es tut mir leid um jeden einzelnen deutschen Soldaten, der umkam, aber ich verstehe auch die Tschechen. Wenn du als Feind kommst, kannst du keine Freundlichkeiten erwarten. Ich kam als Freund und wurde fast überall freundlich empfangen."

Diese Aussage empörte den Vater noch mehr. Was sein Sohn da sagte, grenzte schon an Landesverrat. Voller Wut setzte er seine Schimpfkanonade gegen die Tschechen fort.

„Wehe dir, du fährst noch einmal in die Tschechei! Weißt du überhaupt, worauf du dich da einlässt? Deine sogenannte Freundin hat es doch nur auf dein Geld abgesehen! Die tschechischen Frauen sind alle nur elende Flittchen. Als wir oben auf dem Hradschin stationiert waren, warteten schon draußen vor dem Tor die Nutten auf uns. Für ein Päckchen Zigaretten ließen sie sich..."

Fast hätte sich Florians Vater verplappert, denn die Mutter, die draußen in der Küche werkelte, durfte auf keinen Fall erfahren, was so mancher deutsche Landser nach Dienstschluss trieb. Es hätte den alten Herrn womöglich selbst in die Bredouille gebracht und ein schlechtes Licht auf die edlen Krieger geworfen, die sich nur allzu gerne mit den einheimischen Frauen einließen. Gerade noch rechtzeitig bevor er noch mehr über die schlüpfrigen Freizeitbeschäftigungen der deutschen Besatzungssoldaten verriet, brach er seine Wutrede ab. Auch Florian schwieg. Nach seinen Erfahrungen waren die tschechischen Frauen charakterlich auch nicht schlechter als die deutschen. Ihm war nur aufgefallen, dass es unter ihnen auffallend viele hübsche und charmante gab. Florian führte die Diskussion nicht weiter, die ohnehin nur zu einem bitterbösen Streit geführt hätte, und sagte trotzig: „Und ich fahre wieder hin, ob es dir passt oder nicht!"

Nun rastete der Vater vollends aus und ging auf Florian los. Doch der war flinker und obendrein stärker als der alte Herr. Er überwältigte den Angreifer und nahm ihn in den Schwitzkasten. Der Alte verstand die Welt nicht mehr. Noch nie hatte es sein Sohn gewagt, sich gegen seine Angriffe zu wehren.

„Lass mich sofort los! Was erlaubst du dir deinem Vater gegenüber?", schrie er empört, während Florian seinen Kopf fest unter der Armbeuge eingeklemmt hielt.

„Glaubst du vielleicht, ich lass mich von dir so einfach verprügeln? Wenn du mich angreifst, werde ich mich von nun an wehren. Ich lass' dich schon wieder los, aber dann musst du mir versprechen, dass du nicht wieder handgreiflich wirst!"

Die Mutter hatte den Streit von der Küche aus mitbekommen und eilte in die Wohnstube. Mit Entsetzen sah sie die Szene, wie Florian das Familienoberhaupt im

Schwitzkasten hielt. Als ehemaliger Frontsoldat, der gegen Franzosen, Russen und Tschechen gekämpft hatte, empfand er es als ungeheure Schmach, gegen den eigenen Sohn den Kürzeren zu ziehen. Wohl oder übel musste er nun kapitulieren. Kaum hatte ihn Florian losgelassen, da verschwand er beleidigt im Schlafzimmer. Die Mutter stand kreidebleich da, denn nichts hasste sie mehr als Streit in der Familie. Florian legte den Arm um ihre Schultern und tröstete sie.

Kaum hatte sich die Mutter beruhigt, da erklärte sie: „Du musst verstehen, dein Vater hat als Soldat den Krieg von Anfang bis Ende mitgemacht, und wenn du so daherredest, fühlt er sich in seiner Ehre verletzt. Sprich doch einfach nicht mehr über dieses leidige Thema!"

Florian beherzigte die Bitte der Mutter und vermied zukünftig solche Diskussionen mit seinem alten Herrn, die unweigerlich zum Streit führten. Dann vertraute sie ihm ein Geheimnis an.

„Da fällt mir ein, ich habe alle seine Feldpostbriefe und Postkarten aufbewahrt, die er mir während des Krieges geschickt hat. Willst du sie sehen?"

„Aber bitte! Das interessiert mich natürlich sehr! Vor allem möchte ich wissen, was er aus Tschechien geschrieben hat."

Die Mutter kniete vor der Kommode nieder, zog die unterste Schublade heraus und kramte eine Weile. Bald hielt sie einen Brief in der Hand und reichte ihn dem Sohn. Der graue Umschlag enthielt ein dünnes, vergilbtes Blatt Papier. Florian las:

Funker Friedrich Schöllkopf   Prag, den 16. März 1939
7.U.E.t.5/ Postleitstelle Prag

Liebe Marta!
Hinter mir liegen großartige Ereignisse.
Der Einmarsch nach Böhmen war für uns wie ein
Sonntagsspaziergang. Der Feind zog sich feige
zurück und leistete kaum Widerstand. So kamen
wir mit geringen Verlusten davon und zogen unter
großem Jubel in Prag ein. Der Höhepunkt war
die Siegesparade auf dem Wenzelsplatz. Der neue
Reichsprotektor Reinhard Heydrich und die Generäle
fuhren im offenen Mercedes vorneweg. Begleitet
von zackiger Marschmusik marschierten die fünfte
und die sechste Kompanie, darunter auch meine
Kameraden und ich, zum Wenzelsdenkmal hinauf.
Wir sind jetzt auf dem Hradschin stationert und
genießen das Leben. Zigaretten und Bier gibt es im
Überfluss. Auch die Stadt haben wir schon besichtigt.
Es gibt dort viel zu sehen: die Karlsbrücke, die
Theinkirche und das Nationaltheater. Bald wird
Frieden sein, und dann zeige ich Dir alles.
Die Einheimischen begegnen uns durchweg sehr
freundlich. Wir sind stolz darauf, dass wir diese alte
deutsche Stadt heim ins Reich holen durften.
Böhmen und Mähren sind für immer unser!
Heil Hitler!

Viele Grüße und Küsse   Dein Friedrich

Während Florian den Brief las, hatte die Mutter noch einige Postkarten hervorgekramt. Sie kamen aus Kutna Hora (Kuttenberg), Kolin nad Labem (Kolin an der Elbe), Hradec Kralove (Königgrätz) und Mělnik, dem Ort, an dem Moldau und Elbe zusammenfließen. Lange schaute sich Florian eine Ansichtskarte aus Sedlec (Sedlitz) an. Sie zeigte eine Kapelle, deren Inneres auf ziemlich makabre Weise mit Totenschädeln und menschlichen Gebeinen ausstaffiert war. Auf ihrer Rückseite stand:

Funker Friedrich Schöllkopf   Sedlitz, den 4. Januar 1940
7.U.E.t.5/ PLS Kuttenberg

Liebe Marta!
Nachdem Du für Kirchenausstattungen schwärmst,
sende ich Dir diese Karte. Eine eigenartige Ausstattung,
alles echt! Diese Kirche eines Nachbarorts von Kuttenberg habe ich am Samstag mit einigen Kameraden
besichtigt. Kuttenberg ist ein wunderschönes Städtchen.
Wir fühlen uns hier pudelwohl. Näheres wenn ich
wieder daheim bin. Heil Hitler!

Sei gegrüßt und geküsst von   Deinem Friedrich

Florian gab den Brief und die Postkarten der Mutter zurück. Gerne hätte er die Zeitdokumente auf seine nächste Tschechienreise mitgenommen und mit Jana alle diese Orte besucht, an denen sich sein Vater damals aufhielt. Er befürchtete jedoch, Schwierigkeiten zu bekommen, wenn man ihn ‚drüben' mit derlei Erinnerungsstücken an die deutsche Besatzungszeit erwischt hätte.

Außer der freundschaftlichen Beziehung, die Florian zu einer Tschechin unterhielt, gab es für den alten Schöllkopf noch einen zweiten Grund, dem Sohn böse zu sein und ihn als ‚vaterlandslosen Gesellen' zu diffamieren. Ursache war wieder ein blauer Brief, der Florian in diesen Tagen ins Haus flatterte. Brachte er eine gute oder eine schlechte Nachricht? Versetzte man ihn wie gewünscht von Kleinweinheim in die Nähe von Stuttgart oder berief man ihn zur Bundeswehr ein? Mit Entsetzen nahm er zur Kenntnis, er müsse im kommenden Sommer für achtzehn Monate zum Militärdienst einrücken. Da hatten ihn die Beamten vom Kreiswehrersatzamt doch noch kurz vor Erreichen der Altersgrenze von sechsundzwanzig Jahren kalt erwischt! Der Einberufungsbefehl traf Florian aus drei Gründen hart. Erstens musste er nun die ‚Zweite Dienstprüfung' innerhalb der folgenden drei Monate ablegen, sonst hätte er die vorgeschriebene Frist überschritten und wäre niemals mehr ‚verbeamtet' worden. Zweitens hätte er als militärischer Geheimnisträger nicht mehr in die ČSSR einreisen dürfen, und das bedeutete, Jana für lange Zeit nicht mehr wiederzusehen, und drittens war ihm der Wehrdienst grundsätzlich zuwider. Für ihn hätte das geheißen, anderthalb Jahre seines Lebens sinnlos zu vergeuden und im Ernstfall wie sein Vater gegen Russen, Tschechen und andere ‚Feinde' in den Krieg ziehen zu müssen.

Und schlimmer noch: In der NVA, der ‚Nationalen Volksarmee' der DDR, diente sein Cousin Matthias Schöllkopf. Eine wahnwitzige Vorstellung – im Falle einer bewaffneten Auseinandersetzung zwischen Ost und West wäre auf der anderen Seite der Front ein Mitglied der eigenen Familie gestanden! Der Vetter hätte gegen den Vetter gekämpft! Jetzt gab es nur noch einen Ausweg: Onkel Ludwig!

Dr. jur. Ludwig Jäger war früher Landrat des Kreises Böblingen gewesen und weithin als gewiefter Taktiker bekannt. Nach einigen Amtsperioden eröffnete er eine Anwaltskanzlei in der Birkenwaldstraße auf dem Stuttgarter Killesberg. Wenn es jemandem gelingen konnte, Florians Einberufung doch noch zu verhindern, dann nur dem mit allen Wassern gewaschenen Onkel. Mit ihm, der selbst kinderlos blieb, verstand sich Florian schon seit seiner frühesten Kindheit sehr gut, und das aus einem besonderen Grund. Ludwig Jäger erhielt sich sein Leben lang ein jungenhaftes Wesen und war stets zu lustigen Streichen aufgelegt. Mit großem Vergnügen ärgerte und vergackeierte er Menschen, die er nicht leiden konnte. Florian erinnerte sich an ein Familienfest anlässlich der Goldenen Hochzeit seiner Großeltern. Als man am Nachmittag an der Kaffeetafel zusammensaß, plagte Onkel Ludwig die Langeweile und er versprach dem damals vierzehnjährigen Neffen fünf Mark Belohnung, falls es ihm gelänge, seinen ungeliebten Vetter Hans bis zur Weißglut zu reizen. Natürlich besaß Florian große Erfahrung, wie man in der Schule den

Unterricht stören und die Lehrer ärgern konnte. Diese Kenntnisse wandte er nun im familiären Kreis an. Saß Onkel Hans nicht direkt am Fenster? Und war es draußen nicht unangenehm kalt? Da bot sich doch eine günstige Gelegenheit! Florian stand auf und öffnete das Fenster sperrangelweit. Genüsslich verfolgte Onkel Ludwig den sich anbahnenden Streit.

„Es zieht! Mach das Fenster zu!", forderte Onkel Hans.

„Nein, wir brauchen frische Luft!", entgegnete Florian frech.

„Mach sofort das Fenster zu, Saubube, elender – mir wird kalt!"

„Glaubst du vielleicht, alles müsste sich nach dir richten? Nur weil du ein bisschen frierst und so wehleidig bist, sollen die anderen hier ersticken? Das Fenster bleibt offen!"

Nun sprang Onkel Hans auf und wollte das Fenster selbst schließen, doch Florian stellte sich ihm in den Weg, und es entstand eine kleine Rangelei. Bevor der Streit eskalierte, rief Ludwig Jäger seinem Neffen zu, er solle sich gefälligst anständig benehmen und Rücksicht auf die Gäste nehmen, die am Fenster säßen. Dann winkte er Florian zu sich heran, flüsterte ihm ins Ohr, dass er seine Sache gut gemacht habe und gab ihm schmunzelnd ein Fünfmarkstück.

Am meisten begeisterten Florian zu jener Zeit die Ausfahrten in Onkel Ludwigs Limousine der Marke DKW. Gelegentlich unternahmen der große und der kleine

Lausbube eine Spritztour. Auf übersichtlicher Strecke ließ der Onkel plötzlich das Steuer los und sagte: „Du lenkst!" Florian beugte sich dann mit dem Oberkörper zu ihm hinüber und hielt den Wagen sicher in der Spur. Nur selten entstand eine gefährliche Situation, denn damals fuhren auf unseren Straßen nur wenige Fahrzeuge. Wurde es doch einmal brenzlig, griff Onkel Ludwig rasch ins Lenkrad und bereinigte die Situation. Viel gefährlicher wurde es, wenn er auf den Hebel zwischen den Sitzen zeigte und die Anweisung ‚Ich gebe Gas, du bremst' gab. Hätte Florian nicht so gut aufgepasst, sie wären so manches Mal auf ein anderes Fahrzeug aufgefahren oder im Graben gelandet. Eines Tages kam es beinahe zu einem Unfall. Onkel Ludwig wollte vor Florians Elternhaus den Wagen abstellen und näherte sich auf der abschüssigen Straße in flottem Tempo einem parkenden Auto. Florian hatte nicht aufgepasst und die Handbremse viel zu spät gezogen. Mit pfeifenden Rädern kam der Wagen gerade noch rechtzeitig zum Stillstand. Um ein Haar hätte es fürchterlich gekracht. Florians Mutter, die auf dem Balkon die Rückkehr der beiden Autonarren erwartete, schüttelte den Kopf und meinte: „Der Ludwig fährt auch immer so schnell!"

Ein Jahrzehnt später besuchte Florian seinen Onkel Dr. jur. Ludwig Jäger in seiner Kanzlei in der Birkenwaldstraße mit der Absicht, die Einberufung zur Bundeswehr doch noch abzuwenden. Wie hatte sich der sonst so lebensfrohe Mann verändert! Seine Augen blickten müde und er bewegte sich schleppend durch die Wohnung. Nur ganz selten blitzte sein Humor auf. Das hintergründige, spitzbübische Lächeln war fast ganz aus dem einst so jungenhaften Gesicht gewichen. Dies verhieß nichts Gutes. Florian wusste, der Onkel litt schon seit geraumer Zeit an einer unheilbaren Krankheit. Zuerst gingen die beiden in ein großes Zimmer, das Florian bei früheren Besuchen nie betreten hatte. Wie staunte er, als er eine Kirchenorgel erblickte, die den Raum zur Hälfte ausfüllte. Obwohl die Decken in Stuttgarts alten Bürgerhäusern sehr hoch sind, passten nur die kürzeren Pfeifen in das Zimmer. Die längeren waren oben rechtwinklig abgeknickt und waagerecht weitergeführt. Onkel Ludwig setzte sich auf die Orgelbank und spielte eine Fuge von Bach. Florian war von der Klangfülle des Instruments und dem Können des Onkels gleichermaßen beeindruckt. Dann durfte er selbst den Organisten spielen. Er intonierte den Choral ‚Nun danket alle Gott' und Bachs ‚Praeludium Nr.1' und freute sich, wie gut er dank seines Könnens als Pianist auf der Tastatur spielen konnte. Nur mit den Pedalen kam er nicht zurecht, und dabei faszinierten ihn doch am meisten die tiefen Töne, deren Macht die Luft zum Schwingen brachte und die Wände erzittern ließ. Zuletzt intonierte Ludwig Jäger die berühmte Toccata d-moll von Johann Sebastian Bach, und es kam Florian vor, als spiele er seine eigene Totenmesse.

Als der letzte Ton verklungen war, ging man hinüber in die Anwaltskanzlei. Florian schilderte dem Onkel, wie schlimm es für ihn sei, wenn er zur Bundeswehr eingezogen würde. Dieser Gedanke hinge wie ein Damoklesschwert über ihm und verfolge ihn sogar des Nachts. Als Argumente gegen die Einberufung führte er die Leistenbruchoperation an, die ihm manchmal beim Tennisspielen zu schaffen mache. Dann sprach er über die bevorstehende Zweite Dienstprüfung und die vielfältigen Aufgaben, die er in Kleinweinheim zu erfüllen habe. Auch vergaß er nicht, die Liaison mit seiner tschechischen Freundin Jana zu erwähnen. Das ging dem alten Herrn sehr zu Herzen, doch er verbarg seine Gemütsregung. Eine Weile saß er gebeugt und schweigend in seinem Sessel. Florian machte sich Sorgen um den Onkel. Litt er womöglich unter starken Schmerzen? Warum redete er nicht? Nun verzog er sein Gesicht auch noch zu einem seltsamen Lächeln. Dachte er an seinen Tod?

„Geht es dir nicht gut, Onkel Ludwig?", fragte Florian mitleidsvoll.

„Nein, nein, im Moment fühle ich mich ganz ordentlich. Mach dir keine Sorgen um mich! Ich habe eben an eine schöne Episode in meinem Leben gedacht, aber das ist schon lange her!"

„Ja, ich habe gesehen, wie du ganz verklärt gelächelt hast. Bitte erzähl' mir, was dich so erfreut hat!", bat Florian.

„Den Gefallen kann ich dir beim besten Willen nicht tun, mein Lieber. Vielleicht wirst du es später einmal erfahren."

Man wechselte das Thema und sprach wieder über die drohende Einberufung zur Bundeswehr. Bevor der alte Fuchs auf die Bitte des Neffen einging, er möge alles versuchen, ihn von diesem Albtraum zu befreien, wollte er den jungen Mann auf die Probe stellen.

„Aber warum willst du denn nicht deinen Wehrdienst ableisten? Es ist doch deine Pflicht als Staatsbürger, im Ernstfall dein Vaterland zu verteidigen. Denk' an deinen Vater und seine Brüder, an deinen Großvater und all die anderen tapferen Männer aus der Familie! Außerdem würde es dir bestimmt Spaß machen – die Kameradschaft unter Gleichaltrigen, die langen Märsche in freier Natur, die verschiedenen sportlichen Betätigungen. Ich denke, das wäre genau das Richtige für dich."

Florian widersprach vehement und führte als Gegenargument all die Schikanen, das monatelange Kaserniertsein und die Übungen mit den todbringenden Waffen ins Feld. Dann erzählte er, wie er sich schon bei der Musterung in Schwejk'scher Manier den Untersuchungen widersetzt habe. Plötzlich zeigte der Onkel wie früher sein lausbubenhaftes Lächeln. Als eingefleischtem Pazifisten, dem es sogar während des ‚Dritten Reiches' gelungen war, sich dem Kriegsdienst zu entziehen, gefiel dieses renitente Verhalten. Erst jetzt zeigte er dem Neffen, in dem er sich selbst wiedererkannte, sein wahres Gesicht.

„Ich verstehe vollauf, warum du nicht zur Bundeswehr willst, mein Lieber, und ich werde dafür sorgen, dass du nicht eingezogen wirst! Wir legen Beschwerde ein, denn erstens bist du in Kleinweinheim an deiner Schule als Chorleiter und in der Kirche als Organist unabkömmlich. Damit bringen wir den Rektor und den

Dekan auf unsere Seite, die sicherlich wollen, dass du in Kleinweinheim bleibst. Zweitens müsstest du deine ‚Zweite Dienstprüfung' vor Ablauf der gesetzlichen Frist innerhalb der nächsten drei Monate ablegen. Das wäre ein unzumutbarer Härtefall, der deine weitere berufliche Karriere erheblich beeinträchtigen könnte. Und drittens führen wir einen Prozess gegen die Bundesrepublik Deutschland, weil du damals bei der Musterung grob misshandelt wurdest und deshalb bis heute unter großen Schmerzen an der Leiste leidest. Hast du das verstanden? Es tut immer noch furchtbar weh! Und vergiss nicht, dass du in Kleinweinheim regelmäßig für den Kantor einspringst!"

Florian verstand sofort, denn schließlich war er aus dem gleichen Holz geschnitzt wie sein Onkel. Die Anwaltskanzlei Jäger versandte die entsprechenden Schreiben an die zuständigen Behörden, und die wiesen die Beschwerde ab. Es wurde Berufung eingelegt, die nichts nutzte, und daraufhin ein Prozess ausgerechnet gegen jenen Staat angestrengt, dem Florian als Lehrer diente. Über dem juristischen Hin und Her vergingen Monate, bis Florian schließlich seinen sechsundzwanzigsten Geburtstag feierte und damit das Höchstalter für die Einberufung überschritten hatte. Es war wie ein Geschenk des Himmels! Florian fuhr sofort zu Onkel Ludwig in die Birkenwaldstraße, umarmte ihn und sagte freudestrahlend:

„Ich danke dir! Du hast mir einen schweren Stein vom Herzen genommen und mir anderthalb Jahre meines Lebens geschenkt! Das werde ich dir nie vergessen!"

Drei Monate später erlag Rechtsanwalt Dr. jur. Ludwig Jäger im Alter von einundsiebzig Jahren seinem schweren Krebsleiden. Kurz vor seinem Tode hatte er dem Neffen noch den letzten und zugleich größten Dienst erwiesen. Florians Vater bedauerte zwar den Tod des lieben Verwandten, aber gleichzeitig ärgerte er sich darüber, mit welchen juristischen Tricks der Verstorbene seinen Sohn dem Dienst für Volk und Vaterland entzogen hatte. Er sah Florian als einen feigen Drückeberger an und ließ sich zu einer üblen Bemerkung hinreißen, die der junge Mann sein Leben lang nicht vergaß:

„Du bist und bleibst eben ein vaterlandsloser Geselle! Früher, als ich Soldat war, hätte man solche Kerle wie dich gleich in der vordersten Reihe an die Front gestellt!"

Beleidigt verließ Florian das Zimmer. Die Mutter folgte ihm und versuchte, ihn zu beruhigen.

„Ich finde es unglaublich herzlos, was er eben gesagt hat. Und das so kurz nach der Beerdigung! Aber denken wir lieber an deinen Onkel Ludwig, der dich so mochte!"

„Ja, wie traurig, dass er gestorben ist, und auch noch ohne Nachkommen. Dabei hatte er doch Kinder so gern. Immer war er so nett zu mir und manchmal kam er mir vor wie ein guter Kamerad. Ich habe ihm so viel zu verdanken. Er wird mir sehr fehlen."

Die Mutter überlegte eine Weile. Sollte sie es Florian anvertrauen? Schließlich überwand sie sich.

„Jetzt, nachdem er tot ist, kann ich es dir ja sagen. Dein Onkel Ludwig war wirklich ein herzensguter Mensch, aber er ist nicht kinderlos gestorben. Vor dem

Krieg hatte er ein Liebesverhältnis mit einer Tschechin. Ich glaube, Jana hieß sie. Die beiden hatten ein uneheliches Kind, den kleinen Iwan. Niemand durfte davon wissen. Erst vor ein paar Jahren, als Ludwig erfuhr, dass er unheilbar krank sei, hat er sich mir anvertraut. Ich verurteile ihn deshalb nicht – im Gegenteil, ich freue mich, dass er einen Sohn hat. Natürlich ist Iwan längst erwachsen und betreibt eine Arztpraxis in Norddeutschland. Seit einiger Zeit telefonieren wir regelmäßig miteinander. Ich denke manchmal, ich spreche mit Ludwig, denn wie sein Vater ist er ein sehr sympathischer, gebildeter Mann."

Florian wurde nachdenklich, als er das hörte. Was für eine großherzige Frau war doch seine Mutter! Auf sie konnte er wahrlich stolz sein. Und Onkel Ludwigs Geliebte hieß auch Jana! Nun hatte ihm die Mutter dieses Geheimnis anvertraut und das bewog ihn, ihr zu sagen, dass seine Freundin den gleichen Namen trage. Dann wollte er wissen, was aus der tschechischen Lebenspartnerin des Onkels geworden sei.

„Soweit ich mich erinnere, war sie Krankenschwester", erklärte die Mutter. „Als der Krieg ausbrach, wurde sie zum Dienst in ein Lazarett eingezogen. Bei einem Angriff der deutschen Luftwaffe ist sie ums Leben gekommen. Ein trauriges Schicksal, nicht nur für sie und den kleinen Iwan, der in einem Kinderheim in Prag überlebte, sondern auch für Ludwig, denn er liebte Jana sehr und hätte sie wohl geheiratet, wäre nicht der Krieg mit all seinen Widrigkeiten dazwischengekommen."

Florian wurde von einer Welle der Traurigkeit überwältigt. Welch ein schlimmes Schicksal! Mehr denn je fühlte Florian, wie nahe ihm der Verstorbene stand. Auch er hatte die Kinder, die Musik... und eine Tschechin geliebt.

Der Prager Frühling

An langen Winterabenden saß Florian in seiner warmen Stube im Hause Böpple und dachte an Jana. Wie mochte es ihr wohl ergehen? Er stellte sich vor, wie sie mit der Mutter in der schlecht geheizten Wohnung saß, wie der Wind durch den schadhaften Schornstein pfiff und das eindringende Wasser die Tapeten befeuchtete. Obwohl in der Ecke der Ölofen bullerte, fröstelte ihn. Von Monat zu Monat fehlte ihm die Freundin mehr, und so beschloss er, die Osterferien wieder in Prag zu verbringen. Aus dem Radio erfuhr er von den Umwälzungen, die sich in diesen Wochen in Tschechien ereigneten. Mit dem Tauwetter in der Natur setzte dort auch das politische Tauwetter mit Macht ein. Novotny musste seinen Posten räumen und wurde durch den jungen, liberalen Parteisekretär Alexander Dubček ersetzt. Der wollte dem Kommunismus ein menschliches Gesicht geben und vertrat die revolutionäre Ansicht, das System müsse dem Volk dienen und nicht umgekehrt. An seine Person knüpften sich alle Hoffnungen auf ein besseres Leben und der alternde Präsident Ludvik Svoboda galt als Garant für eine friedliche Entwicklung. Allein schon durch sein Aussehen wirkte der ehemalige Armeegeneral wie ein Fels in der Brandung. Ihm traute man zu, dem Druck aus Moskau zu widerstehen und sein Name ‚Svoboda', zu deutsch ‚Freiheit', klang wie eine Verheißung.

Als Florian am Wochenende vor Ostern bei Waidhaus die Grenze nach Tschechien passierte, spürte er bereits die Veränderung. Das Land befand sich im Aufbruch. Die Beamten zeigten sich von der menschlichen Seite und fertigten die Einreisenden freundlicher und zügiger ab als zu Novotnys Zeiten. In Prag angekommen, fielen ihm gleich die vielen Touristen aus den Ländern Westeuropas auf. Nachdem die neue tschechoslowakische Regierung die Einreisebestimmungen gelockert hatte, nutzten viele die Gelegenheit, die Feiertage in der ‚Goldenen Stadt' zu verbringen. Dadurch wurde für Florian die Quartiersuche zum Problem. Er lief von Hotel zu Hotel, fand aber nirgendwo eine Bleibe. Notgedrungen stieg er wieder im ‚Zlata Husa' ab, das inzwischen seine Preise extrem angehoben hatte und deshalb als einziges Hotel nicht ausgebucht war. Die Rechnung riss zwar ein großes Loch in seine Reisekasse, aber die Alternative wäre gewesen, auf der Straße im Auto zu nächtigen.

Kaum hatte Florian sein Zimmer bezogen, da fuhr er hinaus nach Dobřichovice. Dort traf er nur Jana und ihre Mutter an. Der Hausherr hatte wohl von dem bevorstehenden Besuch des jungen Deutschen erfahren und deshalb die Wohnung verlassen. Florian hatte das Gefühl, als habe es kurz vor seinem Erscheinen wegen ihm einen Streit gegeben. So trübte eine gedrückte Stimmung die Wiedersehensfreude, und Frau Jágrova sprach nur ganz leise, als fürchte sie die Rückkehr ihres Mannes. Florian wollte sich bereits verabschieden und Jana anderswo treffen, da sagte die Mutter zu ihrer Tochter:

„Begleite doch deinen Freund! Ihr habt euch bestimmt viel zu erzählen. Macht euch keine Gedanken um mich. Geht ruhig weg und verbringt einen schönen Abend miteinander!"

Schon auf dem Weg zum Wagen brach es aus Jana hervor: „So ein gemeiner Mensch! Er hat mich eine Schlampe genannt, weil ich mit dir befreundet bin und du Deutscher bist. Aber er hat nicht nur etwas gegen unsere Beziehung, er macht auch meiner Mutter das Leben schwer. Komm, lass uns wegfahren von hier, am besten nach Prag!"

Florian und Jana gingen ins ‚U Kalicha', die Bierkneipe des braven Soldaten Schwejk. Dort konnten sie über all das reden, was ihnen in ihrem Elternaus verwehrt blieb. In der gemütlichen Atmosphäre des urigen Lokals kehrte nach und nach ihre gute Laune zurück, und sie genossen das lang ersehnte Wiedersehen. Im weiteren Verlauf des Abends lernten sie zwei Studenten kennen. Der eine hieß Oscar Jelinek, der andere František Novak. Beide kamen aus Budweis und studierten wie Jana an der Karls-Universität. Als Florian erzählte, wie schwierig die Quartiersuche gewesen sei und er nur noch im ‚Zlata Husa' eine sündhaft teure Unterkunft gefunden habe, boten sie ihm spontan ihre Studentenbude im Stadtteil Strahov an. Diese sei die ganze Woche über frei, da sie die Osterfeiertage zu Hause bei ihren Familien verbrächten. Florian zögerte, denn er hielt es nicht für möglich, dass zwei junge Männer, die er eben erst kennengelernt hatte, einem Ausländer ihre Wohnung überlassen wollten.

Bereits nach der ersten Nacht im ‚Zlata Husa' checkte Florian wieder aus und fuhr mit Jana in den Prager Stadtteil Strahov. Oscar und František saßen schon auf ihren Koffern, gaben dem deutschen Gast den Schlüssel und machten sich auf den Weg nach Budweis. Eine Weile blieben Florian und Jana alleine im Zimmer und sie half ihm, das Bett zu überziehen und den Koffer auszupacken. Florian mochte nicht glauben, dass Oscar und František ihm so viel Vertrauen schenkten. Bücher und Schallplatten füllten die Regale, ein Radio und ein Grammophon standen auf dem Nachttisch, Schreibutensilien und Zeichengeräte lagen auf dem Arbeitsplatz. Wie leicht wäre es gewesen, hier abzuräumen! Oscar und František hätten den Dieb nie ermitteln können, denn außer seinem Vornamen und seiner deutschen Herkunft wussten sie nichts über ihn. Und Florians Vater hatte diese freundlichen Leute ‚ein elendes Dreckspack' genannt. Florian schämte sich gleichermaßen über seine schlechten Gedanken und die Schmähungen seines alten Herrn.

Am folgenden Tag unternahmen Jana und Florian eine Rundfahrt durch Mittelböhmen, denn er wollte all die Orte kennen lernen, an denen sich sein Vater als Soldat aufgehalten hatte. In Kolin stand das junge Paar auf der Elbebrücke und schaute hinab auf den dunklen Wasserstrom, der aus den waldreichen Höhen des

Riesengebirges herabkam. Die nächste Pause legten sie in Kutna Hora ein. Sie parkten den Wagen neben der von filigranen Türmen umkränzten Kirche der Heiligen Barbara. Wo drei Jahrzehnte zuvor der Vater in Wehrmachtsuniform und Soldatenstiefeln über das Pflaster marschiert war, ging Florian nun Hand in Hand mit seiner tschechischen Freundin unter blühenden Kastanienbäumen spazieren. Ein schöneres Symbol für den Aufbruch in ein neues, friedlicheres Zeitalter konnte es nicht geben. Nachdem sich die politischen Verhältnisse in der Tschechoslowakei grundlegend verändert hatten, sah Florian kein Risiko mehr darin, die Feldpostbriefe seines Vaters mitzubringen. Er zog eine Ansichtskarte aus seiner Jackentasche, die ein Schwarz-Weiß-Foto der Barbarakirche zeigte. Gemeinsam lasen sie, was auf ihrer Rückseite stand:

Kuttenberg, den 6.12.1939

Ihr Lieben!
Aus diesem schönen Städtchen sende ich Euch
herzliche Grüße. Wir fühlen uns hier pudelwohl,
und die neuen Eindrücke lassen kein Heimweh
aufkommen. Euer liebes Päckchen habe ich erhalten
und ich sage Euch vielen Dank. Beim Anzünden
jeder einzelnen Zigarette werde ich an Euch denken.
Mir geht es soweit frisch und munter. Heil Hitler!

Euer Friedrich

Florian fand vor allem jenen Satz schlimm, in dem sein Vater den Feldzug als eine Art Wohlfühlprogramm beschrieb. Den Einheimischen ging es bestimmt nicht so gut wie den Besatzungssoldaten. Jana dagegen zeigte sich keineswegs so unangenehm berührt wie Florian und erklärte:

„So war das eben im Krieg. Aber Gott sei Dank ist das alles längst Geschichte."

In der nahegelegenen Kapelle von Sedlec fanden sie die Türe verschlossen, und so betrachteten sie die Schädel und Gebeine durch das Fenster. Florian erinnerte sich, was der Vater auf die Ansichtskarte aus ‚Sedlitz' geschrieben hatte…, da Du für Kirchenausstattungen schwärmst… alles echt… sende ich Dir…'. Diesen Kommentar fand Florian ebenso deplatziert wie jenen vom Wohlfühlprogramm in Kuttenberg, doch Jana meinte:

„So sind eben junge Männer! Die möchten herumblödeln, Bier trinken und Zigaretten rauchen. Und natürlich schauen sie auch gerne den jungen Mädchen nach. Das ist überall das Gleiche, egal ob in Deutschland oder bei uns oder sonst wo auf der Welt."

Als die Sonne unterging, saßen Florian und Jana in einer Weinlaube auf der Anhöhe von Mělnik und schauten hinab auf den Zusammenfluss von Elbe und Moldau. Ein gutes Stück weit flossen der dunkle und der helle Strom nebeneinander her, als wollten sie sich nicht vereinigen. Das im Gegenlicht glitzernde Wasser und das strudelnde Geräusch beflügelte Florians

Phantasie. Er meinte, in dem Rauschen des Wassers die letzten Klänge von Smetanas Sinfonie ‚Vltava' zu vernehmen. Er hörte die Klarinetten und Geigen, die einzelnen Themen vom Lauf der Moldau, die nun in ihrer Todesstunde nochmal nachklangen, den schwindenden Widerstand, das Sichauflösen. Wie meisterhaft verstand es Smetana, Landschaftsbilder und Stimmungen in Töne zu fassen!

Wenn Florians Vater seine Hetztiraden gegen die Tschechen losließ, dann erwähnte er bisweilen auch das Attentat auf Reinhard Heydrich. Dieser war einer der gefürchtetsten nationalsozialistischen Führer und galt als ausgemachter Liebling Hitlers. Er hatte die ‚Reichskristallnacht' organisiert und die ‚Endlösung der Judenfrage' geplant. Nach dem Einmarsch der deutschen Wehrmacht in die Tschechoslowakei wurde er zum ‚Reichsprotektor von Böhmen und Mähren' ernannt. Eine Gruppe von Studenten des tschechischen Widerstandes hatte sich zum Ziel gesetzt, den verhassten Mann umzubringen. Sie observierten ihn und wussten daher genau, zu welcher Zeit und auf welchen Straßen er regelmäßig mit seiner Staatskarosse unterwegs war. Sie bauten eine Bombe und wählten als günstigen Ort für den Anschlag eine enge Kurve, die schlecht einsehbar war und nur langsam durchfahren werden konnte. Der 26. Mai 1942 muss wohl ein recht warmer Tag gewesen sein, denn Heydrich ließ das Verdeck öffnen. Diesen Umstand nutzten die Widerstandskämpfer, um die Bombe in den Wagen zu werfen. Alle Insassen kamen ums Leben bis auf Heydrich, der schwer verletzt in ein Krankenhaus eingeliefert wurde und neun Tage später starb. Hitler tobte und schwor Rache. Die Gestapo konnte den Attentäter zwar nicht fassen, erfuhr aber, dass er aus dem Dorf Lidice stammte. Die SS-Schergen reagierten mit unvorstellbarer Grausamkeit. Sie machten den Ort dem Erdboden gleich, erschossen alle männlichen Einwohner, deportierten die Frauen ins Konzentrationslager und brachten die Kinder zur ‚Eindeutschung' in ein Erziehungsheim. Nach der Tat versteckte sich der Bombenwerfer, ein junger Student namens Jan Kubis, mit seinem Freund in der Krypta der Theinkirche. Nur einige tschechische Offiziere kannten den Aufenthaltsort. Als dies die Gestapo herausbekam, wurden die Männer verhaftet. Im Gefängnis begingen sie Selbstmord, um nicht unter Folter preisgeben zu müssen, wo sich Jan Kubis und sein Freund versteckt hielten. Dennoch wurden die beiden von der SS aufgespürt und bei der Festnahme angeschossen. Wenige Tage später erlagen sie ihren Verletzungen.

Wie nicht anders zu erwarten, hatte es auch über den Anschlag auf Heydrich und das Verbrechen von Lidice einen heftigen Streit zwischen Florian und seinem Vater gegeben. Der eine sah in den Attentätern heldenhafte Widerstandskämpfer, der andere sprach von einem ‚feigen Anschlag auf einen unserer besten Leute, der gesühnt werden musste'. Wie alle jungen Tschechen mit guter Schulbildung wusste auch Jana bis ins Detail

Bescheid, was sich damals in Prag und Lidice ereignet hatte, und sie erklärte sich gerne bereit, mit Florian die geschichtsträchtigen Orte zu besuchen. Zuerst fuhren sie zu der Stelle, wo das Attentat verübt worden war.

„Aus dieser Richtung kam Heydrichs Wagen", erklärte sie, „in diesem Hinterhof hatte sich Jan Kubis versteckt, von hier aus warf er die Bombe."

Bevor sie weiterfuhren, kaufte Florian in einem Blumenladen einen Strauß gelber Rosen. Dann leitete ihn Jana nach Lidice. Unterwegs kamen sie am Flughafen Kladno vorbei. Als Florian die sowjetischen MIG-Kampfflugzeuge sah, die nicht allzu weit von der Umzäunung entfernt auf dem Rollfeld standen, stellte er den Wagen auf dem Randstreifen ab, stieg aus und zückte heimlich die Kamera.

„Um Gottes willen, steck deinen Fotoapparat weg! Wenn sie dich erwischen, sperren sie dich ein!", warnte Jana den Freund und wies dabei auf ein Schild hin, das eine Aufschrift in tschechischer und russischer Sprache sowie eine durchgestrichene Kamera zeigte. Florian muss wohl der Teufel geritten haben, als er dennoch an seinem Vorhaben festhielt. Er winkte einen der tschechischen Wachsoldaten heran, der hinter dem Zaun gelangweilt auf und ab patrouillierte. Dann drängte er Jana, sie solle den Landsmann fragen, ob ihr Gast aus Deutschland die Maschinen fotografieren dürfe. Der Soldat grinste verschmitzt wie der brave Soldat Schwejk und erwiderte:

„Können Sie nicht lesen? Es ist streng verboten. Wenn die Russen es sehen, wandert ihr lieber Freund ins Gefängnis!"

„Und wo sind denn die Russen?", ließ Florian anfragen. „Ich sehe hier nur Tschechen!"

„Die ‚Iwans' hocken dort drüben im Abfertigungsgebäude in ihrem Kasino, telefonieren mit Breshnev, saufen Wodka und amüsieren sich mit ihren Weibern."

„Dann können sie doch gar nicht sehen, wenn ihre Flugzeuge fotografiert werden. Und wie würden denn die Tschechen reagieren?"

„Die Tschechen sehen gar nix!", lachte der Soldat und lief zu seinen Kameraden hinüber. Diese wandten sich für einen Moment ab, und Florian fotografierte die Kampfflugzeuge. Die Tschechen freuten sich diebisch. Wieder einmal hatten sie ihre Verbündeten auf Schwejk'sche Art hintergangen! Jana schüttelte zwar den Kopf über Florians Unvernunft, aber sie nahm es ihm nicht übel, denn sie wusste, wie sehr ihn Flugzeuge faszinierten ... und er wusste nun aus eigener Erfahrung, wie es um die gegenseitige Wertschätzung und die Solidarität zwischen den beiden ‚Brudervölkern' bestellt war.

In Lidice angekommen, standen Florian und Jana erschüttert vor dem Mahnmal, das an das furchtbare Verbrechen erinnerte, und der ‚vaterlandslose Geselle' gedachte der Opfer und legte seinen Blumenstrauß nieder. Eine bedrückende Stimmung lag über der Gedenkstätte, die durch die rußgeschwärzten Plattenbauten ringsum noch verstärkt wurde. So sah also das neu erstandene Lidice aus!

Neben diesen denkwürdigen Orten besuchten Florian und Jana auch einige kulturelle Veranstaltungen. Einen sehr vergnüglichen Abend verbrachten sie im ‚Laterna Magica'-Theater. Der Regisseur hatte ein Programm zusammengestellt, das so recht zu dem internationalen Publikum passte. Das erste Stück hieß ‚Klobouk', der ‚Hut'. Ein Clown spielte auf einer riesigen verbeulten Tuba eine total schräge Melodie. Plötzlich blies ihm eine heftige Windbö seinen Bowler vom Kopf. „Damned shit!", fluchte er, und alle lachten, am lautesten die englischsprachigen Zuschauer. Dann fing der Clown den Ausreißer ein und setzte ihn wieder auf. Kaum hatte er erneut zu spielen begonnen, flog sein Hut schon wieder davon. Diesmal schimpfte er ‚merde alors', was vor allem jene Gäste amüsierte, die französisch verstanden. So kamen nach und nach alle Nationen an die Reihe – mit einem herzhaften ‚gavno' die Russen, mit einem eher zurückhaltenden ‚hovno' die Tschechen. Zuletzt rastete der Clown völlig aus und schrie: „Verdammte Scheiße!" Sofort brach ein ohrenbetäubendes Gelächter aus, denn diesen Ausdruck verstanden neben den Deutschen, Schweizern und Österreichern auch die meisten Tschechen. Wahrscheinlich hatten sie ihn während der Besatzungszeit oft gehört, und in dem komödienhaften Sketch wurde er nun ins Lächerliche gezogen. Es war ein Stück, das so recht der Völkerverständigung diente, und auch das folgende verstand jeder sofort, ganz gleich, aus welchem Land er kam. Eine Leinwand senkte sich von der Decke herab und schon begann ein sehr amüsanter Liebesfilm. Man sah, wie ein von schwerer Arbeit ermüdeter Mann nach Hause kam, seiner Frau eine gute Nacht wünschte und sich im Schlafzimmer ins Bett legte. Kaum hörte man ihn schnarchen, da trat schon auf leisen Sohlen der Hausfreund der vernachlässigten Ehefrau in die Wohnstube, umarmte die Geliebte und küsste sie leidenschaftlich. Während der Ehemann selig schlief, nahm das Geschehen auf dem Sofa in der Horizontalen seinen Lauf. Das Liebesspiel strebte bereits seinem Höhepunkt zu, da erwachte der Gehörnte an den verdächtigen Geräuschen. Eine Weile lauschte er noch, dann sprang er wutentbrannt aus dem Bett. Die Atmosphäre war zum Zerreißen gespannt. Die Zuschauer hielten den Atem an. Just in dem Moment, als der Mann ins Wohnzimmer stürzen wollte, sah man auf der Leinwand nur noch ein Geflimmer und der Film riss ab. Der Regisseur trat auf die Bühne und entschuldigte sich für die technische Störung. Eigentlich sei er froh darüber, dass die Panne gerade noch rechtzeitig aufgetreten sei, erklärte er, denn er hasse Streit und wisse auch schon, wie man einen Skandal vermeiden könne. Dann verschwand er und das Publikum wartete gespannt auf die Fortsetzung der Komödie. Bald schnurrte der Projektor wieder und man sah nochmal, wie der gehörnte Ehemann aus dem Bett sprang. Gerade wollte er die Tür zum Wohnzimmer aufreißen, da klopfte jemand sachte ans Schlafzimmerfenster. Hinter der Scheibe erschien eine attraktive Blondine, zufälligerweise die Gattin des Liebhabers seiner Frau. Der Mann konnte dem eindeutigen Angebot der Schönen nicht widerstehen, sie kletterte herein, und im Ehebett wiederholten sich nun die gleichen Szenen wie auf der Couch im Wohnzimmer. Schließlich bemerkten beide Paare fast gleichzeitig, was nebenan vorging, und die Komödie endete mit einem ganz besonderen Gag: Die vier Darsteller traten leibhaftig aus der Leinwand, gingen mit Kerzenleuchtern und Wellhölzern aufeinander los und traktierten sich mit Faustschlägen und Ohrfeigen. Nach einer Verschnaufpause ging der Streit verbal weiter. Jeder gab jedem die Schuld an dem Skandal, jeder beteuerte, Opfer einer hinterlistigen Verführung geworden zu sein. Irgendwann merkten alle vier, dass sie gleichermaßen ‚Dreck am Stecken' hatten. Sie verziehen einander und feierten die Versöhnung mit einer Flasche Krimsekt.

Das Stück war so recht dazu angetan, die zärtlichen Gefühle zu steigern, die Florian und Jana schon seit Langem füreinander empfanden. Während der Vorstellung hielt er ihre Hand, und an besonders pikanten Stellen schauten sie sich verschmitzt in die Augen. Ohne ein Wort zu wechseln wussten sie, was der andere dachte. Um sich vor dem Schlafengehen ein wenig zu entspannen, verbrachten sie anschließend noch ein Stündchen im ‚Alt-Wiener Kaffeehaus' am Graben. Wie im Café Manes umgab sie auch hier eine Atmosphäre wie im kaiserlichen Österreich. Dem Stil des Hauses angemessen bediente ein Ober in schwarzer Livrée die ‚feinen Herrschaften' auf das Höflichste. Florian und Jana nahmen diese Rolle belustigt an und bestellten zwei Tassen Mokka und dazu die berühmte Wiener Sachertorte. Als man sich schließlich mit einem ‚leisen Servus' verabschiedete, sagte der Kellner in seinem köstlichen böhmischen Dialekt zu Jana: „Küss' die Hand, gnädige Frau." Als moderne junge Frau fühlte die sich absolut nicht wie eine feine Dame der Prager ‚High Society', und sie musste sich auf die Lippen beißen, um nicht vor Lachen zu platzen.

Da es nun so spät geworden war, fanden es Florian und Jana besser, zusammen in Oscars und Františeks Studentenbude in Strahov zu übernachten als bei Nacht und Nebel nach Dobřichovice hinauszufahren. Da man sich kurzfristig dazu entschlossen hatte, war die ‚gnädige Frau' nicht darauf eingestellt. Florian amüsierte sich köstlich, als er die Freundin in seinem Ersatz-Schlafanzug sah. In angeregter Stimmung legten sie sich ins Bett und spielten die schönsten Szenen nach, die sie im ‚Laterna Magica' gesehen hatten. Und wie in dem Theaterstück verzichteten sie auf die allerletzte Erfüllung, denn Florian wusste inzwischen, dass sich Jana erst ihrem zukünftigen Ehemann ganz hingeben wollte. Er respektierte dies und war darüber keineswegs enttäuscht. Im Gegenteil, er achtete sie deswegen umso mehr. Sie war anders als die anderen jungen Frauen, mit denen er bisher engeren Kontakt hatte. Er bewunderte Janas

Charakterstärke und Standfestigkeit. Sie war das glatte Gegenteil des Bildes, das sein Vater von den Tschechinnen gezeichnet hatte.

Am Morgen blieben Florian und Jana so lange im Bett liegen, bis sie der Elf-Uhr-Schlag der nahen Kirche aus den Federn holte. Sie richtete sich mit seinen wenigen Toilettenutensilien her und verzichtete notgedrungen auf Lippenstift, Lidschatten und Wimperntusche. Wie sehr freute er sich, als sie in seinem Pyjama vor dem Spiegel stand und seine Zahnbürste benutzte!

Zum Mittagessen gingen die Verliebten in das reizende Restaurant ‚Savarin', das etwas versteckt in einer Passage am Wenzelsplatz lag. Dort wurden allerlei Köstlichkeiten der österreichischen Küche, angefangen vom Palatschinken bis zu den Marillenknödeln serviert. Auch die typisch böhmischen Gerichte ‚husa' und ‚kačna', Gans und Ente, die Florian so mochte, standen auf der Speisekarte. In der behaglichen Atmosphäre des ‚Savarin' schmeckte das feine Essen einfach köstlich.

Am Nachmittag stand ein Besuch bei Janas Bruder Miroslav auf dem Programm, der mit seiner Frau Renata und dem Töchterchen Martina im Prager Stadtteil Vinohrad wohnte. Anders als Herr Jagr senior waren der Junior und seine Gattin nicht mit Vorurteilen belastet. Man fand sich gegenseitig gleich sehr sympathisch und verbrachte miteinander einen gemütlichen Nachmittag bei Kaffee und selbst gebackenem Buchweizenkuchen. Großen Spaß hatte Florian mit Martina. So ähnlich musste wohl Jana als kleines Mädchen ausgesehen und agiert haben! Eine Weile klammerte sich Martina noch an den Rockzipfel der Mutter und fragte ängstlich: „Mama, warum spricht der Mann so komisch?" Mit der Zeit taute sie auf und setzte sich bald auf Florians Schoß. Der Gast aus ‚Nemecko' sang ihr das Kinderlied ‚Hoppe, hoppe Reiter' vor und ließ sie beim ‚fällt er in den Graben' hinuntergleiten, um sie dicht über dem Boden wieder aufzufangen. Die Kleine jauchzte vor Freude und konnte gar nicht genug bekommen von dem lustigen Spiel. Plötzlich deutete sie zum Schlafzimmer hinüber, dessen Tür offen stand, und sagte zu Florian: „Černa kočka spi na postele"- die schwarze Katze schläft auf dem Bett. Diesen Satz wiederholte sie mehrmals. Florian sprach ihn nach und vergaß ihn sein Leben lang nicht. Dann fasste ihn Martina an der Hand und führte ihn ins Schlafzimmer. Dort streichelten sie die schwarze Katze. Als sie zurückkamen, wollte Miroslav wissen, ob er außer dem soeben gelernten ‚Černa kočka spi na postele' noch andere Sätze auf Tschechisch wisse. Florian überlegte nicht lange, gab den Zungenbrecher ‚strč prst skrs krk'- ‚steck den Finger in den Hals' zum Besten und erntete damit viel Beifall. Dann folgten ‚stary osle' – ‚alter Esel' und ‚drš hubu' – ‚halt's Maul', und die Zuhörer applaudierten und wunderten sich, dass ein Nicht-Tscheche all die schwierigen Laute recht ordentlich aussprechen konnte. Gerne hätte Florian noch weitere Kostproben seines Könnens gegeben, doch er zögerte. Sollte er es sagen? Renata bemerkte sein hintergründiges Lächeln und fragte:

„Ich glaube, du weißt noch mehr! Dann verrat' es uns bitte! Wir sind doch hier unter uns!"

Nun überwand Florian seine Zurückhaltung und sagte schnell:

„Daj mnje hubičko!", wörtlich übersetzt ‚Gib mir Mäulchen', wobei mit dem ‚Mäulchen' natürlich ein Kuss gemeint ist.

Renata lachte und fragte neugierig: „Wer hat dir das beigebracht?"

„Jana natürlich, wer sonst?", erwiderte Florian und seine Gastgeber bogen sich vor Lachen.

Der Nachmittag bei Miroslav und Renata war so harmonisch verlaufen, und Florian fühlte sich schon ein wenig der Familie zugehörig. Janas Zuneigung machte ihn glücklich. Sie war sympathisch, hübsch, intelligent, gebildet, charmant und als Tschechin eröffnete sie ihm eine ganz neue, interessante Welt. Eine solche Frau hatte er noch nie getroffen und manchmal dachte er, sie könnte seine Partnerin fürs Leben werden.

Auch bei der Abschiedsfeier am Abend in Strahov kamen nochmal große Gefühle auf. Oscar und František waren bereits in Begleitung ihrer gemeinsamen Freundin Jitka aus Budweis eingetroffen. Die beiden waren so gutmütige Kerle, dass sie sich sogar ein Mädchen teilen konnten. Man erzählte von den Erlebnissen während der Osterwoche und unterhielt sich über die Aufbruchstimmung, die im Lande herrschte. Oscar und František trauten der Sache nicht so recht. Sie zweifelten daran, ob sich Dubček und Svoboda auf die Dauer gegen die orthodoxen Kommunisten und dem Druck aus Moskau behaupten konnten. Wie lange noch würden die Sowjets die Liberalisierung dulden? Florian bestärkte seine tschechischen Freunde in der Hoffnung auf eine bessere Zukunft, indem er argumentierte, die Geschichte zeige, dass am Ende immer die Freiheit gegen die Gewaltherrschaft siege. Als die Flasche Wein zur Neige ging, die Florian bis zuletzt in seinem Gepäck aufbewahrt hatte, war es bereits wieder zu spät geworden, um Jana nach Dobřichovice zurückzubringen, und so verbrachten sie eine Nacht zu fünft in Strahov. Oscar, František und Jitka freuten sich darüber sehr und bestanden darauf, dass Florian und Jana im Bett schliefen, während sie mit dem Sofa und einem Lager auf dem Boden vorliebnahmen. Diese Großzügigkeit, diese Kameradschaft, dieser Uneigennutz gefiel Florian sehr.

Der Ostermontag brach an. Die Stunde des Abschiednehmens war gekommen. Oscar und František schenkten Florian eine Schallplatte mit zwei Sinfonien von Dvořak. Damit machten sie ihm eine große Freude. In der Hoffnung auf ein Wiedersehen sagte er zuletzt:

„Ihr könnt jetzt frei reisen! Nutzt doch die Gelegenheit und besucht mich in Deutschland! Ich lade euch herzlich ein!"

Ein fester Händedruck, eine freundschaftliche Umarmung, dann trennte man sich und Florian fuhr mit

Jana nach Dobřichovice zurück. Vor ihrem Elternhaus angekommen, bat sie ihn, noch einen Moment im Auto zu warten. Mit schnellen Schritten verschwand sie hinter dem Gartentor und kam kurze Zeit später mit einem Päckchen zurück. Es enthielt ein Büchlein über Prag und eine Schallplatte mit Smetanas sinfonischer Dichtung ‚Die Moldau'. Reich beschenkt und glücklich über Janas Versprechen, ihn bald in Stuttgart zu besuchen, trat Florian die Heimreise an. Diesmal nahm er nicht die direkte Route über Pilsen und Nürnberg, sondern machte einen Umweg nach Süden in Richtung Budweis. In einem Dorf wurde gerade ein Fest gefeiert. Florian setzte sich zu den Leuten an den Biertisch. Eine Trachtengruppe unterhielt die Gäste mit Volkstänzen. Dazu spielte eine Blaskapelle die leicht beschwingten böhmischen Polkas, und Florian glaubte, in einer Melodie Anklänge an den ‚Bauerntanz' aus Smetanas ‚Moldau' zu hören. Bestimmt hatte der Komponist auf seiner Wanderung durch Böhmen auch an einem solchen Dorffest teilgenommen und sich von der fröhlichen tschechischen Volksmusik inspirieren lassen.

Durch die dunklen Wälder des Böhmerwaldes setzte Florian seine Reise nach Westen fort. Nahe der Grenze sah er am Straßenrand ein Schild, das ihm den Weg zur Moldauquelle wies. Am Ostabhang des Lusen wanderte er auf federndem Moorboden durch den Tannenwald und erreichte schon bald ein Feuchtgebiet. Überall gluckerte und plätscherte das Wasser. Unter Farnwedeln und Moosen traten feine Rinnsale aus, die sich zu kleinen Bächen und weiter unten zu einem munteren Flüsschen vereinigten. Dies war also die Geburtsstätte der Moldau, des Schicksalsstromes der Tschechen! Eine Weile stand Florian gedankenversunken am grasigen Ufer und schaute dem Wasserstrom zu, der sich leise rauschend über runde Steine ergoss. Noch einmal erinnerte sich Florian an Smetanas Werk, das dieses idyllische Landschaftsbild so meisterhaft in musikalischer Form beschrieb. Florian liebte dieses Land und seine Menschen. Er wusste, bald würde er zurückkommen, doch vorher sollte ihn Jana in Stuttgart besuchen und seine Heimatstadt kennenlernen.

Neues aus Kleinweinheim

Nicht nur in der großen Politik, auch in der kleinkarierten Welt von Kleinweinheim gab es in diesen Tagen einschneidende Veränderungen. Inzwischen hatte der neue Bürgermeister, ein junger dynamischer Mann namens Geiger, sein Amt angetreten. Er brachte frischen Schwung in die Gemeinde. Wie die Lehrerschaft fand auch er die Verhältnisse im alten Schulhaus untragbar, und so entstand oberhalb des Dorfes am Rande der Weinberge ein modernes Gebäude. Alle waren sich einig, das neue Schulhaus war das Schmuckstück der Gemeinde. Uneinigkeit herrschte allein bei der Namensgebung. Eine Fraktion hielt die schlichte Bezeichnung ‚Volksschule Kleinweinheim' für angemessen, die andere vertrat die Meinung, sie müsse dem verstorbenen Dorfschultes zu Ehren dessen Namen tragen. Die andere Seite wiederum hielt dagegen, der ‚Maiers Karle' habe in seiner dreißigjährigen Amtszeit zwar viel für das Dorf getan, aber jemand, der sich zu Tode gesoffen habe, sei kein Vorbild für die Jugend. Die Mehrheit sah in diesem Umstand jedoch keinen Makel, sondern einem Weinort angemessen, und so erhielt der Neubau den Namen ‚Karl Maier-Schule'. An der Einweihungsfeier nahmen viele Honoratioren aus Stadt und Land sowie Ramsauers Nachfolger Gmelin teil. Neben den zahlreichen Festrednern stand auch Florian als Leiter des Schülerchors im Mittelpunkt. Dem neuen Schulrat gefiel der herzerfrischende Gesang und das Spiel auf den Orff'schen Instrumenten, und er erkundigte sich bei Rektor Krause, wer der junge Lehrer sei.

„Das ist unser Kollege Florian Schöllkopf aus Stuttgart, ein sehr tüchtiger Lehrer, der es wie kaum ein anderer versteht, unsere Schüler zu begeistern", lobte Krause, denn er war in Feierlaune und wollte seine Schule in einem günstigen Licht darstellen. Florian trat heran, stellte sich höflich vor, führte ein tiefschürfendes Gespräch über die neuesten pädagogischen Strömungen und hinterließ bei Gmelin den allerbesten Eindruck. Seit seinen Erfahrungen mit Schulrat Hägele, der sich seinerzeit von Krauthausen nach Krummhardt chauffieren ließ, wusste Florian, dass bei der Beurteilung eines Lehrers nicht nur dessen berufliche Fähigkeiten, sondern auch außerschulische Kriterien eine Rolle spielten. Kurz gesagt, es kam darauf an, bei den Vorgesetzten einen guten Eindruck zu hinterlassen. Das war Florian bei seinem Auftritt mit dem Schülerchor und dem anschließenden Gespräch voll und ganz gelungen. Damit standen die Chancen günstig, die ‚Zweite Dienstprüfung' mit Erfolg abzulegen.

Bereits ein halbes Jahr nach der Einweihung des neuen Schulhauses verschlechterte sich Rektor Krauses Gesundheitszustand zusehends. Seine Wutausbrüche traten häufiger und in zunehmend heftigerer Form auf. Florian tat der arme Mann leid, denn man konnte ihn für sein unangemessenes Auftreten nicht verantwortlich machen. Eine Hirnverletzung war die Ursache seiner Gemütsschwankungen, seines Jähzorns, seiner Unberechenbarkeit. So wurde Rektor Krause in allen Ehren in den vorzeitigen Ruhestand verabschiedet. Wieder hielten die Honoratioren ihre Reden, wieder trat Florian mit dem Schülerchor auf und vergrößerte so sein Ansehen bei Schulrat Gmelin. An Krauses Stelle trat der bisherige Konrektor Schittenhelm, ein liebenswerter Mann zwar, jedoch bar aller Führungsqualitäten. Seine unklaren Anweisungen nahmen weder Kollegen noch Schüler ernst. An der Karl Maier-Schule brach das Chaos aus. Unfähig, einen Stundenplan zu erstellen, kam Schittenhelm auf eine bahnbrechende Idee. Er legte auf den Tischen im Lehrerzimmer einen mehrere Quadratmeter großen Plan mit leeren Feldern aus. Dann verteilte er an die Kollegen Kärtchen, die ihr jeweiliges Stundendeputat abdeckten. Auf ein Startzeichen durfte nun jeder, ähnlich wie beim Monopoly-Spiel, seine Karten ins gewünschte Feld legen. Was dabei herauskam, war für den einen ein Grund zum Jubeln, für den anderen schlichtweg eine Katastrophe. Wer rasch handelte, bekam den idealen Stundenplan ohne Hohlstunden und Nachmittagsunterricht. Wer zu spät kam, den strafte das Leben. Er durfte an drei Tagen in der Woche bis zehn Uhr ausschlafen und musste zum Ausgleich dafür dreimal nachmittags kommen. Nachträgliche Änderungen ließ Schittenhelm nicht zu. Wer sich beklagte, der wurde mit der Bemerkung abgeschmettert: „Dann hätten Sie eben schneller legen müssen!"

Es dauerte nicht lange, da bekam das Staatliche Schulamt in Heilbronn Wind von den untragbaren Zuständen, die an der Kleinweinheimer Volksschule herrschten. Gmelin erschien und überzeugte sich selbst, dass die Klagen der Lehrerschaft, der Eltern und der Schüler berechtigt waren. Trotz seines Gesichtsverlustes durfte Schittenhelm weiterhin als Konrektor seinen Dienst tun. Allerdings wurde ihm ein fähigerer Nachfolger vor die Nase gesetzt.

Der neue Rektor hieß Johannes Bächle. Als er sich bei seinem Dienstantritt dem Kleinweinheimer Kollegium vorstellte, atmete alles auf, denn jeder merkte, der Mann besaß die Voraussetzungen, eine Schule erfolgreich zu leiten. Neben seinen fachlichen Fähigkeiten zeichneten ihn vor allem seine menschlichen Qualitäten aus. Stets trat er freundlich und gutgelaunt auf, unterstützte die Kollegen und stand ihnen in schwierigen Situationen bei. Am Abend feierte Bächle seinen Einstand im Gasthaus ‚Ochsen'. Nach dem Essen hielt er eine kurze Ansprache, die er in jovialem Ton mit einigen humorigen Sätzen abschloss:

„Ich bin zwar nicht der große Neckar, sondern nur ein kleines Bächle. Seht deshalb in mir nicht den ‚Großen Vorsitzenden'! Betrachtet mich als euren Freund und Kollegen! Nennt mich einfach ‚Hannes'! Lasst uns auf das Wohl aller und auf gute Zusammenarbeit anstoßen!"

Hatte Florian richtig gehört? Ein Schulleiter, der seinen Untergebenen das ‚Du' anbot, der nicht den großen Boss spielte, der die jungen Kollegen gleichermaßen respektierte wie die älteren. Wo gab's denn so etwas? Dieser Bächle war völlig anders als die Rektoren, mit denen Florian bisher zu tun hatte.

Schon nach wenigen Wochen erfreute sich Johannes Bächle nicht nur bei seinen Lehrern und Schülern, sondern auch bei den Dorfbewohnern großer Beliebtheit. Beim sonntäglichen Gottesdienst begleitete er den Gesang der Gemeinde auf der Orgel. Bisweilen nahm er Florian zu seinen Übungsstunden in die Kirche mit. Wenn Hannes dann die wunderbaren Präludien, Fugen und Toccaten von Bach spielte, dann meinte Florian, der große Meister des Barock säße neben ihm. Wie Johann Sebastian Bach war Johannes Bächle, nomen est omen, nicht nur ein hochbegabter Musiker, sondern auch ein tiefgläubiger Christ. Und wie Bach hatte er viele Kinder – zwar nicht zwanzig wie sein großes Vorbild, aber immerhin sechs. Für eine Familie des zwanzigsten Jahrhunderts eine stattliche Anzahl.

Da Johannes Bächle und Florian Schöllkopf gleichermaßen die Musik, die Kinder und einen ‚guten Tropfen' schätzten, verband sie bald eine enge Freundschaft, die sich im Alltag bei vielerlei Gelegenheiten bewährte. Als Hannes krank darniederlag, vertrat ihn Florian beim sonntäglichen Gottesdienst als Kantor. Im Laufe der Zeit konnte der Junglehrer schon recht gut auf der Orgel spielen, denn Hannes gab ihm bisweilen vertrauensvoll den Kirchenschlüssel, damit er üben könne. Florian intonierte bei dieser Gelegenheit nicht nur Choräle, sondern auch die gängigen Schlager und flotte Rock'n Rolls, und diese in einer Lautstärke, dass die Glasfenster vibrierten. Eines Tages beklagten sich die Anwohner, eine derartige Musik passe nicht in eine Kirche. Florian, der es mit dem Glauben nicht so ernst nahm, sah das zwar ganz anders, aber mit Rücksicht auf sein Ansehen im Dorf spielte er fortan nur noch Stücke, welche die Würde des Gotteshauses nicht verletzten.

Indem Florian als Organist einsprang, tat er seinem Rektor einen großen Gefallen und der zeigte sich auf seine Weise erkenntlich. Unangesagte Schulratsbesuche gab es fortan nicht mehr, denn Bächle informierte den Kollegen stets rechtzeitig, wenn sich Gmelin zur Inspektion angemeldet hatte. So konnte sich Florian gründlich auf die Unterrichtsstunden vorbereiten, Anschauungsmaterial und Lehrmittel bereitstellen, kurzum einen Aufwand betreiben, den der Schulalltag gar nicht zuließ.

Auch bei anderen Gelegenheiten verhielt sich Johannes Bächle sehr kollegial. Einmal verlor Florian auf dem Ausflug einen Schüler. Er rief sofort beim Rektorat an, denn er wusste, sein Chef legte großen Wert darauf, solche Vorkommnisse aus erster Hand und nicht über den ‚Fleckenbatsch' zu erfahren. Es ärgerte ihn, wenn die Leute im Dorf in Schulangelegenheiten besser informiert waren als er. Als nun Florian bei der Rückkehr voller Schuldbewusstsein seinem Rektor berichtete, wie es zu dem peinlichen Vorfall gekommen war, rechnete er mit einer strengen Rüge. Doch Johannes reagierte ganz anders als erwartet und beruhigte Florian mit den Worten:

„Mach' dir keine Sorgen, der Schüler wird schon wieder auftauchen. Ich habe vor zwei Jahren bei einer Radtour zwei Mädchen verloren. Als wir am Abend an der Schule eintrafen, warteten sie schon im Hof auf uns."

„Und mehr hast du mir nicht zu sagen?", erwiderte Florian erstaunt.

„Hast du etwas anderes von mir erwartet, Florian? Soll ich dir vielleicht deshalb den Kopf abreißen oder dich zur Schnecke machen? Ich merke doch, du machst dir selbst große Vorwürfe. Da brauche ich nicht noch einen draufsetzen."

Florian fühlte sich erleichtert. Für ihn war dieser kurze Dialog ein Schlüsselerlebnis. Er wusste, auf seinen Rektor konnte er sich verlassen. Er stand ihm bei, selbst wenn er einen dummen Fehler gemacht hatte. Nicht auszudenken, wie Krause oder der ‚Kippenraucher' reagiert hätten. „So etwas darf überhaupt nicht passieren! Sie haben in sträflicher Weise Ihre Aufsichtspflicht verletzt. Wenn dem Schüler etwas zustößt, kommen wir in Teufels Küche!" So ähnlich hätten ihre Vorwürfe gelautet.

Die Sache ging übrigens gut aus. Als Florian am Abend die Eltern des Jungen anrief, meldete sich der Gesuchte und erklärte seinem Lehrer, er habe von einer Sportgaststätte aus zu Hause angerufen. Dort sei er von seiner Mutter abgeholt worden. Die Eltern gaben allein dem Sohn die Schuld an dem Missgeschick, und der Vater meinte:

„Der ist mit seinen Gedanken immer woanders und achtet gar nicht darauf, wo die anderen hinlaufen.

Neulich haben wir ihn sogar bei einem Familienausflug verloren. Geben Sie ihm eine saftige Strafarbeit, Herr Schöllkopf!"

„Das werde ich nicht tun", entgegnete Florian, „denn er hat sich selbst um den Ausflug gebracht, auf den er sich schon seit Tagen so gefreut hat. Das ist Strafe genug. Außerdem hat er sich vorbildlich verhalten – nicht geheult und herumgeschrien, sondern zu Hause angerufen."

Für Florian wurde es nun höchste Zeit, seine ‚Zweite Dienstprüfung' abzulegen. Die Chancen auf ein gutes Abschneiden waren so günstig wie nie zuvor, denn sein Rektor und der Schulrat betrachteten seine Arbeit mit Wohlwollen. Auch die Kollegen unterstützten ihn und halfen ihm bei der Vorbereitung der Lehrproben. Bei der ersten handelte es sich um eine Physikstunde in Klasse sieben. Es ging um das Hebelgesetz. Die Schüler sollten anhand einer Versuchsreihe die Zusammenhänge zwischen Last und Lastarm, Kraft und Kraftarm erkennen und die Gesetzmäßigkeit selbst formulieren. Dies war der Knackpunkt der Stunde, davon hingen Erfolg oder Misserfolg ab. Kollege Dietrich, der die ‚Sechser' unterrichtete, bot Florian an, er könne die Stunde probeweise an seiner Klasse halten. Zunächst lief alles wie geplant. Je vier Schüler erhielten einen Experimentierkasten und los ging's voller Begeisterung. Sie konstruierten eine Wippe, hängten hier einen Gewichtsstein an und dort einen ab, brachten den Hebel in Balance und wieder aus der Balance und wollten gar nicht mehr aufhören zu spielen. Als Florian das Ende des Experimentierens verkündete und das Hebelgesetz abgeleitet werden sollte, reagierten sie enttäuscht. So sehr sich der Lehrer auch bemühte, mit Fragen wie ‚Was fiel euch auf? Was geschieht, wenn man …? Wann herrscht Gleichgewicht? Was muss man tun, damit …?' das Hebelgesetz aus den Schülern herauszukitzeln, sie konnten keine Zusammenhänge erkennen. Mit seiner Geduld am Ende, verdeutlichte Florian mit Hilfe einer Tafelzeichnung, worauf es ankam, und als immer noch keiner kapierte, leitete er das Hebelgesetz selbst ab. Dies war natürlich der entscheidende Mangel der Stunde. ‚Unterrichtsziel verfehlt' hätte es in der Beurteilung geheißen. Und noch einen weiteren Schwachpunkt bemerkte der Kollege Dietrich, der die Stunde von der letzten Bankreihe aus kritisch verfolgt hatte: Florian steckte ständig die linke Hand in die Hosentasche. Das machte einen denkbar schlechten Eindruck.

Man nahm nun an, die Sechstklässler seien aufgrund ihres Alters von dem Thema überfordert gewesen, und deshalb durfte Florian die Stunde ein weiteres Mal bei den ‚Achtern' halten. Das Ergebnis war wiederum erschütternd. Zwar spielten die Schüler auch diesmal ganz begeistert mit dem Experimentiermaterial, aber das Hebelgesetz erkannten sie nicht, obwohl es vor Jahresfrist bereits behandelt worden war. Sie hatten es schlichtweg vergessen. Zudem steckte Florian noch immer die Hand in die Hosentasche.

Der Kollege Schönleber, Klassenlehrer der ‚Achter', beruhigte Florian und versicherte, bei der Prüfung liefe sowieso alles ganz anders. Außerdem wüsste er, wie man die Mängel abstellen könne. Er kam auf die Idee, die Handarbeitslehrerin zu bitten, sie möge die linke Tasche der Hose zunähen, die Florian bei der Prüfung tragen würde. Dann nahm er den intelligenten, vertrauenswürdigen, obendrein schauspielerisch begabten Siebtklässler Klaus Engelhardt ins Gebet und erklärte ihm, worauf es bei der Prüfungslehrprobe ankam:

„Hör' genau zu, Klaus! Nach den Versuchen sollt ihr das Hebelgesetz selbst erkennen und in Worte fassen. Es lautet ‚Last mal Lastarm gleich Kraft mal Kraftarm'. Kannst du das wiederholen, Klaus? Nein, nicht Kraft-darm und Last-darm, sondern Kraft-arm und Last-arm! Lerne es bitte auswendig! Es steht auch in deinem Physikbuch. Dort kannst du es nachlesen. Nun darfst du es auf keinen Fall zu früh sagen, sonst merkt die Prüfungskommission, dass du es schon vorher gewusst hast. Du musst warten und so tun, als würdest du die Zusammenhänge nach und nach erkennen. Sag' ruhig zwischendurch mal was Falsches. Das ist umso besser für den Unterrichtsverlauf. Am Ende geht dir plötzlich ein Licht auf, und dann sagst du ganz langsam das Hebelgesetz auf. Und mach dazwischen ruhig mal eine Pause, damit man meint, du würdest nachdenken! Hast du das verstanden, Klaus?"

„Klar, ich hab's verstanden, Herr Schönleber. Ich bin doch nicht blöd! Ich mach's genau so, wie Sie's gesagt haben!"

„Prima, Klaus, und eines musst du mir noch versprechen. Du darfst niemandem sagen, was ich dir eben erklärt habe. Kann ich mich auf dich verlassen?"

„Ehrenwort, Herr Schönleber, ich sag' nix!"

Der Lehrer und der Schüler gaben sich die Hand, und der Junge versprach, sich strikt an die Abmachung zu halten.

Der Tag der Prüfung war angebrochen. Am Morgen erschien Schulrat Gmelin an der Kleinweinheimer Schule in Begleitung einer weiteren Amtsperson, des ‚Leitenden Oberschulamtsdirektors' Haas. Als die beiden Herren zusammen mit Rektor Bächle und Florian das Klassenzimmer der ‚Siebener' betraten, sprangen die Schüler von ihren Stühlen auf und leierten in schleppendem Tempo:

„Guuteen Moorgeen, Heerr Schöölkoopf!

„Guten Morgen!", erwiderte Florian freundlich. „Wie ihr seht, haben wir heute Gäste, Herrn Gmelin, Herrn Haas und Herrn Bächle – und die solltet ihr bitte auch begrüßen."

Die Schüler beteten nun artig ihr Sprüchlein herunter: „Guuteen Moorgeen Heerr Bäächlee, guten Moorgeen Heer Gmeeliin, guuteen Moorgeen Heerr Haaaas!"

Der Unterricht begann. Als Einleitung hatte Florian eine Situation aus dem Erfahrungsbereich der Schüler gewählt.

„Sicher habt ihr alle schon einmal drunten auf dem Spielplatz mit der Wippe geschaukelt. Nun möchte die dicke Berta mit ihrem Freund, dem kleinen Fritz, das auch tun. Geht das überhaupt? Sie ist doch viel schwerer als er. Denkt mal darüber nach!"

Die Schüler überlegten. Ein Mädchen meldete sich und meinte: „Nadierlich goht dees, Herr Schöllkopf! Die dicke Berta muaß weider vorna hocka als d'r kloi Fritz!"

„Sehr gut erkannt, Annegret!", lobte Florian. „Und jetzt bauen wir das Modell einer Schaukel und ihr könnt mit Gewichtssteinen ausprobieren, wo die Kinder sitzen müssen, damit sie miteinander schaukeln können."

Die Experimentierkästen wurden verteilt. Alles klappte wie gewünscht. Die Schüler verhielten sich diszipliniert und lernwillig, führten mit Eifer die Versuche durch, und ihr Lehrer stand ihnen hilfreich zur Seite. Doch nun kam die entscheidende Phase, vor der sich Florian fürchtete. Zuerst sah es so aus, als würden die Schüler niemals die Zusammenhänge erkennen, doch nach vielen Irrtümern schälte sich nach und nach die Gesetzmäßigkeit heraus. Zuletzt meldete sich Klaus zu Wort.

„Ich glaub', ich hab's erkannt, Herr Schöllkopf. Wenn ich zwei gleiche Gewichte im gleichen Abstand vom Drehpunkt anhänge, ist der Hebel im Gleichgewicht. Verdopple ich auf einer Seite die Entfernung, so muss ich auf der anderen Seite das Gewicht verdoppeln, damit der Balken wieder waagrecht steht. Verdreifache ich ... vervierfache ich ..."

„Wunderbar, Klaus!", lobte Florian und schrieb die Zahlenverhältnisse an die Tafel. „Und welche Gesetzmäßigkeit kann man daraus ableiten?"

Alle schauten hilfesuchend in die Luft, denn sie hatten gar nichts verstanden. Da meldete sich wieder Klaus zu Wort.

„Jetzt erkenn' ich's ganz klar, Herr Schöllkopf! Wenn man auf beiden Seiten das Gewicht mit dem jeweiligen Abstand vom Drehpunkt multipliziert, und es kommt das Gleiche heraus, dann steht der Balken waagerecht."

„Und wie kann man das noch kürzer sagen, Klaus?"

„Ich versuch's ... Last ... Moment ... Last ... mal ... Lastarm ... lassen Sie mich überlegen, Herr Schöllkopf, gleich hab ich's ... gleich Kraft ... gleich Kraft ... mal Kraftarm ... jetzt ist der Hebel im Gleichgewicht!"

„Phantastisch, Klaus! Du hast das Hebelgesetz selbst entdeckt! Aus dir wird bestimmt einmal ein großer Physiker", lobte Florian überschwänglich. Dabei fiel ihm ein zentnerschwerer Stein vom Herzen. Klaus Engelhardt, dieser schlaue Kopf, hatte ihn gerettet! Gewiss würde er für die rundum gelungene Stunde von der Prüfungskommission eine gute Note bekommen.

Für die zweite Lehrprobe durfte Florian das Thema selbst wählen. Es hieß zwar immer, sogenannte ‚Schaustunden' seien nicht erwünscht. Es genüge vollauf, den Unterricht so zu gestalten, wie er sich im Alltag abspiele. Auch eine ganz gewöhnliche Rechtschreib-, Sprachkunde- oder Rechenstunde sei bestens geeignet. Florian hielt nichts von dieser Empfehlung. Aus seiner Studienzeit wusste er vom Hospitieren nur allzu gut, welch tödliche Langeweile aufkam, wenn es nur zäh voranging, die Schüler nach der zehnten Erklärung ein

Tunwort immer noch nicht von einem Wiewort unterscheiden konnten, sie trotz Einsatz vielfältigen Anschauungsmaterials nicht begriffen, was zehn weniger drei ist. Nein, so konnte man keine Prüfungskommission beeindrucken! Die Lehrprobe musste Abwechslung bieten, Begeisterung wecken!

Nun war Schulrat Gmelin als Frauenheld und Musikliebhaber weithin bekannt. Zudem galt er als begeisterter Tänzer. Auf diese Eigenschaften ließ sich bauen. Was lag also näher, als eine Schaustunde über Smetanas ‚Moldau' zu halten? Zu Beginn seiner Lehrprobe berichtete Florian von seiner Reise nach Tschechien und schwärmte davon, wie schön dieses Land sei und wie sehr er es liebe. Im Grunde liebte er Jana, aber sie erwähnte er natürlich nicht. Dann erzählte er von einem Mann namens Friedrich Smetana, der vor hundert Jahren in Böhmen gelebt habe. Weil auch er sein Land und seine Bewohner liebte, sei er an der Moldau entlang von der Quelle bis zur Mündung gewandert. Unterwegs habe er viel erlebt, und nun gebe er seine Eindrücke wieder – nicht in Worten, auch nicht in Bildern, sondern in musikalischer Form. Florian stellte an der Tafel sieben selbstgemalte Szenen auf, die sich auf die einzelnen Stationen von Smetanas Wanderung bezogen: Die Quelle, die Jagd im Böhmerwald, die Bauernhochzeit, den Nymphentanz, die Stromschnellen, die königliche Stadt Prag und die Mündung in die Elbe.

„Leider sind die Bilder durcheinandergekommen, und ihr sollt mir helfen, sie wieder in die richtige Reihenfolge zu bringen!", erklärte Florian. „Ihr hört nun Smetanas Musik. Vielleicht erkennt ihr die Bilder, die zu den einzelnen Abschnitten passen."

Mit dieser einfachen Anweisung weckte Florian das Interesse der Schüler und regte sie zum genauen Hinhören an. Er legte Janas Schallplatte auf und alle spitzten die Ohren. Dann durften die Kinder einzeln nach vorne kommen. Meistens konnten sie auf Anhieb die Musik dem entsprechenden Bild zuordnen. Die drei Männer der Prüfungskommission, ergriffen von den schönen Klängen, staunten über die Fähigkeiten der Kinder und schrieben sie dem guten Musikunterricht ihres Lehrer zu.

Als krönenden Abschluss der Stunde hatte sich Florian einen ganz besonderen Gag einfallen lassen. Er erzählte, wie er auf den Spuren Smetanas auch zu einem Dorffest gekommen sei und mit den Leuten Polka getanzt habe. Noch einmal ließ er den ‚Bauerntanz' ablaufen, und schon hüpften einige Kinder über das Parkett – zuerst einzeln, dann paarweise die Mädchen, schließlich auch die besonders couragierten Jungen, den Spott der Klassenkameraden nicht beachtend, mit der Gretel und der Marie. Bevor der Bauerntanz zum zweiten Mal erklang, gab Florian einer auffallend hübschen und unerschrockenen Schülerin ein Zeichen, sie solle Herrn Gmelin zum Tanz auffordern, der warte schon lange darauf. Sie reichte dem Schulrat die Hand, und der tanzte voller Begeisterung mit ihr Ringelreihen! In diesem Augenblick wusste Florian: Du hast die Prüfung mit Bravour bestanden!

Kaum hatten die hohen Herren vom Staatlichen Schulamt die Karl Maier-Schule verlassen, sah sich Florian von seinen Kollegen umringt.

„Wie war's? Wie ist die Physikstunde gelaufen, vor der du solche Angst hattest?"

„Optimal ist's gelaufen! Klaus Engelhardt konnte sogar das Hebelgesetz ableiten!", erwiderte Florian glücklich.

Nun trat der Kollege Schönleber ganz nahe an Florian heran und sagte ihm hinter vorgehaltener Hand:

„Übrigens habe ich Klaus vorher informiert, wie das Gesetz lautet und wie er sich verhalten soll, damit niemand etwas merkt!"

„Du bist mir ja ein schöner Spitzbube! Du hast mir die Physikstunde gerettet! Ich danke dir!", lachte Florian. Dann ging er aufs Rektorat zu dem lieben Hannes, der ihn voller Freude an sich drückte und herzlich beglückwünschte. Entgegen der Dienstvorschrift holte er die Cognacflasche aus der Schreibtischschublade, die dort zwischen den amtlichen Unterlagen ‚für besondere Notfälle' bereitstand, füllte die Schnapsgläser und stieß mit Florian auf den erfolgreichen Verlauf der Prüfung an.

„Eigentlich ist es ja nicht erlaubt, im Dienst Alkohol zu trinken", meinte Hannes, „aber wenn man jetzt nicht mit einem Gläschen Chantree anstoßen darf, wann dann? Deine Stunden waren einfach umwerfend, mein Lieber, unterhaltsamer als manches Theaterstück in der ‚Komödie im Marquardt'! Dass Gmelin am Schluss mit dem Mädchen getanzt hat, war die absolute

Krönung. Und eins möchte ich dir auch noch sagen. Manchmal konnte ich mir nur mit Mühe das Lachen verkneifen, denn du hast ständig versucht, deine linke Hand in die Hosentasche zu stecken, aber es ging offenbar nicht. Das sah wirklich komisch aus! Sicher bist du nun gespannt auf deine Note. Laut Dienstverordnung darf das Prüfungsergebnis leider nur durch ein Schreiben des Staatlichen Schulamts übermittelt werden und das kann fünf bis sechs Wochen dauern. Darum verrate ich dir auch nicht, dass deine Lehrproben mit einer glatten Eins bewertet wurden. Hast du mich verstanden, Florian?"

„Klar, Hannes, du hast doch gar nichts gesagt, und ich habe auch gar nichts gehört!"

Eine Tschechin im Schwabenland

„Und sie kommt mir nicht ins Haus und damit basta!", schrie Friedrich Schöllkopf mit hochrotem Kopf, als er mit seiner Frau und seinem Sohn beim Nachmittagstee auf dem Balkon saß. Warum nur regte er sich so auf? Was war geschehen? Gerade hatte er erfahren, Florians tschechische Freundin Jana Jágrova würde aus Prag anreisen und die Pfingstferien im Schwabenland verbringen. Die neue Politik des ‚Prager Frühlings' hatte den Tschechen neben vielen anderen Erleichterungen auch die Reisefreiheit beschert. Wer das Land verlassen wollte, erhielt ein Touristenvisum und die Menschen standen nun in langen Schlangen vor den Botschaften und Konsulaten der Nachbarländer an. Unter den Wartenden befand sich auch Jana. In ihrem jüngsten Brief hatte sie Florian mitgeteilt, endlich sei es ihr gelungen, den ersehnten Sichtvermerk zu bekommen. Nun sei sie glücklich, in den Westen reisen zu dürfen. Florians Freude, die Freundin wiederzusehen, wurde leider durch die ablehnende Haltung seines Vaters etwas getrübt. Wie gerne hätte er Jana seinen Eltern vorgestellt! Die Mutter wusste um das Anliegen des Sohnes und versuchte, ihren Mann umzustimmen, indem sie mit Engelszungen auf ihn einredete.

„Sie ist doch die Freundin deines Sohnes. Da kannst du nicht so ablehnend reagieren. Es ist einfach ungerecht, wenn du deinen Hass auf die Tschechen auf die beiden jungen Leute überträgst. Die können doch nichts dafür, was vor dreißig Jahren passiert ist. Es ist auch völlig egal, woher sie kommt. Hauptsache, sie ist eine sympathische, tüchtige Person. Also sei nicht so hartherzig! Gib dir einen Ruck und begrüße sie freundlich, wenn sie kommt. Tu' es Florian und mir zuliebe!"

„Das kannst du nicht von mir erwarten!", erwiderte Friedrich Schöllkopf unnachgiebig, aber seine Stimme klang, als seien die Mahnungen seiner Frau doch nicht ganz spurlos an ihm vorübergegangen.

„Na gut, von mir aus kann sie kommen, aber dann gehe ich eben!", sagte er in einem Ton, als mache er das allergrößte Zugeständnis.

Es war ein regnerischer Tag, als Jana in Stuttgart ankam. Laut Fahrplan sollte der Nachtexpress aus Prag morgens um halb zehn in den Hauptbahnhof einlaufen. Florian wartete schon seit über einer Stunde auf dem Bahnsteig von Gleis elf und noch immer tat sich nichts. Erwartungsvoll blickte er hinaus in das Regengrau und auf das verschlungene Gewirr der Gleise, durch das sich in regelmäßigen Abständen ein Zug schlängelte. „Das muss er sein!", dachte Florian jedes Mal und stellte dann enttäuscht fest, dass die Züge aus Plochingen und Tübingen, München und Frankfurt kamen. Wo war der Nachtexpress aus Prag nur geblieben? War er an der Grenze aufgehalten worden? Hatte es unterwegs ein technisches Problem gegeben? Endlich erscholl aus dem

Lautsprecher die Durchsage: „Der Schnellzug aus Prag über Pilsen – Nürnberg fährt in Kürze auf Gleis elf ein. Bitte zurücktreten von der Bahnsteigkante!" Wie eine schier endlose Riesenschlange näherte sich das Ungetüm, der Nachtexpress aus Prag. Bremsen quietschten, der Zug kam zum Stillstand, die Wagen spuckten eine Flut von Reisenden aus. Viele von ihnen schleppten schwere Koffer, Kisten und Säcke, als kämen sie aus einem Flüchtlingslager. Eine Weile hielt Florian vergeblich in dem nicht endenden Menschenstrom nach Jana Ausschau, und als sich das Getümmel bereits lichtete, entdeckte er sie ganz in seiner Nähe. Er eilte ihr entgegen, die Wiedersehensfreude überwältigte die beiden jungen Menschen, und sie lagen sich lange in den Armen, blickten sich an und küssten sich.

„Wie schön, dass du gekommen bist!", sagte Florian schließlich, nachdem die erste, stürmische Gemütsaufwallung etwas abgeflaut war. „Wie war die Fahrt? Bist du müde?"

„Es war sehr anstrengend", berichtete Jana. „Der Zug war total überfüllt. Ich musste die ganze Strecke von Prag bis nach Nürnberg stehen, denn es gab keine Platzkarten mehr. An der Grenze bei Zelená Ruda – oder Bayerisch Eisenstein, wie ihr sagt – gab es einen Aufenthalt von über zwei Stunden. Wir mussten mitten in der Nacht aussteigen, und das Gepäck wurde auf dem Bahnsteig von eurer Grenzpolizei ganz penibel untersucht. Das Durcheinander war unbeschreiblich. Schließlich saßen alle wieder auf ihren Plätzen und es ging weiter. Die Leute reisen jetzt in Massen, als sei dies die letzte Gelegenheit, in den Westen zu kommen."

Dann liefen Florian und Jana zum Parkplatz am Nordausgang des Bahnhofs hinüber. Mit der linken Hand trug er ihren Koffer, den rechten Arm hatte er um ihre Schultern gelegt. Auf der Fahrt in den Stuttgarter Osten schien ihre Müdigkeit mit einem Mal wie weggeblasen, und sie kam aus dem Staunen nicht mehr heraus. Welch eine schöne Stadt! Diese herrliche Lage in einem Tal, rundum die Höhen und dazu die wohlgepflegten Häuser, Gärten, Anlagen und Straßen, auf denen so viele schicke Autos fuhren! Florian konnte sich vorstellen, wie diese Luxuswelt jemanden beeindruckte, der nur die Mangelwirtschaft kannte, die jenseits des ‚Eisernen Vorhangs' herrschte. Janas Begeisterung wirkte ansteckend und so freute er sich mit ihr, obgleich die bevorstehende Ankunft ein beklemmendes Gefühl in ihm auslöste. Als sie in die Straße einbogen, in der sein Elternhaus lag, stand seine Mutter auf dem Balkon und winkte ihnen zu. Schon zwischen Gartentor und Haustür kam sie den Ankommenden entgegen, schloss Jana wie eine Tochter in die Arme und hieß sie in ihrem Haus herzlich willkommen. Wenig später saß man zu dritt im Balkonzimmer und unterhielt sich angeregt. Es gab ja so viel zu erzählen! Der Hausherr ließ sich lange Zeit nicht blicken. War er weggegangen? In die Kneipe gegenüber geflüchtet? Aber nein, er lag auf dem Sofa nebenan im Wohnzimmer und las, wie seinerzeit Janas Vater, die neuesten Nachrichten.

Von wenigen Ausnahmen abgesehen, hielt Florian schon immer Frauen für bessere Menschen als Männer, und nun fand er seine Meinung erneut bestätigt. Sie besaßen mehr Einfühlungsvermögen und waren weniger aggressiv als das sogenannte ‚stärkere Geschlecht'. Seine Mutter und Frau Jágrova handelten aus dem Gefühl heraus, ließen Vergangenheit Vergangenheit sein und sahen allein die Gegenwart. Da waren zwei junge Menschen, die sich liebten. Was konnten die dafür, dass sie zufällig zwei Nationen angehörten, die früher miteinander verfeindet waren? Wurde es nicht endlich Zeit, sich zu versöhnen? Die Männer dagegen pflegten ihren Hass auf den einstigen Kriegsgegner und waren nicht bereit zu verzeihen. Eigentlich hätte Florian das Verhalten seines Vaters peinlich berühren müssen, doch als er daran dachte, wie sich Herr Jagr damals in Dobřichovice aufgeführt hatte, fühlte er sich ein wenig erleichtert. Die Sache stand pari. Niemand außer den beiden alten Herren brauchte sich zu schämen.

Ein ganz banaler Vorgang brachte schließlich doch eine Veränderung in der Einstellung von Florians Vater. Irgendwann verspürte er ein dringendes Bedürfnis, und der Weg zur Toilette führte durch das Balkonzimmer. Nun blieb ihm nichts anderes übrig als in den sauren Apfel zu beißen. Kaum hatte er sein Refugium verlassen, da erblickte er auch schon die schöne Tschechin, und als diese ihn freundlich anlächelte, da schmolz das Eis in seiner Seele wie frisch gefallener Schnee in der Frühlingssonne. Sollte er weiterhin seine schlechten

Gedanken pflegen? Seine Frau tat das, was er insgeheim erhoffte, indem sie ihn bat, er möge neben Florian und Jana Platz nehmen. Bei dem ersten zaghaften Gespräch lernte er die junge Frau näher kennen, und sie gefiel ihm ungeachtet ihrer Herkunft. Bekanntlich soll es vorkommen, dass Vater und Sohn den gleichen Geschmack haben. Schritt für Schritt kroch er nun aus seinem Schneckenhaus heraus.

„Wissen Sie, Fräulein Jágrova, ich habe mich früher schon einmal längere Zeit in ihrem Land aufgehalten und kenne Prag, Kolin, Kutna Hora und all die anderen schönen Städte sehr gut", begann er das Gespräch und fuhr dann in lockerem Plauderton fort, von seinen Erlebnissen in Tschechien zu erzählen. Dass er der Invasionsarmee angehörte und als Besatzungssoldat an verschiedenen Orten stationiert war, erwähnte er mit keinem Wort, denn er wollte nicht in ein Fettnäpfchen treten. Florian fragte sich, wie es zu dieser Kehrtwendung kommen konnte. Hatten die Bitten der Mutter vielleicht doch gefruchtet? Oder plagte ihn das schlechte Gewissen, wenn er daran dachte, was die deutschen Truppen dem tschechischen Volk angetan hatten? Was war plötzlich in ihn gefahren? Nun holte er auch noch eine Flasche Wein aus dem Keller, schenkte ein und erhob das Glas auf das Wohl seiner Frau, seines Sohnes und des Gastes aus Tschechien. So aufmerksam verhielt er sich gewöhnlich nur bei ganz besonderen Anlässen. Plötzlich wurde Florian klar, wer die wundersame Verwandlung bewirkt hatte: Jana! Zuletzt bot der Vater dem ‚vaterlandslosen Gesellen' und seiner Freundin sogar an, sie könnten in seinem Haus übernachten, doch sie wollten lieber nach Kleinweinheim fahren. Dort waren sie ungestört und Jana konnte sich von der anstrengenden Zugfahrt erst einmal gründlich ausruhen. Gerne überließ er ihr sein Bett und richtete sich ein Nachtlager auf dem Boden her. Bald hörte er nur noch ihre tiefen und gleichmäßigen Atemzüge. Sie war eingeschlafen, während er vor lauter Glück lange keine Ruhe fand. Es kam ihm vor wie ein Traum, sie in seiner gewohnten Umgebung so nahe bei sich zu haben.

In den folgenden Tagen wanderten Florian und Jana durch die Wälder und Weinberge in der Umgebung von Kleinweinheim. Voller Freude liefen sie am Neckar entlang oder über die Felder und Streuobstwiesen zum romantischen Schlösschen Amorstein, das er damals mit Rudi, Anna und dem Pudel Jakob besucht hatte. Ein längerer Ausflug führte sie nach Esslingen, der ‚Freien Reichsstadt', aus der ein Zweig ihrer Vorfahren stammte. Sie näherten sich dem Neckartal von den Fildern her und hielten an einer Aussichtsplatte auf dem Zollberg an. Welch ein prachtvolles Panorama bot sich ihnen! Über den dicht gedrängten Dächern der Altstadt erhob sich die Burg mit dem Wehrgang und dem ‚Dicken Turm'. Einige weitere Türme umsäumten das Oval der mittelalterlichen Stadt. Mehrere Kirchen ragten aus dem Labyrinth der Gassen empor. Direkt unter ihnen floss der Neckar vorüber, überspannt von der siebenbogigen Pliensaubrücke.

„Die Stadt erinnert mich an Prag!", rief Jana begeistert aus. „Es kommt mir vor, als wären dort drüben die Moldau und die Karlsbrücke, der Pulverturm und der Hradschin!"

„Fehlen nur noch der Veitsdom und die Theinkirche!", fügte Florian lachend hinzu. Fortan gab es für ihn im Schwabenland neben Schwäbisch Gmünd und Schwäbisch Hall auch noch ‚Schwäbisch Prag'.

Anschließend fuhren Florian und Jana die steile Kirchsteige hinunter und stellten den Wagen in der Pliensauvorstadt ab. Auf der mittelalterlichen Brücke überquerten sie den Neckar und liefen über die ‚Innere Brücke' bis zu dem von stattlichen Fachwerkhäusern umgebenen Marktplatz. Am meisten gefiel der jungen Tschechin der siebenstöckige Fachwerkbau der reichen Kaufmannsfamilie Kielmeyer und das historische Rathaus. Florian erinnerte sich, dass er dieses altehrwürdige Gebäude schon in seiner Kindheit als Papiermodell gebastelt hatte. So kannte er es bis ins kleinste Detail, angefangen von dem reichsstädtischen Wappen mit dem schwarzen Adler bis hin zu der großen astronomischen Uhr an der Giebelseite. Die beiden Ausflügler warteten den Fünf-Uhr-Schlag ab und sahen zu, wie sich die Figuren auf einer Scheibe im Kreis bewegten. Dann bummelten sie kreuz und quer durch die engen Gassen der Altstadt und Florian zeigte der Freundin das Geästel der Wasserläufe von ‚Klein-Venedig', das direkt über dem Wasser erbaute Wohnhaus und die Mühlräder, die sich knarrend um ihre Achse drehten. Erneut fiel Jana auf, wie sehr sich Esslingen und die tschechische Hauptstadt ähnelten, denn auch auf der Prager ‚Kleinseite' gab es ein altes Mühlrad und ein Viertel, das man ‚Klein-Venedig' nannte. Vorbei an der Sektkellerei Kessler und an vielen stattlichen Gasthäusern, Kirchen und Pfleghöfen, die von der einstigen Bedeutung der Stadt zeugten, erreichten sie den überdachten Treppenaufgang, der das Beutauviertel mit der Burg verbindet. Voller Übermut rannte Jana die steilen Stufen hinauf, wohl um zu sehen, wie schnell ihr der Freund folgen könne. Auf halbem Wege nach oben holte er sie ein, und noch ganz außer Atem drückte er sie neben einer Schießscharte an die Mauer und küsste sie auf den Mund. Lange standen sie dort im Halbdunkel unter dem schützenden Dach des Wehrgangs, bis sie von einer Gruppe Jugendlicher gestört wurden. Mit wenigen Schritten erreichten sie den oberen Burghof. Von dieser Seite aus war der Ausblick ebenso eindrucksvoll wie gegenüber vom Zollberg. Nun war sie zurückgekehrt in die Stadt ihrer Vorfahren, und das musste mit einem edlen Tropfen begossen werden. Florian zog aus seiner Jackentasche eine Flasche ‚Kessler Hochgewächs', die er zuvor rasch im Ladengeschäft der Kellerei gekauft hatte. Mit lautem Knall schoss er den Korken in den Weinberg hinab, worauf die Hunde in den nahen Häusern anschlugen. Dann tranken sie das prickelnde Getränk in kräftigen Schlucken bis auf den letzten Tropfen. Leicht besäuselt kehrten sie in die Altstadt zurück und verbrachten den Abend im urgemütlichen Keller des Gasthauses ‚Zum Einhorn'. Beim Kerzenschein unter dem Gewölbe wirkte der feine Esslinger Wein besonders anregend. An diese Stunden voller Romantik und Liebe erinnerten sich Florian und Jana auch später immer noch gerne.

Man mag es kaum glauben, aber fast wäre es zu guter Letzt zu einem Zerwürfnis zwischen Florian und seiner Freundin gekommen. In den letzten Tagen vor ihrer Rückkehr nach Prag wollte Jana noch das eine oder andere flotte Kleidungsstück kaufen. Als sie nun mit Florian durch die Stuttgarter Königstraße von Geschäft zu Geschäft lief, entdeckte er ganz überraschend in der Menge seinen früheren Schulkameraden Karl-Otto Sauter. Seit Jahren hatte man sich nicht mehr gesehen, und so gab es viel Gesprächsstoff. Während der Unterhaltung schielte Karl-Otto ständig zu Jana hinüber, und da er sie bildhübsch fand, hätte er sie gerne näher kennengelernt. Also schlug er vor, das unverhoffte Wiedersehen auf einem Sonntagsausflug miteinander zu feiern. Er würde seine Freundin Susanne mitbringen, und zu viert hätte man sicherlich viel Spaß miteinander. Nun war diese Susanne gar nicht seine Freundin, sondern nur eine lockere Bekanntschaft und zudem eine zwar sympathische, aber eher unattraktive Person. Karl-Otto hatte das gemeinsame Sonntagsvergnügen mit dem Hintergedanken vorgeschlagen, Susanne gegen die schöne Tschechin einzutauschen. In seiner Arglosigkeit durchschaute Florian die böse Absicht des früheren Klassenkameraden nicht, und da er kein Spielverderber sein wollte, verabredete man sich zu einer Schifffahrt auf dem Neckar.

Am folgenden Sonntagmorgen traf sich das Quartett in Bad Cannstatt an der Anlegestelle bei der ‚Wilhelma'. Langsam tuckerte die ‚Berta Epple' stromabwärts. Idyllische Flusslandschaften mit steilen, felsbekränzten Weinbergen und dunklen, waldbestandenen Steilhängen zogen vorüber. In engen Schlingen reichte die Breite des Flusses gerade noch aus, dass zwei Schiffe aneinander vorbeikamen. Dann weitete sich das Tal und das Boot glitt gemächlich zwischen Äckern und Streuobstwiesen dahin. Selbst die langen Aufenthalte in den Schleusen zwischen algengrauen Spundwänden empfanden die Ausflügler als interessante Abwechslung. In Besigheim stiegen sie aus und schlenderten durch die malerische Altstadt, die sich auf einem schmalen Bergsporn zwischen Neckar und Enz erstreckt. Dann kehrten sie in einer typisch schwäbischen Besenwirtschaft ein, wo die Gäste ihre ‚Viertele' schlotzten und volkstümliche Lieder sangen. Jana wunderte sich, dass die Schwaben den Wein aus gläsernen Henkeltassen tranken und sich in der gemütlichen Stube so aufgeschlossen wie lebenslustige Südländer benahmen.

Am späten Nachmittag bestiegen Karl-Otto, Susanne, Florian und Jana, jeder mehr oder weniger betrunken, wieder das Ausflugsboot. Die Sonne sank tiefer und tiefer und zauberte ein glitzerndes Lichtband auf das im Abendwind sich kräuselnde Wasser. Die Stimmung an Bord schlug hohe Wellen. Die vier jungen Ausflügler saßen auf dem vorderen Aussichtsdeck und jeder flirtete mit jedem – Jana mit Florian, Florian mit Susanne,

Susanne mit Karl-Otto und Karl-Otto besonders intensiv mit Jana. Benebelt vom Alkohol merkte Florian gar nicht, wie der ehemalige Schulkamerad seine Freundin immer mehr bedrängte und bald jede Zurückhaltung ablegte. Die Sonne ging gerade unter, als auf dem hinteren Deck eine Kapelle zum Tanz aufspielte. Karl-Otto nutzte die Gelegenheit, um Jana zu entführen. Florian wurde stutzig. Warum kamen die beiden so lange nicht zurück? Misstrauisch geworden, lief er an der Reling entlang zum Heck des Schiffes. Als er um die Ecke zur Tanzfläche einbog, bot sich ihm eine Szene, die ihn völlig aus der Fassung brachte. Karl-Otto hielt Jana umschlungen, drückte sie gegen die Bordwand und war eben im Begriff, sie zu küssen! Als die beiden Florian erblickten, erschraken sie und trennten sich blitzschnell. Eine gefährliche Mischung aus Eifersucht und Trunkenheit brachte Florian augenblicklich dermaßen in Rage, dass er dem dreisten Nebenbuhler am liebsten an den Kragen gegangen wäre, doch er beherrschte sich und beschimpfte ihn statt dessen mit einem Schwall von üblen Ausdrücken. Nun versuchte Karl-Otto, sich zu verteidigen und goss damit noch mehr Öl ins Feuer.

„Ich habe doch nur… es war ein Missverständnis… ich wollte doch gar nicht… bitte versteh' mich!", stammelte er, doch Florian ließ sich nicht besänftigen und schrie ihn an:

„Du hast mich hintergangen, du elendes Dreckschwein! Ich will dich nie mehr wiedersehen!", und zu Jana gewandt, die etwas abseits stand und weinte, sagte er in bitterbösem Ton: „Am besten, du nimmst die nächste Straßenbahn zum Bahnhof und fährst noch heute Abend dorthin zurück, wo du herkommst!"

Mit tränenerstickter Stimme versuchte sie zu erklären, wie es so weit kommen konnte: „Wir haben ganz normal miteinander getanzt... plötzlich hat er mich an die Wand gedrückt und wollte mich küssen... ich konnte mich gar nicht wehren... alles ging so schnell... und ausgerechnet in diesem Moment standest du plötzlich da... ich bitte dich, sei mir nicht böse... ich kann doch gar nichts dafür!"

So sehr Jana auch bitten und flehen mochte, Florian war nicht bereit, ihr zu verzeihen. Dafür hatte er sie nicht nach Stuttgart eingeladen, dass sie sich dem erstbesten Kerl in die Arme warf! Inzwischen hatte auch Susanne mitbekommen, was geschehen war. Natürlich fand sie Karl-Ottos und Janas Verhalten skandalös. Sie glaubte allen Ernstes, die Tschechin habe ihn verführen wollen und er sei bereitwillig auf ihr Drängen eingegangen. Missverständnisse über Missverständnisse! So war am Ende der Ausflugsfahrt, die den ganzen Tag über so harmonisch verlief, jeder mit jedem zerstritten. Florian, blind vor Eifersucht, war furchtbar böse auf Karl-Otto und Jana. Karl-Otto wiederum fand Florians Reaktion maßlos übertrieben und beleidigend. Und Jana? Sie wiederum nahm Karl-Otto dessen dreisten Übergriff übel und war böse auf Florian, weil er weder bereit war, ihr zu glauben noch ihr zu verzeihen. Welch eine Gemeinheit! Nach Prag wollte er sie abschieben! Nun war auch sie beleidigt.

Aus diesem Wirrwarr von hässlichen Emotionen und gegenseitigen Schuldzuweisungen schien es kein Entrinnen zu geben. Bis zur Ankunft an der ‚Wilhelma' sprach keiner auch nur ein Wort mit dem anderen, und wieder an Land, ging jeder schweigend seiner Wege. Weder nach links noch nach rechts schauend, lief Florian eilig zum Parkplatz hinüber. Er war eben im Begriff, in sein Auto einzusteigen, da hörte er hinter sich Schritte und ein leises Schluchzen. Jana war ihm gefolgt, und als er ihr verweintes Gesicht sah, da wich sein Ärger dem Mitleid. Sie hatte sich so auf das Wiedersehen gefreut und würde bald wieder abreisen. Und nun dieses traurige Ende! Jetzt erst merkte Florian, dass er in seiner Wut überreagiert und die Freundin ungerecht behandelt hatte.

Die Versöhnung wurde zum allerschönsten Teil des Tages, und glücklich kehrten Jana und Florian in sein Elternhaus zurück. Eine Weile unterhielten sie sich mit der Mutter und dem Vater, der sich erneut von seiner besten Seite zeigte. Dann zogen sie sich in Florians früheres Kinderzimmer zurück und verbrachten in seinem Bett eng aneinander gekuschelt die letzte Nacht. Am folgenden Morgen fuhr Jana nach Prag zurück. Bald darauf beantragte Florian bereits das Visum für seine nächste Reise nach Tschechien, denn er konnte kaum den Tag erwarten, an dem er die Freundin wiedersehen würde.

Spuren einer Invasion

Als Florian den Fernseher einschaltete, dachte er zuerst, es liefe ein Kriegsfilm. In breiter Front rollten Panzer über Wiesen und Äcker, walzten alles nieder, was sich ihnen in den Weg stellte. Eine gespenstische Atmosphäre lag über dem Land. Niemand stellte sich den Invasoren entgegen. Die Dörfer und Weiler wirkten wie ausgestorben. Wo waren nur die Bewohner geblieben? Wahrscheinlich hatten sie sich aus Angst vor der anrollenden Kriegsmaschinerie in den Kellern ihrer Häuser versteckt. Plötzlich merkte Florian, die Bilder waren nicht nur Fiktion, sondern grausame Wirklichkeit. Wo spielte sich das kriegerische Geschehen ab? Was geschah da?

Die sowjetische Regierung unter Führung des Obersten Parteisekretärs Leonid Breshnev wollte nicht länger die Vorgänge in Prag dulden, denn sie fürchtete, das Virus der Freiheit könnte auf andere Staaten des Ostblocks überspringen und das sowjetische Imperium ins Wanken bringen. Also wurde die Invasion angeordnet. Die älteren Bewohner Tschechiens erlebten zum dritten Mal, wie fremde Truppen ihr Land besetzten. Nach der Wehrmacht Nazideutschlands und der ‚Roten Armee' marschierten nun die Verbände der Sowjetunion, Ungarns, Bulgariens und der DDR von drei Seiten her in die Tschechoslowakei ein und zerstörten das aufkeimende Pflänzchen der Freiheit. Als besonders belastend empfanden es die Menschen, dass nach den schlimmen Erfahrungen der Vergangenheit erneut deutsche Soldaten in ihr Land eindrangen. Dieser psychologische Fehler wirkte sich verheerend aus, denn er weckte alte Ressentiments und trieb ein ganzes Volk geschlossen in den Widerstand.

In den Medien erfuhr man wenig darüber, was sich in jenen Augusttagen des Jahres 1968 in der Tschechoslowakei ereignete. Die Invasoren hatten eine Nachrichtensperre verhängt, denn die Weltöffentlichkeit sollte nicht hautnah erfahren, wie Mitglieder des Warschauer Paktes über ein Bruderland herfielen. Man wollte vollendete Tatsachen schaffen, das gewaltsame Vorgehen als interne Sache abtun. Innerhalb weniger Tage hatten die Invasionsarmeen die Tschechoslowakei in voller Ausdehnung überrollt und unter ihre Kontrolle gebracht. Zu größeren Zusammenstößen war es dabei nicht gekommen. Die Bevölkerung hatte sich in ihre Häuser zurückgezogen und leistete nur durch Sabotage und auf schlitzohrige Schweijk'sche Art Widerstand. Tote gab es lediglich in Prag, wo sich die Menschen um das Wenzelsdenkmal scharten. Dort am Nationalheiligtum der Tschechen stellten sich einige besonders Mutige den sowjetischen Panzern entgegen und wurden unter den Ketten zermalmt. So hatte das Volk seine Märtyrer.

Die Besetzung der Tschechoslowakei traf Florian wie ein schwerer Schicksalsschlag. Seine kleine private Welt brach wie ein Kartenhaus zusammen. Was wurde aus

Jana? Wie hatte sie die Invasion erlebt? Rollten auch Panzer durch Dobřichovice? Was geschah mit Dubček? Drohte ihm das gleiche Schicksal wie Imre Nagy nach der Niederschlagung des ungarischen Volksaufstandes? Und Svoboda? Würde er wie ein Fels in der Brandung der Übermacht widerstehen? Niemals! Die Lage war aussichtslos. Die Hoffnung des tschechischen Volkes auf eine Zukunft in Freiheit schwand dahin. Wie zu Zeiten Novotnys trennte der ‚Eiserne Vorhang' die Tschechoslowakei wieder hermetisch von ihren westlichen Nachbarländern. Reisen in das besetzte Land waren nun nicht mehr möglich, und Florian fürchtete, Jana für lange Zeit, vielleicht sogar für immer nicht mehr wiederzusehen. Auch wenn es sinnlos erschien, rief er regelmäßig bei der tschechischen Botschaft in Bonn an und erkundigte sich, wann die Grenzen wieder geöffnet würden. Man erklärte ihm, ‚zur Zeit' seien sie geschlossen, neue Touristenvisa würden nicht mehr ausgestellt, die alten behielten aber ihre Gültigkeit. Sechs Wochen waren seit der Invasion vergangen, da trat eine Entwicklung ein, mit der Florian nicht mehr gerechnet hatte. Nun hieß es plötzlich, die Lage in der Tschechoslowakei habe sich ‚normalisiert', die Einreise sei für jene Personen wieder möglich, die noch ein Visum besäßen.

Ende Oktober 1968, neun Wochen nach der Invasion, trat Florian seine fünfte Reise in die Tschechoslowakei an. Voller Erwartung näherte er sich mit seinem Wagen der Grenze bei Waidhaus. Anders als zur Zeit des Prager Frühlings wurde er diesmal lange aufgehalten, obwohl er der einzige Tourist auf weiter Flur war. Auf schikanöse Weise untersuchten zwei Beamte den Wagen. Sie rissen die Türverkleidungen ab, durchstöberten den Kofferraum, schauten unter den Sitzen nach und inspizierten mit einem Spiegel auf Rollen den Unterboden. Florian blieb ganz ruhig, denn er kannte diese Praktiken von seinen Reisen in die DDR. Dann wurde sein Gepäck peinlich genau untersucht. Auf die Frage, ob er Zigaretten, Alkohol oder Druckerzeugnisse mitführe, gab er an, in seinem Gepäck befänden sich nur zwei Flaschen Wein für seine Gastgeber in Prag und zwei Päckchen Zigaretten für den persönlichen Bedarf. „Gut, dann packen Sie mal ihre Tasche aus!", sagte der Grenzbeamte streng, und nun kam unter anderem die Wochenzeitschrift ‚Der Spiegel' zum Vorschein. Der Tscheche blätterte mit finsterer Miene Seite für Seite des Magazins durch, fand hier einen kritischen Artikel über die Verhältnisse in der ČSSR unter dem neuen Regierungschef Gustav Husak, der als ‚Marionette Moskaus' bezeichnet wurde, und an anderer Stelle eine Fotografie des Brandenburger Tors mit den Absperranlagen. Die Bildunterschrift lautete: „Die Schandmauer, errichtet von dem Gewaltregime in der Ostzone." Schlimmer hätte es nicht kommen können! Der Beamte verschwand mit der Zeitschrift in den Amtsräumen und Florian wartete draußen über eine Stunde lang frierend im spätherbstlich kalten Wind, der über die Höhen des Böhmerwaldes wehte. Endlich kam der Mann zurück, endlich dürfe er weiterfahren, dachte sich Florian, doch weit gefehlt! Auf sehr unfreundliche Weise wurde er in eine Baracke abgeführt, deren Inneneinrichtung lediglich aus zwei Stühlen und einem gusseisernen Kanonenofen bestand. Wie damals bei der Musterung musste Florian seine Kleider ablegen und sich nackend präsentieren. Ein Sanitäter untersuchte ihn gründlich vom Scheitel bis zu den Zehenspitzen und ging dabei wesentlich gröber vor als seinerzeit der Stabsarzt beim Kreiswehrersatzamt in Stuttgart.

„Um Gottes Willen", dachte Florian, „nicht auszudenken, was sie mit mir anstellen würden, wenn ich wie damals tschechisches Geld illegal einführen wollte. Bestimmt würden sie das Versteck finden und mich verhaften!"

Auf die Leibesvisitation folgte die Untersuchung jedes einzelnen Kleidungsstücks, der Brieftasche, des Geldbeutels. Jede Banknote, jeder Notizzettel, selbst jede Rabattmarke des Lebensmittelgeschäfts Gaissmaier wurde unter die Lupe genommen. Zu jeder Adresse in Florians Notizbuch wollte der penetrante Schnüffler wissen, um welche Person es sich handelte. Natürlich fand er auch das Foto von Jana, auf dessen Rückseite sie ‚von Deiner Freundin aus Prag' geschrieben hatte. Das erregte allerhöchsten Verdacht!

„Wer ist diese Frau?", herrschte der Uniformierte Florian an.

„Es ist eine Bekannte aus Prag, die ich auf einer früheren Reise kennengelernt habe. Weiter nichts. Das versichere ich Ihnen."

„Nun reden Sie nicht so dumm daher! Geben Sie schon zu, die Person ist ihre Geliebte, mit der Sie enge Kontakte pflegen. Bestimmt sprechen Sie auch über Politik und erzählen ihr, was die westdeutsche Lügenpresse über unser Land berichtet. Sicher haben Sie den Namen und die Adresse ihrer sogenannten Freundin irgendwo aufgeschrieben. Geben Sie mir sofort den Zettel oder zeigen Sie mir die Stelle in Ihrem Notizbuch, das Sie mit sich führen!"

Florian zögerte, denn er wollte Jana keine Unannehmlichkeiten bereiten, doch unter dem Druck des Verhörs rückte er den Wisch heraus, auf dem ihr Name und ihre Adresse standen. Der Beamte machte sich umfangreiche Notizen über den Fall. Florian wusste, es gab nun eine Akte ‚Schöllkopf/Jágrova' in den Archiven des Geheimdienstes der ČSSR.

Noch immer durfte Florian nicht weiterreisen. Es folgte eine politische Belehrung, damit der Westdeutsche endlich die wahren Hintergründe über die jüngsten Vorgänge in Mitteleuropa erfuhr. Die USA und die ‚BRD', so hieß es, hätten konterrevolutionäre Kräfte in der Tschechoslowakei unterstützt mit dem Ziel, das bestehende System zu beseitigen. Gerade noch rechtzeitig habe man die verräterischen Absichten Dubčeks und Svobodas erkannt und die sozialistischen Bruderstaaten zu Hilfe gerufen. Florian widersprach und legte wie gewohnt seine Sichtweise der Dinge ganz offen dar. Damit goss er noch Öl ins Feuer und die politische Schulung wurde mit verstärktem Druck fortgesetzt. Man erklärte ihm, ‚revanchistische Kreise' in den USA und der ‚BRD' hätten einen Angriff auf die DDR geplant mit der Absicht, die Ergebnisse des Zweiten Weltkriegs zu revidieren. Durch den Bau der Berliner Mauer sei gerade noch rechtzeitig der Dritte Weltkrieg verhindert worden. Vielleicht wisse er, dass von den sozialistischen Arbeiter- und Bauernstaaten stets der Friede ausgehe, aber im Falle eines Angriffs würden sie zurückschlagen und den Gegner vernichten. Diese Parolen kannte Florian schon von seinen Besuchen in der DDR, und er hielt für baren Unsinn, was der Tscheche erzählte. Also gab er contra, reagierte sogar ironisch, indem er sagte, eine Mauer sei natürlich das ideale Mittel, um einen Atomkrieg zu verhindern. Deshalb sollten überall auf der Welt zur Friedenssicherung Mauern gebaut werden. Nun erhitzte sich die Diskussion noch mehr und nahm kein Ende. Irgendwann sah Florian ein, jeder Widerspruch war sinnlos. Wenn er sich weiterhin so renitent verhielt, würde man ihn nicht freilassen. So spielte er schließlich den Einsichtigen, worauf der tschechische Funktionär einen freundlicheren Ton anschlug und auf feinere Art versuchte, Florian endgültig zum Sozialismus zu bekehren.

„Nun sind Sie doch ein intelligenter Mensch. Sehen Sie ein, dass Sie von der westlichen Lügenpresse ständig falsch informiert werden?", lautete die Frage.

Florian nickte und meinte: „Jetzt erst erkenne ich, wie wir in der ‚BRD' von den Medien tagtäglich belogen werden. Durch den Bau der Berliner Mauer wurde natürlich der Friede gesichert, und erst die rasche Hilfe der sozialistischen Bruderstaaten hat die ČSSR vor dem Zugriff der Monopolkapitalisten bewahrt."

Der Tscheche freute sich, dass es ihm gelungen war, einen Westdeutschen zu bekehren und fügte an: „Wie wir ihrem Visumantrag entnehmen, sind Sie Lehrer. Werden Sie das auch ihren Schülern erzählen, was Sie eben gesagt haben?"

„Aber selbstverständlich!", antwortete Florian brav und wurde endlich entlassen.

Totenstille lag über dem Land, als Florian von Rozvadov über Pilsen nach Prag fuhr. Er spürte fast körperlich die Atmosphäre der Hoffnungslosigkeit, der Unterdrückung, der Verzweiflung, die nun herrschte. Die Dörfer und Städte schienen ihm noch trostloser als je zuvor. Nur ab und zu sah er einen Menschen mit misstrauischem Blick vorüberhuschen. Welch ein Glück, dass er die Strecke gut kannte. Er hätte sonst den Weg nach Prag gar nicht gefunden, denn weit und breit gab es keine Schilder mehr. Fragen konnte er auch niemanden, denn sobald er sich mit dem Wagen einer Person näherte, wandte sich diese ab und lief schnell weg. Wo waren nur die Soldaten und das Kriegsgerät der Invasionsarmeen geblieben, fragte sich Florian. Das einzige, was ihm auffiel, waren einzelne Panzer, die bewegungslos im Gelände herumstanden. Ob sich in ihnen wohl feindliche Soldaten befanden? Die trügerische, angespannte Ruhe machte Florian mehr Angst, als wenn er auf Menschenansammlungen gestoßen wäre. Er war heilfroh, als er zu später Stunde in die Nebenstraße nach Dobřichovice abbog und am Bahndamm entlang auf das Haus der Familie Jagr zusteuerte.

Florians Ankunft löste bei Jana und ihrer Mutter große Freude aus. Fünf Stunden lang hatten sie auf ihn gewartet und gar nicht mehr mit seinem Erscheinen gerechnet. Zuerst überreichte Florian die Geschenke. Als Jana ihr Päckchen öffnete und ein Paar modische Winterstiefel zum Vorschein kamen, fiel sie Florian vor Begeisterung um den Hals und bedankte sich herzlich, um gleich darauf mit den neuen Schuhen durch die Wohnung zu stolzieren. Frau Jágrova erhielt eine große Schachtel Pralinen. Womöglich stammten sie aus der Produktion der Schokoladenfabrik in Radotin. Für Herrn Jagr stellte Florian zwei Flaschen Kleinweinheimer Trollinger auf den Tisch. Die Freude über die Geschenke löste nun auch die Zunge des bisher so schweigsamen Mannes. Zum ersten Mal unterhielt man sich zu viert im Wohnzimmer, und Florian wunderte sich über die Redseligkeit des Hausherrn. Hatte er unter dem Einfluss seiner Frau oder seines Sohnes Miroslav seine Meinung über die Deutschen geändert? Waren die jüngsten politischen Ereignisse der Grund seines Mitteilungsbedürfnisses? Jedenfalls ließ er sich ausführlich vom Verlauf der Reise und besonders von der brenzligen Situation an der Grenze berichten. Florian habe großes Glück gehabt, dass er nicht im Gefängnis gelandet sei und weiterreisen durfte, meinte Herr

Jagr. In diesen Tagen gehe die Staatspolizei äußerst brutal mit jedem um, der ihr verdächtig vorkomme. Dann machte er seinem Ärger über die Russen Luft und ließ sich zu der fragwürdigen Aussage hinreißen, die ‚Iwans' hätten viel schlimmer gehaust als damals die Nazis. Es wunderte Florian sehr, dies von einem Tschechen zu hören, der bisher nur voller Hass über die Deutschen gesprochen hatte.

„Wie die Vandalen haben sie gehaust", schimpfte Herr Jagr, „aber wir haben sie tüchtig an der Nase herumgeführt, denn sie konnten ja kein Wort Tschechisch. Wir dagegen mussten seit unserer Kindheit in der Schule zwangsweise Russisch lernen, und so verstanden wir alles, was sie sagten. Im ganzen Land haben die Leute die Schilder abmontiert, und wenn die Soldaten nach dem Weg fragten, sagte der eine ‚Leider nix verstehen russisch' oder ein anderer ‚Bin ich nicht von hier, sondern nur fir ein baar Tage zu Besuch bei meine Tante' und noch besser ein Dritter: ‚Kenn ich mich gut aus. Fahr auf diese Straße immer geradeaus weiter, Kamerad!' Dabei zeigte der Gefragte in die falsche Richtung. Solchermaßen in die Irre geleitet, fuhren Tausende von Panzern und Militärlastern orientierungslos über die Felder und durch die Wälder, bis sie irgendwo im Sumpf landeten oder ihr Fahrzeug ohne Treibstoff liegenblieb. Man sagt übrigens, die meisten russischen Soldaten hätten gar nicht gewusst, in welchem Land sie sich aufhielten. Manche glaubten, sie seien in Westdeutschland. Andere hatten noch nie von der Stadt Prag gehört."

„Und was geschah mit Dubček, Svoboda und den anderen Führern des ‚Prager Frühlings'?"

„Es heißt, Alexander Dubček sei verhaftet und nach Moskau gebracht worden. Dort habe ihn Breshnev in einem Anfall von blinder Wut eigenhändig verprügelt und anschließend in ein Straflager nach Sibirien abtransportieren lassen. Aber das sind nur Gerüchte. Svoboda dagegen hält sich immer noch in Prag auf. Um seine Haut zu retten, hat er vor den Russen gekuscht und Dubčeks Reformpolitik als Irrweg bezeichnet. Er ist ein gemeiner Verräter, der stolze Herr General, dessen Name so verheißungsvoll klingt. Die anderen Führer des ‚Prager Frühlings' haben sie nicht erwischt, denn überall in Prag wurden die Straßenschilder und Namenstäfelchen an den Klingeln und Briefkästen abmontiert. Die Geheimpolizei hatte zwar die Adressen der Gesuchten, wusste aber nicht, wo sie sich versteckt hielten."

Florian wandte sich nun an Jana und wollte wissen, wie sie die Invasion erlebt hatte.

„Es war furchtbar", begann sie. „Tagelang hielten sich viele schwerbewaffnete Soldaten hier in Dobřichovice auf. Aus Angst, sie könnten mich mitnehmen und vergewaltigen, traute ich mich nicht mehr hinaus auf die Straße. Auch bei uns lungerten sie im Garten herum. An einem besonders heißen Tag, es war ja Ende August, verlangten sie Bier. Mein Vater sagte, wir hätten selber keines und würden immer das Wasser aus der Berounka trinken. Also soffen sie die mit Abwässern verseuchte Brühe, denn du weißt doch, weiter stromaufwärts liegt

Pilsen mit seinen Brauereien, Schlachthöfen, Waffenfabriken und sonstigen Industriebetrieben. Da hatten sie ihr ‚Pilsner Urquell' direkt vom Fluss! Du kannst dir gar nicht vorstellen, wie schlecht es ihnen hinterher ging. Viele mussten sich übergeben oder lagen mit schrecklichen Bauchschmerzen in ihrer eigenen Kacke. Aber wir hatten kein Mitleid, sondern sahen darin die gerechte Strafe."

Im nächsten Augenblick wurde Janas Redeschwall von einem ohrenbetäubenden Dröhnen unterbrochen. Die Wände vibrierten, die Scheiben klirrten, der Kitt fiel aus den Fensterrahmen. Florian bekam Angst, denn er dachte, eine militärische Operation sei im Gange. Frau Jágrova, die seine Reaktion bemerkte, erklärte ihm die Ursache des infernalischen Lärms.

„Das ist wieder einer dieser russischen Militärzüge, die Tag und Nacht Panzer, Geschütze und andere schwere Waffen transportieren. Unter dem Gewicht der schweren Dieselloks zittert der Boden wie bei einem Erdbeben und die Häuser werden beschädigt. Sehen Sie selbst, die Tapeten bekommen Risse, der Verputz löst sich von den Wänden und mit jedem Zug, der vorbeifährt, wird der Schaden größer. Neulich fiel sogar ein Stück des beschädigten Kamins vom Dach und seither dringt noch mehr Regenwasser ein. Wir sind schon ganz krank von dem furchtbaren Getöse, aber was will man dagegen machen?"

Florian tat die arme Frau leid, die von früh bis spät in der Fabrik schwer arbeiten musste und selbst nach Feierabend und am Wochenende keine Ruhe fand. Nachdem der Lärm verebbt war, fuhr Jana mit ihrem Bericht fort.

„Gut, ich habe dir erzählt, dass die Soldaten das Wasser aus der Berounka getrunken haben, und natürlich verlangten sie auch etwas zu essen – Wurst, Käse, Speck, Eier. Wir erklärten ihnen, dass wir selbst hungerten und nicht einmal eine Scheibe Brot im Haus hätten. Das einzige, was wir anbieten könnten, seien die Äpfel, die in unserem Garten an den Bäumen hingen. Natürlich war zu dieser Jahreszeit das Obst noch nicht reif. Dennoch stürzten sich die Kerle auf die grasgrünen Äpfel und verschlangen sie in rauen Mengen. Die Wirkung ließ nicht lange auf sich warten. Unser Garten sah aus wie … na ja, das kannst du dir ja denken!"

„Und sie taten dir kein bisschen Leid? Es waren doch einfache junge Männer aus irgendwelchen Dörfern und Städten in Russland, der Ukraine, Kasachstan oder sonst wo. Im Grunde sind sie doch arme Schweine und auch Opfer dieser Invasion. Bestimmt wären sie viel lieber zu Hause bei ihren Familien und ihren Freunden geblieben, anstatt in eurem Garten im Dreck herumzuhängen."

Florian hätte nicht versuchen sollen, ein wenig Verständnis für die Besatzungssoldaten zu wecken. So aufbrausend und böse hatte er die Freundin noch nie erlebt.

„Wen siehst du hier als Opfer?", giftete sie. „Ich hoffe doch uns! Wären die Kerle doch geblieben, wo sie herkommen, dann müsste hier niemand leiden! Aber wir werden uns so lange wehren, bis sie wieder in die Pripjetsümpfe oder hinter den Ural verschwunden sind!"

Um Jana nicht noch mehr zu reizen, wechselte Florian das Thema.

„Gut, ich verstehe dich. Aber wo sind die Soldaten jetzt? Ich habe auf der Herfahrt nur Dutzende von Panzern gesehen, die im Gelände herumstanden."

„Die meisten haben sich in die Kasernen zurückgezogen. Man will nicht, dass sie mit den Leuten in Kontakt kommen und sich womöglich mit ihnen solidarisieren. Außerdem sollen Zusammenstöße verhindert werden. In Prag sind sie aber zum Schutz der neu eingesetzten Regierung und zur Einschüchterung des Volkes überall präsent. In Smichov und anderen Stadtteilen sind ganze Straßenzüge abgesperrt. Dort stehen die Panzer in langen Kolonnen links und rechts entlang der Gehwege."

Florian schaute ungläubig. Das musste er mit eigenen Augen sehen! Jana war gleich bereit, ihm in den folgenden Tagen eine dieser Panzerstraßen zu zeigen.

Über all diesen Diskussionen war es Mitternacht geworden. Zu so später Stunde hätte man in dem besetzten Land wohl kein Zimmer mehr gefunden. Obwohl Florian wusste, dass ihm wegen der Militärzüge eine unruhige Nacht bevorstand, nahm er Herrn Jagrs Angebot an, in seinem Haus zu schlafen. Trotz des ständig wiederkehrenden Lärms und des Rüttelns und Schüttelns an seinem Bett schlief Florian am Ende dieses anstrengenden und erlebnisreichen Tages bald ein.

Gleich nach dem Frühstück fuhr Florian in Janas Begleitung nach Prag. Bereits in den Vorstädten fielen ihm die mit Wandparolen beschmierten Hausfassaden auf, die vom abgrundtiefen Hass der Tschechen auf die Besatzer zeugten. Da stand der Staatsname ‚Sowjetunion‘ in Verbindung mit dem Hakenkreuz. An anderer Stelle hatte man die drei ‚S‘ des Kürzels ‚SSSR‘ durch die gezackten Runen des deutschen SS-Symbols ersetzt.

Was Florian am Wenzelsplatz erlebte, bewegte ihn zutiefst. Tausende von Menschen scharten sich um das Denkmal des Heiligen Vaclav. Auf den Stufen und Gesimsen brannte ein Meer von Kerzen. Dazwischen lagen Kränze, geschmückt mit Blumen und Fähnchen in den Nationalfarben Tschechiens. Trotz der unüberschaubaren Menschenansammlung herrschte fast vollkommene Stille. Nur vereinzelt hörte man gedämpfte Stimmen. Das Volk gedachte der Märtyrer, die an dieser Stelle ihr Leben geopfert hatten. Die Szene wirkte ergreifend und erinnerte an die Beerdigung einer bedeutenden Persönlichkeit. Aber hier wurde kein Verstorbener, hier wurden die Ideale des ‚Prager Frühlings‘ - Freiheit, Selbstbestimmung, Demokratie – zu Grabe getragen. Immer wieder trat jemand vor, legte ein Bukett ab und verneigte sich ehrfurchtsvoll. Wie sehr hatte sich der Wenzelsplatz seit Florians letztem Besuch verändert! Er war zum Trauerhaus einer ganzen Nation geworden. Es schien, als fügten sich die Menschen in das Unabänderliche, doch unter der Oberfläche brodelte es, und die mit Einschüssen gespickte Fassade des Nationalmuseums erinnerte daran, was sich hier zwei Monate zuvor ereignet hatte. Salven von Maschinengewehrfeuer hatten die Invasoren über die Köpfe hinweg abgegeben, als das Volk versuchte, mit blanken Fäusten sein Nationalheiligtum zu verteidigen. Ein älterer Herr erkannte Florian als fremden Besucher und erklärte voller Bitterkeit und Sarkasmus:

„Hier hat vor zwei Monaten eine große Verbrüderung zwischen Tschechen und Russen stattgefunden, und dabei ging es ziemlich stürmisch zu... na ja, das Ergebnis sehen Sie am Nationalmuseum und an den Häusern ringsum. Die Einschüsse sollen bleiben als ein Zeichen der Freundschaft zwischen den Russen und uns."

Der Weg zurück nach Dobřichovice führte durch den Prager Stadtteil Smichov. Jana dirigierte Florian über das holprige Kopfsteinpflaster durch triste Straßenschluchten. An einer Kreuzung wurde der Wagen von einem Militärposten angehalten. Hinter einer Sperre aus Eisenträgern standen auf etwa dreihundert Meter Länge die Panzer dicht an dicht in zwei Kolonnen entlang der Gehwege. Auf jedem der stählernen Ungetüme lungerte ein halbes Dutzend Soldaten herum, die sich mit Zigarettenrauchen und Kartenspielen die Zeit vertrieben. An ihren Gesichtern erkannte Florian, dass sich unter ihnen nicht nur Russen, sondern auch Usbeken, Kasachen, Kirgisen und Angehörige anderer asiatischer Völker befanden. Obwohl in dem Viertel viele Menschen wohnten, kam nur selten ein Passant vorüber. Nach einer Weile bemerkte Florian eine junge Frau, die auf dem Gehweg an der rußgeschwärzten Häuserfassade entlanglief. Für die jungen Männer auf den Panzern war die hübsche Tschechin einer der seltenen Lichtblicke in ihrem eintönigen Soldatenleben. Sie pfiffen und riefen der Frau nach, doch die hob nur den ‚Stinkefinger' und zeigte ansonsten keinerlei Regung. Kurz darauf überquerte ein Mann die Straße. Als ihn einer der Soldaten ansprach, drehte er rasch den Kopf zur Seite, spuckte an die Panzerketten und lief weiter. Was für ein Leben führten wohl diese jungen Burschen? Tag für Tag gelangweilt auf einem Panzer herumzuhängen und überall auf Ablehnung zu stoßen, das musste schlimm sein! Florian bekam Mitleid mit ihnen und stellte der Freundin eine heikle Frage.

„Warum redet eigentlich niemand mit den Soldaten? Das sind doch auch nur Menschen!"

„Menschen, sagst du?", erwiderte Jana gereizt. „Das sind keine Menschen wie du und ich, das sind halbe Tiere. Schau dir mal diese Visagen an – lauter plattgesichtige Russen und schlitzäugige Asiaten! Wir hassen sie!"

„Aber ich hasse sie nicht! Mir tun sie leid! Im Grunde sind sie doch arme Kerle! Und was wäre dabei, wenn einer von euch hinginge und mit ihnen sprechen würde?"

„Hinter der nächsten Hausecke würde man den Verräter abpassen und ihm eine ordentliche Tracht Prügel verabreichen!", antwortete Jana in bitterbösem Ton. Doch Florian ließ nicht ab und reizte sie noch weiter, denn er fand sie in ihrem Zorn aufregend schön.

„Gut, wenn ein Tscheche es täte, bekäme er Prügel. Leider spreche ich nicht Russisch, aber wenn ich jetzt rüber laufe und mit ihnen eine Zigarette rauche, was würdest du dazu sagen?"

„Dann wär's mit unserer Freundschaft aus! Ich würde dir das nie verzeihen!", giftete Jana.

Florian wusste, er durfte sie nicht weiter provozieren. Er kannte den Nationalstolz der Tschechen, die schon seit Jahrhunderten gegen ihre übermächtigen Nachbarn ums Überleben kämpften. Wollte er die Freundin nicht verlieren, dann musste er auf ihre Empfindlichkeiten Rücksicht nehmen.

Schon seit einer Viertelstunde stand der Volkswagen mit dem westdeutschen Nummernschild an der ‚Panzerstraße'. Als Florian und Jana merkten, dass sie von den Soldaten immer misstrauischer belauert wurden, entschlossen sie sich zur Weiterfahrt. Florian wollte gerade den Motor anlassen, da kam er auf die verrückte Idee, noch schnell die Panzer zu fotografieren. Dabei wusste er doch, das Aufnehmen von militärischen Objekten war streng verboten. Schon juckte es ihn in den Fingern. Dieses Bild musste er später unbedingt seinen Freunden in Deutschland zeigen! Geschwind zückte er die Kamera, und im nächsten Moment drehte sich das Rohr des vordersten Panzers in ihre Richtung. Jana stieß Florian in die Seite und schrie:

„Fahr schnell weg, die schießen auf uns!"

In höchster Panik startete Florian den Motor, legte den ersten Gang ein und jagte davon. Jana drehte sich noch einmal um und sah, wie die Soldaten feixten und sich bogen vor Lachen. Für sie war es der Höhepunkt des Tages, einen Touristen aus der ‚BRD' und seine Begleiterin in die Flucht zu schlagen. Jana machte Florian zu Recht große Vorwürfe, dass er die Gefahr heraufbeschworen hatte, denn sie wusste, ein Schuss aus der Panzerkanone hätte genügt, um das Volkswägelchen in einen Schrotthaufen zu verwandeln und seine Insassen in Sekundenbruchteilen zu töten.

„Aber es war doch gar nicht gefährlich! Die haben das Rohr doch nur zum Spaß gedreht, um uns einen Schrecken einzujagen. Niemals hätten sie auf uns geschossen!", beschwichtigte Florian, der nicht zugeben wollte, welche Dummheit er begangen hatte. Jana fand die Sache weniger lustig und war Florian noch eine geraume Zeit lang böse.

Übrigens war der ganze Stress völlig unnütz, denn als Florian später seine Bilder anschaute, waren auf dem Foto von den Panzern nur stark verwackelte, schemenhafte Konturen zu sehen. Jana hatte ihn just in dem Moment angestoßen, als er den Auslöser betätigte.

Abschiedsstimmung an der Moldau

Auch die folgenden Tage verliefen für Florian und Jana nicht ganz stressfrei, obwohl sie es vermieden, noch einmal in eine ähnliche Situation wie in der Panzerstraße zu geraten.

„Lass uns doch im Savarin zu Mittag essen!", schlug Jana vor. „Dort sind bestimmt keine Soldaten. Ich kann das verdammte Militär schon gar nicht mehr sehen."

Also gingen sie in ihr Lieblingslokal am Wenzelsplatz. Als sie eintraten, hielten sich nur wenige Menschen in dem großen Speisesaal auf. Wie zu Novotnys Zeiten standen die Bedienungen mit mürrischen Gesichtern herum als hätten sie keine Lust, die wenigen Gäste zu bedienen. Allein die schöne Atmosphäre der österreichischen K.u.K.-Epoche war geblieben, und auch die Ente, die Knödel, das Kraut und das Budweiser schmeckten wie immer vorzüglich.

Danach wurde es Zeit für einen Verdauungsspaziergang. Sie stellten den Wagen an der Moldau beim Café Manes ab und erinnerten sich an den Tag, an dem sie sich dort beim Tanztee kennengelernt hatten. Fast drei Jahre waren seitdem vergangen! Wie eine Dame der feinen Prager Gesellschaft hatte sich Jana bei Florian eingehakt und so liefen sie die wohl schönste Promenade der Stadt entlang, den Blick auf das jenseitige Ufer gerichtet. Wie auf den Ansichtskarten tausendfach abgebildet, lag vor ihnen die majestätisch dahinfließende Moldau mit dem Wehr und der Karlsbrücke. Dahinter erhob sich der Hradschin mit dem filigranen Veitsdom. Durch den Torbogen des Altstädter Turms stiegen sie die Rampe zur Karlsbrücke hinauf. Jana erklärte Florian die Bedeutung der einzelnen Steinfiguren, die links und rechts auf der Brüstung standen. Einer unter den Heiligen schien ihr besonders am Herzen zu liegen. Sie blieb vor der Statue stehen und verriet Florian ein Geheimnis:

„Das ist der Heilige Nepomuk. Von ihm darf man sich etwas wünschen, aber man darf es niemandem sagen, sonst geht der Wunsch nicht in Erfüllung. Lass mich anfangen!"

Nun stellte sich Jana auf den Sockel des Monuments, ergriff die Hand des Heiligen und murmelte einige Sätze vor sich hin. Anschließend verfuhr Florian nach dem gleichen Ritual. Er wünschte sich, das tschechische Volk könne sich für immer vom Joch der sowjetischen Fremdherrschaft befreien und die Liebe zwischen ihm und Jana möge niemals enden.

„Ich weiß, was du dir gewünscht hast!", lachte Jana. Du darfst es zwar nicht sagen, aber ich kann deine Gedanken lesen."

„Und ich kann mir denken, was du dir gewünscht hast. Das gleiche wie ich! Ich sag's dir aber nicht, denn du weißt es ja sowieso", erwiderte Florian. Im nächsten Augenblick umarmten und küssten sie sich, und das mitten auf der berühmten Karlsbrücke unter den Augen des Heiligen Nepomuk, der von seinem Podest aus gütig lächelnd auf das Liebespaar herabblickte.

Hand in Hand schlenderten Florian und Jana durch das Tor zwischen den beiden Brückentürmen zur Prager ‚Kleinseite' hinüber. Sie kamen nun in jenes romantische, von einem schmalen Moldauarm durchflossene Viertel, das im Volksmund ‚Klein-Venedig' genannt wird. Wie in Esslingen gab es auch hier ein altes, bemoostes Mühlrad, das allerdings schon seit langer Zeit stillstand.

Es wurde bereits dunkel, als die beiden Verliebten zum Hradschin hinaufpilgerten. Dummerweise wussten sie nicht, dass oben in der Burg gerade die neue, beim Volk so verhasste Regierung des Ersten Parteisekretärs Husak tagte. Eine ganze Kompanie von Wachsoldaten sicherte das Gelände ringsum ab und auch in den Anlagen unterhalb des Gemäuers patrouillierten die Sicherheitskräfte. Von der Wehrmauer schauten Florian und Jana hinunter auf das Häusermeer, aus dem unzählige Türme emporragten. Im verlöschenden Tageslicht bot die Stadt einen zauberhaften Anblick. Allmählich wurde es dunkel und überall erstrahlten die Lichter. Der Abend war so romantisch, die Luft so lau, als käme der Sommer noch einmal zurück.

An einem dunklen Durchlass der efeuumrankten Burgmauer blieben Florian und Jana stehen. Ringsum herrschte vollkommene Stille. Kein Mensch war weit und breit zu sehen. Plötzlich überkam die beiden ein überwältigendes Verlangen. An die noch warmen Steine gelehnt wiederholte sich nun die Szene, die sich kurz zuvor zu Füßen des Heiligen Nepomuk abgespielt hatte, allerdings mit dem kleinen Unterschied, dass sie diesmal kein Ende nehmen wollte. Plötzlich stieß Jana einen spitzen Schrei aus und gleich darauf hörte man eine Männerstimme. Jesisch Maria, was war geschehen? Kaum einen Meter von dem Liebespaar entfernt hatte ein Soldat hinter der Ecke des Torpfeilers Wache gehalten. Gemäß seiner Dienstanweisung stand er bewegungslos da und hielt das Gewehr schräg vor der Brust. Als er sich räusperte, wandte sich Jana um und bemerkte die dunkle Gestalt in ihrer Nähe. Vor Schreck stieß sie einen Schrei aus, und der Soldat, gleichermaßen erschrocken wie sie, vergaß alle Dienstvorschriften, ließ die Waffe sinken und redete leise mit ihr. Florian verstand zwar kein Wort, aber er gewann den Eindruck, die Freundin und der Uniformierte verstanden sich gut. Offenbar war er ein sympathischer junger Mann, und so bot ihm Florian eine Zigarette an. War es nicht unglaublich? Da standen ein tschechischer Soldat und ein deutscher Tourist im Dunkeln unter dem Hradschin beisammen und rauchten! Weniger als drei Jahrzehnte zuvor hatte Florians Vater auch hier oben Wache geschoben, und wenn er hinunter in die Stadt ging, lief er Gefahr, von einem tschechischen Partisanen angegriffen und getötet zu werden! Und nun rauchte der Sohn mit dem ehemaligen Feind freundschaftlich eine Zigarette!

Plötzlich erinnerte sich der Soldat wieder an seine Dienstvorschrift. Er brach das Gespräch ab, das er gar nicht hätte führen dürfen und rührte sich bis zur nächsten Wachablösung nicht mehr von der Stelle. Florian schmunzelte über diesen Zwischenfall, denn er zeigte ihm, auch Soldaten waren nur Menschen wie du und ich. Bald verwandelte sich sein Schrecken in Humor und er sagte zu Jana:

„Eigentlich wolltest du mich nicht wieder an einen Ort führen, wo man dem ‚verdammten Militär' begegnet."

„Aber ich habe doch Wort gehalten", erwiderte sie schlagfertig, „es war kein ‚verdammtes Militär' … kein Nazi-Landser, kein Rotarmist, kein Soldat der DDR-Volksarmee … es war einer von unseren Leuten!"

„Und dazu ein richtig netter Kerl!", ergänzte Florian lachend.

Ein Stück weiter ließ sich das Liebespaar auf einer Bank nieder und setzte fort, was an der Burgmauer so schön begonnen und so jäh geendet hatte. Wenn ab und zu ein Passant vorüberkam, dann ließen sie sich nicht stören, denn bekanntlich sind bei Nacht alle Katzen grau – der deutsche Kater wie die tschechische ‚kočka'. Und dass über ihnen Gustav Husak mit seiner ‚Verbrecherbande' tagte, daran verschwendeten sie keinen Gedanken.

Trotz der angespannten politischen Lage unternahmen Florian und Jana einige Ausflüge hinaus in die Provinz. Sie besuchten die nicht weit von Dobřichovice entfernte mittelalterliche Burg Karlštejn, wo Jana in der Waffenkammer das Ritterfräulein spielte. Beim Mittagsessen im Arkadenhof erkannte Florian einen Mann wieder, den er schon irgendwo gesehen hatte, und zwar mehrfach. An die einzelnen Orte konnte er sich zunächst nicht mehr erinnern. Er überlegte. Plötzlich fiel es ihm ein! Zum ersten Mal war ihm der Mann im ‚Savarin' und später noch einmal auf der Karlsbrücke begegnet. Offensichtlich fühlte sich der seltsame Gast beobachtet, denn plötzlich stand er auf und verließ den Raum. Nun gab es für Florian keinen Zweifel mehr: Sie wurden von einem Agenten der Geheimpolizei beschattet. Vielleicht bestand ein Zusammenhang mit den Vorkommnissen bei Florians Einreise, vielleicht hatte ein Spitzel mitgehört, als sich Jana abfällig über die Regierung Husak äußerte, vielleicht wurden sie beobachtet, als Florian in Smichov die Panzerkolonne fotografierte. Fragen über Fragen. Florian und Jana wussten nur eins: Von nun an mussten sie sich in Acht nehmen.

Ein längerer Ausflug führte Florian und Jana in den Norden Böhmens. Sie folgten dem Lauf der Moldau und der Elbe über Mělnik, Usti nad Laben und Děčin bis ins Elbsandsteingebirge. Unterwegs lasen sie überall auch Parolen in deutscher Sprache. ‚Nazis raus aus der ČSSR' stand da an einer Hauswand. Auf dieser Straße waren also Florians Landsleute aus dem anderen Teil Deutschlands nach Tschechien eingefallen. Florian erfasste ein zwiespältiges Gefühl. Einerseits schämte er sich, Deutscher zu sein, andererseits war er froh, nicht jenem Teilstaat anzugehören, der an der Invasion beteiligt war. Er wunderte sich, wie freundlich ihm die Einheimischen fast überall begegneten. Sie wussten sehr wohl Ostdeutsche und Westdeutsche voneinander zu unterscheiden. An seinem Auto, seinem Äußeren und seinem Auftreten erkannten sie sofort Florians Herkunft.

Bei Hřensko oder Herrnskretschen, wie der Ort auf Deutsch heißt, endete die Fahrt an einem Schlagbaum. Weiter durfte man sich nicht der Grenze nähern. Auf schmalem Pfad stiegen Florian und Jana durch ein enges Seitental der Elbe steil bergan. Bei jedem Windstoß wirbelten bunte Blätter durch die Luft. Welkes Laub bedeckte die Wege und raschelte unter den Füßen der Wanderer. Von der Anhöhe bot sich ihnen ein herrlicher Ausblick über das Elbsandsteingebirge. Aus dem Meer von Wäldern ragten an manchen Stellen fein geschichtete Felswände und bizarr geformte Türme empor. Weit unter ihnen zeichnete sich im Nebelgrau der Felsbogen des Prebitschtores ab. Allmählich wurde es dunkel. Eine bedrückende Stimmung lag über dem Land, und Florian wurde das Gefühl nicht los, es könne nie mehr Frühling werden. Im schwindenden Tageslicht kamen sie zu einer exponierten Aussichtskanzel hoch über dem tief eingeschnittenen Tal der Elbe. Wie ein dunkles Band wand sich der Strom zwischen steilen bewaldeten Hängen durch das Gebirge. An seinem Ufer führte eine schmale Straße nach Schmilka, dem Grenzort auf deutscher Seite. Wieder erfassten Florian zwiespältige Gedanken. Dort drüben lag zum Greifen nahe der andere Teil seines Vaterlandes, und doch kam es ihm vor, als blicke er auf feindliches Gebiet. Von dort waren sie also gekommen, seine ostdeutschen Brüder, und hatten sich nicht gescheut, ohne Rücksicht auf die Gefühle der Bewohner nach Tschechien einzufallen. Nicht lange, da hörte man von Norden her zuerst ganz leise, dann immer lauter werdend, ein Rasseln und Dröhnen. Es näherte sich einer der schweren Transportzüge der ‚Nationalen Volksarmee', der Lastwagen, Panzer und Geschütze in das besetzte Land brachte und die Bevölkerung mit ohrenbetäubendem Lärm tyrannisierte. In dieser belastenden Situation hasste Florian die DDR mehr denn je, während sein Mitgefühl und seine Sympathie für die Tschechen noch zunahm – und dabei war er doch selbst ein Deutscher! Hatte sein Vater vielleicht doch recht, wenn er ihn einen ‚vaterlandslosen Gesellen' nannte? Ganz allmählich versank die Landschaft im Dunkel des trüben Herbstabends. Ein paar funzlige Lichter blinkten im Nebelgrau vom Elbtal herauf. Fröstelnd standen Florian und Jana am Geländer über dem Felsabsturz. Es wurde Zeit, nach Prag zurückzukehren.

Den letzten Tag der Herbstferien verbrachten Florian und Jana in Dobřichovice. Noch einmal gingen sie am Ufer der Berounka spazieren. Weiße Nebelschwaden stiegen über dem Wasser auf. Vergilbte Blätter trieben in der Strömung dahin. Am anderen Ufer lag eine Wiese, die sanft zum Waldrand anstieg. Daneben erhoben sich senkrecht abfallende schwarze Felsen.

„Schade, dass du nicht im Sommer hier bist", meinte Jana. „Auch wenn das Wasser nicht besonders sauber ist, könnten wir sonst hinüberschwimmen. Siehst du den schmalen Pfad, der an der Felswand entlang zu der Metalltafel hinaufführt? Oft bin ich von dort mit meinen Freundinnen in die Berounka gesprungen. Es hat riesigen Spaß gemacht, und wenn wir müde waren, haben wir uns dort drüben ins Gras gelegt."

Wie gerne hätte Florian an dem lustigen Treiben teilgenommen! Er stellte sich vor, wie herrlich es sein musste, mit Jana im Wasser allerlei Schabernack zu treiben und danach mit ihr unter dem Laubdach der Bäume im Schatten zu ruhen. Ihm war, als bliebe dieser Traum für immer unerfüllt. Nun ließ eine triste Herbststimmung traurige Gedanken aufkommen. Nachdenklich standen die beiden Liebenden am Flussufer und blickten auf das ruhig dahinfließende Wasser der Berounka. Nach einer Weile unterbrach Florian die Stille.

„Wenn ich die Nebelschwaden so aufsteigen sehe, dann fällt mir der Nymphentanz aus Smetanas ‚Moldau' ein".

„Daran habe ich auch gerade gedacht", meinte Jana. „Mit ein wenig Phantasie kann man tatsächlich Frauen in weißen Gewändern erkennen. Ihre Bewegungen sind weich und fließend. Manchmal haben wir in der Schule in der Ballettstunde diese Szene dargestellt."

„Was, du hattest Ballettstunden? Das hast du mir noch gar nicht erzählt! Kannst du noch einige Figuren? Bitte führ' sie mir vor!"

Jana trat nun einige Schritte zurück und bewegte sich graziös wie eine Primaballerina. Florian, begeistert von ihrer Darbietung, fand erst nach einer Weile die Sprache wieder.

„Es war wunderbar, wie du dich bewegt hast. Darf ich dich beim Tanzen fotografieren? Ich möchte dich so in Erinnerung behalten."

Jana willigte ein, kehrte rasch ins Haus zurück und zog ihr schönstes Kleid an. So entstanden zauberhafte Aufnahmen von der jungen Balletttänzerin, im Hintergrund die Berounka und die dunklen Felsen, die sich im Wasser widerspiegelten.

Früh wurde es an diesem trüben Herbstabend dunkel. Noch einmal saß man in der Jagr'schen Wohnung beim Nachtessen beisammen. Trotz der schlechten Versorgungslage war es Frau Jágrova gelungen, einen Schweinsbraten mit Kraut und die von Florian heiß geliebten böhmischen ‚Knedliki' auf den Tisch zu bringen. Zum Abschied schenkte sie dem Gast eine große Tüte Knödelmehl, damit er sich in seiner Junggesellenbude in Kleinweinheim selbst sein Lieblingsgericht zubereiten konnte. Herr Jagr hatte Florian bereits das schönste Abschiedsgeschenk gemacht, in dem er zur Versöhnung bereit war. Zuletzt überreichte Jana dem Geliebten einen Bildband von Prag, der die schönsten Plätze der Stadt zeigte und ihn an viele gemeinsame Spaziergänge erinnerte.

Florian wusste, das Abschiednehmen würde ihm und Jana schwerfallen, und er hoffte, man könne sich ohne herzzerreißende Szene am Gartentor voneinander trennen. Doch Jana wollte ihn unbedingt zum Parkplatz begleiten und die letzten Minuten mit ihm alleine im Wagen verbringen. Stumm umarmten sie sich und hielten sich fest, als wolle der eine den anderen nicht gehen lassen. Da sie sich auf den Vordersitzen schon bald beengt fühlten, legten sie sich auf die Rückbank, drückten und küssten sich eine halbe Ewigkeit lang. Ab und zu blitzte der Scheinwerfer eines Autos auf und warf für einen Augenblick einen grellen Lichtstrahl in das dunkle Wageninnere. Dann hielt ein Auto dicht hinter ihnen an, doch niemand stieg aus. Wurden sie womöglich wieder von dem Agenten beschattet, der ihnen schon auf der Karlsbrücke, im Savarin und auf der Burg Karlštejn begegnet war? Kaum hatte sich der Wagen entfernt, da donnerte wieder ein Transportzug auf dem nahen Bahndamm vorüber, und bald darauf näherte sich schon der nächste. Jedes Mal bebte die Erde und das Auto schwankte, als fahre man über holpriges Kopfsteinpflaster.

Als Florian aus seinem Liebestaumel erwachte und auf die Uhr schaute, erschrak er. Es ging bereits auf Mitternacht zu, und am folgenden Morgen musste er in Kleinweinheim wieder zum Dienst antreten. Nun wurde es höchste Zeit, von der Freundin Abschied zu nehmen. Doch so einfach kamen die beiden nicht voneinander los.

„Am liebsten möchte ich weg von hier und mit dir nach Deutschland fahren. Bitte nimm' mich mit!", flehte Jana.

„Aber wie stellst du dir das vor? Wo soll ich dich verstecken, ohne dass sie dich finden? Der Kofferraum ist viel zu eng. Sie würden uns an der Grenze bestimmt erwischen und das hätte schlimme Folgen für uns beide. Du kannst sicher sein, Jana, dass ich dich liebend gerne mitnehmen würde, aber ich denke, in der jetzigen Situation geht es nicht!"

„Und später einmal, würdest du es dann tun?"

„Ja, ganz bestimmt, denn du weißt doch, wie sehr ich dich mag. Glaubst du vielleicht, ich fahre bei jeder passenden Gelegenheit zu dir nach Prag, schaue zu Hause keine andere mehr an, wenn ich dich nicht von ganzem Herzen lieben würde?"

„Wie schön, dass du das sagst... und... da... da wollte ich dich noch etwas fragen... könntest du dir vorstellen... dass du mich eines Tages... eines Tages... zur Frau nehmen würdest?"

„Daran habe ich selbst schon oft gedacht, Jana. Ich kann mir das gut vorstellen, wünsche mir das sogar, denn du weißt doch, für mich gibt es keine, die ich so lieb habe wie dich. Sei nicht traurig! Wir sehen uns bestimmt bald wieder!"

Als Florian das sagte, versuchte er seiner Stimme einen optimistischen Klang zu geben, aber er glaubte selbst nicht so recht an ein baldiges Wiedersehen. Alles hing von der politischen Lage ab und es konnte Monate, sogar Jahre dauern, bis sich die Verhältnisse wieder normalisierten. Jana weinte, war aber tapfer und fasste sich bald wieder. Ein langer Abschiedskuss, ein letztes

Lebewohl, dann fuhr Florian mit schwerem Herzen in die Nacht hinaus.

Trotz der fehlenden Beschilderung und der bleigrauen Dunkelheit kam Florian zügig voran, denn auf den Straßen herrschte gähnende Leere und den Weg kannte er gut. So erreichte er schon kurz nach Mitternacht die Grenze. Auf tschechischer Seite wurde er nicht mehr so schikanös kontrolliert wie bei der Einreise. Die Beamten warfen lediglich einen flüchtigen Blick in den Kofferraum und unter die Sitzbank. Dennoch wäre es ausgeschlossen gewesen, eine Person unbemerkt über die Grenze zu bringen. Drüben in Bayern angekommen, fragte der Beamte den Ankömmling, ob er bereit sei, dem Bundesgrenzschutz Auskunft zu geben, was er drüben in der ČSSR beobachtet habe. Florian zeigte sich durchaus nicht als ‚vaterlandsloser Geselle' und stand seinem Land gerne zur Verfügung. Er gab zu Protokoll, wie man ihn bei der Einreise schikaniert und zu Aussagen gezwungen hatte, hinter denen er nicht stand, wie in Prag-Smichov lange Panzerkolonnen ganze Straßenzüge füllten, wie die Waffentransportzüge Tag und Nacht durch das Land rollten, wie unzählige sowjetische Tanks und Lastwagen bewegungslos im Gelände standen, wie er und seine tschechische Freundin vermutlich von einem Agenten beschattet wurden, was er am Wenzelsplatz erlebt hatte und wie er die Stimmung im Volk einschätzte. Die Beamten zeigten sich sehr interessiert an Florians Informationen, denn er war einer der letzten Touristen, die noch die ČSSR besuchen konnten. Nun senkte sich der ‚Eiserne Vorhang' unerbittlich herab und trennte die Menschen des westlichen und des östlichen Europa wieder für lange Zeit.

Wie damals, als er mit Harry von seiner ersten Pragreise zurückkam, blieben Florian nur wenige Stunden, bis in Kleinweinheim die Schulglocke das Ende der Ferien ankündigte. Die fünf Unterrichtsstunden brachte er nur mit größter Mühe hinter sich, denn er war völlig übermüdet und immer wieder flogen seine Gedanken weit weg vom Neckar über den Böhmerwald bis an die Moldau, denn dort lebte jemand, den er mehr liebte als jeden anderen Menschen auf der Welt.

Die Jahre vergehen

Wieder zurück in der kleinkarierten Welt von Kleinweinweinheim, sehnte sich Florian von Tag zu Tag mehr nach Jana. Er setzte sich an seinen Schreibtisch und schrieb ihr einen sechsseitigen Brief. Als er nach drei Wochen immer noch keine Antwort erhielt, wurde er unruhig. Ob sie vielleicht den Kontakt zu ihm abbrechen wollte? Das hielt er für unmöglich. So sehr konnte man sich nicht in einem Menschen täuschen! Sicher hätte sie ihm geantwortet, wenn seine Nachricht angekommen wäre. Also schrieb Florian einen zweiten Brief und bald darauf einen dritten und noch einen und noch einen, und nie erhielt er eine Antwort. Jedes Mal, wenn er voller Erwartung zum Briefkasten ging und wieder kein Lebenszeichen von Jana vorfand, wuchs seine Enttäuschung. So ging das wochenlang, ja monatelang, und allmählich ging sein Hoffen in Hoffnungslosigkeit über. Er erinnerte sich an die mehrfachen Begegnungen in der ČSSR mit dem Mann, den er für einen Agenten hielt und war sich sicher, dass die Briefe abgefangen wurden. Wahrscheinlich wartete Jana Tag für Tag vergeblich auf eine Nachricht aus Deutschland und zermarterte sich den Kopf mit den gleichen Gedanken wie er. Vielleicht bereitete ihr sogar der tschechische Geheimdienst wegen verdächtiger Westkontakte oder regierungsfeindlichen

Äußerungen Schwierigkeiten. Die Ungewissheit lastete schwerer auf Florian als es die Gewissheit getan hätte, er könnte sie nie mehr wiedersehen.

Über all diesen Sorgen um Jana verging der Winter, und dann geschah, was kommen musste. Eine andere Frau trat in Florians Blickfeld. Sie war seine Kollegin und hieß Gundula Wiedmann. Wer mag es einem jungen Mann verübeln, wenn er sich nach monatelangem Alleinsein einem Menschen zuwendet, den er sympathisch findet? Nicht allein Gundulas ruhiges, bedächtiges Wesen gefiel Florian. Er fand sie obendrein recht attraktiv, denn sie entsprach genau seinem Typ: fast ebenso groß wie er, etwas mollig und ausgesprochen fraulich. Da die Sympathie auf Gegenseitigkeit beruhte, entwickelte sich zwischen Florian und Gundula bald eine freundschaftliche Beziehung. Wenn sie miteinander spazieren gingen oder im nahen Heilbronn im Café saßen, vertrauten sie sich gegenseitig ihre Geheimnisse an. Florian erzählte ihr, wie sehr es ihn belaste, von seiner tschechischen Freundin schon so lange nichts mehr gehört zu haben. Mit der Intuition einer Frau wusste sie sofort, Jana hatte ihn nicht vergessen. Irgendetwas Schlimmes musste vorgefallen sein. Auch Gundula vertraute ihm ihre größte Sorge an: Sie war unglücklich mit einem Mann verheiratet, den sie nicht liebte.

„Du kannst dir gar nicht vorstellen, wie sehr ich diesen Menschen hasse, Florian! Er ist ein richtig primitiver Kerl. Wegen jeder Kleinigkeit streitet er mit mir herum und macht mir ständig Vorwürfe, wie schlecht ich koche und den Haushalt führe. Auf ganz gemeine Art kritisiert er mein Aussehen und sagt immer, ich sei zu dick. Das macht mich fertig. Und das Allerschlimmste – manchmal schlägt er mich sogar."

Florian schaute Gundula ungläubig an, worauf sie den Ärmel ihres Pullovers aufkrempelte und die blauen Flecken zeigte, die sie bei der jüngsten Auseinandersetzung davongetragen hatte.

„Das ist ja unglaublich!", stieß Florian voller Mitleid aus. „Warum hast du diesen Kerl überhaupt geheiratet? Hast du denn nicht früher gemerkt, was für ein übler Typ er ist? Und warum lässt du dir das alles gefallen und trennst dich nicht von ihm?"

„Du musst verstehen, Florian, als wir heirateten, war ich neunzehn Jahre alt. In meiner Verliebtheit und Naivität glaubte ich, er sei der richtige Mann für mich. Mit ihm wollte ich eine Familie gründen, Kinder haben, ein glückliches Leben führen. Gott sei Dank wurde ich nicht gleich schwanger. Auch das hat er mir übrigens vorgeworfen und gemeint, es könne nur an mir liegen. Ich sei zu fett und deshalb unfruchtbar, hat er gesagt. Da es auch keine gemeinsamen Interessen zwischen uns gibt, haben wir uns immer mehr auseinander gelebt. In seiner Freizeit fummelt und bastelt er ständig an seinem Motorrad herum. Das liebt er über alles. Man könnte meinen, er sei mit seiner Knatterkiste verheiratet. Ich bin eine vernachlässigte Frau! Wir passen einfach nicht zusammen, und nach sechs Jahren Ehe stehen wir vor einem Scherbenhaufen."

Florian riet Gundula, sich von ihrem Mann zu trennen.

„Tja, wenn das so einfach wäre! Wir wohnen drüben in Horkheim. Dort steht mein Elternhaus, dort bin ich aufgewachsen. Als geschiedene Frau würde man mich im Dorf bis an mein Lebensende schief ansehen. Weißt du, in einer Stadt wie Stuttgart ist das ganz anders. Dort lebt man anonym und die Leute sind viel toleranter als auf dem Land. Und wenn ich von meinem Mann getrennt bin, was mach' ich dann? Ich kann schlecht allein sein und brauche jemanden um mich herum, der meine Sorgen teilt, mit mir spricht, mich liebevoll behandelt. Wenn ich wüsste, dass du mir beistehen würdest, dann könnte ich mich leicht von meinem Mann trennen."

Florian verstand die Andeutung sofort. Ihm war klar, so konnte es nicht gehen, dass sie ihrem Mann davonlief und sich in seine Arme warf. Bei aller Sympathie für Gundula – das war keine Basis für eine glückliche Beziehung! Da Florian die Freundin nicht vor den Kopf stoßen wollte, antwortete er diplomatisch.

„Ich finde, du solltest deine Entscheidung nicht von mir oder einer anderen Person abhängig machen. Wenn dein Mann dich schlägt, ihr euch schon seit Jahren nicht mehr vertragt, dann solltest du ihn verlassen und erst mal längere Zeit allein leben. Nur so findest du wieder zu dir selbst und kannst dann ohne Druck entscheiden, wie es weitergehen soll. Natürlich werden wir weiterhin gute Freunde bleiben. Was allerdings die

Zukunft bringt, kann niemand vorhersehen. Das weißt du ja aus eigener schlimmer Erfahrung."

Gundula sah das ein und fühlte sich von Florian keineswegs abgewiesen, sondern freundschaftlich beraten.

Schon bald merkten die Kollegen, wie gut sich Florian und Gundula verstanden und dass es bei ihren Gesprächen nicht nur um Stoffverteilungspläne und Lehrprobenentwürfe ging. Bei jeder Gelegenheit wurde getuschelt und dumm dahergeredet. Einige meinten, die beiden passten gut zusammen und wären ein ‚Traumpaar'. Florian und Gundula konnten über solch harmlose Sprüche nur lachen, doch auf die Dauer fanden sie das Verhalten der Kollegen lästig.

Es gibt Tage in unserem Leben, die über unser weiteres Schicksal entscheiden. Sie sind wie eine Weichenstellung. Von einem einzigen Entschluss hängt es bisweilen ab, ob wir unser Glück finden oder es verpassen, ob uns ein langes erfülltes Leben erwartet oder wir frühzeitig sterben. Ein solcher Schicksalstag in Florian Schöllkopfs Leben war der fünfzehnte Mai in jenem Jahr, als er siebenundzwanzig Jahre alt wurde.

An diesem denkwürdigen Tag fand der Jahresausflug des Kleinweinheimer Kollegiums statt. Schon vom frühen Morgen an herrschte ein Wetter wie aus dem Bilderbuch. Frohgelaunt wanderten die Lehrerinnen und Lehrer durch die erwachende Natur. Blühende Wiesen bedeckten die Täler mit frischem Grün. Im Geäst der Obstbäume summten die Bienen und vom Waldrand her riefen von zwei Seiten her die Kuckucke, als wetteiferten sie miteinander, wer die schönere Stimme habe. Weiße Wolken zogen wie Wattekissen am stahlblauen Himmel dahin. Es war ein Frühlingstag, wie man ihn sich in seinen schönsten Träumen ausmalt. Als die Wanderer in der warmen Vormittagssonne zum Wunnenstein hinaufstiegen, meldete sich bei einigen bereits der Durst, und so kehrten sie im Gasthaus auf der Höhe der Bergkuppe ein, saßen dort auf der Terrasse und genossen die Aussicht über das hügelige Land. Der Wirt servierte ihnen den Wein, der an diesen Hängen gedieh und nirgendwo so gut schmeckte wie hier an seinem Ursprungsort. Rudi spielte auf der Gitarre und zusammen sangen sie die bekannten Volks- und Lumpenlieder, darunter auch jene vom ‚armen Dorfschulmeisterlein‘ und den ‚alten Rittersleut‘. Am Nachmittag lagerten alle unterhalb des Forstbergs im Gras und hatten viel Spaß miteinander. Florian und Gundula amüsierten sich köstlich, indem sie sich wie Kinder gegenseitig neckten und mit Grashalmen kitzelten. Die Kollegen sahen darin zu Recht ein Zeichen der Zuneigung und kommentierten dies mit teils humorvollen, teils anzüglichen Bemerkungen. Bis zum Abend hörten die Anspielungen nicht auf und gingen auch dann noch weiter, als man in der ‚Traube‘ in Sigmarsheim einkehrte. Auch wenn Florian und Gundula einander sehr mochten, so nervte sie doch das Geschwätz der Kollegen. Um endlich seine Ruhe zu finden, verließ Florian nach dem Abendessen die fröhliche Runde und ging auf der Dorfstraße spazieren. Als er das Gasthaus wieder betrat, sah er im Gang, in dem es penetrant nach Kuhstall roch, an der Wand einen altmodischen Telefonapparat hängen. Ohne lange zu überlegen, nahm er den Hörer von der Gabel und wählte Harrys Nummer. Zehn Mal drehte sich die Scheibe im Kreis, dann folgte ein Tuten und der Freund meldete sich. Florian begann zu sprechen.

„Du, Harry, ich bin's, der Florian. Ich wollte einfach mal wieder hören, wie's dir so geht, altes Haus. Ich komme eben vom Lehrerausflug zurück. Im Moment sitzen wir in der ‚Traube' in Sigmarsheim. Die Kollegen, diese Kindsköpfe, ziehen mich dauernd wegen dieser Gundula auf. Das geht mir gewaltig auf den Geist. Was soll ich bloß machen?"

„Gut, dass du anrufst!", quäkte es aus dem Hörer. „Eben habe ich an dich gedacht. Ich sitze hier im Garten mit drei jungen Frauen, eine hübscher als die andere. Ich weiß gar nicht, wo ich hinschauen soll. Bin völlig überfordert. Bitte komm sofort hierher und steh mir bei!"

War es ein Zufall, dass Harry und Florian, fünfzig Kilometer voneinander entfernt, gleichzeitig aneinander dachten? Oder war es ein Wink des Schicksals? Jedenfalls wollte Florian den Freund nicht im Stich lassen. Bevor er auflegte, stellte er Harry allerdings noch eine Frage.

„Warum bist du auch so ungeschickt und lädst drei Mädels auf einmal ein? Was hast du dir denn dabei gedacht?"

„Ich kann doch nichts dafür, dass es so gekommen ist. Du kennst doch die Uschi, die ich vor drei Wochen beim Tanztee im ‚Tabaris' kennengelernt habe. Eine klasse Frau, kann ich dir sagen! Nun lad' ich sie in meinen Garten ein, stelle Sekt, Räucherlachs, französischen Käse und frisches Baguette bereit, und da bringt doch die dumme Gans zwei Freundinnen mit. So ein Mist, denn nun wird natürlich nichts aus dem romantischen Abend zu zweit! Also komm bitte!"

Florian verabschiedete sich schnell von den Kollegen, die von seinem plötzlichen Aufbruch wie von einer kalten Dusche überrascht wurden. Um eine Erklärung nicht verlegen, flunkerte Florian daher, er habe eben erfahren, seiner Oma gehe es schlecht, er müsse sofort nach Stuttgart fahren. Die Kollegen zeigten Verständnis, wünschten Florian eine angenehme Fahrt und seiner Großmutter gute Besserung.

Schon auf dem Weg nach Stuttgart überkam Florian eine Vorahnung, als könne sich an diesem Abend noch etwas Besonderes ereignen. Die Dämmerung brach bereits an, als er seinen Wagen vor dem Garten der Familie Rentschler abstellte, der ganz versteckt in einer Klinge gegenüber der Grabkapelle auf dem Roten Berg lag. Harry hatte Florians Ankunft sehnlich erwartet, und als er das näherkommende Motorengeräusch hörte, eilte er zum Tor und empfing seinen alten Kumpel voller Freude. Auf dem von Blumenrabatten und Johannisbeersträuchern gesäumten Plattenweg tauchte Florian an Harrys Seite in das Halbdunkel des Gartens ein. Schon hörte er die gedämpften Stimmen der jungen Damen, und gleich darauf erblickte er drei Grazien, die bei Kerzenlicht an einem Tischchen saßen. Kaum hatten sie den Ankömmling erblickt, da unterbrachen sie ihr Gespräch und schauten ihn erwartungsvoll an. Harry hatte nicht zu viel versprochen. Es war in der Tat eine hübscher als die andere, und das Dämmerlicht verstärkte noch ihren jugendlichen Reiz. Eine von ihnen, Natalie mit Namen, gefiel Florian besonders. Ihre blauen Augen und ihr langes hellblondes Haar faszinierten ihn auf den ersten Blick. Wie gut stand ihr das rosafarbene, etwas knapp geschnittene Kleid, das aufregende Einblicke in ihr Dekolleté zuließ. Auch ihre wohlproportionierte, ein wenig zur Korpulenz neigende Gestalt wirkte auf ihn sehr anziehend. Um seine freudige Erregung zu verbergen, nahm er betont lässig neben der Schönen Platz und redete sie in lockerem Ton an. Schon bald ging das oberflächliche Geplauder in ein ernsthaftes Gespräch über. Man unterhielt sich über den Beruf und die Freizeitbeschäftigungen und stellte fest, dass man insbesondere das Interesse am Wandern und Reisen teilte. Voller Begeisterung erzählte Florian von seinen Touren, die ihn schon nach Spanien und Jugoslawien, England und Tschechien geführt hatten. Wie gerne hätte Natalie diese Länder auch kennengelernt, doch leider besaß sie weder ein eigenes Auto noch die finanziellen Mittel, um große Sprünge zu machen. Was lag also näher, als mit Florian an den Wochenenden Ausflüge in Stuttgarts nähere und weitere Umgebung zu unternehmen?

Anfänglich wanderten Florian und Natalie zusammen mit Freunden in den schönsten Gegenden des Schwabenlandes. Irgendwann dachten sie, es sei wohl besser, auf die Begleitung zu verzichten, denn dann werde man nicht durch das Geschnatter der anderen abgelenkt und könne die Natur noch intensiver erleben. Also unternahmen sie fortan ihre Ausflüge alleine, genossen die herrliche Landschaft und noch mehr die Nähe des anderen. Manchmal fassten sie sich an der Hand oder gingen Arm in Arm ihres Wegs. Ab und zu gaben sie sich auch einen freundschaftlichen Kuss. Obwohl sich beide insgeheim einen noch engeren Kontakt wünschten, wagten sie es nicht, dem anderen noch näherzutreten. Zurückhaltung muss nicht immer ein Zeichen mangelnder Zuneigung sein, sondern kann auch auf gegenseitiger Wertschätzung beruhen. Man fühlt sich unsicher, will den anderen nicht vor den Kopf stoßen und hält deshalb respektvoll Abstand. So verhielt es sich auch bei Florian und Natalie bis zu jener Wanderung im Spätsommer, die sie von Geislingen in das idyllische Roggental führte. Zwischen Silberdisteln und Schafböbbeln lagerten sie auf der sonnenbeschienenen Wacholderheide neben der ‚Roggennadel‘, einer Säule aus weißem Kalkstein von beachtlichen dreiundvierzig Metern Höhe, die wie ein Phallussymbol in den Himmel ragt. Zuerst aßen die hungrigen Wanderer ihre Vesperbrote, dann ruhten sie noch eine Weile im Gras und neckten sich gegenseitig. Florian pflückte ein Sträußchen Glockenblumen und steckte es der Gefährtin in den Ausschnitt, was diese zu seinem Erstaunen amüsant fand, denn gewöhnlich erntet ein junger Kerl für eine solche Frechheit eine Ohrfeige. Als sie ihn bat, die Blümchen wieder ans Tageslicht zu befördern, tat er ihr mit dem größten Vergnügen den Gefallen. Dann ärgerten sie sich gegenseitig, indem sie versuchten, einander trockene Grasbüschel in den Kragen zu stopfen. Daraus entwickelte sich eine lustige Balgerei, in deren Verlauf mal sie auf ihm und dann wieder er auf ihr lag. Sie wussten beide nicht so recht, wie es kam – vielleicht geschah es unter dem Einfluss der symbolträchtigen Roggennadel – denn nach und nach verloren sie die Kontrolle über ihr Handeln. Sie vergaßen sich völlig, streichelten und küssten sich, und das Liebesspiel wäre wohl noch weiter gegangen, wären sie nicht von einer Wandergruppe des Schwäbischen Albvereins gestört worden, die in ihrer Nähe vorüberkam. Wieder einigermaßen zurück auf dem Boden der Wirklichkeit, bemerkte Florian, wie weit die Zeit bereits fortgeschritten war und man die Wanderung fortsetzen musste, wollte man sie noch vor Einbruch der Nacht zu Ende bringen. Ihren doppelten Sinn nicht ahnend, stellte er Natalie eine ganz banale Frage, die weitreichende Folgen haben sollte. Sie bestand aus drei Worten und lautete:

„Sollen wir weitergehen?"

Florian verstand gar nicht, warum Natalie seinen Vorschlag ganz entrüstet ablehnte.

„Aber doch nicht hier, Mann! Wofür hältst du mich eigentlich? Ständig laufen da unten Familien mit Kindern vorbei!"

Beide schwiegen eine Weile, denn keiner fand eine Erklärung für das seltsame Verhalten des anderen. Plötzlich schlang Natalie ihre Arme um Florians Hals, küsste ihn und flüsterte ihm ins Ohr: „Das machen wir lieber heute Abend in meinem Bett, mein Lieber!"

Im ersten Augenblick verstand Florian überhaupt nichts. Dann ging ihm allmählich ein Licht auf. Durch ein lächerliches Missverständnis hatte sich Natalie ihm offenbart und nun gestand er auch ihr seine geheimen Wünsche.

Ihre erste Liebesnacht zelebrierten Florian und Natalie in ihrem kleinen Appartement wie ein großes Fest. Bei Kerzenlicht aßen sie zu Nacht und hörten dabei die Lieder von Ray Charles und Joan Baez, die ihnen so gefielen und sie in die passende Stimmung versetzte. Natalie öffnete eine Flasche Sekt, ein Geschenk ihres Chefs zu ihrem einundzwanzigsten Geburtstag, und Florian brachte ihr bei, wie man das prickelnde Getränk auf ‚römische Art' trinkt. Obwohl auf dem Gebiet der angewandten Liebe noch ziemlich unerfahren, zeigte sich Natalie als gelehrige Schülerin und ergriff bald ihrerseits ganz intuitiv, wie es jeder Frau eingegeben ist, die Initiative. Losgelöst von allen Zwängen entledigten sie sich Stück für Stück ihrer Kleidung. Dann kuschelten sie zusammen in ihrem Bett und setzten das Liebesspiel fort, das am Nachmittag bei der ‚Roggennadel' so schön begonnen hatte. Nun ließen sie sich von nichts und niemandem mehr stören, küssten und streichelten sich immer leidenschaftlicher, bis sie gänzlich von ihren Gefühlen überwältigt wurden. Zusammen erlebten sie einen wunderbaren Höhepunkt und sanken dann ermattet in die weichen Kissen nieder. Nie zuvor hatte Florian den Liebesakt so einfach, so köstlich empfunden wie mit Natalie. Wie natürlich, wie unbefangen hatte sie sich ihm hingegeben und ihm geschenkt, was er sich schon immer erträumt hatte.

Zu Florians privatem Glück kam bald die seit langem erhoffte berufliche Veränderung. Das Schulamt versetzte ihn von Kleinweinheim nach Stuttgart. Natalie nahm ihn mit Freuden auf und so lebten sie glücklich zusammen in ihrem kleinen Appartement. Sie bekochte ihn, kümmerte sich um seine Wäsche, umsorgte ihn aufmerksam und bot ihm in Liebesdingen alles, was er sich wünschte. Auch Natalie sah in Florian den idealen Partner, und so schmiedeten sie bereits Pläne für eine gemeinsame Zukunft.

Ein Jahr war bereits vergangen, als ein überraschendes Ereignis ihre bis dahin so harmonische Beziehung trübte. Wie an jedem Samstag kehrte Florian um die Mittagszeit voller Freude auf das bevorstehende Wochenende von der Schule nach Hause zurück, als ihn Natalie mit einer knappen Mitteilung empfing, die ihm schlagartig die gute Laune verdarb.

„Heute Morgen hat deine tschechische Freundin Jana bei deinen Eltern angerufen. Das hat mich sehr überrascht, denn von ihr hast du mir nie etwas erzählt.

Sie ist mit dem Nachtzug aus Prag gekommen und erwartet dich um vier Uhr im Schlossgarten-Café. Das soll ich dir von deiner Mutter ausrichten", erklärte Natalie kurz und bündig. Die Nachricht brachte Florian völlig aus der Fassung.

„Um Gottes Willen, was soll ich bloß machen? Ich kann nicht hingehen! Mir ist die Sache dermaßen peinlich! Ich bringe es nicht übers Herz, mit ihr zu sprechen!", stammelte er und hoffte darauf, Natalie würde ihm verbieten, die frühere Geliebte zu treffen. Als sie ihm diesen Gefallen nicht tat, bat er sie inständig, sie möge an seiner Stelle zum Bahnhof fahren, Jana im Schlossgarten-Café ausfindig machen und ihr erklären, dass er inzwischen mit einer anderen liiert sei. Doch dafür ließ sich Natalie nicht einspannen.

„Na gut", erwiderte Florian zerknirscht, „dann wartet sie eben vergeblich auf mich. Vielleicht findet sie Hilfe bei meinen Eltern oder bei der Bahnhofsmission und fährt bald wieder nach Prag zurück. Ich bringe es einfach nicht fertig, sie wiederzusehen! Bitte versteh' mich doch!"

„Nein, ich verstehe dich überhaupt nicht!", widersprach Natalie energisch. „Ich fände es ganz übel von dir, wenn du nicht hingehen würdest. Ich hätte es nicht für möglich gehalten, dass du so ein Feigling bist! Sei ein Mann, geh hin und sprich mit ihr!"

Unglaublich – was hatte Natalie eben gesagt? ‚Geh hin und sprich mit ihr!' Andere Frauen hätten es sicherlich nicht erlaubt, dass sich ihr Partner mit einer ehemaligen Geliebten traf und von ihm verlangt, den Kontakt abzubrechen. Dieses ‚geh hin und sprich mit ihr' ließ alles offen. Das bedeutete doch, Natalie überließ es ihm, ob er sich für sie oder für Jana entschied. Nun erkannte Florian deutlicher denn je, was für eine kluge und großherzige Person Natalie war. Wollte er sich vor ihr nicht blamieren, musste er den schweren Gang antreten. Er konnte es einfach nicht fassen, was für ein verrücktes Spiel das Schicksal mit ihm trieb! Jahrelang hatte er vergeblich gehofft, die passende Lebensgefährtin zu finden, und nun stand er plötzlich zwischen zwei Frauen! Noch hatte er sich nicht endgültig gebunden. Noch konnte er sich für die eine oder für die andere entscheiden. Hatte er Jana die Ehe versprochen? Eigentlich nicht, aber indirekt schon, denn er hatte ihr damals beim Abschiednehmen am Bahndamm in Dobřichovice gesagt, dass er sie mehr liebe als jede andere Frau und sich eine gemeinsame Zukunft vorstellen könne.

Mit schweren Gedanken belastet lief Florian an jenem Samstagnachmittag kurz vor vier vom Parkplatz am Hauptbahnhof zum Schlossgarten hinüber, und als er sich dem Café näherte, da wusste er schon, für wen er sich entscheiden würde. Jana erwartete ihn bereits auf der Terrasse und begrüßte ihn freudestrahlend. Das brachte ihn in größte Verlegenheit. Bei Kaffee und Kuchen erzählte sie, wie sie Tag für Tag vergeblich auf eine Nachricht von ihm gewartet und ihm dennoch immer wieder geschrieben und die Hoffnung auf ein Wiedersehen nie aufgegeben habe. Nun gab es keinen Zweifel mehr, der tschechische Geheimdienst hatte die Briefe abgefangen, und was noch schlimmer war: Ein Gericht hatte Jana von der Universität verwiesen und zu einem Jahr Zwangsarbeit in einer Waffenfabrik in Pilsen verurteilt. Nun hatten ihr die Behörden ganz überraschend die Ausreise bewilligt. Womöglich wollte sie der tschechische Staat in den Westen abschieben. Florian war tief betroffen und fühlte sich an Janas tragischem Schicksal mitschuldig. Zwei Jahre lang hatte sie auf ein Lebenszeichen von ihm gewartet, auf ein Wiedersehen gehofft, den letzten Heller für die Reise nach Stuttgart zusammengekratzt, sich auf Florians Hilfe verlassen, und nun musste er sie abweisen, auch wenn sie ihm noch so leid tat. Noch immer brachte er es nicht übers Herz, ihr die volle Wahrheit zu sagen. Er fand einfach keinen Anfang, bis Jana schließlich ungewollt das heikle Thema selbst anschnitt.

„Wie schön ist es doch bei euch in Stuttgart! Es wird mir schwer fallen, wieder in die ČSSR zurückzukehren. Ich fühle mich dort wie in einem Gefängnis. Am liebsten würde ich hierbleiben. Vielleicht könnte ich so lange bei dir wohnen, bis ich eine Arbeitsstelle gefunden habe und mir ein eigenes kleines Zimmer leisten kann."

Nun blieb Florian nichts anderes übrig, als ihr zu sagen, dass er inzwischen mit einer anderen Frau liiert sei. Jana erstarrte, fing an zu weinen, stand auf, verabschiedete sich mit tränenerstickter Stimme und lief eilends zum Bahnhof hinüber. Mit einem unendlich traurigen

Gefühl sah er noch, wie sie in der Menschenmenge verschwand. Sie drehte sich nicht einmal mehr nach ihm um. Seitdem hörte er nie wieder etwas von ihr.

Die Jahre flogen dahin. Florian und Natalie heirateten und zogen in eine größere Wohnung um. Weltpolitisch traten große Veränderungen ein. Der Zerfall der Sowjetunion bescherte Deutschland die Wiedervereinigung und den Staaten des Ostblocks die Freiheit. Damit erfüllte sich wenigstens der erste Teil des Wunsches, den Florian auf der Karlsbrücke dem Heiligen Nepomuk zugeflüstert hatte. Das tschechische Volk errang endlich die lang ersehnte Freiheit. Der Fall des ‚Eisernen Vorhangs' eröffnete den Menschen in Ost und West viele neue Reisemöglichkeiten. Als erstes besuchten Florian und Natalie die neuen Bundesländer Deutschlands. Sie reisten durch Bayern nach Sachsen. Dort besichtigten sie die alte Bergbaustadt Freiberg, die durch ihre reichen Erzvorkommen und das Wirken Alexander von Humboldts weltbekannt wurde. In Dresden gingen sie am Elbufer spazieren und besichtigten den Zwinger, die Semperoper und die Ruine der Frauenkirche. Dann ging's nach Görlitz, dem städtebaulichen Kleinod an der Neiße, und weiter ins Zittauer Gebirge. Eine so reizvolle Felslandschaft hatten Florian und Natalie in der äußersten Südostecke Deutschlands nicht erwartet. Die Nähe der tschechischen Grenze brachte Florian auf die Idee, nicht über deutsches Gebiet, sondern quer durch Böhmen heimzureisen. Natalie erklärte sich sogleich damit einverstanden, denn sie wollte all die Orte kennenlernen, von denen Florian ihr schon gelegentlich erzählt hatte.

Die Tage in Tschechien wurden für beide zu einem großen Erlebnis. Kaum hatten sie die Grenze passiert, da erfassten Florian nostalgische Gefühle. Als er all die Aufschriften in tschechischer Sprache las, fielen ihm gleich einige Redewendungen ein. Vor lauter Begeisterung über die phänomenalen Leistungen seines Gedächtnisses verfuhr er sich hoffnungslos. Nun bot sich die Gelegenheit, Natalie zu zeigen, wie gut er noch immer Tschechisch sprach. Am Straßenrand kam gerade ein Mann des Wegs daher, und den fragte er:

„Prosim vas, pan, jak se dostanu do Mělniku a kolik kilometru je až do Prahu?"

In dem Glauben, der Tourist spreche fließend tschechisch, antwortete der Mann mit einem Redeschwall, von dem Florian so gut wie nichts verstand. So scheiterte sein Vorhaben, vor Natalie mit seinen Sprachkenntnissen zu protzen.

Ihre erste Fahrpause legten die Reisenden in Mělnik ein. Von der Anhöhe schauten sie hinunter auf den Zusammenfluss von Elbe und Moldau. Florian erinnerte sich, wie er einst mit Jana an dieser Stelle stand. Im Grunde hatte sich seither nichts verändert. Noch immer strömte das Wasser der beiden Flüsse ruhig dahin und vereinigte sich gurgelnd weiter unten. Doch nun stand eine andere Frau an seiner Seite. Wie damals ging die Reise weiter nach Prag. Florian erkannte die Stadt kaum wieder, so sehr hatte sie sich verändert. All die prächtigen Bürgerhäuser erstrahlten nun in neuem Glanz. Auch die Einschusslöcher an der Fassade des Nationalmuseums hatte man beseitigt. Nichts erinnerte mehr an den Freiheitskampf zur Zeit des ‚Prager Frühlings'. Vor dem Hotel Zlata Husa parkten überwiegend Nobelkarossen. Der Konsum, die Vergnügungssucht, die Gier nach Luxus beherrschten nun die Atmosphäre auf dem Wenzelsplatz. Am meisten störten Florian die Touristenmassen, die sich durch die Altstadt schoben. Bis in Kopfhöhe waren die Gassen lückenlos mit Menschen gefüllt. Vor den Bierlokalen ‚U Flecku' und ‚U Kalicha' stauten sich die Wartenden in langen Schlangen und auf der Karlsbrücke sah sich der arme Nepomuk von Besuchern umringt, die ihn alle gleichzeitig ablichten wollten. Natürlich musste immer der Tourist mit aufs Bild kommen, denn so konnte er zu Hause beweisen, dass er die Stadt an der Moldau besucht hatte. Welches Geheimnis sich mit dem Heiligen verband, interessierte niemanden. Florian fand das Treiben abstoßend. Das war nicht mehr das Prag, wie er es in Erinnerung hatte!

Überdrüssig des Touristenrummels flüchteten Florian und Natalie hinaus aufs Land ans stille Ufer der Berounka. Ohne nach dem Weg zu fragen, fand er den Weg nach Smichov, erkannte auch die ‚Panzerstraße' wieder und fuhr weiter über Radotin nach Dobřichovice. Als er den Bahnhof sah, freute er sich, als träfe er einen alten Bekannten wieder. Hinter jenem Fenster war er damals mit Jana bei einem Glas ‚čaj s rumem' gesessen, furchtbar verschnupft und bis über beide Ohren in sie verliebt. Natalie wusste schon, was ihr Mann dachte und dass es ihn jetzt zum Haus seiner verlorenen Liebe zog. Dummerweise wusste er nicht mehr, wo es lag, aber er erinnerte sich noch daran, dass am Gartentor ein kleines Emailschildchen mit der Aufschrift ‚Čislo 138' angebracht war. So sehr er sich auch bemühte, er konnte das Anwesen nicht finden. Als er bereits die Suche aufgeben wollte, hörte er das Rattern eines Zuges. Sofort fiel ihm ein, die Jagrs wohnten in der Nähe des Bahndamms. Er fuhr das Sträßchen entlang, das parallel zu den Gleisen verlief und erkannte schon von weitem das Gebäude. Ein Geräusch hatte ihm geholfen, es wieder zu finden!

Natalie blieb im Auto sitzen, während Florian ausstieg und mit wehmütigen Gedanken das Haus betrachtete, in dem die Geliebte einst wohnte. An jedes scheinbar noch so unbedeutende Detail konnte er sich erinnern. Alles schien wie damals: Das Walmdach mit dem Kamin, die Fassade mit dem hübschen Erker, der Garten und das schmiedeeiserne Tor am Eingang. Wie oft war er hier mit Jana gestanden, manchmal spät in der Nacht, betört vom Duft der Rosen und ihren Küssen. Dieser romantische Ort beflügelte seine Phantasie. Er hatte das Gefühl, als sei ihm die einstige Geliebte ganz nahe. Als er auf das Schildchen neben dem Klingelknopf schaute, las er dort den Namen ‚Witlatschil'. Wohnten die Jagrs etwa nicht mehr hier? Hatte Jana inzwischen geheiratet und einen anderen Namen angenommen? Er läutete mehrmals, wartete geduldig, doch niemand meldete sich. Alsdann ging er zu den jungen Leuten hinüber, die sich im Garten des Nachbarhauses unterhielten. Zuerst fragte er sie auf Deutsch, dann auf Englisch nach dem Verbleib der Familie Jagr, doch niemand verstand ihn. Nun rief die Tochter des Hauses ihre Mutter herbei. Die alte Dame sprach fließend Deutsch und gab Florian gerne Auskunft.

„Ich kann mich noch gut an die Jagrs erinnern", erklärte sie. „Jana hat schon vor einigen Jahren ihr Elternhaus verlassen. Bald darauf sind zuerst Frau Jágrova und später ihr Mann gestorben, und das Haus wurde verkauft. Mit den jetzigen Besitzern haben wir so gut wie keinen Kontakt. Leider kann ich Ihnen nicht sagen, wo sich Jana gegenwärtig aufhält."

In diesem Augenblick wurde Florian bewusst, dass er seine große Liebe von einst nie mehr wiedersehen würde. Drunten am Ufer der Berounka wollte er Erleichterung finden von der Wehmut, die ihn erfasste. Er bat Natalie, sie möge ihn auf seinem Spaziergang begleiten. Zwar zeigte sie Verständnis für seine nostalgischen Gefühle, doch las sie lieber ihren Roman weiter, denn sie wollte ihn nicht stören, wenn er seinen Erinnerungen nachhing. Also lief Florian alleine los. Am Flussufer folgte er dem Weg, der dicht am Wasser entlangführte. Drei Jahrzehnte schienen auf einmal wie weggewischt. So vieles kam ihm in den Sinn, und er meinte, er sei erst vor kurzem hier gewesen. Wie oft war er mit Jana diesen Pfad entlang gegangen... und dort stand noch immer die Bank, auf der sie so manchem Abend als verliebtes Paar verbracht hatten. Als er den dunklen Felsen am anderen Ufer der Berounka sah, erinnerte er sich an Janas zauberhafte Ballettvorführung. So schön, wie sie ihm damals erschienen war, wollte er sie für immer in Erinnerung behalten. Plötzlich war ihm, als fiele eine schwere Last von ihm ab. Er haderte nicht mehr mit dem Schicksal und fand seinen inneren Frieden wieder. Still und in Gedanken an die längst vergangene Zeit versunken kehrte er zum Wagen zurück.

Verlagsinformation

Wir bieten neben bekannten und prominenten Autoren auch für noch unbekannte Erst-Autoren die ideale Plattform für Buchveröffentlichungen. Thematisch setzt sich der Verlag kaum Grenzen. Es werden sowohl von bekannten als auch unbekannten Autoren Bücher verschiedenster Themen veröffentlicht. Damit trägt der Verlag zu einer Bereicherung auf dem Literaturmarkt bei, kann so ein breites lesebegeistertes Publikum ansprechen und gibt damit den Autoren eine optimale und wirtschaftliche Lösung zur Veröffentlichung ihrer Buchmanuskripte. Ein Vorteil für die Buchautoren besteht unter anderem darin, dass Bücher, je nach Auflagenhöhe, im Verfahren „Books on Demand" (Digitaldruck) oder – bei höheren Auflagen – im Offsetdruck hergestellt und veröffentlicht werden können.

www.JoyEdition.de

Joy Edition · H. Harfensteller
Gottlob-Armbrust-Str. 7 · D-71296 Heimsheim
Telefon 07033 306265 oder 306263
Fax 07033 3827 · Hotline 0171 3619286
info@joyedition.de